|grafit|

Dieses Buch ist ein Roman. Handlungen und Personen sind frei erfunden. Ähnlichkeiten mit lebenden oder toten Personen sind nicht gewollt und rein zufällig.

Bibliografische Information der Deutschen Nationalbibliothek
Die Deutsche Nationalbibliothek verzeichnet diese Publikation
in der Deutschen Nationalbibliografie; detaillierte bibliografische
Daten sind im Internet über http://dnb.d-nb.de abrufbar.

© 2019 by GRAFIT in der Emons Verlag GmbH
Cäcilienstraße 48, 50667 Köln
Internet: http://www.grafit.de
E-Mail: info@grafit.de
Alle Rechte vorbehalten.
Dieses Werk wurde vermittelt durch
die Verlagsagentur Lianne Kolf, München
Umschlaggestaltung: Nele Schütz Design unter Verwendung von
shutterstock/Clash_Gene (Frau), Dmitriip (Männer)
Gestaltung Innenteil: César Satz & Grafik GmbH, Köln
Lektorat: Christine Derrer
Druck und Bindearbeiten: GGP Media GmbH, Pößneck
ISBN 978-3-89425-628-9
1. Auflage 2019

Marcel Huwyler

Frau Morgenstern und das Böse

Kriminalroman

Marcel Huwyler wurde 1968 in Merenschwand geboren. Als Journalist und Autor schreibt er Reportagen und Geschichten über seine Heimat und aus der ganzen Welt. Er lebt an einem Bergsee in der Zentralschweiz.
www.marcelhuwyler.com

Für meine Eltern

1

Kai Koch war seit seiner frühsten Kindheit ein Scheißkerl.

Er selbst vermochte sich zu erinnern, wie er im Alter von dreieinhalb Jahren seine allererste Schandtat mutwillig verübte, als er eines Morgens in voller Absicht neben seinen nachtblauen Topf kackte und es hinterher genoss zuzuschauen, wie seine Mutter die Schweinerei aufwischte.

Als er vier war, machte er die Erfahrung, wie genussvoll es ist, Mitmenschen gezielt ins Verderben zu führen. Kai klemmte sich selbst Zeige- und Mittelfinger seiner linken Hand an einer Schublade der Stubenkommode ein und bezichtigte seinen zwei Jahre älteren Bruder Samuel der Tat. Mitzuerleben, wie seine Eltern den Bruder ausschimpften, ohrfeigten und mit einer Woche Hausarrest bestraften, verschaffte Kai einen noch nie zuvor erlebten Glücksrausch.

Der Scheißkerl wurde älter, größer und boshafter.

Seine Eltern, der Bruder, die Lehrer, Schulkameraden und Haustiere in der Nachbarschaft litten am meisten unter seiner Niedertracht. Es bereitete Kai Koch Freude, Menschen zu demütigen, es war ihm ein Vergnügen, auf Kosten anderer zu profitieren. Er war hochintelligent, hinterhältig und skrupellos, regelmäßig Jahrgangsbester im Gymnasium, begeisterte sich für ein Studium der Geschichte (die Weltgeschichte besteht zu neunzig Prozent aus Taten von Halunken) und begann nach seinem Universitätsabschluss in jener Branche zu arbeiten, in der Lug und Trug gewinnbringend kultiviert werden.

Er ging in die Werbung.

Mittlerweile war Kai Koch fünfundvierzig Jahre alt, vierzigprozentiger Gesellschafter der Agentur *Wirb oder stirb,* mehrfacher Millionär, Milizmajor in einer Panzerbrigade der Schweizer Armee, Mitglied in drei Verwaltungsräten, Vizepräsident des Businessnetzwerks *Best First,* Besitzer eines Einfamilienhauses mit Seeblick, verheiratet mit Susanne, einer ehemaligen Miss-Schweiz-Kandidatin, und Vater der zwölfjährigen Zwillinge Jeremy und Leonardo.

Und ein noch gerissenerer Scheißkerl als je zuvor.

Vor zwei Monaten hatten sie ihn erwischt.

Mit seinem Audi R8 Spyder, innerorts, Tempo siebenundneunzig statt der erlaubten fünfzig, dazu zwei Glas Champagner und drei Gin Tonic im Blut. Auf schwere Widerhandlung hatte das Strafgericht entschieden. Die Geldbuße war Kai Koch so was von schnurzegal gewesen, dass man ihm aber den Führerausweis für drei Monate entzog, tat ihm richtig weh. Das beschnitt seine Unabhängigkeit massiv. Zwar hätte er während der Strafzeit die Firmenlimousine samt Chauffeur benutzen können, doch einem Leittier wie Koch war es zutiefst zuwider, das Steuer aus der Hand zu geben. Er lenkte – oder gar keiner. Dann noch lieber mit dem öffentlichen Verkehr reisen.

Also fuhr er nun jeden Tag mit der Bahn ins Büro.

Und hasste es.

Andauernd Verspätungen, versiffte Abteile, fleckige Sitzpolster, defekte Toiletten, herumliegende Gratiszeitungen, zu kalt oder zu warm eingestellte Klimaanlagen, zerhackte Lautsprecherdurchsagen, unfähige Kontrolleure.

Und dann die Passagiere.

Kai Koch empfand es als zutiefst demütigend, zusammen mit wildfremden, hässlichen, müffelnden, schlecht gestylten und strunzdummen Menschen im selben Abteil sitzen zu müssen.

Tag für Tag die immer selben irren Figuren.

Es kam ihm vor, als wäre der Zug voller Statisten auf dem Weg zum Casting für einen Monty-Python-Film.

Da gab es die Kampfhusterin, den Zahnstocherkauer, den Joghurtbecherauskratzer und den Geräuschvoll-den-Rotz-Hochzieher. Ein ausgemergelter Alter trug einen signalroten Gehörschutz, wie ihn Forstarbeiter oder Tontaubenschützen benützen. Ein käsebleiches Girl mit lebensmüden Pandaaugen, das aussah, als müsste es zwangsernährt werden, trug trotz der Sommerhitze eine Daunenjacke. Und zwei sturzbetroffen dreinblickende Flintenweiber um die sechzig, mit Männerfrisuren, Rohseidegewändern und Holzkugelhalsketten, berichteten einander von ihren neusten Wochenendseminaren, bei denen sie Geist und Gedärme gereinigt hatten.

Ganz oben jedoch auf Kai Kochs Hitliste der abgefahrensten Zugpassagiere standen zwei besonders nervige Exemplare.

Er nannte sie Fliege und Krähe.

Da war dieser junge Muskelmann, dessen viel zu enger Billiganzug metallgrün schimmerte, wie der Thorax einer Schmeißfliege. Jeden Morgen verspeiste die Fliege ihr Frühstück im Zugabteil und alle durften dabei zusehen: Erst schaufelte der Kerl mit einem Suppenlöffel den Inhalt eines Halbliterbechers Magerquark in sich hinein, soff anschließend einen Proteinshake und drückte sich zum Schluss zwei hartgekochte Eier in einem Stück in den Mund, endlos darauf herumkauend, dumpf vor sich hinstarrend, wie ein debiler Elch.

Mindestens ebenso abartig fand Koch die runzlige, solariumgegerbte Krähe um die fünfzig. Typ Parfümverkäuferin in einem Kaufhaus. An den meisten Tagen trug sie synthetische Gewänder mit Leopardenmuster, was ihr die Aura einer Puffmutter verlieh. Die Krähe verrichtete während der Zugfahrt ihre halbe Morgentoilette inklusive Schminkprozedur, Frisurencheck, Nägelfeilen und Parfümdusche.

Pendlerpöbel.

Kai Koch hätte sie alle am liebsten erschlagen.

Eine Stunde und fünfzehn Minuten dauerte Kochs allmorgendliche Tortur von seiner Haustür bis zum Büro. Zuerst mit einem Schnellzug bis zum Hauptbahnhof, dann umsteigen auf eine Regionalbahn für weitere vier Haltestellen.

In seinen ersten Tagen als unfreiwilliger Bahnkunde verschanzte sich Kai Koch während der Reise noch hinter einer

Zeitung, hörte mit Kopfhörern Musik von seinem Smartphone, schaute darauf einen heruntergeladenen Film oder surfte auf Pornoseiten herum. Das langweilte ihn bald, die Zeit konnte er besser nutzen. Also begann er im Zugabteil, was er auch im Auto am liebsten tat – er telefonierte.

Ungeniert, unflätig und unangemessen laut.

Es war ihm egal, dass die Mitreisenden seine Gespräche mithörten, es war ihm einerlei, was sie über ihn dachten. Die empörten Blicke der Passagiere ignorierte er vollends. So etwas wie Schamgefühl war ihm fremd. Die einzige Scham, die er kenne, frotzelte Koch jeweils in bierseligen Herrenrunden, befinde sich zwischen den Beinen der Frauen.

Er telefonierte fortan jeden Tag während der gesamten Zugfahrt. Er rief seine Sekretärin an, Geschäftsfreunde, Kunden, seinen Aktienhändler, den Anwalt und seinen Personal Trainer. Er sprach lauthals mit Segel-, Golf- und Triathlonkollegen, seinem Steuerberater, seinem Ernährungscoach und einem gewissen Karli, der ihn in Zeiten kleinerer, kreativer Durchhänger mit Kokain versorgte. Er zeigte dabei sein ganzes Können als Scheißkerl: Er log, befahl, manipulierte, täuschte, intrigierte, bezirzte, dealte und drohte. Und bekam immer seinen Willen.

Er sprach mit seiner Frau Susanne, mit seiner langjährigen Geliebten Johanna und seiner Sexbekanntschaft Melanie, die er vor zwei Monaten auf einer Flirtseite im Internet kennengelernt hatte und seither unregelmäßig zum schnellen, harten und vor allem unverbindlichen Sex traf. Er reservierte im *Bella Vista* einen Tisch für sich und seine Frau anlässlich ihres dreizehnten Hochzeitstages von nächster Woche, buchte ein Hotelzimmer nahe beim Büro für ein Schäferstündchen über Mittag mit Johanna, rief Internetflirt Melanie an und genoss ein paar Minuten dreckigsten Telefonsex (immerhin hierbei dämpfte er seine Stimme ein wenig) und reservierte anschließend für Freitagabend im *Club Erezione* den üblichen, allmonatlichen Zwei-Stunden-All-inclusive-Service mit seinen beiden Lieblingsprostituierten Kiki und Deliah.

Die einzige Moral, die ihre Daseinsberechtigung habe, pflegte Kai Koch zu sagen, sei die Zahlungsmoral.

An diesem Donnerstagmorgen verließ er den Schnellzug, wie jeden Arbeitstag, um acht Uhr sechsunddreißig am Hauptbahnhof auf Bahnsteig sieben. Er durchquerte die stark frequentierte Bahnhofshalle, wich Pendlern, Wurstständen, Wischmaschinen, Schulreisegruppen und apathisch gaffenden Touristenrudeln aus und glich dabei einem Hai, der hoffärtig durch einen Schwarm Heringe prescht.

Plötzlich hechtete ihn von der Seite ein junger Mann an. Er trug ein violettes, verwaschenes T-Shirt mit einem orientalischen Logo auf der Brust und ein Jesusbärtchen, das mehr nach vernachlässigter Gesichtspflege denn bewusstem Styling aussah. Der Typ tänzelte neben Koch her, fuchtelte mit einem Klemmbrett herum, auf dem *Sun for Africa* stand, und flapste ihn an: »Na, der Herr, etwas Gutes für Afrika tun?«

Kai Koch ignorierte den Dialoger, wie die korrekte Jobbezeichnung für diese professionellen Belästiger lautet, und legte einen Schritt zu.

»Was haben Sie denn gegen Afrika?«, hakte der Kerl nach, jetzt schon in vorwurfsvollerem Ton und mit der Mimik des weltoffenen, moralisch Überlegenen.

Koch blieb abrupt stehen, schenkte dem Jesusbart sein Haifischlächeln und blaffte ihn an: »Oh, ich mag Afrika und seine Menschen, sehr sogar.« Er sprach so scheißfreundlich und überdehnte dabei jeden Vokal, wie ein Pfleger, der Hochbetagten im Heim den Menüplan vorliest. »Ich mag vor allem die Weiber. Ich lasse mir regelmäßig von schwarzen Nutten einen blasen.«

Der Dialoger, zu baff, um verbal zu kontern, versuchte stattdessen mit affektiert vorgetragener Schnappatmung seine tiefste Entrüstung auszudrücken und funkelte dem davoneilenden Koch böse hinterher.

Diese Profigefühlsdusler irgendwelcher Hilfswerke gingen Koch so was von auf den Sack. Er, ganz der kreative Werber, betitelte sie als Zuhälter der Gutmensch-Organisationen.

Koch nahm die Treppe hinunter zur Unterführung und stieg zu Bahnsteig elf hoch, wo der Anschlusszug einfahren sollte. Neuneinhalb Minuten sinnloses Herumstehen und Warten auf die S 45.

Scheiß öffentlicher Verkehr.

In achtundzwanzig Tagen würde er seinen Führerschein zurückbekommen. Er konnte es kaum erwarten, wieder ein freier Mensch zu sein.

In der Ferne hörte er das elektrische Sirren des herannahenden Regionalzuges. Der Bahnsteig war voller Menschen, das allmorgendliche Gedränge und Geschubse. Kai Koch trat ein paar Schritte nach vorn, er wollte als Erster einsteigen. Links von ihm brachte sich eine junge Mutter mit Kinderwagen in Position, rechts standen zwei Teenager mit Rucksäcken und Kopfhörern, deren Ohrmuscheln die Größe von Hundefressnäpfen hatten, und von hinten rückte ihm eine alte Frau mit blau-rot kariertem Kopftuch auf die Pelle. Hatte die Hexe nicht vorhin in seinem Schnellzugabteil gesessen? Kai Koch trat noch einen Schritt vor.

Er zuerst.

Wäre ja noch schöner, mit einem Stehplatz im Zug vorliebnehmen zu müssen. Die doppelstöckige S 45 fuhr mit pneumatischen Seufzern in den Bahnhof ein.

Drei Wimpernschläge bevor die Lok an den Wartenden vorbeifuhr, bekam Kai Koch einen kurzen, aber heftigen Stoß in den Rücken. Wäre er im oberen Teil, in Höhe der Brustwirbel, getroffen worden, hätte sein Körper das ausbalancieren können. Der Stoß traf ihn jedoch präzise zwischen Beckenknochen und erstem Lendenwirbel, was selbst den stärksten Mann aus dem Gleichgewicht bringt. Koch büßte mit einem Mal seine Körperspannung ein. Er versuchte noch, mithilfe seiner Arme und dem Aktenkoffer, die Balance wieder zu gewinnen, sackte aber nach vorn weg, kippte über die Betonkante des Bahnsteigs und stürzte auf das Schotterbett von Gleis elf, wo er bäuchlings liegen blieb. Der Schotter schürfte ihm Knie, Ellenbogen und die linke Wange auf, beschmutzte seinen anthrazitfarbenen Maßanzug und verschrammte seine Wildlederschuhe von *Santoni*, die er sich während seines letzten Toskanaurlaubs geleistet hatte.

Es sind Bahnunfälle dokumentiert, bei denen auf Bahntrassen gestürzte Personen überlebten, weil sie sich flach auf den Boden gedrückt hatten. Kai Koch hatte sich sein Leben lang noch nie geduckt und Sich-klein-Machen entsprach so gar nicht seiner Mentalität. Alphatiere wie er zeigten stets Größe. Also bäumte er sich reflexartig auf und hob den Kopf, sein rabenschwarzes, für gewöhnlich akkurat nach hinten gegeltes Haar hing ihm in Strähnen in die Stirn.

Er hörte die Schreckensschreie der Wartenden auf dem Bahnsteig, hörte das Quietschen der Notbremsung und dann noch, für einen allerletzten Augenblick, das Geräusch, das entstand, als ihm die Front der Lok das Stirnbein eindrückte.

Ein trockenes Knacksen, als breche ein Glasrohr.

Ein Geräusch, das ihn an seine Kindheit erinnerte, als er als Bub mit seinem Bruder im Wald herumgetollt war und aus Eifersucht Samuels neuen Pfeilbogen übers Knie gebogen hatte, bis er splitterte.

Kai Koch, der Scheißkerl, war auf der Stelle tot.

2

Der Zugriff erfolgte morgens um vier Uhr.

Überall auf der Welt bevorzugen Sondereinsatzkommandos die sehr frühen Morgenstunden für Überraschungsangriffe. Die Zielpersonen liegen dann für gewöhnlich im Tiefschlaf, nehmen ihre Festnahme desorientiert und somit willenlos hin und leisten keine nennenswerte Gegenwehr.

Der Einsatzleiter hieß Riccola. »Ja, wie das Kräuterbonbon, aber mit zwei C geschrieben!«, wie er sich belustigten Neubekanntschaften jeweils mit jener resignierten Art von Demut vorstellte, wie sie Menschen mit Geburtsgebrechen und wunderlichen Namen eigen ist. Mag sein, dass Riccola deshalb einen Beruf ausübte, bei dem er seiner Kundschaft anonym gegenübertreten konnte und mit schwarzer Sturmmaske vermummt.

Er war Polizist im Rang eines Oberwachtmeisters und leistete seit elf Jahren Dienst beim Spezialeinsatzkommando SEK Schwalbe, einer taktischen Einheit der Bundespolizei, deren Auftrag es war, Menschenleben in Fällen schwerster Gewaltkriminalität zu retten.

Riccola war einundvierzig Jahre alt, geschieden, kinderlos und ehemaliger Vizeeuropameister im Ju-Jutsu. Er trug ein Musketierschnäuzchen, rasierte sich den Schädel kahl, seit er vor fünf Jahren die ersten grauen Haare an den Schläfen entdeckt hatte, und gab auf Fragebögen beim Punkt ›besondere Merkmale‹ stets an, er sei ›untätowiert‹; eine nackte Tatsache, die er als erfrischend retro empfand, insbesondere in Zeiten, wo bald jeder Halbwüchsige ganze Körperhälften mit einem Geflecht aus Maori-Krieger-Tattoos zur Schau stellte.

Für den Auftrag heute Nacht hatte Riccola seine drei besten Männer aus dem SEK-Pool ausgewählt. Nicht dass der Einsatz besonders schwierig werden würde. Eher das Gegenteil war der Fall. Nachts lautlos in ein Haus einzubrechen und eine alleinstehende, schlafende Person festzunehmen, das war bestenfalls Routine.

Es waren vielmehr vier delikate Details im Einsatzbefehl, die Riccola dazu veranlassten, ein Topteam aufzubieten.

Erstens: Der Auftrag war von allerhöchster, anonym bleibender Stelle angeordnet worden. Maximale Geheimhaltungsstufe. Im internen Sprachgebrauch der SEK-Leute spöttisch auch *Dhing-Auftrag* genannt. *Dhing* war das Akronym für Das-hier-ist-nie-geschehen.

Zweitens: Die verhaftete Zielperson sollte weder in ein Gefängnis überstellt noch einer Behörde zugeführt oder, was selten vorkam, direkt in die Sicherheitsräume eines Ministeriums gebracht werden. Stattdessen hatte man sie an einen Übergabeort zu transportieren, wo ein fremdes, anonym operierendes Team sie übernehmen würde.

Drittens: Der Auftrag trug den für SEK-Verhältnisse geradezu grotesk-kreativen Codenamen *Omas Ausflug.*

Und viertens: Die Zielperson entsprach so gar nicht dem Profil von Riccolas üblicher Kundschaft: Die Sondereinheit Schwalbe wurde bei Geiselnahmen zu Hilfe gerufen, bei riskanten Razzien, Kidnapping, Gangkriminalität und Terrorgefahr. Auf der To-do-Liste standen Bankräuber, Amokläufer und verzweifelte Väter, die sich und ihre Kinder umzubringen drohten, weil das Amt für Kindes- und Erwachsenenschutz *Kesb* die Kleinen zwangsabholen wollte. Und in letzter Zeit kümmerten sie sich vermehrt um die jungen Dschihad-Heimkehrer, die – deprimiert über den nicht gefundenen Heldentod in der Fremde und ihre vertane Chance auf die zweiundsiebzig Jungfrauen – nun mit Kalkammonsalpeter, Wasserstoffperoxid, Autobatteriesäure, Nagellackentferner und sonst noch ein paar Einkäufen aus Drogerie und Baumarkt eine Superbombe zusammenbastelten, mit der sie Ungläubige in die Luft jagen und sich selbst zum Märtyrer pulverisieren wollten.

Mit all diesen Subjekten hatte Riccola seine Erfahrungen

gemacht. Sie konnte er einschätzen und neutralisieren. Mit so einer Zielperson wie heute Nacht jedoch hatte er noch nie zu tun gehabt.

Es handelte sich um eine Dame im Pensionsalter. In Riccolas Weltbild war das gleichbedeutend mit alt, schwach und harmlos.

Um drei Uhr achtundfünfzig machte sich einer der SEK-Männer mit Spezialwerkzeug am Türschloss des alleinstehenden, zweigeschossigen Einfamilienhauses an der Lindenbergstraße Nummer zwölf zu schaffen. Das Kaba-Doppelzylinderschloss wurde binnen zwanzig Sekunden geknackt. Die Männer, ausgerüstet mit schwarzen Sturmmasken, Nachtsichtgeräten und Pistolen, rückten geräuschlos vor und sicherten Raum für Raum. Sie orteten die Zielperson, wie im Einsatzbefehl vermutet, im zweiten Stock, am Ende des Flurs, im Westzimmer. Da lag sie in ihrem Bett und schlief, in Rückenlage, bekleidet mit einem wachsgelben Nachthemd, das einem Astrid-Lindgren-Kinderbuch entsprungen schien. Sie schnarchte, als rieben sich in ihrem Rachen Packeisschollen aneinander.

Riccola zückte aus seiner Beintasche einen Autoinjektor in Kugelschreibergröße und entfernte die Schutzkappe. Ohne das geringste Geräusch zu verursachen, huschte er an das Bett der Frau, beugte sich über sie und handelte blitzschnell. Mit der linken Hand hielt er ihr den Mund zu, falls sie erwachen und schreien würde, während er mit der rechten Hand den Autoinjektor an den Hals der Frau presste. Der Federmechanismus im Innern löste die Nadel aus, die ein hochwirksames Narkotikum auf Retotextyn-Basis injizierte, das die alte Frau in weniger als zwei Sekunden in einen künstlichen Tiefschlaf versetzte, noch bevor sie aus ihrem eigenen, natürlichen Schlummer erwacht war.

Riccola zog seine Sturmmaske aus und inspizierte die neutralisierte Zielperson.

Es irritierte ihn, wie jung die alte Frau auf ihn wirkte. Ihr

Körper, der sich unter dem knöchellangen Nachthemd andeutungsweise abzeichnete, schien schlank und sportlich zu sein mit weiblichen Rundungen an den richtigen Stellen. Zwar ließen die langen perlmuttweißen Haare die Frau greisenhaft erscheinen, ihr Gesicht hingegen war überraschend frisch. Es war fein und harmonisch gezeichnet mit nur wenigen Furchen, keinerlei Schwellungen, Hängewangen oder Altersflecken. Und ein kecker, fast spöttischer Ausdruck umspielte ihren kleinen Mund. Selbst jetzt, wo die Frau leblos dalag, ging eine natürliche Autorität von ihr aus. Laut Einsatzbefehl war sie neunundfünfzig Jahre alt.

Riccola hätte sie massiv jünger geschätzt.

Seine Männer hievten den leblosen Körper aus dem Bett und packten ihn in einen schwarzen verschließbaren Transportsack, ähnlich einem *body bag*, wie er bei der Leichenbergung verwendet wird. Einer aus seiner Gruppe blieb bei der Frau, während die anderen ausschwärmten, sämtliche Zimmer im Haus durchstöberten und nach dem im Einsatzbefehl aufgelisteten Beweismaterial suchten. Sie entdeckten die Gegenstände schließlich im Badezimmer und in einer mit Kleiderschränken vollgestopften Kammer und verstauten alles in schwarze Nylonsäcke.

Riccola zischte den Befehl zum Abmarsch. Der gesamte Einsatz hatte gerade einmal achtzehn Minuten gedauert.

Das SEK-Team fuhr einen hellblauen Toyota-Transporter mit getönten Scheiben. Im fensterlosen Laderaum saßen zwei Männer und behielten den Transportsack mit der Zielperson im Auge. Sie fuhren fast eine Stunde lang – nach dreißig Minuten wurde der Frau nochmals die gleiche Dosis Narkotikum verabreicht –, bis sie den vereinbarten Übergabetermin erreichten.

Den Parkplatz eines Baumarktes. Unbewacht, unbeleuchtet, ohne Überwachungskameras.

Das fremde Team erwartete sie bereits. Zwei mit schwarzen Sturmhauben vermummte Männer stiegen aus einem dunkelblauen Mercedes-Transporter. Codewörter wurden ausgetauscht, der Transportsack mit der Frau und die Nylonsäcke mit den Beweismitteln übergeben und umgeladen. Ohne ein weiteres Wort brauste das anonyme Team davon. Riccola schaute seine drei Kollegen an und nickte.

Am Horizont begann es eben zu dämmern.

***

So gut geschlafen hatte Violetta Morgenstern schon lange nicht mehr. Sie war eben aufgewacht, hielt ihre Augen aber noch geschlossen, um diesen ihr in den letzten Jahren immer seltener vergönnten Moment der absoluten Leichtigkeit frühmorgens im Bett möglichst lange auszukosten. Sie fühlte sich bemerkenswert frisch und rundum ausgeruht. Kein Muskel schmerzte, keine versteiften Schultern, ja nicht einmal ihr Genick zwackte, wie das sonst jeden Morgen üblich war.

Dann registrierte sie, dass sie nicht daheim in ihrem Zimmer lag.

Nicht ihr Bett, nicht ihre Bettwäsche.

Die Matratze, auf der sie hier lag, hatte einen anderen Härtegrad, war weicher und federte, für ihren Geschmack, in der Beckenregion zu sehr. Zudem war diese Matratze mit einem Fixleintuch aus kratzigem Frotteestoff bezogen, nicht wie zu Hause, wo Violetta ausschließlich Duvet- und Kissenbezüge sowie Bettlaken aus Flanell benutzte, weil sie doch sommers wie winters in der Nacht ein *Gfrörli* war und Flanell so schön wärmte.

Sie hörte das ungewohnte Summen einer Lüftung. Und es roch hier auch nicht wie daheim.

Violetta Morgenstern schlug die Augen auf.

Sie befand sich in einem fensterlosen Raum, geschätzte vier auf sechs Meter groß, also in etwa so wie ihr Näh- und Bügelzimmer zu Hause. Boden, Decke und Wände bestanden aus

Beton, beigeweiß gestrichen. Eine mit einem Gittergeflecht geschützte Leuchtstoffröhre in der Mitte der Decke erleuchtete den Raum. Zu grell Violettas Meinung nach. Neben dem Bett gab es noch ein Waschbecken und eine Toilettenschüssel ohne Klobrille, beide aus Edelstahl. In die Wand zu ihrer Linken war eine Tür eingelassen, auch die aus Stahl. Der Türgriff fehlte.

Violetta spürte, wie Panik und Übelkeit in ihr aufkamen. Sie presste ihre Lippen zusammen und drückte mit beiden Fäusten auf den oberen Teil ihres Brustkorbes, auf den Solarplexus, um den Brechreiz zu unterbinden.

Ich bin eingesperrt!

Sie setzte sich im Bett auf, zog die Beine an, massierte sich die Schläfen und atmete durch die Nase mehrmals tief in den Bauch.

Schon besser.

Doch in ihrem Kopf rasten die Gedanken weiter.

Was geschieht hier mit mir? Warum hocke ich in einem Verließ? Und wer hat mich hergebracht?

Sie vergegenwärtigte sich nochmals die letzten Stunden, bevor sie ins Bett gegangen und eingeschlafen war.

Gestern – das war ein Sonntag gewesen …

Sie war, wie jeden Tag, selbst an den Wochenenden, um fünf Uhr fünfundfünfzig aufgestanden. Noch im Nachthemd trank sie zwei Tassen Kaffee, heiß, schwarz, stark, und hörte sich im Radio die Sechs-Uhr-Nachrichten an. Anschließend rollte sie ihre Gummimatte aus und praktizierte die ›Fünf Tibeter‹, danach duschte sie und kleidete sich an. Den Rest des Morgens verbrachte sie mit einem reichhaltigen Brunch und ausgiebigem Zeitunglesen. Sie hatte vier Sonntagsblätter abonniert und las sie alle von vorn bis hinten, ausgenommen die Sportseiten. Sport interessierte sie nicht.

Gegen Mittag hin überprüfte Violetta Rechtschreibung und Grammatik einer Masterarbeit in Geografie, die einer ihrer ehemaligen Grundschüler ihr zur Korrektur geschickt hatte. Violetta freute sich, wenn mittlerweile längst erwachsene Schützlinge von damals sie noch immer um Hilfe baten. Das kam öfters vor. So korrigierte sie Bachelorarbeiten, Präsentationen, Vorträge, Lehrabschlussprüfungen oder Bewerbungsschreiben. Einmal hatte eine ehemalige Drittklässlerin sie sogar gebeten, ihre Hochzeitsanzeige auf grammatikalische und orthografische Fehler zu überprüfen. Violetta betrachtete das als nachträgliche Anerkennung ihrer pädagogischen Arbeit. Wenn die Kinder von damals sich ihr auch noch als Erwachsene anvertrauten, dann hatte sie als Lehrerin wohl einiges richtig gemacht.

Der Sonntagnachmittag war ausgefüllt mit leichten Arbeiten in ihrem Kräutergarten, etwas Bürokram sowie einigen Improvisationsversuchen am Klavier. Sie spielte gern Passagen aus Keith Jarretts *Köln Concert* nach. Nicht besonders gekonnt, aber ihrem Gemüt tat es wohl.

Gegen fünfzehn Uhr war sie mit ihrem Auto zur Justizvollzugsanstalt Meerschwand gefahren, wo sie Maurice besuchte und mit ihm zwei gesellige Stunden verbrachte.

Kurz vor der Dämmerung kam sie nach Hause und betrat als Erstes ihr kleines Labor, das in einem Teil der Garage untergebracht war. Am Tag zuvor hatte sie versucht, aus selbst gemörserten Serafinendisteln mittels Destillation Giftstoffe herauszulösen. Das Experiment war ihr gelungen. Zufrieden betrachtete sie erneut die kleine Glasflasche, in der sie das reine Gift aufbewahrte.

Gegen sieben Uhr abends wurde Violetta hungrig und wärmte sich die Reste einer Gemüselasagne vom Vortag auf.

Um halb acht verfolgte sie die *Tagesschau* des Schweizer Fernsehens und suchte danach erfolglos einen spannenden oder schönen Spielfilm. Nach ein paar Minuten sinnlosem Herumzappen wählte sie – was sie in solchen Fällen meistens tat – einen dieser History-TV-Kanäle und schaute sich einen

Dokumentarfilm über Adolf Hitler an. Hitler brachten sie täglich, immer nach zwanzig Uhr, mehrere Folgen hintereinander, in der jede nur denkbare Facette seines Lebens thematisiert wurde. Die Sendungen hatten Titel wie *Hitlers Bunker, Hitlers Generäle, Hitlers Sekretärin, Hitlers Schäferhunde, Hitlers Blitzkrieg, Hitlers Hobbys, Hitlers Atombombe.* Violetta hatte sich einmal die Mühe gemacht, zu zählen: Sie war auf dreiundvierzig Hitler-TV-Titel gekommen, eigentlich vierundvierzig, wenngleich *Hitlers Kontakt zu Außerirdischen* wohl mehr als Scherzsendung verstanden werden musste.

Sie mochte Hitler-Dokumentarfilme, weil hier das Böse glasklar definiert, gezeigt und so für den Zuschauer fassbar gemacht wurde.

Das pure, abgrundtiefe, unverdorbene Böse. Als Konzentrat erlebbar, während sechzig Sendeminuten abzüglich dreier Werbeblöcke zu je viereinhalb Minuten.

Nicht dass Violetta dem Bösen besonders zugeneigt wäre. Gottbewahre. Sie hätte sich genauso gern einen Liebesfilm angeschaut, aber das Fernsehen brachte halt nun mal mehr Adolf Hitler als Rosamunde Pilcher. Nein, es war vielmehr so, dass Violetta große Gefühle mochte. Starke Emotionen, Seelennahrung, egal welcher Art. Liebe, Verrat, Sehnsucht, Hass, Geburt, Leiden, Tod – oder eben das Böse. Sie mochte es, wenn die Dinge prägnant waren. Ja oder nein, richtig oder falsch, die Ampel zeigt grün oder rot, Prüfung bestanden oder durchgefallen.

Schattierungen waren ihr zu schwammig. Sie war der Meinung, man müsse sich entscheiden im Leben, wo man stehen wollte, selbst bei Nebensächlichkeiten des Alltags. Violetta hatte ihre Prinzipien, eines davon war, die Dinge stets klar zu taxieren. Das hatte sie auch in ihrem Beruf als Grundschullehrerin, bevor sie sich frühpensionieren ließ, so gehandhabt. Es gab für sie nichts, was man nicht mithilfe einer Notenskala von eins bis sechs bewerten konnte.

Kurz nach zehn Uhr kroch sie in ihr Bett, las noch eine halbe Stunde lang im neusten *Commissario Brunetti* und schlief danach innerhalb weniger Minuten ein.

Und erwachte erst wieder an diesem fremden Ort.

In den hintersten Winkeln ihres Verstandes begann plötzlich ein Gedanke zu rumoren. Nur vage, aber je mehr sie grübelte, desto mehr nahm er Gestalt an. Lag es vielleicht im Bereich des Möglichen, dass man sie ... Aber nein, das war doch zu abwegig, dazu hätte man sie ja ... Und sie hatte wirklich aufgepasst, damit niemand ...

Hör auf damit!

Violetta warf ihren Kopf hin und her, als könnte sie so den Gedanken wieder aus ihren Gehirnwindungen schütteln.

Ein metallenes Geräusch riss sie aus ihren Gedankengängen. Die Stahltür schwang auf. Ein Mann, vermummt mit einer Sturmmaske, trat breitbeinig vor ihr Bett. Er ließ die Arme hängen und spreizte die Finger, wie ein Cowboy ohne Colt. Wortlos und mit einer Kopfgeste beschied er ihr mitzukommen.

War das der Moment, um an Flucht zu denken?

Violetta überlegte nur einen Augenblick lang und entschied sich dagegen. Die Chance auf Erfolg lag bei null, zudem war ihre Neugierde groß, endlich zu erfahren, was das Theater hier sollte.

Sie stand auf, zupfte ihr Nachthemd manierlich zurecht, strich ihr weißes langes Haar über die Schultern, drückte ihr Kreuz durch und reckte das Kinn. Ihre Hände zitterten. Sie ballte sie zu Fäusten, atmete ein und aus, tief in den Bauch hinunter.

Dann ließ sie sich vom Maskenmann hinausführen.

Sie wurde in einen anderen Raum gebracht und auf einen am Boden festgeschraubten Stuhl aus Leichtmetall gesetzt. Dieser

Raum war sehr viel größer, ganz in Schwarz gestrichen und ebenfalls mit einer Stahltür gesichert. Die öffnete sich gerade geräuschlos.

Violetta hielt sich aufrecht, fuhr sich mit der Zungenspitze blitzschnell über die trockenen Lippen und legte ihre Hände in den Schoß. Das Herz schlug ihr bis zum Hals.

Zwei Männer betraten den Raum. Violetta staunte gleich doppelt. Erstens: Die beiden Kerle waren nicht vermummt. Zweitens: Sie sahen aus – was bizarr war in diesem martialischen Umfeld – wie stinknormale Beamte. Langweilig, durchschnittlich, energielos. Wie zwei Schluck Wasser.

Bünzlis.

Die Typen hätten in ein Steuerbüro hineingepasst, auf ein Straßenverkehrsamt oder eine Briefmarkensammlermesse. Aber ganz bestimmt nicht hierher in diesen ... Ja, wer waren die Leute hier eigentlich?

Polizei? Militär? Steckte eine Sicherheitsbehörde dahinter? Violetta wusste nicht einmal, ob die Schweiz über einen Geheimdienst verfügte, so wie in den USA die CIA, NSA oder das FBI. Oder war sie am Ende gar von Kriminellen entführt worden? Diesen Gedanken verwarf sie sogleich wieder, hütete sie doch weder Staats- oder Industriegeheimnisse noch war sie vermögend. Die bescheidene Erbschaft ihrer Eltern war nie und nimmer ein Kidnapping wert.

Wer zum Teufel also hat mich entführt und hält mich hier fest?

Sie spürte, wie Übelkeit und Panik erneut aufflammten. Sie atmete geräuschlos durch die Nase tief ein und aus. Formte mit all ihren Fingern eine Raute. Horchte ihrem Herzschlag. Versuchte ihr Nervensystem wieder in den Normalmodus zu versetzen. So wie sie das jeweils auf dem Zahnarztstuhl tat, kurz, bevor sie vor Angst fast starb.

Sie musterte die beiden Kerle. Der eine trug einen langweiligen dunkelgrauen, der andere einen langweiligen hellgrauen

Anzug. Dazu eierschalenfarbene Hemden, keine Krawatten. An den Füßen schwarze Halbschuhe mit Gummisohlen, abgenutzt, unelegant; immerhin sauber geputzt und leidlich poliert.

Der eine Typ war schon älter, um die sechzig. Er war eher klein, geschätzte ein Meter fünfundsechzig, dicklich, behäbig, hatte schütteres, braunes, halb ergrautes Haar und eine nicht unfreundliche Ausstrahlung. Alles in allem ein *gmögiger* Typ, wie man hierzulande sagte. Aber er wirkte müde, krank sogar. Ein verbrauchter Mann. Er war zwar gut beleibt, sein Gesicht jedoch sprach Bände. Er schaute resigniert. Seine Augen schimmerten wässerig, der Lidschlag war so träge wie der eines Uhus. Die Tränensäcke waren geschwollen und wiesen grüngelbe Hämatome auf. Seine ehemals fleischigen Wangen waren eingefallen und die Mundwinkel hingen hinunter, wie die Lefzen eines Bluthundes. Der Mann war besorgniserregend blass, als wäre ihm speiübel. Er schwitzte stark. Er war definitiv nicht gesund.

Sein Hausarzt hatte vermutlich einiges an ihm herumzudoktern.

Und – der Mann hatte einen Tick. Kaum zu erkennen, aber Violetta war er nicht entgangen. Seine rechte Ohrmuschel zuckte in unregelmäßigen Abständen.

Sein Kollege war das pure Gegenteil: hager und sehr groß, um die eins neunzig. Die langen Arme und Beine schlackerten an seinem Körper. Seine Bewegungen erinnerten an die riesigen Werbelufttänzerfiguren, wie sie bei Neueröffnungen von Discountern und Autohäusern am Eingang stehen und ihre von einer Windmaschine aufgeblähten Gliedmaßen in die Welt hinausflattern lassen. Er war noch keine vierzig. Listiger Blick, öliges Lächeln, rotblondes kurz geschorenes Haar. Eine eher schmierige Erscheinung. Solche Typen plagten nach Feierabend daheim in ihrem Keller kleine Tiere. Sein Markenzeichen war der orangeblonde balkenförmig gestutzte Schnauzer, der ihn aussehen ließ wie ein Pornofilmdarsteller aus den Achtzigerjahren.

Violetta fand den Mann zutiefst unsympathisch. Möglich, dass sie vorschnell und unfair urteilte, doch mit ihrem ersten Eindruck lag sie eigentlich selten falsch.

Die beiden Kerle traten langsam auf Violetta zu, blieben mit einer Armlänge Sicherheitsabstand vor ihr stehen und blickten von oben auf sie herab.

Es war der ungesunde Dicke, der leichenblasse Ohrwackler, der die Stille brach. Offensichtlich der Chef, dachte Violetta, das Alphamännchen. »Frau Morgenstern, was denken Sie, warum Sie hier sind?«, fragte er so leidenschaftslos, als verkündete er im Fernsehen die Gewinnquoten beim Samstagslotto.

»Zuerst einmal sagt man Guten Tag, dann erst beginnen höfliche Leute mit der Fragerei.« Violetta hatte sich vorgenommen, von Beginn an auf Konfrontationskurs zu gehen. Die Kerle erwarteten wahrscheinlich ein eingeschüchtertes *Huscheli*. Da war es taktisch gar nicht schlecht, wenn sie aufmuckte. Indem sie angriff, lenkte sie sich zudem selbst von ihrer erneut aufkommenden Panik ab.

Sie musterte die beiden unverfroren und zeigte dabei ein süffisantes Mitleidslächeln. Ein Gesichtsausdruck, bei dem sich manche Typen sofort verhöhnt fühlten.

Und die Beherrschung verloren.

Dem Ohrwackler fiel die faltige Kinnlade runter und endlich bekam sein graues Gesicht etwas Farbe. Der Pornoschnauzer zog geräuschvoll den Rotz hoch, zog seine Oberlippe nach oben und schaute sie aggressiv an.

Na also, funktioniert doch, dachte Violetta.

Die Männer wechselten kurz einen Blick miteinander, als wollten sie sich gegenseitig beruhigen. Lassen wir uns von der nicht provozieren!

Der Ohrwackler hatte das bisschen Lebensrouge in seinen Wangen bereits wieder verloren. Mit monotoner Stimme hakte er nach: »Irgendeine Ahnung, was Sie getan haben könnten, dass diese besondere Behandlung hier vonnöten macht?«

Violetta legte noch einen drauf.

Wie eine Furie raunzte sie die beiden an: »Ich finde es eine Frechheit, wie Sie eine Dame hier herumsitzen lassen, noch dazu im Nachthemd und ohne ihr ein Glas Wasser oder einen Kaffee anzubieten. Die Herren scheinen aber auch sonst nicht zu wissen, wie man sich höflich benimmt, sonst hätten Sie sich mir mit Namen vorgestellt.«

Dem Ohrwackler platzte der Kragen. Unversehens schritt er auf sie zu und streckte sein Gesicht so nahe an Violettas, dass sich ihre Nasen beinahe berührten. Sie roch seinen mit Ammoniak durchsetzten Schweiß, Mundfäule und Kölnisch Wasser. »Unsere Namen?«, blaffte er sie an. »Sie dürfen uns nennen, wie Sie wollen, *Madame*. Suchen Sie sich etwas aus, was zu uns passt!«

»Dann nenne ich Ihren Lakaien Herr Pornoschnauzer und Sie sind Herr Mundgeruch.«

Ein Tritt in deren Genitalien wäre nicht wirkungsvoller gewesen.

Dem Ohrwackler entgleisten die Gesichtszüge. Er zuckte zurück, wandte sich von Violetta ab und hob – bemüht, die Geste wie beiläufig aussehen zu lassen – seine Hand kurz vor den Mund, um verstohlen hineinzuhauchen. Der Schnauzer sah aus, als würde er sich am liebsten auf Violetta stürzen und sie erwürgen.

Es entstand eine Pause, in der alle ihren nächsten Schritt erwogen.

»So kommen wir hier nicht weiter.« Jetzt war der Schnauzer an der Reihe. Die Nummer zwei. Das Betamännchen, wie Violetta vermutete.

Aus seiner Sakkotasche zog er einen kleinen weißen Tablet-Computer hervor. Er tippte darauf herum, worauf ein Großteil der einen schwarzen Wand plötzlich von innen zu leuchten begann und sich als riesiger Flachbildschirm entpuppte. »Schauen wir uns doch zusammen einen Film an«, feixte der Schnauzer.

»Einen Ihrer Pornos?«, fragte Violetta mit übertriebener Begeisterung.

Er ignorierte sie und ließ stattdessen den Film laufen. In Farbe, gestochen scharf und mit hochaufgelöster Bildqualität.

Schon nach den ersten Filmsekunden biss sich Violetta auf die Unterlippe. Sie war kurz davor, sich zu übergeben.

Sie hatten sie erwischt.

3

Der Film dauerte exakt eine Minute achtzehn Sekunden, wie ein mitlaufender Timecode in der rechten oberen Ecke des Bildschirms anzeigte. Sie ließen ihn insgesamt dreimal laufen, ohne auch nur ein Wort dazu zu sagen. Zeigten Violetta einfach nur den Film.

Die Szenerie musste von einer Überwachungskamera aufgenommen worden sein. Es gab keinerlei Schwenk, Fahrt oder Zoom, nur die Totale. Ein Bahnhof war zu sehen mit einer großen, wartenden, wogenden Menschenmenge auf dem Bahnsteig. Ein S-Bahn-Zug fuhr ein. Dann war da ein Mann mit Aktenkoffer, der plötzlich stolperte, wild mit den Armen ruderte, in den Gleisgraben hinunterstürzte und von der Lok frontal erfasst wurde.

Ende.

Sie zeigten ihr den Film ein viertes Mal. Stoppten diesmal jedoch an der Stelle, wo der Mann ins Straucheln geriet. Spulten ein wenig zurück, zoomten in das Standbild herein, vergrößerten den Ausschnitt mehr und mehr, bis nur noch der Mann mit dem Aktenkoffer im Bild war – und die Person, die in seinem Rücken stand.

Eine vornübergebeugte, alte Frau mit blau-rot kariertem Kopftuch.

Der Film ruckte in Superzeitlupe weiter. Die Frau hob ihren rechten Arm und versetzte dem Mann vor ihr einen Stoß in den Rücken, hart und präzise, und der Mann kippte nach vorn.

An dieser Stelle stoppte der Pornoschnauzer den Film, spulte nochmals zurück, zeigte wieder den Stoß, nochmals zurück, wieder den Stoß ...

Violetta saß da und machte einen geistlosen Tausendmeterblick. Obwohl es in ihr drin tobte. Sie hörte das Blut rauschen in ihrem Kopf und ihr Magen wollte in sich zusammensacken.

Der Schnauzer zoomte das Gesicht der alten Frau heran, bis

es den Flachbildschirm zu zwei Dritteln ausfüllte. Zuerst war das Bild unscharf und stark verpixelt, dann lief eine Art Balken über das Bild und verwandelte es in ein ultrascharfes, hochaufgelöstes Foto, sodass man jedes Detail erkennen konnte. Eine sehr alte Frau, mit Kopftuch, dicker Hornbrille, Hakennase, faltigem Gesicht, Warzen und Hängewangen.

»Sie haben sich redlich Mühe gegeben, Frau Morgenstern.« Jetzt trat der Ohrwackler wieder auf die Bühne. »Sie haben sich verkleidet, geschminkt und mit ein bisschen Maskenbildnertechnik Ihr Gesicht verändert. Kopftuch und Brille – das kann jeder Laie. Aber wie Sie mit Latex ganze Gesichtspartien neu modelliert und verändert haben, alle Achtung, das ist schon eher Profiliga.«

Violetta schaute ihn verständnislos an, runzelte die Stirn, machte mit der rechten Hand eine Ich-weiß-nicht-was-Sie-meinen-Geste.

Der Ohrwackler dozierte weiter: »Normalerweise wären Sie damit problemlos durchgekommen. Keine der handelsüblichen Überwachungssoftware könnte Sie mit der Maskerade identifizieren. Sie wären nie erwischt worden.«

Er blickte zur Decke und lächelte, als winkte ihm von dort ein lieber Mensch zu. Dann schaute er abrupt zu Violetta hinüber und fuhr in schneidendem Tonfall fort: »Sie hatten ganz einfach das Pech, dass auf diesem Bahnhof vor zwei Wochen eine neuartige Videoüberwachung installiert wurde. Kameras, die gestochen scharfe, hochaufgelöste Filme produzieren. Aber das ist noch nicht alles. Das wirklich Bahnbrechende ist die neu entwickelte, biometrische Software, die in der Lage ist, Gesichter zu scannen – und zu identifizieren. Jeder Scan wird in Echtzeit mit einer riesigen Datenbank abgeglichen. Und jetzt kommts, Frau Morgenstern: Diese Gesichtserkennungssoftware, die mit selbstlernenden Algorithmen arbeitet, ist so clever, dass sie selbst subtilste Gesichtsmerkmale erkennt, die für den Menschen nicht wahrnehmbar sind. In bis zu neunzig einzelne Punkte wird ein Gesicht aufgeschlüsselt, analysiert und mit Abermillionen gespeicherter Fotodaten verglichen. Tja, da kann sich die Frau Morgenstern noch so viel Latex aufs Gesicht pappen, der Computer deckt ihre Identität trotzdem auf.«

Violetta saß noch immer kerzengerade da und versuchte, ein ahnungsloses Gesicht zu machen. In ihr drin jedoch tobte ein Tornado.

Auf dem Großbildschirm poppten jetzt Fotos auf und gruppierten sich wie Klebezettel um die zentrale Großaufnahme der alten Kopftuchfrau, der mutmaßlichen Violetta.

Das eine Foto stammte aus Violettas Reisepass, ein anderes, schon etwas älter, von ihrem Führerschein. Und dann waren da noch zwei digital ausgeschnittene Zeitungsartikel. Einer handelte von der Einweihung eines neuen Altersheims und zeigte eine Gruppe Helferinnen beim Ausschenken eines Aperitifs. Die dritte Dame von links war Violetta Morgenstern, so jedenfalls stand es in der Bildlegende. Der zweite Zeitungsartikel befasste sich mit der Premiere eines neuen Bühnenstücks, einem Schwank mit dem Titel *Der untreue Großvater*, den das Seniorentheater Silbergeier aufführte. Das schlechte Foto in körnigem Schwarz-Weiß zeigte eine Spielszene mit einem Mann und einer Frau, bei der es sich, laut Bildlegende, um ›die böse Nachbarin Evi Sturzenegger (gespielt von Violetta Morgenstern)‹ handelte.

Jetzt begann der Pornoschnauzer zu zaubern.

Er tippte virtuos auf seinem Tablet herum, worauf auf sämtlichen Violetta-Fotogesichtern kleine rote Messpunkte erschienen. Sie markierten Nasenflügel, Augenlider, Pupillen, Nasolabialfalte, Brauen- und Mundwinkel, Tiefe des Augensockels, Kinn, Wangen und Haaransatz, ja selbst die Ohren waren mehrfach gekennzeichnet.

Der Schnauzer strahlte und zauberte weiter: Von all diesen Gesichtspunkten aus zischten nun rote Linien wie Laserstrahlen auf das große Foto der alten Kopftuchfrau, setzten sich überall in ihrem Gesicht fest – und wechselten die Farbe von Rot auf Grün. Schließlich erschien ein Schriftzug: *Faceprint. Übereinstimmung: 99,9 Prozent.*

Dann poppte ein allerletztes Foto auf. Es zeigte all jene Gegenstände, die das SEK-Team in Violettas Haus konfisziert hatten. Eine Hornbrille, Schminkutensilien, eine falsche Nase, Warzen und Wangenteile aus Latex sowie diverse Kleidungsstücke. Unter anderem ein blau-rot kariertes Kopftuch.

Violetta machte keinerlei Anstalten, das eben gegen sie Vorgebrachte zu kommentieren. In ihrem Gesicht gab es keine Regung, die man hätte deuten können. Ihr Antlitz war so inhaltsleer wie eine stehen gebliebene Wanduhr. Sie war ganz gelassen, was nicht gespielt war. Mit jeder Minute, in der ihre Entlarvung absehbarer geworden war, hatte sie sich mehr entspannt. Es gab für sie nichts mehr zu verstecken; so etwas wirkte enorm befreiend. Keine Übelkeit mehr, kein explodierender Kopf, keine Panik. Alles war nun klar, das Spiel vorbei, hier endete die Geschichte. Was sollte sie sich da also noch aufregen?

Ihr Nervensystem fuhr auf Normalbetrieb herunter. Sie hatte alles verloren und darum nichts mehr zu verlieren. Sie konnte jetzt in die Offensive gehen, ohne Rücksicht auf eigene Verluste. Untergehen mit fliegenden Fahnen.

Überrumple die Typen mit der gnadenlosen Wahrheit, sagte sie sich. Greif an!

»Tja, das war's«, sagte der Ohrwackler feierlich und faltete die Hände, wie ein Pfarrer, der seine Gemeinde zum Schlussgebet auffordert. »Frau Violetta Morgenstern, Sie werden hiermit angeklagt des Mordes an Kai Koch.«

Violetta zog die rechte Augenbraue hoch. »Ach, sein Name war Kai Koch? Was für ein wohlklingender Name für so einen schlechten Menschen.«

Sie bestritt ihre Tat nicht eine Sekunde lang. Ja, sagte Violetta, sie habe den Kerl, diesen Herrn Koch, mit Absicht in den Tod gestoßen. Sie bereue ihre Tat nicht, sie habe gute Gründe dafür gehabt.

»Und ich würde es wieder tun.«

Kein Bedauern. Keine Zerknirschtheit. Keine Reue.

Die Männer schienen überrascht. Sie hatten nicht mit einem so schnellen, vollständigen Geständnis gerechnet.

»Meine Herren, warum sollte ich lügen? Ihre vorgebrachten Beweise gegen mich sind eindeutig. Sie haben mich erwischt. Alles abzustreiten wäre sinnlos, für uns alle nur peinlich und reine Zeitverschwendung.«

»Oh, Zeit werden Sie künftig mehr als genug haben«, höhnte der Schnauzer. »Mörder erhalten eine lebenslange Freiheitsstrafe, das wären so um die fünfundzwanzig Jahre Knast. Mal nachrechnen, Sie sind jetzt neunundfünfzig, dann kämen Sie frühestens heraus, wenn Sie … äh …«

»… wenn ich vierundachtzig bin. Welche Schulnote hatten Sie eigentlich als Schüler im Kopfrechnen? Sie sind zu langsam, mein Lieber, üben, üben und nochmals üben.«

Dem Schnauzer schoss das Blut ins Gesicht. Er stierte Violetta an, als ginge er ihr jeden Moment an die Gurgel. Sein Kollege versuchte die Situation zu entschärfen, indem er dazwischenfuhr: »Warum haben Sie das getan, Frau Morgenstern? Warum musste Kai Koch sterben?«

Violetta lächelte und lehnte sich auf ihrem Stuhl zurück, als wäre sie der joviale Stargast in einer TV-Talkshow. »Meine Herren, endlich kommen wir zum spannenden Teil dieser Unterhaltung. Die Frage nach dem Warum. Warum? Weil Kai Koch ein durch und durch schlechter Mensch war. Darum. Und wer Böses tut, mit dem wird es böse enden.«

Der Ohrwackler machte mit beiden Armen eine weit ausholende Bewegung, mit der er signalisierte: Das müssen Sie uns schon genauer erklären, Lady.

»Sie wollen die ganze Geschichte hören?«
Die beiden Kerle verschränkten die Arme.
Also erzählte Violetta ihre Mordsgeschichte.
Ganz von vorn.

»Ich hatte mich in der Stadt an der Universität für einen öffentlichen Kurs eingeschrieben. Ein Seminar in der Abteilung Biologie. Giftpflanzen in der Heilkunde, ein Thema, das mich sehr interessiert und über das ich selbst seit Jahrzehnten forsche. Der Lehrgang dauerte zehn Tage. Ich fuhr von meinem Wohnort aus – Sie kennen mein Zuhause ja gut, wie ich schmerzlich feststellen musste – mit der Bahn in die Stadt. Und da war dieser Kerl im Zug …«

»… Kai Koch«, warf der Pornoschnauzer dazwischen.

»Der Herr Koch, richtig. Der Zufall wollte es, dass er und ich am Morgen und nach Feierabend im selben Zug, meistens sogar im selben Abteil, saßen. Sehr schnell wurde mir klar, was für ein abgrundtief schlechter Mensch er ist. Er telefonierte ununterbrochen. Und zwar so laut, dass ich sämtliche Gespräche mithören musste. Er betrog und belog seine Familie, seine Freunde und Arbeitskollegen. Er entpuppte sich als hinterhältiger, fieser, böswilliger Mann. Bereits nach dem dritten Tag Bahnfahren mit ihm war mir klar, dass ich es hier mit einem richtig üblen Kerl zu tun hatte. Weitere zwei Tage genügten mir, um zu einem abschließenden Urteil zu kommen. Dieser Mann war ein Monster. Er würde sein Leben lang genau so weitermachen. Er würde vielen Menschen schaden, ihnen sehr wehtun, sie ins Verderben führen, Existenzen würden zerstört werden – und niemand würde diesen Mann stoppen können.«

Violetta hielt inne, schaute die Männer eindringlich an, wie sie es mit ihren Schülern getan hatte, wenn sie eine Geschichte vorlas und Kunstpausen einlegte, um zusätzliche Dramatik zu erzeugen.

»Es gibt kein Gesetz, das verbietet, ein zerstörerisches Scheusal zu sein. Wir alle wissen, dass Recht und Gerechtigkeit nicht das Gleiche sind. Kein Gericht dieser Welt kann diesen Kai Koch wegen seiner Boshaftigkeit und Skrupellosigkeit verurteilen. Niemand kann ihn zur Rechenschaft ziehen für all seine juristisch legalen Widerwärtigkeiten, die er begangen hat, und erst recht nicht für diejenigen, die er in Zukunft noch begehen würde.«

Violetta atmete geräuschvoll aus und wieder ein und setzte dann zum Finale an.

»Das Recht ist nicht immer gerecht. Also habe ich für Gerechtigkeit gesorgt, indem ich den Kerl vor den Zug stieß.«

Die beiden Kerle schienen beeindruckt.

Einen mit so viel Überzeugung, Hingabe und Haltung dargelegten Fall von Selbstjustiz erlebten sie nicht alle Tage. Der Ohrwackler schaute Violetta teilnahmsvoll an, der Schnauzer schüttelte andauernd den Kopf und grinste dabei vor sich hin, als hätte ihm jemand einen besonders zotigen Witz erzählt.

»Ich sehe, Sie sind erstaunt, meine Herren. Wenn Sie aber – als eine Art Hausaufgabe – meine Argumentation nochmals Schritt für Schritt überdenken, werden Sie feststellen, dass die Tötung von Kai Koch eine gute, weil nachhaltige Lösung war. Ohne Kai Koch ist die Welt ein klein bisschen besser.«

»Der Mann hatte eine Ehefrau und zwei kleine Söhne!«, entrüstete sich der Schnauzer mit etwas zu viel künstlichem Pathos.

»Eine Familie, die nun ohne ihn ein anständiges, rechtes und gesundes Leben führen kann«, konterte Violetta. »Er hätte seiner Frau erst das Herz und dann im Streit das Jochbein oder eine Rippe gebrochen. Früher oder später hätte er sie für eine seiner Huren verlassen, zuvor aber hätte er sie noch mit einer Geschlechtskrankheit angesteckt. Und seine Söhne wären mit so einem Vater als Vorbild ebenfalls zu Fieslingen herangewachsen und hätten ihrerseits einer Menge Menschen Böses angetan. Ich habe dieses üble Dominospiel aufgehalten. Mit meinem Mord an Kai Koch habe ich viele

Menschen vor großem Unglück bewahrt. Ich habe für Gerechtigkeit gesorgt und Prävention betrieben. Nun bin ich erwischt worden. Für meine Tat werde ich geradestehen und ins Gefängnis gehen. Schon meinen Schülern predigte ich stets: Strafe muss sein.«

Was nun geschah, irritierte Violetta.

Zum Finale ihres Geständnisses hatte sie mit Empörung, Strafrechtskunde und vielleicht sogar einer Moralpredigt gerechnet. Nichts von alldem geschah. Stattdessen lächelten die beiden Männer still vor sich hin. Nicht die Art von erlöstem, müdem Lächeln, wie Kriminalbeamte es zeigen, wenn sie nach stundenlangem Verhör einen Verdächtigen endlich seiner Tat überführen können. Nein, das Lächeln der zwei Kerle war anders. Beinahe feierlich. Als wüssten sie von einem großen Geheimnis.

In dem Moment spürte Violetta, dass hier noch eine ganz andere, viel größere Sache am Laufen war.

Man hatte etwas mit ihr vor. Und sie begann zu ahnen, dass dies hier nicht das Ende war.

Sondern der Anfang.

Die Kerle wollten etwas von ihr. Mehr noch: Sie *brauchten* ihre Hilfe und benutzten die Kai-Koch-Sache, um sie unter Druck zu setzen und zu erpressen.

»Was Sie da getan haben«, begann der Ohrwackler, und seine Stimme hatte jetzt plötzlich etwas Onkelhaftes, »bringt Sie für den Rest Ihres Lebens ins Gefängnis. Ich schätze Sie als großen Freigeist ein, als mutige, starke, kluge Frau. Der Knast ist nichts für Sie. Sie wären wie ein Luftballon hinter Gittern. Sie würden dort drinnen binnen eines Jahres eingehen, sterben würden Sie. An gebrochenem Herzen und gerissenen Nerven. Sie sind nicht der Typ, der es erträgt, wenn andere Macht und Kontrolle über Ihr Leben haben.«

»Sie verwenden andauernd den zweiten Konjunktiv«, platzte Violetta dazwischen und fuchtelte mit ihrem Zeigefinger. »Sie sagen *würden* und nicht *werden*. Was genau wollen Sie mir mitteilen?«

Er schmunzelte. »Die Frau Lehrerin und die Grammatik ... Aber Sie haben recht. Es gibt da eine Möglichkeit, Ihnen das Gefängnis zu ersparen.«

Sie verschränkte die Arme, lehnte sich auf ihrem Stuhl weit zurück und hielt den Kopf leicht schief.

Gespannt auf sein Angebot.

»Frau Morgenstern, reden wir über Ihre Qualitäten als Mörderin.«

4

Violetta Morgenstern hatte einen Zwilling, der weltberühmt war. Als sie noch auf der Grundschule unterrichtet hatte, wurde sie eines Tages von einer ihrer Schülerinnen – einer ganz besonders pfiffigen Elfjährigen namens Bettina – darauf aufmerksam gemacht, dass die Frau Lehrerin einen Zwilling habe, einen astrologischen Zwilling, um genau zu sein. Violetta hatte keine Ahnung, was das Kind damit meinte.

Die Schülerin hatte bei den Vorbereitungen zu ihrem Schulvortrag »Ein berühmter Mensch« herausgefunden, dass der US-amerikanische Popsänger Michael Jackson am selben Tag geboren war wie Frau Morgenstern. Als Bettina – wie schon gesagt, ein aufgewecktes Kind, gründlich und hartnäckig dazu – ihre Lehrerin nach deren genauer Geburtszeit fragte, stellte sich heraus, dass Violetta Morgenstern (geboren in Bern, Schweiz, am 29.8.1958 um 19:44 Uhr) und Michael Joseph Jackson (geboren in Gary, Indiana, USA, am 29.8.1958 um 12:44 Uhr) – unter Berücksichtigung der sieben Stunden Zeitverschiebung – auf die Minuten genau, zum exakt selben Zeitpunkt, zur Welt gekommen waren.

Und so etwas nennt die Fachwelt eben astrologische Zwillinge.

Nach Auffassung der meisten Astrologen sollen Zwillinge dieser Art einen ähnlichen, wenn nicht gar identischen Lebensplan aufweisen.

Nun denn, sagte sich Violetta und las Bettinas schriftlichen Vortrag über Michael Jackson mit ganz besonderes großem Interesse.

Aus familiären Gründen sozusagen.

Und tatsächlich, es gab Parallelen.

Musik war auch in Violettas Leben etwas sehr Wichtiges. Sie hatte eine schöne Stimme, spielte akzeptabel Klavier und Gitarre und dieser Jackson und sie – sie hatte sich mittlerweile von Bettina eine CD ausgeliehen und ein paar seiner Songs angehört – sangen in einer ähnlich hohen Stimmlage.

Hochinteressant fand Violetta auch die Tatsache, dass sowohl sie wie auch ihr Astro-Zwilling auffallend viel Interesse und Freude an Kindern zeigten.

Wenn auch aus ganz unterschiedlichen Gründen.

Das war's dann aber auch schon mit den Parallelen. Das Tanzen etwa war gar nicht Violettas Ding. Und in Sachen Kleidergeschmack sah sie ebenfalls absolut keine Übereinstimmungen. Obwohl auch sie schon einmal ein Glitzerkostüm getragen hatte – während der Fasnacht.

Übers Ganze betrachtet verlief ihr Leben doch sehr viel unglamouröser und skandalfreier als jenes von Michael Jackson.

Wenngleich auch die Familiengeschichte der Morgensterns nicht gänzlich frei von Skandalen war.

Violettas Zeugung beispielsweise war einer gewesen.

Sie – die ungeplante Liebesfrucht ihrer Eltern – war der Grund, warum die Familie Morgenstern einen Großteil ihres Lebens an den exotischsten Orten der Welt verbrachte.

Violettas Vater, Josef Morgenstern aus Luzern, war siebenundzwanzig Jahre alt, als er zum katholischen Priester geweiht und einer Gemeinde in der Innerschweiz als Pfarrer zugewiesen wurde.

Morgenstern war ein freundlicher, sanftmütiger Mensch mit auffallend kleinen Ohrmuscheln und einem großen Herz. Er war ruhig, fast scheu, weswegen es ihm nie leichtfiel, vor allen Kirchgängern die Sonntagspredigt zu halten.

Der junge Herr Pfarrer wurde in seiner Gemeinde freundlich aufgenommen, aber auch, insbesondere von den älteren Kirchgängern, kritisch beäugt, da er kein Einheimischer war.

Die Mädchen im Dorf hingegen vergötterten den hübschen Mann Gottes. Sie machten sich einen Spaß daraus, ihm bei der persönlichen Beichte von ihren süßen Sünden – die sie allesamt frei erfunden hatten – zu berichten und den Priester ob derlei Frivolitäten in Verlegenheit und zum Erröten zu bringen.

Morgenstern war in der Tat höchst verstört darüber, auf welch artige und abartige Arten sich die menschliche Fleischeslust manifestieren konnte. Er betrachtete diese neue, für ihn hochnotpeinliche Erfahrung als himmlische Prüfung und ging – nach nächtelangen, intensiven Gebeten – im Glauben gestärkt und mit noch mehr Euphorie für den Zölibat aus dieser Sache hervor.

Er las viel, spielte Klavier, machte ausgedehnte Bergtouren und interessierte sich sehr für Botanik. Die Pflanzenwelt faszinierte ihn derart, dass er als junger Mann sogar überlegt hatte, Botanik anstelle von Theologie zu studieren. Letztendlich fühlte er sich dann aber doch mehr dazu berufen, Schäfchen zu hirten, als Pflänzchen zu hegen. Die Botanik blieb indes sein großes Hobby. Sein Wissen war immens, vor allem auf dem Gebiet der Heil- und Giftstoffe von Pflanzen.

Zwei Jahre nach seinem Amtsantritt, er war jetzt neunundzwanzig, unternahm Josef Morgenstern im Herbst des Jahres 1957 eine zweimonatige Wallfahrt nach Israel.

Er besuchte heilige Stätten, reiste per Bus und Autostopp nach Nazareth, Kana und Bethlehem, ruderte auf dem See Genezareth und stieg auf den Berg Sinai.

Die letzten zwei Wochen weilte er in Jerusalem, wo er mitten in der Altstadt, an der Ecke Via Dolorosa und El-Wad-Straße, an der dritten Station von Jesu Kreuzweg, im Österreichischen Pilger-Hospiz ein einfaches, aber günstiges und sauberes Zimmer mit Aussicht auf die goldene Kuppel des Felsendoms bezog und sich täglich, zur Vesperzeit, ein von den österreichischen Nonnen gebackenes Stück Wiener Sachertorte gönnte.

Es sollte nicht sein einziges süßes Erlebnis bleiben.

Violettas Mutter, Elisabeth Morgenstern, damals trug sie noch ihren Mädchennamen Zwygart, war zweiundzwanzig Jahre alt, als ihr das Studium der Chemie buchstäblich um die Ohren flog.

Sie hatten es ihr von Anfang an nicht leicht gemacht. Elisabeth musste sich gegen bürokratische Schikanen, den herrschenden Zeitgeist und das chauvinistische Gehabe ihrer Mitstudenten durchboxen, um ihr Chemiestudium überhaupt beginnen zu können.

Sie war das einzige Kind eines bescheidenen Drogisten-Ehepaars aus Bern. Elisabeth war eine zarte, aber nicht niedliche, sehr hübsche, sehr energische und mitunter forsche Persönlichkeit. Sie hatte eiserne Nerven, zierliche Handgelenke, die gletscherblausten Augen der Welt und die Angewohnheit, alle und alles zu hinterfragen.

Womit sie sich an der Uni nicht wirklich Freunde machte.

Natürlich kam es zu Unstimmigkeiten mit männlichen Mitstudenten, auch weil Elisabeth sämtliche Avancen abblockte.

Natürlich kam es zu Streitereien mit Professoren, weil sie die Dozenten mit provokativen Fragen ins Schwitzen brachte – und auch deren Avancen abblockte.

Doch Elisabeth rächte sich auf ihre Weise, in dem sie Semester für Semester Bestnoten erzielte.

Bereits zu Beginn ihres dritten Halbjahres erhielt sie, aufgrund herausragender Leistungen, das Angebot der Ludwig-Maximilians-Universität München, als erste Frau aus der Schweiz bei ihnen zwei Auslandssemester zu absolvieren.

Das war für Elisabeths Macho-Mitstudenten zu viel und brachte die ohnedies schon angespannte Situation vollends zur Explosion.

Und zwar im wahrsten Sinne des Wortes.

Natürlich gab es später eine gründliche interne Untersuchung, doch diese kam – was auch sonst! – zum Schluss, der Unfall sei allein Elisabeths Verschulden. Sie selbst vermutete, dass Mitstudenten absichtlich und heimlich Chemikalien und Behälter vertauscht hatten, wohl wissend, dass dies für Elisabeth und die Uni-Infrastruktur böse Folgen haben würde.

Fakt war: Elisabeth musste, auf Anordnung des Herrn Professors, mehrere seiner Experimente im großen Hörsaal West vorbereiten. Sie war verantwortlich, dass alles seine Richtigkeit hatte und die Sicherheitsstandards eingehalten wurden.

In der Folge kam es während der Vorlesung des ahnungslosen Professors zu einer schwerwiegenden Reaktion.

Roter Phosphor mit Natriumchlorat.

Das löste eine dynamitähnliche Explosion aus.

Das Ereignis forderte siebzehn Verwundete, davon acht mit Knalltraumata und Schnittwunden, einen schwer verletzten Professor sowie einen Sachschaden von mehreren Zehntausend Franken.

Und eine untröstliche Elisabeth.

Ihr Ruf war dahin, ihre Karriere zerstört und München konnte sie sowieso vergessen.

Am Tag darauf schmiss sie ihr Studium hin.

Eine Woche später sagte sie ihren Eltern adieu und verließ die Schweiz.

Es zog sie nach Israel.

Es war das Jahr 1952.

Im eben erst gegründeten Staat existierte eine besondere Art des Zusammenlebens, das junge Volontäre aus aller Welt magisch anzog. Es waren ländliche Kollektivsiedlungen mit gemeinsamem Eigentum und basisdemokratischen Strukturen – Kibbuz genannt. Als Elisabeth Zwygart in Israel eintraf, gab es zweihundertneunzehn solcher Kibbuze.

Was hatte der Rektor der Universität ihr nach dem Chemieunfall ins Gesicht geschrien? Wohin hätte er sie am liebsten geschickt? »Ab in die Wüste mit Ihnen, Fräulein Zwygart!«

Und so ließ sich Elisabeth in der Wüste Negev nieder, in

einem gerade erst von ehemaligen israelischen Soldaten gegründeten Kibbuz mit dem Namen Sede Boker.

Ihre Kenntnisse der Chemie kamen den Pionieren dort gerade recht. Das karge Wüstengebiet urban zu machen und hier Landwirtschaft und Viehzucht zu betreiben, war eine enorme Herausforderung und funktionierte nur mit der Zuhilfenahme von Kunstdünger. Den Elisabeth gern und höchst erfolgreich in einem zu einem Chemielabor umfunktionierten Ziegenstall zusammenmixte.

Sie fand Freude an ihrem neuen Zuhause, Erfüllung in der harten Feldarbeit und Seelenfrieden dank ihrer Mitbewohner.

Ein Jahr verging. Dann geschah etwas Bemerkenswertes.

Israels erster Premierminister, David Ben-Gurion, trat 1953 aus der Regierung zurück und ließ sich ausgerechnet im Kibbuz Sede Boker nieder, wo er vorhatte, seinen Ruhestand zu genießen (um dann 1955 erneut an die Staatsspitze zurückzukehren).

Es dauerte nicht lange und Ben-Gurion lernte die einzige Schweizerin im Ort kennen.

Er und Elisabeth verstanden sich auf Anhieb. Man unterhielt sich angeregt, fand sich sympathisch, stellte fest, dass man ähnliche Interessen in Kunst, Literatur, Musik und Naturwissenschaften hatte, und im Laufe der Monate entwickelte sich fast eine Art Vater-Tochter-Beziehung daraus.

Nun muss man wissen, dass David Ben-Gurion nicht nur Israels erster Premierminister war, sondern auch der Gründer des Mossad, des legendären und bestinformierten Geheimdienstes der Welt.

Eine der Hauptbeschäftigungen des Mossad in seinen ersten Jahren war das Aufspüren von Nazi-Verbrechern im Ausland.

In den letzten Kriegstagen 1945 hatten sich viele führende NS-Schergen über Fluchtrouten via Italien, die sogenannten Rattenlinien, aus dem Staub gemacht und verkrochen sich in den entlegensten Winkeln der Welt. Südamerika etwa war als Zufluchtsort besonders beliebt.

Erklärtes Ziel des Mossad war, solche Kriegsverbrecher aufzuspüren, nach Israel zu entführen und ihnen dort den Prozess zu machen.

Nur: Um hochrangigen deutschen Vertretern des NS-Regimes auf die Schliche zu kommen – etwa ihre Briefe, Notizen, Anrufe oder Fluchtpläne abzufangen und auszuwerten –, musste man zwingend die deutsche Sprache beherrschen. Gleichzeitig scheute sich der Mossad davor, ehemalige, potenzielle Nazimitläufer, also deutsche oder österreichische Staatsangehörige, für solche Übersetzungsdienste anzuheuern.

Elisabeth war Schweizerin.

Also unterbreitete ihr Ben-Gurion eines Tages das Angebot, für den Mossad zu arbeiten. Sie willigte sofort ein, zumal der Alltag im Kibbuz, die Öde der Wüste und das Mixen von Kunstdünger sie zu langweilen begannen.

Ben-Gurion rief ein paar Freunde an und nur achtundvierzig Stunden später fand sich Elisabeth in der Stadt Tel Aviv wieder, wo sich der Hauptsitz des Mossad befand. Offiziell hatte der Geheimdienst keine Adresse, kein Postfach, keine Anlaufstelle; und erst im Jahre 2001 sollte er erstmals eine Telefonnummer bekommen. Inoffiziell aber existierten großzügige Bürokomplexe, Ausbildungsstätten und kasernenartige Unterkünfte. In letzterer bekam Elisabeth ein Einzelzimmer zugewiesen.

Künftig saß sie acht Stunden am Tag in einem Büro, las deutsche Dokumente und fertigte davon englische Übersetzungen an.

Das Agentenleben hatte sie sich spannender vorgestellt.

Zum Glück waren da all die jungen, abenteuerlustigen Offiziere, die Gefallen an der schönen, jungen, kecken Schweizerin fanden. Und weil Elisabeth noch immer über die gletscherblausten Augen der Welt verfügte, ließ sich der eine oder andere ihrer Verehrer dazu überreden, sie an internen Lehrgängen des Mossad teilnehmen zu lassen.

So lernte Elisabeth den Umgang mit Faustfeuerwaffen, automatischen Gewehren, Fahrzeugen aller Art, Funkgeräten und Sprengstoff. Verhör- und Beschattungsmethoden wurden ihr beigebracht und man trainierte sie in der eigens für die israelische Armee entwickelte Nahkampftechnik Krav Maga.

Vier Jahre lang arbeitete Elisabeth für den Mossad.

Mittlerweile hatte sie dank der Lehrgänge längst das Zeug zur Agentin, als Nichtjüdin und Nichtisraelin kam sie für Auslandsoperationen allerdings nicht infrage. Also übersetzte sie weiterhin deutschsprachige Dokumente und leistete halt auf diese Weise einen wichtigen Beitrag bei der Jagd nach all den untergetauchten Mengeles, Eichmanns und Heims.

Im November 1957 nahm Elisabeth eine Woche Urlaub und verreiste nach Jerusalem, wo sie bei der Tante einer Mossad-Bürokollegin ein Zimmer bezog. An ihrem dritten Abend lernte sie in der Altstadt in einer Taverne im armenischen Viertel ihren Landsmann Josef Morgenstern kennen.

Sie verliebte sich auf der Stelle in ihn.

Und er sich in sie.

Woran es gelegen haben mag? Am betörenden Essen mit Hummus, Falafel, Oliven, den sündhaft süßen Medjool-Datteln zum Dessert, am vielen Wein, danach Arrak in eisgekühlten Gläsern, dem lauwarmen Abend, dem sagenhaftesten Mondaufgang im Nahen Osten? Oder lag es an der hochexplosiven Aura Jerusalems, einem Ort wie keinem anderen auf der Welt, wo seit Jahrtausenden Liebe und Tod, Krieg und Frieden, Lust und Leiden nahe beieinanderliegen? Wo man darum das pure Leben spürt. Und die Leidenschaft. Und wie sie in einem lodert.

Noch in derselben Nacht wurde Violetta Morgenstern gezeugt.

***

»Vater vergib mir, denn ich werde Vater!«

Zuerst informierte Josef seinen Herrn im Himmel, dann die hochwürdigen Herren am Bischofssitz.

Das für Pfarrer Morgenstern zuständige Bistum nahm seinen Sünder ins Gebet, wusch ihm tüchtig den Kopf, ließ ihn zittern, beten und bangen und offerierte ihm dann eine Lösung, die man allen gestrauchelten Geistlichen anbot, die Vater eines Kindes wurden oder sonst wie in unmoralische Abhängigkeiten verstrickt waren.

Aus einem geheimen, vom Bischof höchstpersönlich verwalteten Fonds sollte der Kindsmutter eine einmalige, nicht unerhebliche Geldsumme angeboten werden. Im Gegenzug würde man von ihr und dem Balg nie wieder etwas hören. Und Josef dürfte, nach zwei Monaten strengster Exerzitien in einem geschlossenen Kloster und einer Neujustierung seines moralischen Kompasses, wieder in seine Pfarrgemeinde zurückkehren.

Josef war außer sich vor Wut.

Dann ging er in sich, rang mit sich, stundenlang, nächtelang, weinte, wimmerte, betete, fastete, lotete seine Seele aus und kam nach drei Tagen zum Schluss, dass er abgrundtiefe, immer nur noch stärker werdende Liebe für diese Frau empfand und eine Familie gründen wollte.

Genau dies schrieb er Elisabeth nach Israel.

Tags darauf reichte er beim Bischof seine Demission ein, die dieser postwendend ablehnte. Woraufhin Josef seinen Austritt aus der katholischen Kirche beschloss, innert Stunden seine persönlichen Sachen packte, dem Pfarreirat des Dorfes einen erklärenden Brief schrieb, dem verdutzten Sigrist der Kirche den Schlüssel zum Pfarrhaus in die Hand drückte und die Gemeinde verließ.

Im März des neuen Jahres reiste Elisabeth, im vierten Monat schwanger, zurück in die Schweiz.

Josef hatte, wie mit seiner Zukünftigen zuvor besprochen,

eine kleine Wohnung in Bern gemietet, in der Nähe von Elisabeths Elternhaus. Die Zwygarts waren denn auch die einzigen Angehörigen, die das junge Paar unterstützten. Für Josefs erzkatholische Familie war ihr von Gott abgefallener Bub nur noch des Teufels; sie verbaten sich jedweden Kontakt.

Im Mai wurde standesamtlich geheiratet.

Ende August, am 29.8.1958, um exakt 19:44 Uhr kam Violetta Morgenstern zur Welt.

Sie hatte die gleichen gletscherblauen Augen wie ihre Mutter.

In der ersten Zeit lebte die junge Familie noch von Josefs Erspartem, doch wurde das Geld zusehends knapper. Er hatte sich das zu einfach vorgestellt. Josefs Plan war es gewesen, als Religionslehrer zu arbeiten, indes endeten all seine Bewerbungen mit schwammigen Absagen.

Der lange Arm der katholischen Kirche reichte weit.

Monate vergingen, die kleine Familie war am Verzweifeln. Elisabeth weinte nachts in ihr Kissen und Josef haderte mit seinem Gott. Schließlich war es ausgerechnet das Kreuz, das Josef aus seinem Elend rettete.

Allerdings nicht ein kirchliches, sondern ein rotes.

Josef fand eine Anstellung beim Schweizerischen Roten Kreuz SRK. Und das veränderte das Leben der Morgensterns von Grund auf und für die nächsten zwanzig Jahre. Josef absolvierte am Hauptsitz in Bern zuerst eine eineinhalb Jahre dauernde, bezahlte Ausbildung für künftige humanitäre Auslandseinsätze, um dann als Delegierter in ausgewählten Ländern tätig zu sein.

Violetta war zwei Jahre alt, als ihre Eltern mit ihr von Bern nach Westafrika zogen. Für vier Jahre würde Josef Morgenstern das SRK-Büro in Togos Hauptstadt Lomé leiten. Es zeigte sich sehr schnell, dass er genau der richtige Mann war für diesen Job. Josef leistete großartige Arbeit, brachte Projekte im Bereich Gesundheitsvorsorge, Wasserversorgung und Blutspendedienst zügig voran und wurde von den Einheimischen geschätzt und akzeptiert.

Auch Elisabeth band man in die Arbeit vor Ort mit ein; sie bildete mit ihrem Mann zusammen ein starkes Team. Selbst die kleine Violetta leistete ihren Teil für ein gutes Gelingen, indem sie sich als absolut unkompliziertes, fröhliches und keimresistentes Kind zeigte, das sich problemlos in der exotischen Umgebung zurechtfand.

Nach vier Jahren, just als Violetta im Kindergartenalter war und nahezu perfekt das gurgelnde Französisch der Togolesen sprach, bekamen die Morgensterns vom SRK einen neuen Auftrag – und somit eine neue Heimat.

Sie zogen nach Südasien, an den Golf von Bengalen. Nach Ostpakistan, das spätere Bangladesch.

Natürlich arbeiteten Josef und Elisabeth mehrmals pro Woche liebevoll an der Vergrößerung ihrer Familie, bisher jedoch erfolglos. Und es hätte sie wohl betrübt, wenn sie gewusst hätten, dass ihr Wunsch nach mehr Kindern niemals erfüllt werden würde.

Die fehlenden Geschwister waren für Violetta indes kein Problem. Die Kleine hatte ein erstaunliches Gespür für Menschen und ihre Begabung, sich mit neuen, ungewohnten Situationen und Umgebungen schnell vertraut zu machen, war enorm hilfreich. Sie besuchte in der Hauptstadt Dhaka, wo ihr Papa stationiert war, die Englische Grundschule, sprach aber auch akzentfrei Bengali, da sie viele einheimische Kinder ihre Freunde nannte.

Mittlerweile war sie acht Jahre alt und enorm wissbegierig.

Nebst der Allgemeinbildung begann sie sich auch für die Hobbys ihrer Eltern zu interessieren. Ihr Vater brachte ihr die Welt der Pflanzen näher und ihre Mutter, die ehemalige Chemiestudentin, zeigte Violetta, wie man aus Pflanzen auf einfachste Art Salben, Tees und Tinkturen herstellen konnte.

Als Violetta mehrmals die Woche in der Schule vom zwei Jahre älteren und doppelt so schweren Gregory Smith, dem Sohn eines Angestellten der US-Botschaft und einer ehemaligen Miss Texas, verprügelt wurde, lehrte Elisabeth ihrer Tochter ein paar Griffe und Tritte von Krav Maga, jener israelischen Kampftechnik, die sie seinerzeit beim Mossad gelernt hatte. Violetta zeigte sich auch in dieser Disziplin sehr gelehrig. Und Gregory schämte sich, daheim zuzugeben, dass ihm die blauen Flecken und die angeknackste Rippe von einem kleinen blonden Mädchen mit eisblauen Augen zugefügt worden waren.

Violetta erfuhr zum ersten Mal aus eigener Anschauung, was der Lieblingsspruch ihrer Mutter bedeutete: Strafe muss sein!

Nach vier Jahren zogen die Morgensterns weiter nach Nepal, wo Violetta das wissenschaftliche Wissen über Pflanzen ihres Vaters mit der geheimnisvollen Naturgeisterwelt des Bergvolkes zu kombinieren lernte.

Neue Kräuter, neue Wirkungen.

Sie war beeindruckt vom Himalaya, von der Armut, Anmut und Demut der Menschen, den Palästen und Pagoden aus Holz und Stein in Kathmandu und Bhaktapur und wie hier die beiden Religionen Hinduismus und Buddhismus aufeinanderprallten.

Nach sieben Monaten sprach Violetta fließend Nepali. Und sie erkannte, welch poetischer Bilder sich diese Sprache bediente und wie viel sorgsamer und überlegter man mit Worten umgehen konnte, wenn selbst eine Begrüßungsfloskel wie Hallo, auf Nepali *Namaste*, wörtlich übersetzt ›*Verbeugung zu dir*‹ bedeutete.

Violetta war jetzt zehn.

Sie begann fernöstliche Sinnsprüche und Gedichte zu lesen und fragte ihren Papa, was Spiritualität bedeute.

Ihren vierzehnten Geburtstag feierte sie auf der Karibikinsel Haiti – dem nächsten Arbeitsort ihrer Eltern.

Die Morgensterns beschäftigten in ihrem Wohnhaus in Port-au-Prince eine Hausangestellte, die siebenundsiebzig Jahre alte Marie-Josephine-Nathaly. Eine runzlige, fette Schwarze, mürrisch, aber mit einem Herz aus Gold und einem in alle Windrichtungen zielenden, staubgrauen Gestrüpp auf ihrem Kopf. Als würde sie ihr Haar erst mit Zuckerwasser waschen und dann ein unisoliertes Stromkabel anfassen.

Marie-Josephine-Nathaly hatte einen gewaltigen Hintern und darum einen Mordshüftschwung. Im Kreol-Französisch der Haitianer existiert ein wunderbares Wort, das diesen Anblick bildschön umschreibt: *Elle chaloupe* – sie schwenkt ihren Arsch wie eine Schaluppe, wie ein kleiner Segelkutter.

Marie-Josephine-Nathalys dritter Ehemann war schon lange tot, ihre drei Töchter ohne Unterlass schwanger und drei ihrer vier Söhne im Gefängnis (der vierte befand sich noch auf der Flucht).

Violetta war begeistert von der Alten, vor allem, weil sie andauernd von Seelen, Geistern und Teufeln sprach.

Und gegen jedes Unheil ein Kraut wusste.

Violetta kannte mittlerweile beinahe jede Religion auf diesem Planeten, aber Marie-Josephine-Nathaly zeigte ihr etwas ganz und gar Neues, Großartiges, Gruselig-Zauberhaftes – Voodoo.

Es waren schließlich Violettas Eltern, die eingreifen und Marie-Josephine-Nathaly Einhalt gebieten mussten. Dass Violetta Geister zu beschwören begann, sich in Trance tanzte und unliebsamen Mitschülern mittels Püppchen, Verwünschungen und Stecknadeln Phantomschmerzen zufügen wollte, ging ihnen entschieden zu weit.

Violetta litt in jener Zeit, woran die meisten Teenager in ihrem Alter leiden – an Akne.

Praktisch alle Mädchen ihrer Klasse hatten Pickel. Sie salbten, schmierten und drückten aus, aber es wurde nur noch schlimmer.

Einzig Angeline-Yvette – die älteste Tochter eines vermögenden Besitzers von Zuckerrohrplantagen, Bordellen und Tankstellen und persönlicher Freund von Haitis übergeschnapptem Präsidenten Jean-Claude ›Baby Doc‹ Duvalier – blieb von der Akneplage verschont. Ihr Teint war rosig und makellos, nicht die winzigste Sommersprosse verunzierte ihr Antlitz. Daraus leitet sie ihr Recht ab, die aknegeplagten Kolleginnen als Pizzagesichter zu verhöhnen.

Die meisten ihrer Opfer weinten, einige fluchten, die mutigsten beschimpften Angeline-Yvette.

Aber nur Violetta handelte.

Am südlichen Stadtrand von Porte-au-Prince, wo das Land hügelig wird, die Slums beginnen und der Dschungel wuchert, suchte sie nach einem Kraut, von dem ihr die alte Haushälterin Marie-Josephine-Nathaly erzählt hatte. Ein Doldengewächs mit blaugrünen Blüten und rostroten, lanzenförmigen Blättern.

Coeur du diable – Herz des Teufels nannten es die Einheimischen.

Violetta pflückte ein ganzes Büschel davon.

Daheim verschanzte sie sich im kleinen Labor, das ihre Mutter im Gartenhaus eingerichtet hatte. Sie zerhackte die Blüten, mörserte sie zu einem Brei, leerte diesen in eine Flasche, übergoss alles mit Ethanol und ließ die Tinktur zwei Wochen lang ziehen.

Dann ließ sie der Natur ihren Lauf.

Während des Turnunterrichts schlich Violetta in die Schulgarderobe, knackte Angeline-Yvettes Spind, durchsuchte deren Schuluniform, bis sie in der Rocktasche das mit Spitzen umrandete und mit einem Monogramm versehene Stofftaschentuch fand.

Dann zog sie aus ihrer eigenen Tasche ein winziges Fläschchen hervor und träufelte die Flüssigkeit darin gut verteilt und reichlich auf das Taschentuch.

Am nächsten Tag erschien Angeline-Yvette nicht zur Schule.

Sie sei krank, hieß es. Eine Mitschülerin aus ihrer Nachbarschaft hatte sie gesehen, wie sie im Garten saß, schluchzte, herumschrie und den herbeigerufenen Arzt terrorisierte, der ihr angeschwollenes und mit roten, dicken Pusteln überzogenes Gesicht untersuchte.

Angeline-Yvette war über drei Wochen lang krank.

Familie Morgenstern lebte mittlerweile seit sechzehn Jahren im Ausland. Violetta kam in ein Alter, wo sie sich Gedanken über ihre Zukunft machen musste. Sie war jetzt achtzehn, eine Schönheit, die mit ihrem blonden Haar, der anmutigen Gestalt und den gletscherblauen Augen die Blicke der Männer auf sich zog.

Sie beabsichtigte, in zwei Jahren Abitur an der Deutschen Schule Haiti zu machen und danach ein Studium zu beginnen. Sie wusste zwar noch nicht, welche Fachrichtung es sein sollte, dafür war ihr klar, wo sie studieren wollte: in ihrer Heimat, der Schweiz.

Und so kam es, dass der Familienrat beschloss, zu Violettas zwanzigstem Geburtstag und dem voraussichtlichen Start ihres Studentinnenlebens in die Schweiz zurückzukehren.

Vorher allerdings wollten die drei Morgensterns ein letztes Mal den Wohnort und Kontinent wechseln, noch einmal ein Abenteuer erleben.

Und Violetta wollte endlich Spanisch lernen.

Josef unterschrieb beim Roten Kreuz einen Zweijahresvertrag als Delegierter in Zentralamerika. Die Familie zog nach Honduras, in die Hauptstadt Tegucigalpa.

Violetta besuchte auch hier die Abiturklasse der Deutschen Schule und schaffte den Anschluss im Unterricht problemlos.

Und vielleicht zum ersten Mal in ihrem Leben hatte sie eine beste Freundin.

An ihren bisherigen Wohnorten, in Togo, Bangladesch, Nepal und Haiti, hatte sie stets viele Kolleginnen gehabt. Nette, aber unverbindliche Kontakte zu Gleichaltrigen, nie aber eine richtige beste Freundin. Vielleicht, um nicht bei jedem Umzug einen todunglücklichen Menschen zurücklassen zu müssen. Und vielleicht auch, um ihr eigenes Gemüt zu schützen.

Felicitas Hernandez besuchte dieselbe Abiturklasse wie Violetta und war die Tochter eines einheimischen Zahnarztes und einer deutschen Krankenschwester. Die beiden jungen Frauen verstanden sich auf Anhieb. Sie waren wie Schwestern.

Felicitas wollte später Lehrerin werden, während Violetta sich noch immer nicht festgelegt hatte. Sie liebäugelte mit Biologie, Sprachen, Geschichte oder Chemie.

Felicitas hatte einen festen Freund, den sie aber ihren strengen Eltern verheimlichte. Er hieß Raoul Alvarez, war neunzehn, arbeitete in einer Autowerkstatt, besaß ein eigenes Auto und sah unverschämt gut aus.

Es hieß, er sei ein Schürzenjäger.

Felicitas kannte Raoul erst seit zwei Monaten und liebte ihn abgöttisch. Violetta hätte ihrer Freundin das Glück gern gegönnt, doch sie mochte diesen Raoul nicht. Sie waren ein paarmal zu dritt ausgegangen, Raoul war nett, charmant, ein wenig ein Macho vielleicht, alles in allem aber ein freundlicher Kerl. Und dennoch beschlich Violetta ein ungutes Gefühl. Ihr Instinkt sagte ihr, dass der Typ nicht sauber war.

Sie sprach mit Felicitas darüber. Diese war verärgert und hielt Violetta vor, eifersüchtig zu sein.

Dann schlief Felicitas mit Raoul.

Ein paar Wochen später vertraute sich Felicitas heulend ihrer Freundin an.

Sie war schwanger.

Ihren Eltern konnte sie keinesfalls davon erzählen und

Raoul drängte sie dazu, das Kind abzutreiben. Er gab ihr die Adresse einer sogenannten Engelmacherin, einer Frau, die illegal, aber verschwiegen und preisgünstig Abtreibungen vornahm. Raouls älterer Bruder hatte eine seiner zahlreichen Affären auch schon dorthin geschickt, um ein Baby wegmachen zu lassen.

Violetta flehte ihre Freundin an, nur um Himmels willen nicht zu dieser Engelmacherin zu gehen. Das sei lebensgefährlich, die Frau eine Pfuscherin, ihre Methoden seien grauenhaft, die hygienischen Umstände katastrophal.

»Was bleibt mir anderes übrig«, schluchzte Felicitas, »meine Eltern dürfen nichts davon erfahren. Und Raoul will das Kind nicht haben.«

»Daran hätte Raoul vielleicht vorher denken sollen«, zischte Violetta, zynischer, als es in diesem Moment angebracht war. »Felicitas, er darf dich nicht zu so einer Hinterhofabtreibung drängen, Raoul ist ein Scheißkerl.«

»Du bist ja nur eifersüchtig, dass du nicht so einen tollen Typen abkriegst. Jawohl, du bist eifersüchtig, weil dich keiner ficken will!«

Violetta war sprachlos. Stattdessen nahm sie Felicitas in den Arm, wiegte sie, streichelte ihre tränennassen Wangen. »Du darfst nicht zu dieser Engelmacherin gehen, bitte, geh nicht! Versprich es mir.«

Zwei Tage nach der Abtreibung verschied Felicitas Hernandez im Hospital Adventista Valle de Ángeles an den Folgen innerer Blutungen.

Raoul starb zwei Wochen später.

Bei einem Verkehrsunfall, wie es in der *La Tribuna* unter der Rubrik Unfälle und Verbrechen vermerkt war.

Der Neunzehnjährige war, so hatten die Ermittlungen ergeben, gegen Mitternacht nach Hause gefahren, viel zu schnell, hatte in einer Kurve die Beherrschung über seinen Wagen verloren, war gegen einen Baum geprallt und sofort tot gewesen.

Der Fall war für die Polizei sonnenklar, Raoul war als Raser bekannt. Die Akte wurde geschlossen.

Darum gab es auch keine Autopsie.

Sonst hätte man in Raouls Blut womöglich Spuren eines starken Narkotikums gefunden, welches – und dies hätte die Gerichtsmediziner verblüfft – auf pflanzlicher Basis hergestellt worden war. Sonst hätte man gegebenenfalls in der Bar, wo Raoul vor seinem Unfall ein paar Bier getrunken hatte, nachgefragt und erfahren, dass er sich am Tresen mit einer Frau unterhalten hatte und die beiden in einen heftigen Streit geraten waren.

Aber all dies blieb für immer im Verborgenen und niemand sollte je erfahren, dass besagte Frau sehr jung war, blondes Haar hatte und gletscherblaue Augen.

Und dass sie heimlich ein paar Tropfen aus einem Gütterchen in Raouls Bier gekippt hatte.

Ein halbes Jahr später machte Violetta Abitur, im August feierte sie ihren zwanzigsten Geburtstag, im September reisten die Morgensterns zurück in die Schweiz und Violetta absolvierte jenes Studium, von dem ihre beste Freundin Felicitas geträumt hatte.

Sie wurde Lehrerin.

5

Die beiden Kerle schlugen ihr einen Deal vor.

Entweder sie hocke für die nächsten fünfundzwanzig Jahre wegen Mordes an Kai Koch im Gefängnis oder sie begehe einen weiteren Mord und gewinne dafür ihre Freiheit. »Ein Mord in unserem Auftrag, Frau Morgenstern, eine Vollstreckung.«

Violetta schaute die Männer ungerührt an. Dann fragte sie, wie denn die Bezahlung sei.

Sie war chancenlos, das war ihr klar. Die Typen hatten sie in der Hand und erpressten sie mit der Kai-Koch-Sache. Das war deren Art, neue Mitarbeiter zu rekrutieren. Frisches Personal für ihre Belange. Für ihre streng geheime Organisation.

Für Tell.

Was ihr die beiden Typen in der vergangenen Stunde erzählt hatten, brachte selbst Violettas wildes Weltbild ins Wanken.

Es hatte damit begonnen, dass man ihr Kaffee, Wasser und Sandwiches anbot. Die zwei Männer hatten für sich Stühle besorgt und ein Tisch war in den Vernehmungsraum hereingetragen worden.

Die plötzliche Charmeoffensive irritierte Violetta, sie reagierte mit Trotz. »Und als Nächstes geben wir uns die Hände, sprechen über unsere Ängste und singen zusammen Kumbaya, oder was, Herr Mundgeruch und Herr Pornoschnauzer?«

Um Deeskalation bemüht oder auch nur, um Violettas gehässige Betitelungen nicht länger ertragen zu müssen, stellten sie sich ihr mit einem Namen vor.

Der ältere, dickliche Blasse, der Alphamann, der hier das Sagen hatte und dessen rechte Ohrmuschel in unregelmäßigen Abständen zuckte, nannte sich Huber.

Der Name des Pornoschnauzers war Meier.

Decknamen, unzweifelhaft, das war Violetta sofort klar. Dermaßen gesucht unauffällig und übertrieben banal, dass es bereits wieder auffällig war.

»Soso! Huber und Meier. Sie erwarten aber nicht im Ernst von mir, dass ich das glaube? Solche Unterdurchschnittsnamen? Sie sollten sich bei Ihrer Tarnung mehr Mühe geben, meine Herren.«

Der dicke Huber zuckte mit den Schultern, der lange Meier atmete demonstrativ geräuschvoll aus. Violetta nickte und machte eine mitfühlende Miene. »Wie Sie wollen, dann also auf die belämmerte Tour.«

Huber und Meier.
Tim und Struppi.
Asterix und Obelix.
Dick und Doof.
Dann erzählten sie ihr, wer sie wirklich waren.
Tell.
Keine Polizei, kein Militär, kein Geheimdienst. Nichts Amtliches, nichts Bekanntes, nichts Offizielles.
Nichts Legales.

»Schauen Sie, Frau Morgenstern«, Huber knetete beim Sprechen seine Finger, »wir Schweizer sind weltweit bekannt für ein paar Dinge, die wir wirklich meisterhaft beherrschen. Uns sagt man nach, wir seien pünktlich, zuverlässig und sehr gewissenhaft. Wir sind berühmt für unsere Präzisionsuhrwerke, Maschinen, Schokoladen ...«

»... und wir haben das Dusch-WC namens *Closomat* erfunden«, ergänzte Violetta die Swiss-Made-Liste.

Huber schaute dermaßen gekränkt, dass Violetta beinahe ein wenig Mitleid empfand. Sie hob beschwichtigend die Hände. *Tschuldigung!*

Huber fuhr mit seiner Lobhudelei über den Werkplatz Schweiz fort: »Wir sind höchst verschwiegen und diskret, unsere Banken sind auch nach der Beerdigung des Bankkundengeheimnisses ein Mekka der Finanzwelt. Wir sind ideenreich, hartnäckig und anpassungsfähig, wie sonst hätten wir den Sprung vom armen Bergvolk, das keinerlei Bodenschätze besitzt, zu einem der wohlhabendsten Länder der Welt geschafft.«

Violetta verkniff es sich, mit der Frage herauszuplatzen, ob er für Schweiz Tourismus lobbyiere.

»All diese urschweizerischen Tugenden und Fertigkeiten kann man auch nutzen, um Subjekte aus dem Weg zu räumen, die unserem Land schaden.« Er machte eine lange Pause, um seinem letzten Satz mehr Gewicht zu verleihen.

Violetta hielt ihren Kopf schräg. »Subjekte? Und was meinen Sie mit ›aus dem Weg räumen‹?«

Huber beugte sich auf seinem Stuhl ächzend nach vorn. »Die Schweiz ist weltweit bekannt für ihre liberale Haltung in Sachen Sterbebegleitung. Nun, wir haben diesen Service lediglich etwas ausgebaut. Wir sind die obersten Schädlingsbekämpfer der Nation. Wir eliminieren auf Regierungsbefehl hin Menschen, die für die Schweiz eine Gefahr darstellen.«

»Sie ... töten Leute auf Befehl? Sie ermorden sie?«

»Neutralisieren, auslöschen, exekutieren, zum Schweigen bringen, killen, umbringen, vollstrecken. Nennen Sie es, wie Sie wollen. Wir bevorzugen den Begriff korrigieren. Weil wir nichts anderes tun, als korrigierend in den Lauf der menschlichen Natur einzugreifen. So wie man Bäche begradigt, um Dörfer vor Hochwasser zu schützen oder Verbauungen in Berghänge setzt, damit keine Lawinen in die Täler donnern, genauso verfahren wir mit unguten Elementen, die schlecht sind für unser Land. Und unsere Mitarbeiter tragen im Übrigen die Berufsbezeichnung Korrektoren oder Vollstrecker.«

Hätte Huber ihr offenbart, die Schweiz verfüge über einen geheimen unterirdischen Tunnel zum Mittelmeer – Violetta hätte nicht ungläubiger reagiert.

»Es ist ein patriotischer Akt, wir machen sauber, damit es dem Land nicht dreckig geht.«

Er erklärte ihr die Hintergründe. Sie waren so etwas wie das Ministerium für staatlich angeordnete Tötung.

Behördlich autorisiertes Killen.
Terminierte Termination.
Natürlich alles streng geheim. Vor über fünf Jahrzehnten war diese Schattenbehörde gegründet worden. Sie waren durch einen versiegelten Regierungsbeschluss legitimiert, es gab einen geheimen Gesetzeszusatz, der ihr Tun in der Rechtsverordnung verankerte. Ein Teil der Landesregierung, vier der sieben Bundesräte, wussten von der Existenz dieser Organisation. Ebenfalls eingeweiht waren die ranghöchsten Militärs, Vertreter der Bundespolizei, Geheimdienstler und ausgewählte Bundesstaatsanwälte.

Drei Dutzend Leute. Allerhöchstens.

Die Finanzierung lief über versteckte Staatskonten. Die staatliche Killer-Organisation war als Firma für Lebensversicherungen getarnt und trug den Titel ›Tell Versicherungen‹, kurz Tell genannt.

Violetta lachte, lachte aus voller Kehle. »Tell? Ich habe richtig verstanden, unser nationales Killer-Ministerium nennt sich Tell-Versicherungen?«

Pornoschnauz-Meier hatte bisher geschwiegen, jetzt beugte er sich über den Tisch hin zu Violetta. »Tell, Wilhelm Tell, ist ein Schweizer Nationalmythos und jener Mann, der den tyrannischen Landvogt Gessler tötete, um seinem Volk Frieden zu bringen. Er brach das Recht, um für Gerechtigkeit zu sorgen. Letzteres sollte Ihnen eigentlich bekannt vorkommen, Frau Morgenstern. ›Recht und Gerechtigkeit sind nicht das Gleiche‹ – waren das nicht exakt Ihre Worte zum Mord von Kai Koch?«

Touché! Violetta nickte. Widerwillig. Dann fragte sie: »Und wie muss ich mir das vorstellen? Was tun Sie genau, wie läuft so eine ... Vollstreckung ab?«

»Die Regierung nennt uns eine Zielperson, wir erledigen den Rest, *that's it*«, antwortete Meier. »Und damit die Beseitigung in der Öffentlichkeit und bei Behörden keine Fragen auf-

wirft, lassen wir unsere Vollstreckungen so aussehen, als hätten natürliche Umstände dazu geführt. Herzinfarkt, Hirnschlag, Blutvergiftung, Autounfall, Selbstmord, abgestürzt beim Wandern, ertrunken beim Schwimmen, hingefallen beim Joggen, ein Selfie zu nahe am Abgrund, ein giftiger Pilz im Sammelkorb, eine Allergie … Wir sind da ausgesprochen kreativ.«
In seinem letzten Satz schwang so viel Stolz mit, als wäre er ein Fabrikdirektor, der ausländische Investoren durch seinen prosperierenden Betrieb führt.

»Und wer sind Ihre Zielpersonen?«

»Personen aus dem In- und Ausland, die der Schweiz auf irgendeine Art enorm schaden, geschadet haben oder schaden könnten. Letzteres zeigt, dass wir auch präventiv tätig sind.«

Violetta versuchte, sich nicht anmerken zu lassen, wie fasziniert sie war. Das hier – das war genau ihr Ding. Etwas, wonach sie im Grunde ein Leben lang gesucht hatte, ohne allerdings zu wissen, dass es überhaupt existierte. Gerechtigkeit kannte viele Gesichter. Strafe muss sein! Und in dieser Institution hier wurde das auf allerhöchster Ebene effektiv und schnörkellos umgesetzt. Von Vollstreckern. Sie spürte eine tiefe, innere Befriedigung. Ihr kam das Wort ›Berufung‹ in den Sinn.

Natürlich wollte sie bei Tell mitmachen. Und wie!

Doch sie wollte die beiden Typen noch etwas zappeln lassen. Nicht dass sie den Anschein erweckte, sie wäre so leicht zu haben. Sie wollte ihren Marktwert testen.

»Und wenn ich mich weigere, bei Ihnen mitzumorden?«

Huber und Meier schauten sie traurig an.

»Oder noch besser«, fuhr Violetta fort, »was ist, wenn ich den Behörden oder gar den Medien von Ihrem Tell-Grüppchen berichte?«

Huber schnaubte verächtlich. »Frau Morgenstern, denken Sie denn, auch nur irgendjemand würde Ihnen das glauben? Das klingt doch alles total bescheuert. Eine Behörde, die Auftragsmorde erledigt, ich bitte Sie! Man würde Sie als verrückt betrachten, die alte Lady und die große Weltverschwörung, Abteilung Aluhüte, Chemtrails, Illuminati, lebt Elvis noch, und wer hat JFK wirklich erschossen?«

»Wissen Sie es?«

»Was weiß ich?«

»Wer John F. Kennedy wirklich erschoss?«

Huber schaute verärgert und grummelte etwas Unverständliches. Dann meinte er: »Sie haben Ihre Geheimnisse, wir haben unsere.«

»Ich? Ich habe keine Geheimnisse, nicht mehr. Sie scheinen mich ja komplett ausspioniert zu haben. Sie wissen alles von mir.«

»Das sagen *Sie*. Und wie war das mit Ihrer Frühpensionierung? Mit fünfzig haben Sie den Bettel als Lehrerin hingeschmissen. Aber warum eigentlich? In Ihrer offiziellen Akte beim Schulministerium ist kein Grund vermerkt. Sie selbst machen ein großes Geheimnis daraus. Aber wir ahnen natürlich, was dahinterstecken könnte, was passiert ist. Wie Sie damals …«

Violetta schoss von ihrem Stuhl hoch, hämmerte beide Fäuste auf den Tisch, sodass ihre Kaffeetasse hochhüpfte, umkippte und eine schwarze Brühe sich über die Tischplatte ergoss. Sie funkelte die Männer an. Ihr Blick war hasserfüllt, ihre Halsvene pulsierte.

»Ich weiß selbst, was damals passiert ist, Sie brauchen es mir nicht zu sagen!« Dann plumpste sie auf ihren Stuhl zurück, sie zitterte am ganzen Körper wie ein nasser Hund, ihr Atem ging heftig und stoßweise.

Die verdattert dreinblickenden Männer beugten sich auf ihren Stühlen weit nach hinten, als bliese ihnen ein Orkan entgegen, um nur ja außer Reichweite von Violettas Fuchtelradius zu sein. Ihr Ausraster war so unerwartet wie heftig gekommen.

Niemand sprach, jeder starrte irgendwohin. Als hätte man allen dreien den Stecker gezogen. Minutenlang passierte nichts. Irgendwann stellte Violetta ihre Tasse wieder gerade und begann mit Papierservietten den verschütteten Kaffee aufzutupfen. Ihr Wutausbruch hatte alle vergeistert, die Szenerie gelähmt. Das Gewitter musste sich erst verziehen.

Schließlich rückte Violetta ihren Stuhl wieder zurecht, räusperte sich, versuchte so zu tun, als wäre nichts passiert, und fragte viel zu bemüht gelassen: »Und warum ich? Warum brauchen Sie ausgerechnet mich?«

Meier musste lächeln, die Lady war zurück.

Und witterte wieder Blut.

»Weil wir für einen Auftrag eine alte Frau als Killer benötigen. Wir suchen seit Wochen nach einer idealen Person für diesen Job. Bisher erfolglos. Dann erhielten wir vor drei Tagen die Videodaten vom Bahnhofsmord, deckten Ihre Identität auf – und Bingo! Sie schienen uns perfekt. Also ließen wir Sie letzte Nacht ... abholen.«

Violetta schnaubte verächtlich.

Schnauzer-Meier versuchte es auf die gönnerhafte Tour. »Es ist doch nur ein Auftrag. Eine einzige, kleine Vollstreckung. Sie helfen damit Ihrem Land und letztendlich auch sich selbst. Sie erledigen den Job – und wir lassen Sie im Gegenzug in Ruhe gehen.«

»Falls ich Nein sage, Ihr Angebot ablehne, dann wandere ich ins Gefängnis, haben Sie gesagt.« Violetta fixierte die beiden mit jenem scharfen Blick, wie sie ihn früher bei Schülern einsetzte, die sie beim Schummeln erwischt hatte. »In Tat und Wahrheit aber komme ich dann selbst auf die To-do-Liste von Tell. Ich weiß jetzt schon viel zu viel über all das hier. Ich hätte nicht mehr lange zu leben. Stimmt's oder habe ich recht?«

Huber und Meier machten versteinerte Gesichter.

Violetta nickte. Lächelte säuerlich. Schon klar!

Sie starrte zu Boden. Jeder der Kerle in eine andere Ecke. Die Stille wog bleischwer.

Schließlich hob Violetta den Kopf. Sie formte ihre rechte und linke Hand zu einer Pistole, zielte auf jeden der Männer und drückte dann theatralisch ab.

»Und wann legen wir los?«

6

Violettas Zielperson hieß Adnan Gjokaj. Er war einundvierzig Jahre alt, ethnischer Albaner, geboren und aufgewachsen im Kosovo. Während des Krieges 1998/99 war seine Familie, wie fünfzigtausend andere Kosovaren auch, in die Schweiz geflüchtet und hatte dort Asyl erhalten.

Da war Adnan zweiundzwanzig gewesen.

Während seine Eltern, seine Schwester und zwei seiner Brüder in der Schweiz blieben, kehrten Adnan und sein drei Jahre älterer Bruder Skender in den Kosovo zurück, um mit der Waffe für die Unabhängigkeit ihrer Heimat zu kämpfen.

Skender starb nur einen Monat später. Als er sich zum Pinkeln unter einen Olivenbaum stellte, wurde er von einem Heckenschützen erschossen.

Nach Ende des Krieges blieb Adnan im Kosovo und hielt sich mit Diebstählen und Tricksereien mehr schlecht denn recht über Wasser.

Dann stieg er in den Drogenhandel ein, wurde innerhalb von zwei Jahren eine Riesennummer in der Schmugglerszene und machte ordentlich Geld. Er beteiligte sich auch am Handel mit Frauen und war federführend bei Geschäften mit illegal entnommenen Organen.

Es gab Gerüchte, Adnan höchstpersönlich habe Dutzenden von Opfern die Bäuche aufgeschlitzt und zugesehen, wie sie anschließend von ›Ärzten‹ fachgerecht ausgeweidet wurden.

Eine Niere brachte über hunderttausend Dollar auf dem internationalen Schwarzmarkt; gar das Doppelte konnte man für Herz, Lunge und Leber verlangen.

Adnan wurde ein sehr reicher, gefürchteter Mann.

In späteren Untersuchungen tauchte sein Name immer mal wieder auf. Doch sowohl *Human Rights Watch* wie auch der *Internationale Strafgerichtshof für das ehemalige Jugoslawien* konnten ihm nie Straftaten nachweisen.

Mittlerweile lebte Adnan Gjokaj auf einem feudalen Anwesen südlich von Kosovos Hauptstadt Pristina. Er war verheiratet, hatte drei halbwüchsige Söhne, finanzierte eine Fußballmannschaft und war Sponsor von drei Dutzend Polizeibeamten, einem Staatsanwalt, einem Bundesrichter sowie zahlreichen Ministern. Die Tatsache, dass in der kleinen Republik Kosovo einundzwanzig Minister sowie zweiundachtzig stellvertretende Minister im Amt sind – das sind mehr Minister als China hat – wusste Adnan unter Zuhilfenahme von Spenden, Erpressung und Gewalt gewinnbringend zu nutzen.

Die Straße, an der Adnan Gjokaj wohnte, trug seinen Namen.

Die Geschäfte liefen prächtig. Frauen, Drogen und Organe wurden mehr denn je gebraucht. Sein kriminelles Imperium hatte er mittlerweile mithilfe von Scheinfirmen und findigen Anwälten perfekt getarnt. Neuerdings versuchte er im Waffenhandel mitzumischen, die ersten Versuche waren vielversprechend.

Die Gewinnmargen ein Traum.

Zu seiner Familie in der Schweiz hatte Adnan so gut wie keinen Kontakt mehr. Diese inzwischen eingebürgerten ›Papierlischweizer‹, wie er sie verächtlich nannte, ließen ihn spüren, wie wenig sie von seinen Machenschaften hielten.

Einzig mit seiner Mutter Fatmire blieb Adnan in Verbindung.

Er telefonierte mit ihr einmal die Woche. Sie war einundachtzig Jahre alt, hörte nicht mehr gut, hatte Altersdiabetes, Probleme mit den Nieren und offene Beine. Seit ihr Mann Djevat vor acht Jahren gestorben war, lebte sie in einem schönen Altersheim am Stadtrand mit Blick ins Grüne und die Innerschweizer Alpen. Adnan zahlte jeden Monat viel Geld, damit seine Mutter das schönste Einzelzimmer und die beste Betreuung erhielt.

Nächsten Donnerstag wurde Fatmire Gjokaj zweiundachtzig.

Die Heimleitung plante ihr zu Ehren eine kleine Geburtstagsfeier, die im Speisesaal stattfinden würde, samt einem nach albanischem Rezept gebackenen Kuchen und ein paar Flaschen Rakija, dem Schnäpschen aus Fatmires Heimat.

Nur der Direktor des Altersheims, ein pflichteifriger Mann namens Zimmermann, wusste, dass auf Fatmire eine ganz besondere Überraschung wartete: Ihr Sohn Adnan wollte sie an ihrem Geburtstag besuchen. Er beabsichtigte, mit einem Privatjet vom Kosovo in die Schweiz zu fliegen und noch am selben Tag wieder zurück. Bereits vor einem Monat hatte Adnan Gjokaj sämtliche Details mit Herrn Zimmermann per E-Mail geklärt.

Ein Computer von Tell hatte mitgelesen und Alarm ausgelöst.

***

Das Waschmittel konnte Violetta sofort identifizieren. Der schwarze Stoffsack, den man ihr über den Kopf stülpte, duftete eindeutig nach *Weißer Riese*.

Man entließ sie nach Hause. Nach über sechsunddreißig Stunden in Gefangenschaft durfte Violetta gehen. Mit Auflagen: kein Wort zu niemandem. Absolute Geheimhaltung. Keine unüblichen Tätigkeiten im Tagesablauf, keine auffälligen Handlungen. Und sie hatte jederzeit erreichbar und verfügbar zu sein.

Huber und Meier hatten ihr unmissverständlich klargemacht, dass man sie ab sofort überwache und kontrolliere. »Ihr Leben, wie Sie es bisher kannten, ist vorbei, Frau Morgenstern«, hatte ihr Huber dargelegt. »Wir beobachten Sie, wir erfahren alles, was Sie tun.«

Sie hatte ihn angefunkelt.

Er hatte zurückgelächelt. »Sehen Sie es positiv: Wir sind ab jetzt immer für Sie da.«

Sie solle sich zu Hause ausruhen und alle Dinge regeln sowie ihre Termine absagen, die sie in den nächsten Tagen geplant habe. Ihr Auftrag bei Tell habe jetzt oberste Priorität. Morgen früh Punkt acht Uhr habe sie vor ihrer Haustür zu stehen. Man würde sie abholen.

Dann wurde sie nach Hause gebracht.

Da sie noch immer ihr Nachthemd trug, legte man ihr eine braune Wolldecke über die Schultern. Zwei Typen zogen ihr den schwarzen Stoffsack über den Kopf, packten sie links und rechts am Ellenbogen und geleiteten sie in einen Personenlift. Das Tuch, aus dem der Stoffsack genäht war, fühlte sich weich und leicht an, atmungsaktiv. Baumwolle, vermutete Violetta. Wenn sie schon nichts sehen durfte, wollte sie ihre anderen Sinne umso konzentrierter einsetzen.

Sie fuhren mit dem Fahrstuhl hinunter, zweiundzwanzig Sekunden lang, Violetta zählte still mit. Die Tür öffnete sich und kühle Luft schlug ihr entgegen. Sie schritten über Asphalt, die Schritte hallten, sie befanden sich in einer Tiefgarage. Die Schiebetür eines Autos schwang auf, Violetta wurde auf die lederne Hinterbank gesetzt und – das schien ihr angesichts der Situation lächerlich überkorrekt – vorschriftsgemäß mit einem Sicherheitsgurt angeschnallt.

Sie fuhren los. Violetta hatte vorgehabt, sich auf Außengeräusche zu konzentrieren, die ihr etwas über die Umgebung oder die Routenwahl verraten konnten, doch einer der Typen drehte laute Rapmusik an. Violetta fuhr blind und taub nach Hause.

Als der Wagen schließlich anhielt, stoppte ihre innere Uhr eine Fahrzeit von fünfzig Minuten. Doch Violetta ging davon aus, dass man sie auf Umwegen herumkutschiert hatte, um ihren Orientierungssinn vollends zu verwirren. Ein Radius von fünfzig Fahrminuten – da kamen etliche Ortschaften und Städte infrage. Unmöglich herauszufinden, wo sich die Tell-Zentrale befand.

Die Schiebetür öffnete sich und ihr wurde der Stoffsack vom Kopf gezupft.

»Morgen acht Uhr!«, sagte der Typ, der ausgestiegen war, um sie freizulassen. Sein Kumpel saß am Steuer und schien sich nicht für Violetta zu interessieren. Beide Männer trugen Baseballmützen, Sonnenbrillen und Vollbärte, letztere angeklebt, dessen war sich Violetta ziemlich sicher. Minimale, aber effektive Tarnung. Der Wagen fuhr davon. Es war ein uniformblauer Mercedes-Transporter.

Sie war wieder daheim.

Es gibt nichts Verstörenderes auf der Welt als ein Zuhause, das einem gestern noch Heimat war und über Nacht zu einer bloßen Unterkunft verkommen ist. Sie waren hier eingebrochen, hatten in ihren Sachen gewühlt, sie im Bett überfallen, betäubt und verschleppt. Hatten damit gleichsam ihren Lebensmittelpunkt geschändet und entweiht. Ihr Heim, wie sie es kannte und liebte, würde es so nie mehr geben.

Und plötzlich wich alle Anspannung von Violetta. Sechsunddreißig Stunden purer Nervenkrieg fielen urplötzlich von ihr, als schnallte sie einen tonnenschweren Rucksack ab. Sie war Gefangene gewesen, dann Täterin, Opfer, Schuldige, Angeklagte, Mörderin, Beinahe-Häftling. Sie hatte Todesängste ausgestanden und dann wieder Erlösung erfahren, war betäubt, entführt und gedemütigt worden, dann erpresst, besänftigt, wieder genötigt – und schließlich zur Komplizin ernannt worden.

Sie war jetzt Vollstreckerin. Und für heute am Ende mit ihren Kräften.

Alle Energie wich mit einem Male aus ihr, Violetta sackte zu Boden, hockte da in ihrem Hausflur, ein Häuflein Elend. Sie fühlte sich wie ausgehöhlt. Aufgestaute Angst, Wut, Frust – alles platzte aus ihr heraus. Sie heulte.

Irgendwann war gut. Sie hob den Kopf, schnäuzte sich tüchtig und stemmte sich vom Boden hoch.

Sie duschte, lange und heiß. Dann eiskalt, dann wieder heiß und stellte am Schluss die Wassertemperatur so hoch ein, dass sie es gerade noch aushielt. Ihre Haut war krebsrot und kribbelte. Violetta fühlte sich wieder lebendig. Sie trocknete sich mit einem Frottiertuch ab, rubbelte ihr Haar trocken und cremte sich mit einer Körperlotion ein, die sie selbst hergestellt hatte. Granatapfel, Sesam, Honig und Mandelöl. Sie inhalierte den Duft, er gab ihr Gelassenheit und Geborgenheit.

Sie schlüpfte in eine zu große, aber bequeme Jeanshose und zog einen dunkelblauen Kaschmirpullover an, dazu ihre Wohlfühlstrümpfe, dicke, wollene Socken mit Weihnachtsmotiven.

Sie braute sich einen Krug Ingwertee, setzte sich an ihren Küchentisch, trank und dachte nach. Es gab Dinge im Leben, die man nicht einordnen konnte, das hatte Violetta schon mehrfach erfahren müssen. Irrsinnige Dinge, wie nicht von dieser Welt. Als stammten sie aus einem Drehbuch, das vom Filmproduzenten mit dem Verdikt ›absolut unglaubwürdige Story‹ abgelehnt worden war.

Genauso war diese Sache mit Tell.

Sie, Violetta Morgenstern, war jetzt eine staatlich autorisierte Vollstreckerin. Eine Auftragskillerin. Das musste man sich einmal vorstellen. Auf der Zunge zergehen lassen.

Sie schnaubte verächtlich und schüttelte den Kopf. Sie musste das alles erst einmal richtig verdauen. Einordnen. Platz dafür in ihrer Welt schaffen. Und scharf nachdenken.

Sollte sie Maurice besuchen? Ihn um Rat fragen? Oder ihn wenigstens anrufen und um eine Einschätzung bitten? Bis einundzwanzig Uhr war ein Telefonat möglich; sie und Maurice besaßen sowohl Wohlwollen wie Sonderbewilligung des Gefängnisdirektors.

Sie verwarf den Gedanken. Erstens wollte sie Maurice nicht

in die Sache mit hineinziehen. Zweitens würde es ihre Beziehung empfindlich stören, wenn nicht gar gefährden, sollte Maurice von ihren Mördereien erfahren. Und drittens – durfte sie sowieso keiner Menschenseele von Tell erzählen. Huber und Meier hatten angedroht, sie überwachen zu lassen. Warum sollten die Kerle bluffen? Violettas Telefon wurde bestimmt abgehört, womöglich waren im Haus versteckte Kameras und Mikrofone installiert. Hockte da einer vor ihrem Haus und schaute ihr mit einer Wärmebildkamera zu?

Nein, sie würde Maurice definitiv nichts erzählen, sie würde *niemandem* etwas erzählen. Das hier war allein ihr Ding. Sie durfte die Kontrolle nicht verlieren, alles musste exakt durchdacht werden. Es ging schließlich um ihr Leben. Und um das von Adnan Gjokaj, das sie auslöschen sollte.

Wann immer Violetta sich in Ausnahmesituationen befand und sie sich auf ein Problem fokussieren musste, halfen ihr zwei Dinge beim Denken.

Musik und Kochen.

Den meisten Sachen in ihrem Leben hatte Violetta eine Melodie, einen Soundtrack zugeordnet. Sie mochte Filmmusik, sie hielt deren Komponisten für die Mozarts, Bachs und Mahlers unserer Zeit. Jede Tätigkeit im Alltag, davon war Violetta überzeugt, gelang mit dem passenden Soundtrack noch viel besser.

Zu kniffligen Näharbeiten von Hand beispielsweise hörte sie sich die hypnotisch getakteten Klänge aus *The Da Vinci Code* an. Zum Fensterreinigen passten die glasklaren, perlenden Läufe aus *Forrest Gump*. Ein ganzer Frühlingsputz gelang am dynamischsten mit dem *Batman*-Fortissimo aus *The Dark Knight* und Nino Rotas *Der Pate* war ideal, wenn sie am Computer saß und per Onlinebanking Geldaufträge erteilte.

Einmal hatte sie in einem nächtlichen Traum gar den Hollywood-Filmmusikkomponisten Hans Zimmer geheiratet. Violetta war schweißgebadet und zitternd aufgewacht. Bei der anschließenden Analyse des Albtraums war ihr nicht ganz klar geworden, welcher Aspekt sie mehr verstörte: dass Weltstar Zimmer ihr Bräutigam war oder wie sie überhaupt in die missliche Lage kommen konnte, in eine Ehe einzuwilligen. Sich für alle Ewigkeiten an einen Mann zu binden, hatte in Violettas Lebensplanung definitiv keinen Platz.

Wenn es denn überhaupt eine einzige, eine ganz große Liebe in ihrem Leben gab, dann war es das Kochen.

Bereits als kleines Mädchen hatte sie gelernt, wie magisch es sich anfühlte, einzelne Zutaten unter Zuhilfenahme von Feuer in köstliche Speisen zu verwandeln. Ihre Mutter Elisabeth hatte ihr die Grundkenntnisse beigebracht, später kamen exotische Rezepturen und allerlei artige und abartige Tricks der Köchinnen und Hausangestellten in jenen Ländern hinzu, in denen Familie Morgenstern im Auftrag des Roten Kreuzes gelebt hatte.

Violetta erfuhr, wie man in Togo aus Maniok oder Yams ein kaugummiartiges Foufou zubereitete oder in Honduras teuflisch scharfe Frijoles pürierte. Mit welchen Hexengewürzen und Voodoo-Sprüchen man in Haiti kreolisches Huhn mit Diri ak pwa wouj kochte und wie man in Nepal fernöstliche Küchenmagie anwenden musste, um ein überirdisch feines Dhaal Bhaat hinzukriegen.

In all diesen Ländern hatte Violetta nicht nur die besten Rezepturen erfahren, sondern auch gelernt, dass es nur eine wahre Form des Kochens gab: diejenige auf dem offenen Feuer. In sämtlichen Unterkünften der Morgensterns, in Afrika, Südamerika, Asien und in der Karibik, war stets an einer Feuerstelle oder auf einem Holzherd gekocht worden.

Das war der Grund, warum in Violettas Küche kein moderner Elektroherd stand, sondern ein alter Holzkochherd. Ein nostalgisches, rustikales Schmuckstück aus Stahl und Guss, mit kräftigen Scharnieren. Beinahe dreihundert Kilo schwer, um die hundert Jahre alt, mit bordeauxroten Seitenkacheln, drei großen Kochplatten, einem Backofen, einer Feuertür und einer Ascheschublade. Hergestellt worden war der Holzherd in einer kleinen Manufaktur im italienischen Umbrien. Ein Hafner und Ofenbauer aus der Region hatte das gute Stück erstanden, restauriert und an Violetta weiterverkauft.

Nach dem Unfalltod ihres Vaters und ihrer Mutter – da war Violetta achtundzwanzig gewesen und Alleinerbin – richtete sie ihr Elternhaus neu ein, ließ in der Küche den Elektroherd herausreißen und baute stattdessen diesen italienischen Holzherd Baujahr 1908 ein.

Am besten kochte es sich zu Ennio Morricones *Cinema Paradiso*. Violetta legte die CD in den Schacht der Hi-Fi-Anlage und drückte die Play-Taste. Eine Stunde und fünfzehn Minuten Morricone waren ideal, um Spätzli und Ragout à la Zwygart zu kochen. Ein Rezept ihrer Mama.

Violetta band sich eine rote Küchenschürze um, öffnete den Luftschieber am Ofenrohr, zündete mit einem Streichholz eine wachsgetränkte Holzwollewurst an und steckte diese ins Feuerloch. Gab Splitter aus Tannenholz dazu, blies behutsam ins wachsende Feuer und schob schließlich, als die Flammen lüsterner zu fressen begannen, drei Scheite aus Buchenholz dazu.

Feuerkochen entfachte in Violetta archaische Gefühle. Es hatte etwas mit Urgewalt zu tun und wie man diese lenkt und beherrscht. Und mit Sinnlichkeit. Das Geräusch, wenn die heißer werdenden Kochplatten klickten oder das Ofenrohr knackte, wie das Feuer sich in die Holzscheite krallte, das gütig-warme Licht der Flammen, deren tröstliches Flackern, wie die Scharniere der Feuertür beim Auf- und Zumachen ächzten und dann das Aroma von Holz und Rauch und heißem Gusseisen, für Violetta duftete das alles nach Abenteuer und Glück. Nie fühlte sie sich unabhängiger, nie war ihr leichter ums Herz, als wenn sie am Herd stand und mit dem Feuer spielte. *Das* war Freiheit. Hier konnte sie nachdenken. Nirgendwo sonst kamen ihr schlüssigere Gedanken.

Kochen – das war ihr Yoga mit Pfannen.

Sie gab Schweineschmalz und drei Spritzer Olivenöl in die schwere Eisenpfanne und briet die kinderfaustgroßen, mit Mehl bestäubten Fleischstücke an. In einer anderen Pfanne blubberte das Salzwasser für die Spätzli.

Und jetzt endlich, als sie Glut und Feuer und Rauch spürte, beim Hantieren mit Fleisch, Beilagen und Gewürzen, begann sie klarer zu sehen.

Ich muss also einen Menschen töten.

Röstaromen stiegen ihr in die Nase. Mit zwei Holzkellen drehte sie die Möckli um. Würzte die angebratenen Seiten mit Salz und Pfeffer und einer Kräutermischung, die sie bei ihrem Quartier-Metzger kaufte.

Ich muss diesen Adnan Gjokaj aus dem Kosovo umbringen. Ein Todesurteil vollstrecken.

Vollstrecken klang irgendwie einfacher, weniger schlimm. Töten oder ermorden tönte weitaus brutaler, blutiger und war bestimmt quälender. Für Täterin wie Opfer.

Violetta gab gewürfelte Karotten in die Pfanne, briet sie ganz kurz an, gab Zwiebelschnitze dazu und löschte dann, als das Gemüse zu karamellisieren begann, alles mit Bratensauce ab, warf ein Lorbeerblatt dazu und legte einen Deckel auf die Pfanne. Sie trat vom Herd zurück, stellte Morricone noch lauter, summte mit.

Sie konnte sich dank dieser Auftragstötung ihre Freiheit erkaufen. Das war zwar eine lupenreine Erpressung durch Huber und Meier, anderseits verkörperte so eine Vollstreckung die ehrlichste und konsequenteste Umsetzung ihres Credos: Strafe muss sein. Insofern wurde ihr Gerechtigkeitsempfinden mit so einer Tat zutiefst befriedigt. Und doch ... da war noch etwas anderes, ein diffuses Unwohlsein, etwas an der ganzen Tell-Sache irritierte sie gewaltig. Aber sie wusste nicht recht, was es war. Es fühlte sich an, wie wenn man eine winzige Entzündung im Mund hat, andauernd mit der Zunge danach forscht und doch nicht fündig wird.

Sie trat wieder näher zum Feuer, hielt ihre rechte Hand ausgestreckt über die Herdplatten, hielt sie tiefer, noch tiefer, bis die Härchen auf ihrem Handrücken sich kräuselten und es nach verbranntem Horn mottete. Und wehtat. Sie hob den Deckel von der Pfanne. Dampfschwaden stachen in ihr Gesicht, vernebelten ihr die Sicht, brannten auf Stirn und Wangen, ihr Antlitz glühte vor Hitze. Violetta war tropfnass, ihr war schwindlig und sie schwitzte. Und in dem Moment wurde ihr klar, was es war.

Sie hatte ganz einfach Schiss zu versagen.

Prüfungsangst!

Ihre bisherigen kleinen Mördereien hatte sie aus eigenem Antrieb vorgenommen, die waren ihre Privatangelegenheit gewesen. Geplant von ihr als Einzelmaske und blutiger Laie, dementsprechend simpel ausgeführt; erfolgreich zwar, aber dennoch auf Hobbyniveau. Jetzt aber war sie Teil eines großen Ganzen, einer Tötungsfirma, einer staatlichen Vollstreckungsmaschinerie. Man verlangte von ihr hochprofessionelle Arbeit. Sie war sich nicht sicher, ob sie diesem Druck gewachsen war. Was, wenn sie versagte? Wenn die Vollstreckung misslang? Würden die sie ... bestrafen? Loswerden wollen?

Sie goss noch etwas Rotwein in die Pfanne. Morricone spielte ihr liebstes Stück aus dem *Cinema-Paradiso*-Soundtrack, *Toto und Alfredo*. Sie gab etwas Sahne und eine Flocke Butter in die eindickende Fleischsauce, schabte den Knöpfliteig ins beinahe überkochende Salzwasser.

In drei Minuten gab es *Znacht*.

Mit der Küchenschürze trocknete Violetta sich das Gesicht, atmete tief durch – und fasste sich ein Herz.

Bleib ruhig. Mach dich nicht wahnsinnig. Sei einfach du. Zeig denen, was du draufhast!

Dann nahm sie einen einzigen langen Schluck aus der Rotweinflasche. Was sie noch nie zuvor in ihrem Leben getan hatte. Ja, sie hatte Schiss.

Morgen war ihr erster Arbeitstag bei Tell.

Und Violetta überlegte, was sie zum Töten anziehen sollte.

7

Die Kleiderfrage löste sich von allein.

Für ihren ersten Auftragsmord verwandelte sich Violetta Morgenstern noch einmal in eine alte Frau. Sie trug einen aschgrauen Rock aus Schurwolle, dazu eine schwarze Stretchbluse und darüber ein dunkelblaues Wolljäckchen.

Ein Team von Tell – Meier stellte es als die Abteilung Tarnung & Ausrüstung vor – hatte ihr das Haar hochgesteckt, ihre Gesichtskonturen mittels Latex komplett umgestaltet und sie auf alt geschminkt: Augenringe, Stirn- und Lachfalten, ihre Brauen, ja selbst die Wimpern bekamen einen grauen Farbton und über ihre Wangen und am Kinn mäanderten fein aufgepinselte Äderchen.

Ein Techniker passte in ihr Ohr eine winzige, von außen nicht sichtbare Sonde ein, mit der Violetta hören konnte, wenn Tell-Leute ihr Anweisungen gaben. Ein hautfarbenes Pflaster, nicht größer als ein halber Fingernagel, klebte auf ihrem Hals und diente als Mikrofon.

Violetta war ob so viel Hightech beeindruckt. Sie selbst benutzte noch immer ein Handy von Nokia, Model 5110, das sie vor über fünfzehn Jahren gekauft hatte und dessen größte Innovation darin bestand, SMS verschicken zu können.

Etwas protestiert hatte Violetta, als ihr die Schminktante zum Schluss ein Damenschnäuzchen zwischen Nase und Oberlippe anklebte. Aber die Tell-Frau hatte ihr versichert, das sei das Tüpfelchen auf dem i.

Violetta bestaunte sich im Spiegel. Perfekte Arbeit.

Eine Greisin nahe der Todeszone.

Sie war am Morgen, wie abgemacht, Punkt acht Uhr von den Vollbarttypen im Mercedes-Transporter abgeholt worden. Wieder die Nummer mit dem Stoffsack über dem Kopf, wieder Weißer Riese, laute Rapmusik, gezielt sinnloses Herumfahren. Desorientierung total.

In der Tell-Zentrale durfte sich Violetta immer nur in fensterlosen Räumen aufhalten. Die Leute, die sie für ihren Einsatz vorbereiteten, trugen Perücken, falsche Schnurrbärte, oft auch Brillen und Mützen. Nach getaner Arbeit sollte Violetta von niemandem bei Tell ein klares Bild haben. Käme es später, auf freier Wildbahn, zu zufälligen Begegnungen, würde Violetta keinen der Tell-Menschen spontan wiedererkennen.

Seit drei Tagen liefen die Vorbereitungen. Die Transformation zur Greisin – gleich am ersten Tag fand diese Anprobe statt – war dabei noch der kleinste Teil gewesen.

Pornoschnauzer-Meier war Violettas Führungsoffizier, wie er das nannte. Er würde sie bei ihrem Einsatz leiten.

Dass Adnan Gjokaj seine betagte Mutter in der Schweiz besuchte, war für Tell ein Glücksfall. Man hätte ihn sich zwar auch im Kosovo vorknöpfen können, aber Auslandseinsätze, erklärte Meier, waren stets mit mehr Vorbereitung, Logistik, Geld und vor allem mit enorm viel Risiko verbunden. Umso schöner, kam der Bösewicht jetzt hierher und lief ihnen quasi ins offene Messer.

Dann fragte Violetta nach dem Warum.

Was in aller Welt machte Adnan Gjokaj für die Schweiz so gefährlich? Was hatte er getan, was wusste er, womit drohte er, dass man ihn auf Geheiß höchster Regierungsstellen umbringen musste? Er war doch bloß einer von vielen Kriminellen? Typen wie Adnan gab es auf dem Balkan zuhauf, was also betraf das die Schweiz?

Meier verzog den Mund und eierte herum. »Das kann und darf ich Ihnen nicht sagen.«

Violetta schaute ihn prüfend an. »Sie wissen es selbst nicht, stimmt's?«

In den wenigsten Fällen, so erklärte ihr ein leicht zerknirschter Meier, kannte das Tell-Team die Hintergründe eines Tötungsbefehls. »Nur wenn es für die Ausführung einer Vollstreckung von Bedeutung ist, für die Logistik, die

Wahl der Todesart oder die Tarnung, erfahren wir genauere Details. Ansonsten gilt: Die Regierung entscheidet und erteilt den Auftrag – Tell erledigt. So ist es auch in diesem Fall: Glauben Sie mir, Morgenstern, unser Land muss ein riesengroßes Interesse daran haben, dass Adnan Gjokaj aufhört zu existieren.«

Immer und immer wieder gingen sie mit Violetta die Einsatzdetails durch, bis diese jeden Handgriff, jede Aktion im Schlaf beherrschte.

Sie studierten Grundrisspläne des Altersheimes, sahen sich Videoaufnahmen des Speisesaals und Fotos von Adnan und seiner Mutter Fatmire an.

Adnan Gjokaj würde, so hatte er es in seinen E-Mails an Heimleiter Zimmermann angekündigt, von drei kosovarischen Leibwächtern begleitet werden. Aber angesichts all der zerbrechlichen Alten und irritierten Greise würden diese Bodyguards die Sicherheitslage als unbedenklich einstufen und darum Gjokaj viel Freiraum gewähren.

Genau das war die Chance, um nahe genug an Adnan heranzukommen. Sehr nahe.

Um fünfzehn Uhr sollte das Geburtstagsfest beginnen.

Kaffee, Kuchen, ein Gläschen Rakija. Und alle dreiundsiebzig Bewohner des Altersheims waren zur Seniorenparty eingeladen.

Plus Violetta.

Gjokaj hatte viele Feinde. Die meisten waren Geschäftskonkurrenten, dazu ein paar Brüderpaare auf Blutrachetrip und einige gehörnte Ehemänner.

Es hatte in den letzten fünf Jahren sieben Anschläge auf ihn gegeben, doch Adnans Leibwächter hatten die Attentäter jedes Mal neutralisiert. Und diese hatten allesamt – nach vielen unsäglich schmerzhaften Stunden in einem umgebauten Weinkeller mit gut zu reinigenden Wänden und Böden – ihre Auftraggeber verraten.

Danach waren die gescheiterten Attentäter mit gebrochenen Fingern, zertrümmerten Knien und durchgeschnittener Kehle auf einer von Pristinas illegalen Mülldeponien gelandet.

Ihre Auftraggeber ein paar Tage später auch.

Das Problem beim Tell-Einsatz im Altersheim war, dass unbekannte Personen unter fünfzig Jahren sofort das Misstrauen von Adnan und seinen Bodyguards wecken würden. Es war auch nicht möglich, einen Killer in Pflegeuniform einzuschleusen, Neulinge wären sofort aufgefallen. Denn Adnan hatte von Direktor Zimmermann eine Liste mit den Namen und aktuellen Fotos aller Altersheimmitarbeiter verlangt.

»Für Sicherheit und so!«, hatte er befohlen.

Natürlich hatte Zimmermann pflichtbewusst dagegen protestiert und etwas von Datenschutz gefaselt. Eine von Adnan in Aussicht gestellte größere Geldsumme zur freien Verwendung hatte den Direktor dann umstimmen können.

Wer sicherlich keinen Attentatsverdacht auslöste, waren die dreiundsiebzig Senioren im Heim.

Am allerwenigsten ein tattriges Mütterchen mit einem Rollator.

Der Plan sah vor, dass sich Violetta unter die Bewohner mischte, um dann möglichst nahe an Adnan heranzukommen. Im allgemeinen Wirrwarr würde dem Personal nicht auffallen, dass da plötzlich eine Seniorin mehr im Raum war. In den E-Mails an den Altersheimleiter schrieb Adnan, er beabsichtige, gegen halb fünf Uhr wieder abzureisen.

Violetta hatte demnach eineinhalb Stunden Zeit, für Gerechtigkeit zu sorgen.

Die Operation trug den Codenamen *Rollator*.

Das Tell-Einsatzteam positionierte sich zwei Kilometer vom Altersheim entfernt in einem parkierten Mercedes-Transporter mit uniformblauer Lackierung. Im fensterlosen Laderaum befand sich eine Kommandozentrale mit allerlei technischen

Spielereien. Hier saßen Meier und drei seiner Leute und überwachten den Einsatz.

Die hausinternen Überwachungskameras des Altersheims waren gehackt worden, sodass man auf einem Monitor im Transporter in Echtzeit mitverfolgen konnte, was im Speisesaal vor sich ging.

Um zehn vor drei am Nachmittag trippelte die Alte mit dem Rollator durch die Eingangshalle, direkt in Richtung Speisesaal. Die Aufregung im Haus war tatsächlich so groß, dass niemand Violetta beachtete.

Sie schaute sich um. Sie kannte sich gut aus mit Heimen. An ihrem Wohnort kümmerte sie sich einmal die Woche, meist am Mittwochnachmittag, als Gesellschafterin um die Altersheimbewohner. Sie bastelte mit den Senioren, spielte mit ihnen Karten, *Tschau-Sepp* und Mühle, sang mit ihnen Volkslieder oder las aus einem Buch vor.

Dann entdeckte Violetta das Geburtstagskind.

Fatmire Gjokaj saß in einem Rollstuhl, eine gehäkelte Decke auf den Knien, ein seliges Lächeln auf dem Gesicht. Diese Art Lächeln kannte Violetta von den Senioren in ihrem Altersheim. Es war weniger Ausdruck größter Zufriedenheit, sondern die Folge totaler Umnachtung.

Fatmire Gjokaj sah krank aus.

Ihre bläuliche Haut war rissig und matt durchschimmernd, wie altes, dünnes Pergament. Der Kopf kippte andauernd zur Seite und ihre portugiesische Lieblingspflegerin Aurelia wischte ihr alle paar Minuten Speichelfäden aus den Mundwinkeln.

Mitbewohner schlurften herbei und beglückwünschten die Jubilarin. Tätschelten ihr die knochige Hand, schmatzten ein paar Gratulationen und bewiesen beim Lächeln eindrücklich, zu was für Wunder die Zahnprothesentechnik heutzutage fähig ist.

Um fünfzehn Uhr kam Unruhe auf. Direktor Zimmermann

spurtete zum Haupteingang, wo ein schwarzer SUV mit getönten Scheiben vorgefahren war.

Vier Männer stiegen aus.

Drei trugen schwarze Anzüge, unter denen sich Muskelpakete abzeichneten, wie man sie unmöglich nur mit Hanteltraining erhält. Der vierte Mann, der kleinste und rundlichste von ihnen, trug eine rote Chinohose, hellblaue Wildlederslipper ohne Strümpfe, dazu ein gelbes Polohemd mit riesigem Ralph-Lauren-Logo und hochgestelltem Kragen.

Er sah aus wie ein krimineller Clown.

»Der Kanarienvogel ist Adnan«, erklang Meier in Violettas Ohr.

»Darauf wäre ich jetzt nie gekommen!«

Adnan schüttelte Hände, grüßte, grinste, winkte und defilierte wie ein Filmstar durch das Altersheim. Violetta musste zugeben, dass die Begrüßungsszene mit seiner Mama sie rührte. Es wurde geherzt, gedrückt, geküsst und geweint. Fatmire freute sich riesig, Adnan strahlte wie ein kleiner Junge. Die drei Bodyguards gingen in Position und schirmten Mutter und Sohn Gjokaj ab.

Die Geburtstagstorte wurde hereingebracht mit zweiundachtzig brennenden Kerzen darauf. Herr Zimmermann stimmte *Happy Birthday* an und alle sangen mit. Violetta fragte sich, ob es wirklich zweiundachtzig Kerzen waren oder ob die Heimleitung einfach nur *sehr, sehr viele* Kerzen in die Zuckergusslasur gesteckt hatte. Sie kam zum Schluss, dass ziemlich sicher exakt abgezählt worden war – Adnan war der Typ Mann, der selbst nachzählte und ausrastete, wenn nicht alles genau so war, wie er es angeordnet hatte.

Er balancierte die Torte vor dem Gesicht seiner Mutter und blies mit ihr zusammen die Kerzen aus. Wobei er den Hauptteil übernahm, die Mama kriegte kaum Luft zum Atmen, geschweige denn hatte sie welche zum Kerzenauspusten übrig.

Die Torte wurde angeschnitten, Kaffee ausgeschenkt, Rakija gesüffelt. Sämtliche Senioren bekamen ihre Ration samt Nachschlag. Sie plapperten und kauten gleichzeitig.

Eine schöne, große, fröhliche Feier.

Es knackte in Violettas Ohr. »Dann wollen wir mal!«

»*Ich*, Meier, *ich* will mal, nicht *wir*. Die von Ihnen verwendete erste Person Plural ist ein absolutes Unding. So klingen Sie wie wohlmeinend herablassendes Pflegepersonal: *Na, wie geht es uns denn heute?* Das ist absoluter …«

»Morgenstern!«

Sie packte ihren Rollator und zuckelte los. Direkt auf Mama Fatmire und ihren Sohn zu. Adnan saß nun breitbeinig und gönnerhaft auf einem Stuhl neben seiner Mutter, schwatzte auf sie ein und tätschelte dabei die ganze Zeit über ihre kalten Hände.

Violetta war noch fünf Meter von der Zielperson entfernt.

Je näher, desto besser, hatte ihr Meier eingebläut. Dreißig Zentimeter wären perfekt, vierzig lagen gerade noch innerhalb der Toleranzgrenze. Doch mit mehr Abstand funktionierte die Waffe nicht mehr.

Noch drei Meter.

Violetta ging im Geiste nochmals alle Handgriffe durch.

Zwei Meter.

Ihre rechte Hand machte sich bereit. Das ging ja alles viel einfacher, als sie gedacht hatte. Sie spürte, wie das Adrenalin sie durchflutete.

Ein Meter.

Ihr rechter Finger zuckte. Bereit, den Knopf zu drücken.

Der Kerl ist so gut wie tot.

In dem Moment stellte sich ihr einer der Bodyguards in den Weg und beschied ihr mit einer wedelnden Handbewegung zu verschwinden.

Violetta tat, als hätte sie nicht verstanden, und versuchte am Muskelprotz vorbeizuschlurfen. Er würde es doch nicht wagen, eine so alte Frau …

Doch, er wagte. Packte sie unsanft am Ellenbogen und lenkte sie zur Seite.

Adnan war die Szene nicht entgangen. Er winkte Herrn Zimmermann zu sich, flüsterte ihm etwas ins Ohr, wie ein König, der seinem Diener Anweisungen erteilt. Zumal Zimmermann auch noch unaufhörlich untertänigst nickte.

Dann stand der Heimdirektor auf, klatschte in die Hände und rief so salbungsvoll und aufgedreht wie der Morgenmoderator eines christlichen Radiosenders.

»Meine lieben Gäste, liebe Seniorinnen, liebe Senioren, die Familie Gjokaj hat sich lange nicht mehr gesehen, hat sich viel zu erzählen und wünscht darum, heute nicht mehr gestört zu werden. Selbstverständlich respektieren wir alle ihren Wunsch. Und nun weiterhin viel Vergnügen. Es hat noch Kuchen!«

Die Chance zum Töten war vorbei.

»Mist, was jetzt?«, raunte Violetta, ohne dabei ihre Lippen zu bewegen. Selbst wenn sie flüsterte, übertrug das hochsensible Mikro im winzigen Pflaster an ihrem Hals jedes Wort glasklar.

In ihrem Ohr schwieg es.

»Meier? Sind Sie da? Was soll ich tun?«

Es knackste. »Wir arbeiten an dem Problem. Warten Sie auf weitere Anweisungen.«

Überall im Speisesaal hatten sich Grüppchen von Senioren gebildet, die einander zuprosteten und plauderten. Familie Gjokaj, abgeschirmt durch ihre drei Gorillas, saß ungestört in einer Ecke des Raums.

»Wir warten.« Meier raschelte wieder im Ohr. »Wir warten und hoffen, dass sich doch noch eine Möglichkeit ergibt. Wir haben noch vierzig Minuten Zeit.«

Violetta wurde nervös.

Warten war nicht ihre Stärke. Zudem war ihr heiß. Die Kleider, die sie trug, waren viel zu warm. Der Latex im Gesicht spannte unbequem und das angeklebte Damenschnäuzchen kitzelte.

Die Zeit lief ihnen davon. Adnan hatte bereits zweimal auf die Uhr geschaut.

Die Situation blieb unverändert.

Violetta spürte ihre Blase. Und diese komischen Altweiberschuhe, die sie tragen musste, drückten. Sie musste sich beruhigen, sie war viel zu nervös.

Da kam ihr der Astronautentrick in den Sinn.

Sie hatte in einem Magazin davon gelesen. Darin verriet der Chefastronaut der NASA jungen Anwärtern, was sie bei Panik tun sollten. *Wackelt mit den Zehen! Das entspannt, holt euch für ein paar Sekunden runter und ihr habt Zeit, euch neu zu orientieren.*

Also bewegte Violetta ihre Zehen.

Zuerst die im rechten Altweiberschuh. Dann die im linken Altweiberschuh.

Noch zehn Minuten.

»Meier!«

»Ich höre.«

»Was soll ich tun?«

»Ich ... ich weiß es wirklich nicht. Scheißsituation, Scheißjugo!«

»*Das* habe ich nicht gehört, Meier. Wären Sie mein Schüler, kassierten Sie für den ›Jugo‹ eine Strafe!«

»Ach, halten Sie doch die Klappe, Morgenstern! Es ist immer das gleiche Lied mit Ihnen!«

Violetta stutzte.

Sie überlegte fieberhaft, ihre Augen schossen hin und her.

»Meier, Sie haben mich auf eine Idee gebracht.«

»Was ist los, Morgenstern? Was haben Sie vor? Sie werden nicht eigenmächtig handeln, haben Sie gehört? Ich verbiete Ihnen ...«

»Schnauze«, zischte sie.

Sie wusste jetzt, wie sie Adnan doch noch umbringen konnte.
Plan B.
Sie musste singen.

8

Als Xherdan damals zu ihr in die Klasse kam, war er zwölf Jahre alt und völlig verschüchtert. Der Junge war mit seiner Familie aus dem Krieg im Kosovo in die Schweiz geflohen. Xherdan war anfangs sehr scheu und traute sich fast nicht zu reden. Bis Violetta eines Tages bemerkte, dass er wunderschön singen konnte. Sie fragte ihn nach Liedern aus seiner Heimat und er sang ihr das albanische Lied vom Schneeglöckchen vor. *Lule Bore,* glockenhell, traurig, wunderschön.

Jedes Kind im Kosovo, sagte Xherdan, kenne dieses Lied. Dann brachte er es Violetta bei.

Die Zeit war abgelaufen.

Adnan Gjokaj schaute auf seine große, schwere goldene Armbanduhr und stemmte sich schwerfällig aus dem Sessel hoch. Seinen Bodyguards nickte er zu, gab das Zeichen zum Aufbruch.

In dem Moment begann Violetta zu singen.

Laut und klar, *Lule Bore,* das Lied vom Schneeglöckchen, mit dem im Kosovo jedes Kind in den Schlaf gesungen wird.

Im Saal wurde es still. Die Senioren und das Pflegepersonal gafften zu Violetta. Die sang jetzt noch lauter, *Lule Bore,* und erinnerte sich an jede Strophe des Liedes, das Xherdan ihr damals beigebracht hatte.

Adnan Gjokaj, das verabscheuungswürdige Subjekt, der Kriminelle, der Mörder, der skrupellose Händler von Drogen, Organen, Frauen und Waffen, schritt auf die singende Alte zu.

Er lächelte, weil er das Lied nur zu gut kannte.

Er begann mitzusingen. *Lule Bore.* Er sang mit schöner, voller Tenorstimme, schritt immer näher zur alten Frau hin. Er gab den Bodyguards ein Zeichen, es sei alles in Ordnung, sang weiter das Lied vom Schneeglöckchen, mit dem er als kleiner Junge von seiner Mama in den Schlaf gewiegt worden war.

Er breitete die Arme aus, schwenkte den Kopf rhythmisch hin und her. Er hatte Tränen in den Augen vor Rührung, er sang und stand schließlich direkt vor Violetta.

Er umarmte das alte Mütterchen.

Und Violetta drückte den Knopf.

Vor drei Jahren hatte Adnan Gjokaj Herzprobleme bekommen. Der Sinusknoten im rechten Vorhof seines Herzens, so etwas wie der Taktgeber, arbeitete nicht mehr zuverlässig. Daraufhin war er in einer Privatklinik in Dubai behandelt worden. Man implantierte ihm einen Herzschrittmacher und seither führte Adnan wieder ein beschwerdefreies Leben. Er trieb auf Anraten der Ärzte mehr Ausdauersport, hatte zwanzig Kilo abgenommen und verzichtete auf seine zwei Päckchen Zigaretten täglich. Marke *Niska Drina*, ohne Filter.

Er war gesund, er war fit.

Dank dem Herzschrittmacher würde er hundert Jahre alt werden, hatten ihm seine Kardiologen prophezeit.

Im Metallgestänge des Rollators hatte die technische Abteilung von Tell einen kleinen, aber ultrastarken Elektromagneten eingebaut. An der Unterseite des rechten Rollatorgriffs befand sich ein winziger Knopf, der den Magneten einschaltete und ein elektromagnetisches Feld aufbaute.

Ein massives Störsignal.

Der Herzschrittmacher, den die Ärzte des Private Medical Center Dubai Gjokaj vor drei Jahren im Brustbereich eingesetzt hatten, besaß ein Gehäuse aus Titan, in dem langlebige, bis zu zehn Jahren arbeitende Lithium-Ionen-Batterien und die gesamte Steuerelektronik untergebracht waren. Der Schrittmacher, ein US-amerikanisches Fabrikat der Spitzenklasse im Wert von dreiundzwanzigtausend Dollar, wog nur wenige Gramm und hatte die Größe eines Armbanduhrgehäuses.

Das ultrastarke Störsignal in Violettas Rollator deaktivierte die Stimulationsimpulse des Schrittmachers an die Herzkammern.

In dem Moment, als Adnan die alte singende Frau umarmte, begann er zu sterben.

Lule Bore. Violetta verstummte, ihr Liedervortrag war zu Ende.

Adnan löste die Umarmung, küsste die Alte auf die Stirn, wie Söhne es mit ihren Müttern tun. Er klatschte in die Hände, machte aus lauter Übermut ein paar Tanzschritte, forderte die Senioren zum Applaus auf. Applaus für die wundervolle Darbietung!

Der Saal klatschte.

Dann ging Adnan zu seiner Mutter zurück, um sich von ihr zu verabschieden.

Bei ausgeschaltetem Herzschrittmacher kommt es beim Patienten erst zu Blutdruckabfall, dann zu Schwindelgefühl, Atemnot, Übelkeit, Engegefühl. Dann folgen Panikattacken.

Dann tritt der Tod ein.

Adnan schwankte plötzlich.

Er schwitzte, ließ sich wieder auf den Stuhl plumpsen, atmete stark. Ihm war schwindlig und übel. Die Bodyguards merkten, dass etwas nicht stimmte, und eilten zu ihrem Chef. Adnan griff sich an den Hals, dann an die Brust, er war kreidebleich und keuchte.

Große Unruhe brach aus.

Ein Pfleger rief nach dem Notfalldefibrillator, der sich in einem an die Wand montierten Kasten gleich hinter der Essensausgabe befand.

Doch da war keiner.

Niemandem vom Personal war aufgefallen, wie drei Tage zuvor ein Mann, als Elektriker verkleidet, den Defibrillator abmontiert und in einer Tasche weggetragen hatte.

Als Violetta mit ihrem Rollator den Saal verließ, hühnerten die Senioren aufgebracht umher. Das Pflegepersonal rief nach der Ambulanz, einer der Bodyguards machte bei Adnan Herz-Lungen-Massage, ein anderer schrie in sein Handy hinein. Und mittendrin im Chaos stand Herr Direktor Zimmermann und schlug die Hände vors Gesicht.

Die alte Dame mit dem Rollator verließ das Altersheim durch den Haupteingang. Sie schritt die Straße hinunter, bog nach dreihundert Metern nach links in eine Nebenstraße ein, wo ein uniformblauer Mercedes-Transporter mit laufendem Motor wartete, sie einsteigen ließ und davonfuhr.

Meier nickte ihr lässig zu.

Violetta nickte zurück.

»Sie singen gar nicht mal so übel, Morgenstern.«

9

Tags darauf meldeten sie sich wieder bei ihr. Meier war am Telefon. Ob sie heute Nachmittag zu Hause sei, sie würden gern vorbeikommen. »Sagen wir um drei Uhr?«

»Zum Kaffeekränzchen?«, fragte Violetta.

»Manöverkritik«, antwortete Meier.

Huber und Meier waren pünktlich. Violetta bat sie ins Wohnzimmer, bot ihnen Platz auf dem Sofa sowie Kaffee und selbst gebackenen Vanillegugelhupf an. Sie selbst setzte sich dem Besuch gegenüber in einen riesigen Ohrensessel mit dunkelblauem Stoffbezug.

Huber und Meier schauten sich diskret um. Ein gemütliches Wohnzimmer, blitzsauber, mit Geschmack und Verstand eingerichtet. Behaglich, aber nicht bieder. Funktionell, aber nicht steril.

Der Boden bestand aus geölten Eichendielen. Eine helle, beige Raufasertapete bedeckte sämtliche Wände. Es gab keine Deckenleuchten, dafür standen ein gutes Dutzend Ständer- und Tischlampen herum. Vor den schlierenlosen Fenstern hingen keine Vorhänge. Draußen, auf der Quartierstraße, waren Kinder zu sehen, die Fahrrad fuhren oder auf diesen modernen kleinen Trottinettchen herumkurvten.

Die Möblierung war ein geschmackvoller Mix aus Vintage, Klassikern und Ikea. Schlicht, ja beinahe schon nüchtern, praktisch und dennoch stilvoll. An den Wänden hingen Aquarelle mit Landschaften und exotischen Blumenmotiven. Auf einem Beistelltisch standen fünf gerahmte Fotos, die immer dasselbe Paar in verschiedenen Lebensphasen zeigten, wahrscheinlich Morgensterns Eltern. An der einen Wand stand ein Klavier, schwarz lackiert, auf Hochglanz poliert. Die gesamte Wand gegenüber wurde von einem weißen deckenhohen Bücherregal ausgefüllt. Die vielen Hundert Bücher auf den Tablaren waren nach Farben sortiert. Auf einer antik wirkenden Holztruhe mit verblichenen, asiatischen Göttermotiven stand ein Flachbildfernseher.

Im Raum roch es nach Blumen, Bäckerei und Holzfeuer.

Huber und Meier entdeckten nirgends Souvenirs, keinen Nippes, kein Krimskrams, keine Trophäen. Keinerlei Erinnerungen an vergangene Tage. Null Sentimentalitäten. Hier lebte eine Frau, die keinen Sinn darin sah, alten Zeiten nachzuhängen.

Violetta trug eine dunkelblaue Jeans und einen gewittergrauen Kaschmirpullover mit V-Ausschnitt. Sie war barfuß, sie trug keinen Nagellack. Ihre Füße waren gepflegt, schmale Fesseln, wohlgeformte Zehen, sinnlicher Fußrücken, fleckenlose Haut. Ein Leckerbissen für jeden Fußfetischisten oder Bildhauer. Ihr langes weißes Haar hatte sie zu einem Knoten, einem *Güpfi,* gebunden und hochgesteckt. Sie trug keinerlei Schmuck, noch nicht einmal eine Armbanduhr.

»Schönes Haus«, meinte Huber nach dem ersten Schluck Kaffee. Er tupfte sich den Mund mit einer Papierserviette, wischte sich damit den Schweiß von seiner Stirn und zupfte und faltete dann an der Serviette herum.

»Meine Eltern haben es gekauft, als wir aus dem Ausland in die Schweiz zurückkehrten. Mein Vater arbeitete damals weiter für das Rote Kreuz, allerdings nur noch im Inlandbereich. Acht Jahre später verunfallten meine Eltern mit dem Auto auf der Grimselpassstraße in den Walliser Bergen und kamen dabei ums Leben. Ich bin Alleinerbin. Ich bekam dieses Haus und das Ersparte meiner Eltern. Mein Vater hatte zwanzig Jahre lang im Ausland gut verdient und wenig gebraucht, es war also eine hübsche Summe, die ich erbte. Diese hat es mir auch ermöglicht, mich vor neun Jahren frühpensionieren zu lassen.«

Meier und Huber rutschen beim Stichwort ›frühpensioniert‹ unruhig auf dem Sofa herum. Morgensterns Wutausbruch war ihnen noch in zu guter unguter Erinnerung. Glücklicherweise überging Violetta diese Sache und erzählte stattdessen noch mehr von sich.

»Ich verbringe viel Zeit im Garten, beim Lesen, Musizieren und in meinem Labor. Ich engagiere mich auch in der gemeinnützigen Arbeit. Ich bin regelmäßig Gesellschafterin im Altersheim Rosenberg, leite einen Häftlingschor in der Justizvollzugsanstalt Meerschwand und erteile auf Abruf Ausländerkindern Nachhilfe in Deutsch. Ich bin Mitglied der Theatergruppe Silbergeier und schreibe ab und zu als freie Journalistin Artikel für das Seniorenmagazin *Generation Gold*. Aber all das wissen Sie ja sicher längst. Steht bestimmt in meiner Akte, oder?«

Meier und Huber sogen synchron scharf die Luft ein.

Huber wechselte das Thema. »Und, wie geht es Ihnen, nach Ihrem Einsatz?« Er klang nach ungeheuchelter Herzlichkeit.

»Sie machen sich Sorgen?«

»Wir machen uns Gedanken.«

»Schlechtes Gewissen?«

»Man nennt so etwas Debriefing.«

»Für mich klingt es eher nach Zahltag.«

Huber stöhnte leise. »Meine Güte, Morgenstern, wir möchten lediglich wissen, ob mit Ihnen alles in Ordnung ist.«

»Sehe ich krank aus?«

»Sie sehen aus wie immer.«

»Ist das eine nüchterne Feststellung oder ein Kompliment?«

»*Herrgottsterne*, Morgenstern, nun seien Sie doch nicht so störrisch. Wir sind hier, um uns zu vergewissern, dass Sie den Einsatz psychisch gut überstanden haben.«

»Ich kann Sie beruhigen, meine Herren, der Auftrag im Altersheim hat mir keine schlaflosen Nächte bereitet.«

»Gut, sehr gut, schön zu hören.« Huber atmete auf. »Es hätte ja sein können, dass Sie nachträglich von Gewissensbissen geplagt werden.«

»Nein, absolut nicht. Und ich denke, Adnan Gjokaj hat sich unsere Strafe wirklich sehr zu Herzen genommen.«

Alle drei schmunzelten bedeutungsvoll.

Huber nestelte noch immer an seiner Papierserviette herum und schien eine Figur zu falten.

»Nun ja«, wandte Meier ein, »so abwegig wäre es ja nun auch nicht, wenn Sie Schuldgefühle hätten. Immerhin waren Sie früher Lehrerin, pädagogisch engagiert, sozial bewegt. Sie wissen, was ich meine?«

Violetta zog ihre Augenbrauen nach oben. *Der* alte Mist!

»Ja, ja, ich kenne all die Klischees über die Lehrerschaft. Weltfremde Jute-Wolle-Kupfer-Tanten. Von nichts eine Ahnung, aber zu allem eine Meinung. Mitgefühl für alle, Empathie bis zum Gehtnichtmehr, permanent solidarisch mit allen Minderheiten und im festen Glauben, beim Unterrichten handle es sich um einen Menschenveredelungsprozess. Ich weiß, wie man über uns Lehrer denkt. Und leider muss ich sagen – nicht ganz zu Unrecht.«

Huber und Meier spitzten ihre Lippen und machten mit ihren Händen andeutungsweise abwehrende Gesten. Na ja, wenn *Sie* das sagen …

»Zu meiner Verteidigung muss ich sagen: Ich habe mich immer bemüht, keine typische Lehrerin zu sein. Ich hatte zu viel im Ausland erlebt, um danach weltfremd zu leben und zu unterrichten. Meine Lehrerkollegen hüllten ihre Schützlinge in Watte, ich meine in Stahlwatte. Meine Devise lautete stets: Das Leben ist lebensgefährlich. Und wer etwas will, muss dafür kämpfen.«

Violetta biss in ihr Kuchenstück und schob den Bissen in ihre Backentasche, um weitersprechen zu können: »Mit dieser Haltung bin ich bei meinen Berufskollegen oft angeeckt. Es kam hin und wieder gar zum Streit. Einmal, daran erinnere ich mich gut, haben Kolleginnen von mir begonnen, Grimms Märchen umzuschreiben. Sie veränderten deren Ende.«

Violetta nahm einen neuen Bissen Kuchen. Keine dessertgabelgroße Ecke wie bei einer Teeparty, sondern ein mundfüllendes Stück, als verputzte sie ein Sandwich. Sie kaute lange, schielte dabei von Huber zu Meier und wieder zu Huber, schluckte endlich und sprach weiter. »Meine Lehrerkolleginnen erzählen ihrer Schulklasse nicht, wie am Schluss von Hänsel und Gretel die böse Hexe verbrannt wird. Das war in ihrem Weltbild neuerdings zu grausam. Zu unsozial. Die Hexe hatte in ihrer Kindheit bestimmt Schlimmes durchgemacht, zudem fühlte sie sich einsam im Wald und ausgegrenzt von der Gesellschaft, und da Hexen eine Randgruppe sind, hätte die arme Frau eigentlich Anspruch auf Minderheitenschutz. All diese negativen Faktoren erst, ihr Umfeld und – wie nennen die Psychoheinis das so schön – ihr Unterdrückungserlebnis machten sie zur bösen Unperson. Die Täterin Hexe ist eigentlich ein Opfer.«

Huber und Meier schauten sich kurz an: Das hier versprach amüsant zu werden.

»Was taten meine geschätzten Lehrerkolleginnen also? Sie erzählen ihren Schülern ein neues Ende. Am Schluss des Märchens setzen sich Hänsel und Gretel zusammen mit der bösen Hexe an einen Tisch, sie diskutieren ihre Probleme, reden über Ängste und Erwartungen und schließen miteinander Frieden.«

Mit ihren blauen Augen durchbohrte Violetta Huber und Meier. Sie wurde laut: »*Das,* meine Herren, ist absoluter Schwachsinn. Kinder *brauchen* das Erlebnis des Bösen, sie brauchen klare Gefühle, klare Grenzen, klare Bösewichte. Sie *wollen* in den dunklen Keller hinuntersteigen, um das Fürchten zu erfahren. Weil es sie fasziniert und weil es sie formt. Nur wer das Böse in sich selbst erkennt und bändigen lernt, kann gegen das ganz große Böse, das überall da draußen auf uns lauert, antreten. Hören Sie auf, mich so anzusehen, Meier!«

»Na, na, das ist jetzt ein bisschen zu viel des Bösen.« Meiers Mund war ein schmaler, spöttischer Strich.

Violetta schüttelte den Kopf. »Das Leben ist keine Schulreise, wir müssen uns durchwursteln, kämpfen, unser Bestes geben. *Das* muss man den Kindern beibringen. Auf gute, ehrliche und kindgerechte Art. Aber unsere verhätschelte Gesellschaft will das nicht wahrhaben, Frieden auf Erden. Bodenheizung für alle und jedem sein *Careteam.*«

Huber und Meier seufzten synchron.

Huber hob den Finger wie in der Schule. »Sie waren demnach wohl nicht gerade zimperlich im Umgang mit Schülern?«

»Ich habe Kinder sehr gern. Ich mag ihre frische, ehrliche und fantasievolle Art. Manche Lehrer behaupten von sich, sie hätten alle Kinder gleich gern. Das ist Unsinn, das kann man gar nicht, manche mag man mehr, andere weniger. Aber ich kann die Kinder alle *gerecht* behandeln. Nicht *gleich* – sondern *gerecht*, das ist ein Unterschied.«

Violetta trank einen Schluck Kaffee und vergewisserte sich, dass die Tassen ihrer Besucher noch anständig gefüllt waren. »Und ja, um auf Ihre Frage zurückzukommen, ich wollte nie der beste Kumpel meiner Schüler sein. Sie sollten sich an mir reiben, mich mögen, aber auch hassen, an mir wachsen. Die Kinder leiden schon genug unter ihren Kumpeleltern, die sich mit ihnen Baseballkappe, Skateboard und Jugendslang teilen und mit ihren Sprösslingen auf Facebook befreundet sind. Papi ist mein bester Freund, Mami trägt das gleiche, bauchfreie T-Shirt wie ich. Solche Eltern wissen gar nicht, was sie ihren Kinder damit antun!«

»Und wie hielten Sie es in Ihrer Schule mit der Körperstrafe?«, fragte Meier.

»War nie nötig. Keine Ohrfeigen, keine Schläge mit dem Lineal auf die Finger und solche altertümlichen Sachen. Aber, manchmal … nun ja, gewissen Früchtchen musste ich zeigen, wer hier der Chef ist.«

»Wir haben Zeit, Frau Morgenstern, also bitte!«

»Ich bekam einmal, während des laufenden Schuljahres, drei neue Schüler zugewiesen. Drei Jungen. Sie stammten aus Albanien und hatten zuvor in einer anderen Schweizer Ortschaft gewohnt. Ich merkte schon am ersten Tag, dass Feston

Kransiqi der Anführer war und seine beiden Kumpels ihm gehorchten. Feston markierte von der ersten Schulstunde an den Macho. Wohlverstanden, der Junge war erst zehn, ein Viertklässler. Er fand Schule doof, fand seine Mitschüler doof und mich sowieso. Sein Frauenbild war ziemlich schief, um mal nicht zu sagen mittelalterlich. Eine Frau als Chef wollte er nicht akzeptieren. Ich thematisierte das im Lehrerzimmer. Meine Kollegen rieten mir zu mehr Verständnis für die Situation des Jungen, zu mehr Geduld, ich solle doch ›das Gespräch mit ihm suchen‹. Kurz und gut: untauglicher, weltfremder Mist.«

»Und. Was taten Sie?« Meier schmunzelte erwartungsfroh, wohl ahnend, dass Morgenstern das Problem unorthodox gelöst hatte.

»Ich bat Feston, während der nächsten Schulstunde mit mir kurz vor die Tür zu kommen. Er erhob sich schwerfällig, feixte, gab den coolen Macker. Dann trottete er betont gelangweilt und mit viel theatralischem Augenrollen durchs Schulzimmer und kam mit mir vor die Tür. Er grinste spöttisch, schaute mir aber nicht in die Augen. Dann schnappte ich ihn mir. Mit der rechten Hand umschloss ich seine Kehle, mit der linken packte ich seinen Hodensack. Und drückte zu. Feston kugelten beinahe die Augen aus dem Kopf. Er röchelte und wimmerte, ich drückte noch fester zu. Mit beiden Händen. Dann erklärte ich ihm in einer Ruhe, *ich* sei hier im Schulzimmer der Chef. Und *nur* ich. Und wenn er *mir* nicht gehorche, wenn er Ärger mache, wenn mir nur die kleinste Beschwerde über ihn zu Ohren komme, dann würde ich ihm die Eier zerquetschen. Ob er das verstanden habe? Er quietschte ein Ja.«

»Wie ging es weiter? Hatte Ihre unpädagogische Ball... äh Fallbehandlung Erfolg?« Meier lachte als Einziger über seine Wortspielerei und klatschte die Hände auf die Schenkel.

»Feston Kransiqi blieb zwei Jahre in meiner Klasse. Er war freundlich, fleißig, friedfertig und, wie sich herausstellte, sehr intelligent. Er schaffte problemlos den Übertritt ins Gymnasium.«

»Und er hat sich nie an Ihnen gerächt?«, wollte Huber wissen.

»Beinahe. Als ich das letzte Mal, das war vor zehn Monaten, auf seinem Behandlungsstuhl saß, drohte er, er werde mir das Loch im Backenzahn ohne örtliche Betäubung ausbohren. Nur im Scherz natürlich! Feston ist Assistenzzahnarzt bei meinem Hausdentisten. Feston und ich haben nie wieder über jene Situation von damals vor der Schulzimmertür gesprochen. Aber ich würde mal sagen, ich habe sein Leben mit meinen Händen in die richtige Richtung gedrückt. Er wäre sonst ein Arschloch geworden. Seine Hoden haben meine Attacke übrigens unbeschadet überstanden. Feston Kransiqi ist Vater von zwei Mädchen.«

Huber und Meier rieben mit den Händen ihre Knie. »Lustige Geschichte«, meinte Huber.

»Noch jemand Kaffee?«, fragte Violetta.

Huber hatte mittlerweile aus seiner Papierserviette einen fast fertigen Flieger gefaltet. »Blöde Angewohnheit«, entschuldigte er sich, als er Violettas Blick bemerkte. »Vor ein paar Monaten habe ich das Rauchen aufgegeben. Seither falte ich, immer wenn ich Lust auf eine Zigarette habe und nervös werde, stattdessen einen Papierflieger.«

Dann wollten sich die Tell-Chefs verabschieden.

Man bedanke sich nochmals für den Killer-Einsatz im Altersheim. Super Job, Frau Morgenstern! Man mache selbstverständlich sein Versprechen wahr: Sie sei ab sofort eine freie Frau, keinerlei strafrechtliche Konsequenzen, gesäuberte Akte, blablabla. Und nun werde man nie wieder etwas voneinander hören.

»Nicht so schnell, meine Herren, ich hätte da noch etwas.«
Meier und Huber sanken aufs Sofa zurück.

»Kommen Sie mir jetzt nicht wieder mit dem Thema Bezahlung«, knurrte Huber und griff bereits wieder zum halbfertigen Serviettenflieger.

Nein, sagte Violetta. Es gehe ihr nicht um Geld. Sie habe über all das gründlich nachgedacht. Über Tell, über Recht und Gerechtigkeit und über die edle, wenn auch schmutzige und unorthodoxe Aufgabe, das Land auf diese besondere Art zu schützen.

Sie setzte sich in ihrem Ohrensessel kerzengerade auf, reckte ihr Kinn und faltete die Hände. »Kurz und gut: Ich will bei Ihnen mitmachen. Geben Sie mir einen Job als Vollstreckerin. Halbtags wäre mir recht.«

Huber und Meier waren nicht mal sonderlich überrascht. Wahrscheinlich hatten sie mit so etwas sogar gerechnet. Huber riss seinem Flugzeug eine kleine Klappe in beide Tragflächen und stellte sie hoch. »Sie machen sich das zu einfach, Frau Morgenstern, es ist ziemlich kompliziert und anspruchsvoll, bei uns Dienst zu leisten.«

»Hab ich erlebt. Und meinen Teil zu Ihrer vollsten Zufriedenheit erledigt, oder nicht?«

Meier räusperte sich. »Schon, ja, trotzdem … schauen Sie … Sie sind bald sechzig.«

»Und genau das ist mein großer Vorteil. Sie beide halten mich für alt. Nein, keine Widerrede! Die ganze Gesellschaft hält Menschen ab sechzig für alt, verbraucht, unnütz, reine Pflegelast.« Violetta lächelte verschwörerisch: »Wir sind uninteressant – und darum so gut wie unsichtbar. Gibt es etwas Wertvolleres für einen Killer, als unsichtbar zu sein? Ich muss mich nicht mal verstecken, ich brauche keine Tarnung, wenn ich alt aussehe – und meine weißen Haare machen mich noch viel älter, als ich bin –, werde ich von meiner Umgebung übersehen. Alt ist harmlos, kraft- und zwecklos, den Alten traut man nichts mehr zu. Uns Frauen schon gar nicht. Denn wer keinen Eisprung mehr hat, macht vermutlich auch sonst keine großen Sprünge mehr.«

Meier kicherte wie ein Idiot; der Spruch mit dem ›Eisprung‹ war ganz nach seinem Geschmack.

Violetta war jetzt nicht mehr zu bremsen: »Ich brauche Ihnen hier an dieser Stelle keinen Vortrag über den Jugendwahn zu halten, unsere Gesellschaft kommt aus der Pubertät nicht mehr heraus. Relevant für TV-Quoten und Werbeindustrie sind Menschen zwischen vierzehn und neunundvierzig. Ich werde von keinem Radar mehr erfasst, meine Herren. Ich gehöre zwar zum alten Eisen, bin aber genau deswegen für Tell Gold wert. Darum wäre ich die wohl am besten, weil am natürlichsten getarnte Auftragskillerin in Ihrem Stall.«

Huber und Meier schauten sich mit glasigem Blick an.

Dieses Weib …

Doch Violetta glaubte zu erkennen, dass da kein kategorisches Nein in ihren Gesichtern lag. Sie fanden ihren Vorschlag nicht gänzlich abwegig. Durchaus spannend. Mindestens prüfenswert.

»Wir suchen unsere Mitarbeiter aber nicht nur nach Killerqualitäten aus«, wandte Huber ein und hielt seinen Flieger nun startbereit in der Hand.

»Unsere Auftragsmörder müssen auch ein großes Maß an Kreativität mitbringen. Sie wissen ja, unsere Zielpersonen sterben eines natürlichen Todes.«

»Sehen Sie, da komme ich mit meinen Giftpflanzenkünsten genau richtig.«

Violetta ließ nicht locker.

Huber und Meier saßen auf dem Sofa und drucksten herum. An Violettas Argumentation war schon was dran, das mussten sie zugeben: ihr Alter als Unsichtbarmacher, ihre pragmatische Haltung gegenüber dem Töten von Bösewichten, ihr Improvisationstalent – wie sie beim Attentat auf Adnan blitzschnell einen Plan B entworfen hatte, war große Klasse – und nicht zuletzt ihre Virtuosität im Umgang mit Naturgiften.

Klang im Grunde alles gar nicht so übel.

Violetta schaute Huber an. »Sie müssen Ihren Schwanz verstärken, dann bleibt das Ding länger oben.«

»Bitte was?« Huber wähnte sich im falschen Film. Schwer zu sagen, ob er aus Zorn oder Scham errötete.

»Na, Ihr Papierflieger. Wenn Sie seinen Schwanz mit einer zusätzlichen Längsfaltung verstärken, verändert das die Trimmung und er bleibt länger oben. Hält sich länger in der Luft. Ich habe ein Buch über Papierfliegerbastelei, ich leihe es Ihnen, wenn Sie möchten.«

Huber mit weit aufklaffendem Mund und zündroten Ohren war nicht gerade ein ästhetischer Anblick.

Violetta erhob sich aus ihrem Ohrensessel. »Ich mache uns noch etwas Frisches, Kaltes zu trinken, entschuldigen Sie mich einen Moment.« Sie verschwand in die Küche und ließ die Männer allein.

Meier und Huber steckten sofort die Köpfe zusammen, gestikulierten dezent, tuschelten mit energischen Minen.

Zehn Minuten später kam Violetta zurück und servierte frisch gepressten Orangensaft in hohen Longdrinkgläsern.

»Na dann, zum Wohl, meine Herren!«

Sie hoben alle das Glas und setzten zum Trinken an.

»Halt!«, rief Huber, »nicht trinken! Netter Versuch, Morgenstern. Sie wollen uns wohl beweisen, wie gut Sie im Giftmixen sind. Ich wette, im Orangensaft – in Ihrem natürlich nicht, nur in unserem – schwimmt eines Ihrer Hexenmittelchen? Stimmt's? So ein kleines Narkotikum auf pflanzlicher Basis? Damit wir ein paar Minütchen schlafen und beim Aufwachen demütigst von Ihren Killerqualitäten überzeugt sind? Oder ist es gar richtiges Gift? Rächen Sie sich jetzt bei uns? Töten Sie uns?«

»Aber meine Herren ...«

»Nein, nein, kommen Sie. Das will ich jetzt wissen. Hier, trinken Sie von meinem Glas!« Huber streckte ihr seinen Drink hin.

Violetta machte ein übertrieben erschrockenes Gesicht, tat, als hätte man sie ertappt. Dann grinste sie und schüttelte den Kopf. »Wenn es Sie beruhigt ...« Sie fischte den Strohhalm aus ihrem eigenen Glas, tunkte ihn in Hubers Glas und sog geräuschvoll Orangensaft in ihren Mund. Und schluckte.

»Bei mir bitte auch«, bat Schnauzer-Meier und schenkte ihr sein falschestes Lächeln.

Violetta machte auch ihm die Freude. »Zufrieden so?«

»Zufrieden«, meinte Huber. »Hätte ja sein können.«

Dann leerten die Kerle ihr Orangensaftglas in einem Zug und stellten das Glas auf den Salontisch.

Violetta lächelte den beiden zu. Und zählte für sich still die Sekunden.

Meier schloss als Erster die Augen. Er kippe seitlich weg aufs Sofa. Mit Huber passierte zwei Sekunden später das Gleiche.

»Stimmt«, murmelte Violetta. »Hätte ja sein können.«

Das Leben ging weiter.

Zuerst schlug Huber seine Augen auf, ein paar Sekunden später flatterten Meiers Augenlieder. Es kam wieder Leben in ihre Körper und Geister: Langsam rappelten sie sich auf, stemmten sich hoch, setzten sich aufrecht auf das Sofa und gafften mit halb offenen Mündern und wässrigen Augen ins Leere.

Wie Schuljungen nach ihrem ersten Besäufnis.

Ihnen gegenüber saß Violetta noch immer in ihrem Ohrensessel. Huber versuchte sie durch einen sich mehr und mehr lichtenden Nebel zu fixieren.

»Silberner Wotanswurz aus Nepal, meine Herren. Ein unansehnliches und stachliges Kraut mit wundervollen Eigenschaften. Der Saft des Stängels ist ein sehr starkes und – das haben Sie ja feststellen können – sehr schnell wirkendes Anästhetikum. Zudem ist der Saft geschmacksneutral und hat eine gelbliche Farbe, fällt also in einem Glas Orangensaft nicht auf.«

Huber suchte nach Worten. Sein Kopf war voller Watte, seine Mundschleimhaut fühlte sich trocken und schweflig an, als hätte er einen ganzen Kranz roher Zwiebeln gegessen. Meiers Kopf schien zwischen seinen Schultern eingesunken zu sein. Er gaffte noch immer irritiert umher und glich dabei einem Hundewelpen, der seine Umgebung erforscht.

»Sie waren beide mehr oder weniger fünf Minuten bewusstlos. Das Mittel hat keine Nebenwirkungen, Langzeitschäden sind nicht bekannt. In einigen Sanitätsposten in abgelegenen Regionen Nepals werden Patienten vor kleineren chirurgischen Eingriffen mit dem Stängelsaft des Silbernen Wotanswurz betäubt.«

Meier, obwohl später aufgewacht und noch immer etwas angedudelt, lallte als Erster die richtige Frage. »Was ... ich meine, wie haben Sie das gemacht? Sie haben doch auch von unserem Orangensaft getrunken?«

»O ja, ich habe getrunken. Aber der Saft war ja auch gar nicht kontaminiert. Es waren die Ränder Ihrer Gläser, die obersten drei Millimeter. Dort wo Sie Ihre Lippen beim Trinken ansetzen, habe ich das Narkotikum hingepinselt. Und als Sie mir Ihre Gläser hinstreckten, trank ich daraus ... na, wie?«

Sie lächelte und kaute auf ihrem Strohhalm herum.

Meier und Huber behaupteten später, es sei im Endeffekt nicht die Narkosevorführung gewesen, die sie endgültig von Morgensterns kreativen Killerqualitäten überzeugten, sondern die Adnan-Tötung und Violettas dargelegte Argumente. Vor allem ihr Alter, die Unsichtbarkeit der Senioren, schien ihnen plausibel. Und nützlich für Tell.

Sie hatte den Job. Zur Probe.

Man wolle es mit ihr einmal versuchen, lautete die verhalten euphorische Formulierung von Meier und Huber, nachdem die beiden sich fast eine halbe Stunde lang im Wohnzimmer beraten hatten, während Violetta in der Küche wartete.

Sie werde ein maßgeschneidertes Training bekommen, sie müsse Tests absolvieren und ihr Leben neu organisieren. Es gebe eine Art Probezeit, mehrere Qualifikationsrunden. Erst danach werde man definitiv über eine Anstellung entscheiden.

Im Übrigen baten Huber und Meier darum, Violetta möge die Orangensaftgeschichte für sich behalten; niemand bei Tell brauche davon zu erfahren.

»Oh, wir schämen uns ein bisschen?«, frotzelte Violetta.

Huber und Meier gaben sich zerknirscht.

»Keine Angst, von mir erfährt keiner etwas. Aber verraten Sie beide mir jetzt doch endlich noch Ihre richtigen Namen. Ich mag das Spielchen mit diesen bescheuert klingenden Decknamen Huber und Meier nicht mehr mitmachen.«

Die Männer schauten sie verständnislos an.

»Aber – wir heißen wirklich so.«

Violetta starrte sie mit hochgezogenen Brauen an. Sie öffnete den Mund, wollte etwas sagen, ließ es bleiben.

Sie würden sie nächste Woche kontaktieren und ihr einen Auftrag zuteilen. Und: Sie bekomme einen Lehrmeister an ihre Seite gestellt, eine Art Paten, der sie im Einsatz anleiten, führen, kontrollieren und wo nötig korrigieren werde.

Einen absoluten Profi.

»Ich befürchte, er wird genauso einen unsäglich banalen Namen haben, wie das bei Tell die Regel zu sein scheint«, giftete Violetta. »Müller vielleicht, Fischer oder Weber?«

»Schlimmer«, feixte Huber, »viel schlimmer.«

10

Fünfunddreißig Jahre zuvor

Einmal quer durch Südamerika. Sie hatte lange auf diese Reise hin gespart. Beinahe drei Jahre kehrte sie jeden Franken ihres Lohnes zweimal um, gönnte sich nichts Überflüssiges, lebte zur Untermiete in einem winzigen, zugigen Dachzimmer, fuhr mit dem Fahrrad zur Arbeit und ging äußerst selten aus, und wenn, dann nur zu Gratiskonzerten. Sie kaufte ihre Kleider in Secondhandläden, Geschirr und Möbel im Brockenhaus, lieh sich Bücher in der Bibliothek und manchmal geizte sie sogar beim Essen, dann aß sie tagelang nur Gemüsesuppe oder *Birchermüesli*, mit dem schönen Nebeneffekt, dass sie wenigstens ein oder zwei Kilo abnahm.

Was aber niemand bemerkte.

Sie war trotzdem immer noch übergewichtig. Zu klein, zu stämmig, zu pummelig. Bei der kleinsten Aufregung bekam sie einen roten Kopf. Hinter ihrem Rücken wurde sie Radieschen genannt.

Sie sah unscheinbar aus, hatte mausbraunes nackenlanges Haar, einen Höcker auf dem Nasenrücken und einen verhuschten Blick. Sie war das zweitjüngste von sieben Kindern, ihre Eltern bewirtschafteten einen Bauernhof in der Ostschweiz. Die Mutter hatte geweint, als ihre Tochter wegen des Berufs in die große, so weit entfernte Stadt im Mittelland gezogen war.

Sie war jetzt zweiundzwanzig Jahre alt und hatte die Ausbildung zur Kinderkrankenschwester erfolgreich beendet. Im kommenden Jahr, nach ihrer großen Reise, würde sie in der Neugeborenenabteilung des Unispitals arbeiten und zeitgleich eine Weiterbildung an der Hebammenschule besuchen.

Ihr Erspartes reichte für fünf Monate Abenteuer.

Einmal quer durch Südamerika. Nur sie, ganz allein.

So zu reisen, machte ihr nichts aus – ja sogar Spaß. Allein

sein ist nicht das Gleiche wie einsam sein. Das sagte sie jeweils, wenn Arbeitskolleginnen sich wunderten, warum sie weder einen großen Bekanntenkreis noch eine beste Freundin hatte.

Und einen festen Freund sowieso nicht.

Kein Mann drehte sich auf der Straße nach ihr um.

Sie flog via Amsterdam nach Sao Paulo in Brasilien, von wo aus sie zu ihrem Abenteuer startete. Meistens reiste sie mit Überlandbussen und der Eisenbahn. Anfangs ließ sie sich auch von Lastwagenfahrern mitnehmen, aber die meisten gafften sie während der Fahrt unverfroren an und machten anzügliche Komplimente. Das war ihr unangenehm und schien ihr auch nicht ganz ungefährlich. Also verzichtete sie auf solche Gratisfahrten.

Von Brasilien reiste sie nach Uruguay, dann weiter durch Paraguay, Argentinien, Chile, Peru, Ecuador bis schließlich nach Bolivien. Von der Hauptstadt La Paz aus, so war ihr Plan, wollte sie im Dezember wieder nach Hause fliegen.

Sie hatte sich noch nie so frei und glücklich gefühlt. Das Reisen war ihre Welt, Südamerika ihre neue große Liebe.

Sie war unkompliziert und offen gegenüber fremden Menschen, exotischen Lebensumständen, extremen Klimaunterschieden, spartanischen Schlafplätzen und abenteuerlichem Essen.

Sie ging viel zu Fuß, wanderte tagelang umher und nahm in vier Monaten achtzehn Kilo ab. So wohl und fit hatte sie sich schon seit Ewigkeiten nicht mehr gefühlt.

Sie fand sich selbst plötzlich richtig hübsch.

Drei Wochen vor dem Ende ihrer Reise erreichte sie die Stadt Sucre in Bolivien.

Beim Lebensmitteleinkauf auf dem Markt nahe dem Plaza 25 de Mayo lernte sie eine junge deutsche Ärztin kennen, die für ein Hilfswerk tätig war. Sie und ein Arztkollege würden morgen in den Südwesten des Landes aufbrechen, erzählte die

Ärztin. In die Region Poco Poco, fast viertausend Meter hoch. Wunderschön gelegen, kleine Dörfer, die Menschen bitterarm. Ob sie mitkommen wolle? Der Einsatz dauere nur vier Tage.
Am nächsten Morgen fuhren sie los.
Die Ladefläche des ausrangierten Jeeps der US-Army war vollbepackt mit medizinischem Material. Die Reise, teilweise im Schritttempo über Geröllhänge, durch Flussbette und Mondlandschaften, dauerte elf Stunden. Am frühen Abend erreichten sie Urifaya, ein Lehmhüttendorf mit vierhundert Einwohnern auf dreitausendachthundert Metern Höhe. Eine der Hütten war extra leer geräumt worden, darin bekamen die Gäste eine Schlafstelle zugewiesen.
Schon am ersten Abend, beim Willkommensessen mit den Leuten des Dorfes, lernte sie Oswaldo Choquehuanca kennen.
Er war ein Jahr älter als sie, arbeitete bei seinem Vater, der Maisbauer war, so wie fast alle hier im Dorf, und spielte wundervoll Siku, wie die Panflöte in den Anden heißt.
Sie verstand sich auf Anhieb sehr gut mit Oswaldo.
Er konnte sich nebst seiner Muttersprache Quechua auch leidlich auf Spanisch unterhalten. Er erzählte ihr, er wollte weg aus Urifaya, in die Stadt, nach Sucre, Potosi oder gar La Paz, um dort eine höhere Schule zu besuchen. Lehrer oder Maurer war sein Berufsziel, vielleicht auch Arzt oder Lastwagenfahrer.
Am zweiten Tag zeigte ihr Oswaldo die Umgebung.
Sie wanderten über die Hochebene und stiegen auf einen Berg. Sie war überglücklich, zum ersten Mal auf viertausend Metern zu stehen. Herz und Kopf pochten nicht nur wegen der dünnen Luft.
Er sagte zu ihr, sie sei eine wunderschöne Frau.
Am dritten Tag lieh sich Oswaldo die beiden Maultiere seines Onkels und sie ritten gemeinsam durch das Tal der Farben. Sie sah Felsbänder von glutroter Farbe, gelbe Schwefeladern und blaugrün schimmernde Kieselbänke. Sie schwor, sie habe noch nie so etwas Schönes gesehen. Er brachte ihr ein paar

Worte Quechua bei: *Waylluy* bedeute, jemanden lieben. Sie küssten sich. Morgen früh musste sie wieder zurückfahren. In dieser letzten Nacht liebten sie sich.

Oswaldo hatte seine eigene kleine Lehmhütte, wo sie ungestört waren. Er hatte extra eine saubere Wolldecke organisiert, den Musikrekorder seiner Cousine, dazu eine Kassette mit bolivianischen Balladen, eine Petroleumlampe mit Sternenmuster im Glas. Und ein Kondom.

Das Kondom hatte er vor eineinhalb Jahren von seinem älteren Cousin Armando geschenkt bekommen. Dieser hatte drei Jahre zuvor, als er als Kupferminenarbeiter in Potosí lebte, eine Großpackung Kondome gekauft. Eines davon hatte er später Oswaldo geschenkt.

Das Wetter in den bolivianischen Bergen ist extrem. Heiß am Tag, kalt in der Nacht, die Winde sind eisig, die Luft ist trocken, die UV-Strahlung in dieser Höhe brutal. Alles in allem ein Klima, das dem Naturkautschuk-Latex, aus dem ein Kondom gefertigt ist, nicht wirklich guttut.

Als sie wieder daheim in der Schweiz war, hatte sie von Oswaldo zwei Andenken. An ihrem Hals ein Medaillon mit dem Antlitz der Heiligen Jungfrau von Copacabana am Titicacasee, der Nationalheiligen Boliviens.

Und unter ihrem Herzen Oswaldos ungeborenes Kind.

Sie lag zwei Nächte lang wach in ihrem Bett im kalten Dachzimmer und dachte nach. Dann wusste sie, was sie tun wollte.

Sie hielt ihre Schwangerschaft geheim, was gar nicht schwierig war. Gleich nach ihrer Rückkehr hatten Kolleginnen im Spital sich noch über ihren sichtbaren Gewichtsverlust lobend geäußert. Dass sie nun Woche für Woche wieder fülliger wurde, schien jedem nur logisch, daheim fiel man halt nur allzu schnell in den Alltagstrott und das frühere Essverhalten zurück.

Sie besuchte keinen Arzt. Alle ihr notwendig erscheinenden

vorgeburtlichen Tests an Kind und Mutter führte sie selbst durch. Das Wissen dazu hatte sie, das Material lieh sie sich am Arbeitsplatz oder in der Hebammenschule aus.

Der von ihr berechnete Geburtstermin war der 27. August.

Zwei Wochen vor diesem Tag borgte sie sich das Auto ihres älteren Bruders. Sie fahre übers Wochenende ins Tessin, hatte sie ihm gesagt.

Am Samstagmorgen, noch vor Tagesanbruch, besorgte sie sich in der Hebammenschule alle nötigen Utensilien. Anschließend kaufte sie in vier verschiedenen Warenhäusern in der Stadt zwölf Badetücher aus Frotteestoff. So würde das Personal sich später nicht an eine Frau erinnern, die eine auffällig große Stückzahl eingekauft hatte. Im Auto schnitt sie bei den Tüchern mit einer Schere alle Waschanleitungen, Etiketten und Herstellerlabels weg.

Sie fuhr in die Berge, in den Touristenort Engelberg, wo sie zuvor telefonisch unter falschem Namen ein Hotelzimmer reserviert hatte.

Um ein Uhr nachmittags setzte sie sich nackt in die leere Badewanne, nachdem sie sich zuvor ein Medikament injiziert hatte, das Wehen auslöst. Mit einem Stethoskop und einem Blutdruckmessgerät überwachte sie regelmäßig die Werte des Ungeborenen und ihre eigenen.

Eine Stunde später setzten die Wehen ein.

Sie gebar einen Jungen.

Von seiner ersten Lebensminute an nahm er Rücksicht auf den Plan seiner Mutter. Er kam kurz nach neunzehn Uhr zur Welt, just zu dem Zeitpunkt, als die meisten Hotelgäste beim Abendessen saßen und sich niemand in den Zimmern nebenan aufhielt. Ja, er schrie noch nicht einmal während der Geburt. Er atmete ruhig und regelmäßig und korrekt.

Er tat alles, um seine Mama nicht zu verraten.

Die blutigen Badetücher wusch sie in der Badewanne aus und steckte sie dann in Müllbeutel, die sie später in vier verschiedenen Ortschaften in öffentliche Mülleimer werfen würde. Ihr Neugeborenes hüllte sie in die restlichen, noch unbenutzten Tücher.

Sie verbrachte die Nacht im Hotelzimmer, den Kleinen neben sich auf dem Bett. Alle zwei Stunden gab sie ihm die Brust. Ihre Erstmilch war reich an Eiweiß und Antikörpern und wirkte ähnlich wie eine erste Schutzimpfung.

Der Kleine wimmerte hin und wieder, machte aber sonst keinen Mucks.

Ein braves Kind.

Einen Namen, das gehörte ebenfalls zum Plan, gab sie ihm nicht.

Am Sonntagmorgen um acht Uhr checkte sie aus, die Rechnung bezahlte sie bar. Zuvor hatte sie das Baby in eine Reisetasche gesteckt und durch einen Hinterausgang zum Auto gebracht.

Sie fuhr eineinhalb Stunden, hielt einmal an einem Waldrand an, um ihren Sohn zu stillen und Nachgeburt und Nabelschnur in den Wald zu werfen, wo Wiesel und Füchse sich darüber hermachen würden.

Als sie den Pilgerort St. Michael erreichte, war es kurz nach zehn Uhr. Die Sonntagsmesse in der Klosterkirche hatte eben begonnen. Sie fuhr an das Ortsende, wo zu der Zeit weder Touristen noch Einheimische unterwegs waren. Sie wartete ein paar Minuten und als sie sicher war, allein zu sein, nahm sie ihren Sohn, legte ihm das Medaillon seines Vaters um den Hals, gab ihm einen Kuss, bat ihn um Verzeihung, wünschte ihm ein glückliches Leben und legte ihn auf die Parkbank, die der Tourismusverein hier aufgestellt hatte.

Sie fuhr zurück in den Ort, betrat am Bahnhof eine der drei Telefonzellen, rief die Hauptnummer des Klosters St. Michael an und informierte Pater Matthias, der an dem Tag den Telefondienst versah, mit verstellter Stimme und imitiertem Bündner Dialekt, wo sie ihr Kind ausgesetzt hatte.

Der Junge sah mit seiner bronzefarbenen Haut, dem dichten pechschwarzen Haar und den dunklen Augen sehr südländisch aus. Zudem war da noch das Medaillon um seinen Hals, mit einer Heiligen aus Bolivien darauf.

Die Behörden tippten auf Südamerika.

Aufgrund all dieser Anhaltspunkte und weil man das Findelkind im Dorf St. Michael entdeckt hatte, einigte man sich auf seinen Vornamen.

Miguel.

Ruth und Franz Schlunegger adoptierten Miguel, als dieser sieben Monate alt war. Das kinderlose Ehepaar lebte in einem Dorf im Berner Oberland. Franz war Gemeindeschreiber im Ort, seine Frau Ruth Hausfrau.

Und jetzt endlich auch Mutter.

Miguel hatte es gut bei Schluneggers. Er verbrachte eine schöne Kindheit ohne nennenswerte Ereignisse. Nach seiner Schulzeit machte er im Nachbardorf eine Lehre als Briefträger.

Nur einmal in seiner Jugendzeit, mit fünfzehn, durchlebte er eine Krise. Ohne Herkunftskenntnis sei die Identitätsfindung bei Adoptivkindern sehr viel schwieriger, hatte eine zurate gezogene Familientherapeutin den Schluneggers erklärt.

Miguel hatte denn auch mit einem Mal wilde Fantasien.

Er glaubte plötzlich zu spüren, sein leiblicher Vater sei Guerillakämpfer irgendwo im Dschungel Südamerikas. Zwei Monate später war er sich sicher, seine Mutter sei ein spanisches Dienstmädchen bei einer reichen Schweizer Familie und er müsse sie jetzt suchen und finden. Und wieder ein paar Wochen später war er der Sohn eines berühmten brasilianischen Fußballers.

Diese, für alle nicht einfache Phase ging, wie die Familientherapeutin prophezeit hatte, genauso schnell vorbei, wie sie gekommen war.

Ansonsten fiel Miguel nie negativ auf. Aber auch nicht positiv.

Dem Jungen fehlte es an Leidenschaft.

Er war ein mittelmäßiger Schüler, ein mittelmäßiger Lehrling, ein mittelmäßiger *Pöstler*. Wohlverstanden, ihm war nichts vorzuwerfen, alle waren mit ihm und seinen Leistungen zufrieden.

Aber auch nicht mehr.

Auch keines seiner Hobbys pflegte er mit besonderer Hingabe. Er spielte etwas Fußball, ging etwas Bergsteigen und angelte im Wildbach ab und zu Forellen. Ihm fehlte, bei allem was er tat, das innere Feuer.

Das änderte sich, als Miguel in die Rekrutenschule musste.

Die Schweizer Armee und er – das war schon beinahe eine Liebesgeschichte. Die beiden schienen wie gemacht füreinander.

Miguel wurde aufgrund seiner beeindruckenden Fitness bei den Grenadieren eingeteilt. Das harte Leben bei dieser Elitetruppe gefiel ihm ausgezeichnet. Körperlich und geistig immer am Limit zu agieren, Disziplin, Ordnung und Kameradschaft, der Umgang mit Waffen aller Art, Nahkampf und verschiedene technische Ausbildungen – das alles faszinierte ihn wie nichts zuvor in seinem Leben. Er wurde zäh wie eine Ziege, flink wie ein Wiesel und zeigte absoluten Gehorsam.

Und er war ein brillanter Schütze.

Das fiel auch seinen Vorgesetzten auf. Sie boten ihm die bei der Truppe sehr begehrte Ausbildung zum Scharfschützen an. Miguel Schlunegger war es denn auch, der als erster Rekrut der Schweizer Armee mit einem 8,6-mm-Präzisionsgewehr TRG-42, einem finnischen Fabrikat der Firma *Sako*, dreimal hintereinander unter Gefechtsbedingungen das Punktemaximum schoss.

Er hatte den *Sniper* im Blut.

Kein anderer Scharfschütze konnte so intuitiv mit Waffe,

Zielfernrohr, Munition, Wind, Temperatur, Luftdruck und Distanz umgehen.

Er erhielt eine Auszeichnung des Schulkommandanten, ein persönliches Schreiben des Armeechefs und drei Tage Sonderurlaub.

Als seine Rekrutenzeit zu Ende ging, war Miguel der traurigste Mensch der Welt.

Wieder zurück im Privatleben und in seinem Beruf als Briefträger, wurde er depressiv. Alles schien ihm langweilig und sinnlos. Er vermisste den Korpsgeist, die Herausforderung und seine zweite Familie – die Armee. Sein einziger Lichtblick im Jahr war der jeweils dreiwöchige militärische Wiederholungskurs. Nie war Miguel glücklicher, als wenn er wieder Dienst tun durfte.

Fast drei Jahre hielt er als Briefträger tapfer durch. Dann schmiss er den Job hin.

Er bewarb sich als Zeitsoldat beim Verband Swisscoy, jener Militärmission der Schweizer Armee, die zusammen mit den Kfor-Truppen der Nato den Frieden im Kosovo fördert und überwacht.

Sie nahmen den Vorzeigesoldaten mit Handkuss.

Er wurde für zwei Jahre im Süden des Kosovo stationiert, in der alten, pittoresken Stadt Prizren, wo er im Schweizer Camp für das Postwesen verantwortlich war.

Miguel Schlunegger blühte wieder auf.

In Prizren stand auch ein großes Einsatzlazarett, ein Hospital samt Labor und Blutbank, das für alle Nato-Truppen im Kosovo Aufträge erledigte. Mehrmals die Woche verschickte Miguel Spezialpakete mit Blutkonserven. Ganz eilige Lieferungen wurden von Hubschraubern abgeholt.

Vierzig Kilometer östlich des Swisscoy-Camps, nahe der Ortschaft Ferizaj, lag die US-Militärbasis Camp Bondsteel. Eine fast vierhundert Hektar große Anlage mit fünftausend

Soldaten. Von dort flogen regelmäßig Hubschrauber nach Prizren, um dringend benötigte Blutkonserven abzuholen.

Der Kontaktmann für die US-Helikopter-Crews war Miguel Schlunegger.

So lernte er Bob Carter kennen.

Bob war Flughelfer und Bordschütze eines Apache-Kampfhubschraubers. Er war vierundzwanzig, wie Miguel auch, Berufssoldat im Range eines Technical Sergeant und stammte aus der Stadt Mobile in Alabama. Er maß fast zwei Meter, war muskulös, rothaarig und hatte so perfekt ausgerichtete porzellanweiße Zähne, wie sie nur eine Nation auf dieser Welt hervorbringt.

Miguel und er verstanden sich auf Anhieb und wurden beste Freunde.

Sie verbrachten fortan ihre Freizeit zusammen. Sie joggten und stemmten Gewichte, tranken ein paar Biere, spielten Billard, sprachen über Gott, Girls, die Welt und die Armee und gelegentlich unternahmen sie mehrtägige bewilligte Ausflüge bis über die Grenze hinunter nach Albanien, wo die Sandstrände als Geheimtipp galten, die Mädchen leicht zu beeindrucken waren und der Gin Tonic sechzig Cents kostete.

Miguel war einfach nur glücklich. Das war sein Leben. Wenn es nach ihm ging, konnte das hier für immer so weitergehen.

11

Violetta wurde wieder von den zwei Typen mit dem uniformblauen Mercedes-Transporter abgeholt. Diesmal trugen sie weder Bärte noch Hüte oder Sonnenbrillen. Keine Tarnung mehr.
Morgenstern war jetzt eine von ihnen.
Darum auch kein Stoffsack über dem Kopf, kein *Weißer Riese*. Doch der Typ am Steuer ließ noch immer laute Rapmusik laufen.
»Ich wäre Ihnen sehr verbunden, wenn Sie das ausmachen würden«, sagte Violetta. Zu ihrem Erstaunen tat er anstandslos, um was sie ihn gebeten hatte.
Sie fuhren direkt zur Tell-Zentrale, diesmal ohne Umwege. Violetta war erstaunt. Das Killer-Ministerium befand sich mitten im Stadtzentrum, keine fünfzehn Autominuten von ihrem Daheim entfernt. Absolut ideal gelegen. Sie würde für ihren Arbeitsweg künftig den 13er-Bus nehmen.
Schnauzer-Meier empfing sie vor der Zentrale.
Er führte sie herum, zeigte ihr alles und rieb sich dabei unentwegt die Hände wie ein dienstbeflissener Schweizer Hotelier.
In dem Bürogebäude mit sechsunddreißig Stockwerken belegte Tell die gesamte zweiundzwanzigste Etage. Im Stockwerk gleich darunter war ein Finanzdienstleister eingemietet, im Stockwerk darüber hatte eine große Zahnarztklinik ihre Räumlichkeiten.
Im Gebäude gab es insgesamt vierundvierzig größere und kleinere Firmen. Anwälte arbeiteten im Haus, Psychologen, Ingenieure, Buchhalter, IT-Techniker, Architekten, Augen- und Hautärzte, Friseure, Banker, Händler und Nail-Artistinnen. Dazu kamen ein halbes Dutzend Consulting-Firmen, deren Namen allesamt so klangen, als hätten sie etwas mit Raumfahrt zu tun.
Sogar das katholische Pfarramt der Stadt sowie eine Sterbehilfeorganisation hatten hier ihre Büros. »Im Grunde so etwas

wie unsere Kollegen«, frotzelte Schnauzer-Meier. Im Erdgeschoss gab es zudem zwei Restaurants, einen Supermarkt, eine Bäckerei, einen Kiosk sowie die Kindertagesstätte Mirabelle.

Im Bürogebäude herrschte Tag und Nacht Betrieb. Es gab mehrere Ein- und Ausgänge, eine große, viergeschossige Tiefgarage. Die Mieter und Mitarbeiter hatten untereinander so gut wie keinen Kontakt. Anonymität war hier die Regel.

»Die perfekte Umgebung«, verkündete Meier.

Tell hatte darauf geachtet, die einzige Versicherungsagentur im Haus zu sein. So verhinderte man zufällige Gespräche mit echten Versicherungsmenschen, die die Tell-Mitarbeiter, ihrer fehlenden Fachterminologie wegen, hätte enttarnen können.

Dann wurde Violetta ihrem Lehrmeister vorgestellt.

Sie reichten sich die Hand.

»Ich heiße Miguel Schlunegger, nennen Sie mich Miguel.«

»Mein Name ist Violetta Morgenstern, nennen Sie mich Frau Morgenstern.«

Huber und Meier, die bei der Erstbeschnupperung zwischen Miguel und Violetta anwesend waren, zuckten zusammen. Das fing ja gut an mit den beiden!

Miguel grinste süffisant. »Etwas gar altmodisch, die Dame.«

»Etwas gar flapsig, der junge Mann. Oder sind wir hier bei Ikea? Ich bin der Meinung, man muss sich das Du erarbeiten und verdienen. In der Zwischenzeit bitte ich Sie, Miguel, mich zu siezen.«

Er verdrehte die Augen. »Wie *Mylady* wünschen!«

»So jung und schon so zynisch.«

»So alt und doch noch so hitzig.«

»Überfordere ich Sie, Miguel?«

»Ein wenig schon, in Geriatrie kannte ich mich bisher nicht aus.«

»Ich kann Ihnen dafür ein paar Tipps gegen Akne verraten.«

»Morgenstern ... So wie das funkelndste Sternchen am Ende der Nacht.« Er klang schwer sarkastisch.

»Oder wie die mit Eisendornen bespickte, mittelalterliche Schlagwaffe.« Ihre gletscherblauen Augen durchbohrten ihn.

»Verraten Sie mir auch noch, wie Sie zu dem bescheuerten Vornamen Violetta gekommen sind?«

»Sagt ausgerechnet einer, der Miguel Schlunegger heißt. Ich hoffe, Sie haben es Ihren Eltern heimgezahlt?«

Die zwei standen sich mit einer Tranchiermesserlänge Abstand gegenüber, sie wie er die Arme vor der Brust verschränkt – wer zuerst blinzelt, hat verloren! –, beide mit der Aura eines Eisbrechers auf Rammgeschwindigkeit.

Huber trat zwischen sie und machte ein Gesicht, als hätte er Zahnschmerzen. »Danke, Herrschaften, das reicht. Genug der Liebenswürdigkeiten für den Anfang.« Er versuchte das Klima zu entfrosten, indem er ein paar biografische Details verkündete: »Miguel ist vierunddreißig und einer unserer besten und erfahrensten Mitarbeiter, er ist Teamleiter und Vollstrecker mit Senior-Status.«

Dann wandte er sich Violetta zu und machte mit den Armen eine ausladende Geste. »Und Frau Morgenstern hier, unsere neue Praktikantin, die wir aufs Herzlichste willkommen heißen, hat mit ihrem Altersheimeinsatz ja bereits eindrücklich angedeutet, wie viel Potenzial in ihr steckt.«

»Hab davon gehört, war eine reife Vorstellung, Frau Morgenstern«, sagte Miguel. Er schnarrte das »Frau Morgenstern« dabei so übertrieben wie ein Nazi-Offizier in einem drittklassigen Kriegsfilm.

»Oh, falls Sie Mühe mit der Artikulation haben, kann ich Ihnen weiterhelfen. Ich kenne mich mit Logopädie aus und habe vielen meiner Schulkinder ein rollendes R, ein nuschelndes N oder ein lispelndes S wegtherapiert.«

Meier ging energisch dazwischen. »Es reicht, Herrschaften, das reicht jetzt wirklich! Das ist doch hier kein Kindergarten. Sie bilden künftig ein Zweierteam, denken Sie daran. Miguel: Sei freundlich, sei hilfsbereit, du bist hier der Lehrmeister. Zeig, warum du einer unserer Besten bist. Und Sie, Frau Morgenstern: Etwas weniger Zynismus bitte und die Lehrerinnenrolle legen Sie jetzt einmal beiseite, ja! Herrschaften, und jetzt an die Arbeit! Ihr erster gemeinsamer Fall wartet auf Sie.«

Miguel und Violetta teilten sich ein Zweierbüro.

Farblos. Schmucklos. Trostlos.

Schreibtisch, Stuhl, Tischleuchte, Flachbildschirmcomputer, Papierkorb. Keine Bilder an den Wänden, keine Pflanzen, keine persönlichen Sachen.

»Wir planen hier Auftragstötungen, keine Kindergeburtstage«, meinte Miguel, dem Violettas skeptischer Blick nicht entgangen war.

»Immerhin sind wir die Guten, wie ich sehe. Wir haben Mac-Computer«, sagte Violetta. Miguel schaute sie verständnislos an. »Na ja, in allen Kinofilmen besitzen die Guten und Helden einen Mac, die Schurken hingegen haben PCs. Ist Ihnen das noch nie aufgefallen? Gehen Sie denn nie ins Kino, Miguel?«

Er ging nicht auf Morgensterns Geschwafel ein, sondern erklärte seiner neuen Praktikantin stattdessen die Raffinessen der Tell-Computerprogramme. Sie hatten uneingeschränkt Zugriff zu Datenbanken von Staat, Militär, Justiz, Polizei und vielen Privaten. Selbst in die Register von Ärzten, Spitälern und Banken hatten sie Einsicht. Zugriffe auf Echtzeitinformationen von Satellitenbildern und Überwachungskameras waren selbstverständlich. Der Clou war, dass sie selbst Einlass zu ausländischen Datenbanken hatten. Damit ließe sich das komplette Dasein jeder Zielperson ausspionieren, verkündete Miguel. »Wenn Sie je einen Liebhaber hatten, der nach der ersten Nacht geflüchtet ist – mit den digitalen Helferchen hier finden Sie ihn bestimmt wieder.«

»Ach, da spricht der Mann mit Erfahrung. Hauen all Ihre Gespielinnen immer gleich wieder ab? Sind Sie so ein schlechter Liebhaber?«

Miguel knurrte etwas Unanständiges.

Violetta murrte etwas Unverständliches.

Die nächsten zwei Stunden verbrachten beide damit, sich in ihren ersten, gemeinsamen Fall einzulesen. Die Daten zu sichten, Eckwerte zu bestimmen. »Ein Gefühl für die Zielperson zu bekommen«, wie Miguel es ausdrückte.

Er war zweimal aufgestanden und hatte sich in der Küche auf dem Stockwerk Kaffee geholt.

Auch einen für Violetta.

Sie hatte sich bedankt. Er hatte genickt. Wie erwachsene, zivilisierte Menschen das tun.

Seit ihrer fulminanten Begrüßungsrunde mit dem verbalen Schlagabtausch hatten sich beide zusammengenommen, nicht erneut Hund und Katz zu spielen. Und einigermaßen friedlich miteinander umzugehen. In der Sache hatte Meier ja recht: Sie bildeten ein Team, sie würden künftig zusammenarbeiten, da waren pausenlose Frotzeleien einfach nicht drin. Zu unprofessionell, wenn man professionell killen wollte.

Violetta beobachtete Miguel aus dem Augenwinkel heraus. Er trug dunkelblaue Jeans, hellbraune Ledersneakers und ein wachsweißes Baumwollhemd, dessen Ärmel er akkurat hochgekrempelt hatte. Am linken Handgelenk schwang er eine Armbanduhr, annähernd so groß und dick wie eine Käseschachtel, mit einer Vielzahl Zeiger, drei Kronen und einer drehbaren Lünette; ein Präzisionsinstrument, wie es Abenteurer tragen, Taucher, Piloten und wichtige Businessmänner, die stets zu wenig Zeit haben. Miguel war nicht sonderlich groß, höchstens eins siebzig, und bullig. Er besaß einen kräftigen Rumpf und im Vergleich dazu kurze Arme und Beine. Sein Kopf schien zu groß für den Rest des Körpers. Sein kurz geschnittenes Haar glich einer teerschwarzen Matte. Er hatte eine Hakennase, sein Teint war bronzefarben und die Luchsaugen hatten die Farbe von Maronen. Er bewegte sich diszipliniert, energiegeladen, aber elegant.

Er hat etwas von einem Latino oder Indio, dachte Violetta. Sie bündelten die Fakten. Was hatten sie? Was war relevant? Miguel ließ Violetta zusammenfassen.

Ihre Zielperson war männlich. Silvio Brönnimann, dreiunddreißig Jahre alt, Schweizer Bürger, unverheiratet, keine Kinder, keine feste Freundin. Viele Affären. Er sah, fand Violetta, nicht schlecht aus.

Brönnimann stammte aus einem intakten Elternhaus in der Ostschweiz. Der Vater Kaufmann in der Textilbranche, die Mutter Bibliothekarin, der drei Jahre jüngere Bruder Max studierte Psychologie. Brönnimann hatte eine Banklehre gemacht, zwei Jahre in dem Beruf gearbeitet und anschließend vier Jahre Wirtschaftswissenschaften studiert. Er hatte seinerzeit keine Vorstrafen, galt als freundlich und integer, war beliebt, vor allem bei Frauen. Ein Sonnyboy.

Dann, in seinem letzten Studienjahr, brach Brönnimanns Welt innerhalb weniger Wochen zusammen. Im Februar erwischte er seine langjährige Freundin mit einem seiner Studienkollegen im Bett, im April starben seine Eltern während einer Frankreichreise bei einem Reisebusunglück und im August nahm sich sein Bruder Max das Leben.

Silvio Brönnimann geriet völlig aus der Spur.

Er veränderte sich. Erst zog er sich wochenlang zurück, sprach mit niemandem, mied jeden sozialen Kontakt. Dann war er plötzlich wieder da. Wie ein umgekehrter Handschuh, flapsig, oberflächlich, genusssüchtig. Er suchte jetzt überall das Risiko, ritzte Grenzen und das Gesetz, balancierte an allerlei Abgründen entlang, war gierig nach Abenteuern im Sport, auf der Straße, auf Partys und im Bett. Aus dem lebensfrohen, netten Kerl wurde ein zynisches, eiskaltes Arschloch. Irgendetwas in ihm drin war zerbrochen.

Er beendete sein Studium und heuerte bei einem international tätigen Rohstoffkonzern an mit Sitz in der Zentralschweiz. Er lernte schnell, war gut und süchtig nach Erfolg. Er spezialisierte sich auf den Handel mit Kupfer, Zink, Palladium, Platin, Propan, Uran und Zucker. Sein Jahreseinkommen betrug derzeit dreihunderttausend Franken, dazu erhielt er pro Jahr einen Bonus von fünfundsiebzigtausend, plus Vorzugsaktien im Wert von zweihunderttausend. Sein Kontostand bei der *Credit Helvetia* betrug drei Komma vier Millionen.

Brönnimann fuhr einen geleasten Porsche Cayenne, ging zweimal die Woche, montags und donnerstags, ins Fitnesscenter und unternahm am Wochenende Mountainbiketouren in den Bergen. Einmal im Jahr machte er zwei Wochen Tauchferien auf den Malediven und zehn Tage Skiferien in Verbier. Er aß gern in teuren Sushirestaurants, rauchte Zigarren, exquisite am liebsten, *Davidoff*, *Bossner*, *Cohiba*, trank irischen Whiskey der Marke *Kilbeggan*, kokste hin und wieder und gönnte sich, wenn grad keine Flamme aktuell greifbar war, auch mal ein Escortgirl über Nacht. Er bevorzugte blond und devot.

Miguel nickte Violetta anerkennend zu. »Gute Zusammenfassung.«

Er gibt sich Mühe, nett zu sein, dachte sie.

Miguel fügte lediglich noch drei Fakten hinzu. Erstens: Brönnimanns Aktienpaket, derzeitiger Wert neunhunderttausend, das meiste Blue-Chip-Aktien. Zweitens: Brönnimann hatte leichten Augenüberdruck, was medikamentös mit Tropfen behandelt wurde. Drittens: Er war glühender Fußballfan des FC Luzern und von Inter Mailand.

»Gerade so unwichtig scheinende Details helfen uns sehr oft, Zugang zur Zielperson zu erhalten. Jede Kleinigkeit kann dazu beitragen, ihn bei den Eiern zu packen.«

»Ach, Sie gehen Männern an die Eier?«

»Bildlich gesprochen, Morgenstern, bildlich!«

»Sie müssen sich deswegen doch nicht schämen. Homosexualität ist heutzutage ...«

»Ich bin nicht schwul, ja!«

Auf Miguels rechtem Unterarm hatte Violetta ein Tattoo

erspäht. Zwei gekreuzte Dolche, unterlegt mit einem Männernamen, sehr kurz, drei Buchstaben. Bob.

»Nicht schwul, soso. Aber *Bob* bedeutet Ihnen sehr viel!«

Miguel schoss von seinem Bürostuhl auf und stützte sich mit geballten Fäusten auf der Tischplatte ab. Er funkelte Violetta böse an und Speicheltröpfchen schossen in ihre Richtung, als er sie anbrüllte. »Sie verdammte alte Schachtel, das geht Sie einen Scheiß an, verstanden!«

»Ich dachte, Killer bei Tell behielten in jeder Situation ruhig Blut?«

Eine gefühlte Ewigkeit lang stierten sich die beiden an. Miguels Halsschlagader pulsierte, als irre Gewürm darin herum. Schließlich ließ er sich auf seinen Sessel fallen und traktierte die Tastatur seines Macs.

Violetta klickte mit ihrer Maus wild auf dem Bildschirm herum.

Nach einiger Zeit, als sie das Gefühl hatte, das Gewitter hätte sich etwas verzogen, fragte sie Miguel nach dem Warum.

»Warum Brönnimann? Sein Profil weist nirgendwo Besonderheiten auf, die erklärten, warum er auf der Abschlussliste von Tell steht.«

Miguel knurrte, er wisse es nicht und wolle es auch nicht wissen. Die Anordnung komme von oben, der Auftrag sei sauber auszuführen und basta.

Frostige Stille. Lange Minuten. Gefühlte Stunden.

Beide starrten so konzentriert auf ihren Bildschirm, wie Menschen es tun, die spüren, dass ihr Gegenüber sie beobachtet.

Schließlich raffte Miguel sich doch noch zu einer Antwort auf. »Es spielt keine Rolle, Morgenstern. Das Warum ist nicht unsere Sache, das entscheiden Leute mit einer ganz anderen Gehaltsklasse als Sie und ich.«

Violetta redete sofort weiter, um nicht wieder Grabesstille aufkommen zu lassen. »Mir ist aufgefallen, dass Brönnimann mit Uran handelt. Na ja, ich meine, Uran, Uranschmuggel, Atomwaffen ... Sie wissen schon.«

»Möglich. Vielleicht vögelt er aber auch während seiner Tauchferien auf den Malediven die Frau unseres Bundespräsidenten«, sagte Miguel und schnalzte mit der Zunge.

Sie war froh um diese Zote. Das Gewitter zwischen ihnen schien sich zu verziehen.

Miguel erklärte ihr, der kreative Teil ihrer Arbeit bei Tell bestehe darin, für die Zielperson eine natürliche Todesursache zu finden. »Wir beobachten ihren Alltag und suchen uns etwas Tödliches für sie aus, was der Polizei und den Hinterbliebenen der Opfer unverdächtig erscheint. Unfälle werden von unseren Leuten sehr gern gewählt, etwa mit dem Auto oder beim Sport. Was auch beliebt ist, sind Selbstmorde.«

»Und wie killen wir diesen Brönnimann?«

»Was schlagen Sie vor, Morgenstern?«

Sie überlegte kurz, überflog nochmals die Liste mit Brönnimanns Eckdaten. »Seine Augentropfen finde ich spannend. Wir könnten ihm etwas ins Medikament mischen, ein Gift, das er via Netzhaut aufnimmt.«

»Gute Idee, Morgenstern, Huber hat mir von Ihren Hexenkünsten schon vorgeschwärmt. Trotzdem würde ich davon abraten. Frage: Wo kommen wir an sein Augentropfenfläschchen heran? Antwort: entweder bei ihm daheim oder in seinem Büro. Sein Büro können Sie vergessen. Der Rohstoffkonzern ist besser gesichert als das Pentagon. Zweite Möglichkeit, seine Wohnung. Brönnimann hat ein Penthouse in einem dieser futuristischen Hochhäuser im Westen der Stadt. Alles vom Feinsten, Hightech pur. Ich habe das hier ...« Miguel holte sich die Baupläne auf den Bildschirm. »... da schauen Sie, überall Kameras. Kameras beim Haupteingang, wo übrigens ein Vierundzwanzig-Stunden-Wachdienst postiert ist, Kameras im Lift, Kameras im Flur und in Brönnimanns Wohnung sowieso. Natürlich können wir die alle ausschalten, das löst aber

Alarm aus. Nicht gut. Macht die Sache kompliziert. Apropos: Sehen Sie das hier? Sämtliche Wohnungen sind mit dem neusten *SecurArtex*-System gesichert.«

Sie schaute ihn hilflos an.

»Das ist die neuste und derzeit beste Alarmanlage auf dem Markt. Arbeitet mit Infrarot, Schall und Laser, reagiert sogar auf Wärmeveränderungen, also wenn ein unautorisiertes Lebewesen sich im Raum bewegt. Und es registriert zudem Geräusche. Selbst wenn Sie in Strümpfen und auf Zehenspitzen durch Brönnimanns Penthouse schleichen – der Alarm geht los. Klar, auch ein *SecurArtex* kann man knacken, der Aufwand ist allerdings riesig, selbst für uns. Nein, Morgenstern, Augentropfen sind zweite Wahl.«

»Was schlagen Sie denn vor?«

Miguel spitzte die Lippen. »Machen wir mit Brönnimann am Wochenende doch eine Biketour.«

Eines der Tell-Teams hatte Silvio Brönnimann eine ganze Woche lang verfolgt und, wo das möglich war, heimlich gefilmt.

Miguel zeigte Violetta eine bestimmte Videosequenz.

Sonntagmorgen, sieben Uhr. Brönnimann verlässt mit seinem Porsche Cayenne die Tiefgarage, am Heck des Wagens ein Fahrradträger mit einem Mountainbike. Es folgte eine lange Autofahrt, Miguel spulte das Video vorwärts, dann ein Zwischenhalt auf einer Autobahnraststätte, wo Brönnimann einen Kaffee trinkt. Weiterfahrt und schließlich Ankunft in den Bergen. Brönnimann setzt sich auf sein Bike und fährt los. Ab dem Moment, erklärte Miguel, habe eine Drohne die Bilder geliefert. Man sah Brönnimann, wie er Berghänge hinaufspurtet und danach halsbrecherische Abfahrten wagt.

»Sportunfall?«, fragte Violetta.

»Sportunfall!«, sagte Miguel.

Der Plan sah vor, Brönnimanns Mountainbike zu manipulieren, gelockerte Schrauben an zwei oder drei relevanten Stellen. Bei der holprigen Abfahrt würde sich ein Rad lösen oder die Lenkung, und Brönnimann würde kopfüber stürzen. Da er mit Vorliebe schmale Felswege oder steile Abhänge befuhr, war die Chance groß, dass er einen gewaltigen Sturz haben und sich dabei hoffentlich tödliche Verletzungen zuziehen würde.

Violetta nickte. »Guter Plan.«

»Todsichere Sache«, sagte Miguel.

Der ganze Stolz der IT-Abteilung von Tell war eine selbst entwickelte Spionagesoftware. Die Experten hackten sich in einem ersten Schritt in sämtliche mobilen und stationären Informationsgeräte der Zielperson – Notebook, PC, Tablet und Smartphone – und installierten darauf die Software. Diese lief fortan heimlich im Hintergrund mit, zeichnete auf, was die Zielperson auf dem Gerät tat, und übermittelte alles in Echtzeit auf den Tell-Server. Die Grundidee des Spionageprogramms – sag mir, was er tut! – hatte die IT-Leute bei der Namensgebung der Schnüffelsoftware inspiriert. Sie hatten sie *Tell me* getauft.

Silvio Brönnimann merkte davon überhaupt nichts.

Mittels einer Bike-App auf seinem iPad plante er eine Tour im Gebiet Schafbergegg für kommenden Sonntag. Er lud Geodaten für die Navigation vor Ort herunter, schaute sich mit einer anderen App die Wetterprognose an und fragte per E-Mail einen Kollegen, ob er mitkommen wolle. Dieser hatte jedoch keine Lust oder keine Zeit und sagte ab.

All diese Informationen wurden von *Tell me* direkt an die Tell-Server weitergeleitet und von dort an Violetta und Miguel.

Sonntag war in zwei Tagen, nicht allzu viel Zeit für Vorbereitungen, aber Miguel war der Ansicht, es würde reichen. Er informierte Meier über die geplante Aktion, erhielt grünes Licht und setzte dann ein Einsatzteam zusammen. Fünf Personen. Er, Violetta, ein Drohnenpilot, ein Techniker, ein Allrounder.

Am frühen Freitagnachmittag war die Planung bis ins Detail abgeschlossen. Nächster Treffpunkt war übermorgen, Sonntag früh um fünf Uhr, in der Zentrale. »Nullfünfhundert«, wie Miguel es im Militärjargon verkündete. Dann schickte er sein Team nach Hause. »Ich erwarte alle ausgeruht und top vorbereitet.«

Violetta war froh um den frühen Feierabend. Die Arbeitstage ihrer ersten Woche waren lang gewesen, oft bis in die Abendstunden hinein. Sie freute sich auf etwas freie Zeit zu Hause.

Sie fuhr mit dem 13er-Bus von der Tell-Zentrale sechs Haltestellen weit bis in ihr Wohnquartier. Daheim angekommen angelte Violetta die Post aus ihrem Briefkasten, ehe sie die Haustür aufschloss und ihr Haus betrat. Wie jeden Feierabend brühte sie sich zuerst eine Kanne Tee, setzte sich an den kleinen, quadratischen Küchentisch, den sie, in Anlehnung an schöne Ferienerinnerungen, santorinblau gestrichen hatte, nippte an der Teetasse und schaut die Post durch.

Die Tageszeitung, Werbeflyer, ein Brief ihrer Krankenkasse, ein Brief des Kabel-TV-Betreibers.

Und ein weißer A4-Briefumschlag ohne Absender.

Ihre korrekte Adresse war mit Computerdrucker auf eine Klebetikette geschrieben. Sie ratschte den Umschlag mit einem Rüstmesser aus der Küchenschublade auf.

Und roch sofort den Leim.

Siebenundzwanzig Jahre lang Schüler der Grundstufe zu unterrichten, bedeutete auch siebenundzwanzig Jahre Zeichnen, Werken und Basteln. Violetta kannte jeden Klebstoff, jede Leimsorte.

Allein schon am Geruch.

Und das hier war eindeutig ein *Pelifix*-Klebestift der Firma *Pelikan*. Ein Alleskleber ohne Lösungsmittel, den es als Zehn-, Zwanzig- oder Vierzig-Gramm-Stick gab. Letzteren hatte sie jeweils für ihre Schulkinder gekauft.

Im Briefumschlag steckte nur ein einziges Blatt Papier, A4, Recyclingpapier mit hohem Weißanteil, matt, ungefaltet. Jemand hatte Buchstaben aus Zeitungen und Zeitschriften ausgeschnitten, sie aneinandergereiht und auf den Papierbogen aufgeklebt.

Da standen nur drei Worte.

SIE WERDEN BÜSSEN

12

Im Nachhinein, viele Wochen später, überlegte sich Violetta oft, was damals, exakt in jenem Augenblick, als sie den Drohbrief las, mit ihr passiert war.

Sie hörte auf zu leben und begann zu vegetieren.

Es zog ihr den Boden unter den Füßen weg. Ihre Welt war von einer Sekunde auf die andere nicht mehr dieselbe. Das Wort ›Sicherheit‹ existierte ab sofort nicht mehr, an seine Stelle trat ›Paranoia‹. Der ständige Gedanke daran, dass da jemand war, der einen beobachtete. Und bedrohte. Ab sofort Misstrauen allem und allen gegenüber, Überempfindlichkeit, Schlafstörungen. Und einfach nur ganz, ganz viel Angst.

Sie werden büßen.

Über eine Stunde saß Violetta am Küchentisch, wie gelähmt, unfähig, auch nur einen klaren Gedanken zu fassen. Nicht einmal die Energie brachte sie auf, sich neuen Tee zu brühen.

Sie war in ihrem Leben – wohlverstanden, einem ziemlich wilden Leben – schon oft bedroht worden. Aber immer nur mündlich, ganz direkt, von Angesicht zu Angesicht. Live. Damit konnte sie umgehen. Sich wehren, verbal kontern. Im Notfall zuschlagen. Ein anonymisiertes, schriftliches Drohen aber war eine ganz andere Dimension.

Sie fühlte sich furchtbar hilflos.

Sie musste handeln. Was voraussetzte, dass sie klar denken konnte. Das war jetzt bei Weitem nicht der Fall. Ihr Körper und ihr Geist befanden sich in einer Schockstarre, im Notfall-Überlebens-Rühr-dich-nicht-Modus. Sie musste sich selbst neu starten. Wiederbeleben. Doch diesmal konnte ihr nicht einmal das Kochen helfen. Sie musste gröberes Geschütz auffahren.

Da half nur Spitzensport.

Sie ging hinauf in ihr Schlafzimmer und zog sich nackt aus. Aus der Wäschekommode klaubte sie einen weißen Sport-BH und einen Slip und zog beides an. Unten im Hausflur stieg sie in ein Paar schwere Bauarbeiterstiefel mit Stahlkappen. Eine Arbeitsschutzbrille, die Gläser ungetönt, ein paar grobe Arbeitshandschuhe und ein weißes Stirnband mit Roger-Federer-Logo komplettierten ihr Outfit. Sie sah aus wie eine Monats-Miss im erotischen Jahreskalender der Heimwerkerfetischisten.

Derart seltsam ausgerüstet stieg Violetta in den Keller hinunter. Bereit, sich so richtig auszupowern.

Sie machte Licht. In der einen Ecke lagerte ein riesiger Stapel Holz. Buchenäste, gut dreißig Zentimeter dick, in armlange Stücke zersägt. Vor dem Holzstapel stand der Spaltstock, ein hüfthoher Eichenstamm, in dessen Schnittfläche ein Beil steckte. Violetta ergriff es am Stil, zog die Schneide aus dem Holz, hielt das Beil mit beiden Händen und schwang es probehalber durch die Luft. Das hier war nicht irgendein Beil, das war ein Sportgerät: eine Spaltaxt Marke *Gränsfors*, mit ergonomisch gedrechseltem Holzstiel, auf den Millimeter genau austariert, die Schneide geschmiedet aus bestem schwedischem Stahl.

Sie platzierte einen Buchenast hochkant auf den Spaltstock, die Holzfasern auf sie zulaufend, stellte sich breitbeinig davor, hob die Axt über ihren Kopf und schlug mit aller Kraft zu. Spaltete den Buchenast mit einer einzigen eleganten Schlagbewegung in zwei Scheite, als zerteilte sie Buttertorte. Neuer Ast, wieder ein einziger Schlag, zwei Scheite. Neuer Ast, Schlag, Scheite. Violetta arbeitete wie in Trance, bewegte sich wie eine Maschine, routiniert, diszipliniert, spaltete Scheit um Scheit. Gönnte sich keine Pause. Sie atmete schwer, ihr ganzer Körper glänzte schweißnass, ihre Armmuskeln pulsierten, die Handflächen brannten.

Sie werden büßen.

Eine ganze Stunde lang hackte Violetta Holz.

Brennholz für ihren Küchenherd.

Das war ihre Art von Spitzensport, ihr Training, ihre Methode, den Körper an seine Leistungsgrenze zu bringen. Und damit den Kopf auszulüften und wieder frei zu bekommen.

Wieder denken zu können.

Anschließend duschte sie. Lange und heiß, dann eiskalt, zum Schluss so heiß, wie sie es gerade noch aushielt. Frottierte sich trocken, steckte sich das Haar hoch, cremte den Körper mit ihrer selbst gemachten Lotion ein. Kleidete sich an, Jeans, Pullover und Freizeitschuhe. Den Drohbrief samt Umschlag tat sie in eine durchsichtige Plastikmappe und steckte alles in ihre Umhängetasche. Sie verließ das Haus, schloss ab, vergewisserte sich, dass sie wirklich abgeschlossen hatte, holte ihr Auto aus der Garage und fuhr los. Es war Zeit, ins Gefängnis zu gehen.

Violetta war gern allein. Sie hatte – abgesehen von ihren Eltern – nie jemandem vorbehaltslos vertraut. Sie war die geborene Einzelgängerin, fand daran nichts Kauziges und lebte gern so. Sie mochte sich selbst und konnte deshalb gut mit sich allein sein.

Sie war allein, aber nie einsam; der Unterschied war ihr wohl bewusst. Sie führte ein erfülltes Leben und sah absolut keine Notwendigkeit, ihren Alltag mit einem anderen Menschen zu teilen. Sie vermisste niemanden. Und es gab nichts, was sie sich nicht selbst hätte zuliebe tun können.

Es gab in ihrem Leben weder eine beste Freundin noch einen engeren Freundeskreis. Natürlich waren da die üblichen Bekanntschaften, die sich im Alltag nicht vermeiden ließen – die Nachbarn, die Bäckersfrau, die Chefin des Feinkostladens, der Postbote, Mitglieder der Theatergruppe, die Redakteure der Seniorenzeitung –, und als sie noch unterrichtet hatte, pflegte sie im Lehrerzimmer Kontakte zu Berufskolleginnen und -kollegen, aus Pflichtbewusstsein und Gründen der Professionalität, weil sich das eben so geziemte.

Einer dieser Lehrerinnen war sie einst sogar beigestanden,

als diese an Krebs erkrankte. Freundinnen waren sie dennoch nie geworden. Violetta hatte die Kollegin oft daheim besucht, manchmal gar Pflegearbeiten übernommen und sie bis in den Tod begleitet. Weil sich das, fand sie, so gehörte.

Als sie dann, vor neun Jahren, von einem Tag auf den anderen ihren Beruf als Lehrerin aufgab, hatte sie Zeit und Lust auf kleinere Jobs und Aufgaben. Dienste an der Gesellschaft.

So war sie auch Dirigentin des Häftlingschors der Justizvollzugsanstalt JVA Meerschwand geworden. Sie fand sofort einen Draht zu den Insassen, kam auch mit schwereren Jungs und schwierigeren Charakteren perfekt klar und unter ihrer Fuchtel sang der Chor nach wenigen Monaten auf beachtlichem Niveau.

Allein schon der Name verlangte nach Applaus: Der Chor nannte sich ›Die Liederlichen – Häftlinge auf Diebes-Dur‹.

Jeden Mittwochabend war Probe. Zum Repertoire gehörten Klassisches, Volksgut, Musicals und Gospels. Immer im Dezember gaben ›Die Liederlichen‹ ein Konzert in der Aula der JVA.

Vor fünf Jahren war Maurice von Brandenberg in den Gefängnischor eingetreten. Und damit geschah im Leben der Violetta Morgenstern etwas noch nie Dagewesenes: Sie ließ zu, dass ihr ein anderer Mensch, ein Mann dazu, näherkam. Sie war nicht mehr allein. Zwischen Maurice von Brandenberg und Violetta entstand eine Art … man könnte es beinahe Beziehung nennen.

Diese war auch dem Direktor der JVA nicht entgangen.

Aufgrund ihrer charakterlichen Integrität und ihrer Verdienste in der Chorarbeit erteilte er Violetta ein paar Sonderbefugnisse. Sie durfte Maurice von Brandenberg nach Belieben besuchen, auch außerhalb der offiziellen Besuchszeiten. Zudem war es ihr gestattet, mit ihm telefonischen Kontakt zu pflegen.

Von Brandenberg war ein Lebenslänglicher.

Externe Besucher in den Zellen der Häftlinge waren strikt verboten. Darum trafen sich Maurice und Violetta jeweils in der Bibliothek. Diese war gemütlich eingerichtet, angenehm ausgeleuchtet und meist menschenleer.

Violetta hatte sämtliche Sicherheitsschleusen passiert, ein paar Freundlichkeiten mit den Wärtern ausgetauscht, die sie bestens kannten und um ihre Sonderbesuchsrechte wussten. Dann hatte sie in der Bibliothek in einem Sessel Platz genommen. Wenige Minuten später erschien Maurice.

Er saß im Rollstuhl.

Vom dritten Brustwirbel an abwärts war er querschnittgelähmt. Und als ob das nicht genug wäre, waren seine beiden Beine oberhalb der Knie amputiert.

Im Gefängnis nannten sie ihn *Footloose*.

Er war dreiundsechzig Jahre alt, hatte grau meliertes, kurzes Haar, ein fein ziseliertes Gesicht und hellwache Augen. Als Kind hatte sich Violetta mit Begeisterung die Winnetou-Filme im Fernsehen angeschaut. Dabei gefiel ihr der blonde Hüne Old Shatterhand besonders gut. Sie fand, dass Maurice ihm erstaunlich ähnlich sah.

»Violetta, meine Lila-Lady, wie schön, dass du mich besuchst.« Maurice strahlte, als er herangerollt kam.

Sie gestattete ihm die Farbspielerei mit ihrem Vornamen. Sie gestattete ihm auch, dass er erst ihre Hände in die seinen nahm und dann mit dem rechten Daumen über ihren Handrücken streichelte.

Sie beugte sich vor und küsste ihn auf die Stirn. »Guten Abend, Maurice, wie geht es dir?«

»Oh, leider *geht* bei mir eben gar nichts mehr. Es *fährt* allerhöchstens.«

Violetta ärgerte sich, weil sie auch nach so vielen Jahren noch immer in seine Sprachfallen tappte. Was Maurice großartig fand. Er liebte es, unkorrekte Behindertenwitze zu reißen, am liebsten auf eigene Kosten, und seine Mitmenschen damit zu brüskieren. Maurice war der fröhlichste, intelligenteste und sarkastischste Mensch, den Violetta kannte.

»Meine Güte, Maurice, musst du immer so daherreden? Ich laufe ja rot an vor Scham.«

»Rot wie die Liebe, Lila-Lady, was dir hervorragend steht. Ich laufe übrigens nicht *an*, sondern *aus*. Das aber immerhin ärztlich kontrolliert.« Er beugte sich seitlich hinunter und tätschelte den halb vollen Urinbeutel, der da am Rollstuhl hing und via Katheter mit seiner gelähmten Blase verbunden war.

Violetta rang um Worte.

Stattdessen sprach Maurice weiter: »Immer wunderbar, wenn du vorbeischaust. Du weißt ja, hätte ich meine Knie noch, ginge ich auf dieselben und würde dir einen Heiratsantrag machen.«

Er lachte laut und herzlich über seinen Spruch, mit dem er Violetta bestimmt schon hundertmal in Verlegenheit gebracht hatte. Aber sie erlaubte ihm auch das. Maurice durfte, was sonst kein Mensch durfte: Ihr sehr nahekommen. Nur im geistigen Sinne natürlich. Wenngleich auch dezente körperliche Zuneigungsbekundungen – kleine Streicheleinheiten, Küsse auf Stirn und Wangen – gestattet waren. Maurice betitelte sich in übermütigen Momenten gern als Violettas ›platonischer Liebhaber‹. Violetta fand das Wort ›Liebhaber‹ etwas gar zu intim und zügellos, für sie war er ›ein sehr naher Freund‹. Wobei Maurice ihr ›sehr‹ zu schätzen wusste, bediente sich Violetta doch nur äußerst selten solchen Superlativen.

Maurice war der wichtigste Mensch in Violettas Leben. Dieser Mann lebte die finale Form ihres Credos ›Strafe muss sein‹. Er büßte – und zwar Tag für Tag. Und das klaglos und mit Grandezza dazu. Und er ließ ihr, notgedrungen als Insasse der JVA, ihre Freiheit und das von ihr so geschätzte und gepflegte Alleinsein.

Und Maurice seinerseits kam Violettas Distanziertheit sehr gelegen, plagte ihn doch so kein schlechtes Gewissen, weil er ihr niemals ein gemeinsames Leben als Paar würde bieten können.

Sie führten im Grunde eine Fernbeziehung. Nicht Länder oder Kontinente trennten sie, sondern Mauern und Gesetze – und somit Welten.

Maurice würde das Gefängnis nie mehr verlassen.

In seinem früheren Leben hatte Maurice von Brandenberg, Spross einer alten Innerschweizer Adelsfamilie, zusammen mit seinem Studienkollegen und besten Freund eine prosperierende Rechtsfirma betrieben. Die Anwaltskanzlei Von Brandenberg & Bossardt war seit zwanzig Jahren im Geschäft und vertrat namhafte Klienten.

Vor neun Jahren beteiligte sich von Brandenberg – ohne seinen Kanzleipartner zu informieren – an einem hoch riskanten Geschäft, das sich in der Folge als betrügerisches Schneeballsystem entpuppte. Über zweitausend Anleger waren um achtzig Millionen betrogen worden. Gegen von Brandenberg wurde wegen Anlagebetrugs ermittelt. Sein Name erschien groß in den Zeitungen. Jener der Kanzlei natürlich auch. Sein unschuldiger Büropartner Bossardt, der von alledem nichts gewusst hatte, war außer sich vor Wut. Sie konnten einpacken, ihre Reputation war dahin.

Bossardt rächte sich auf seine Weise, indem er mit von Brandenbergs Ehefrau Sex hatte und seinem ehemals besten Freund danach genüsslich die Details schilderte.

Worauf von Brandenberg vollends ausrastete.

Er sah sein ganzes Leben bachabgehen: Seine Firma war ruiniert, sein Ruf dahin, er würde verurteilt werden und im Knast landen – und nun vögelte seine Frau auch noch mit seinem besten Freund herum.

Er erwürgte in den Kanzleiräumen erst Bossardt mit bloßen Händen, fuhr anschließend nach Hause und erdrosselte seine Ehefrau mit einem hellbraunen Ledergürtel. Dann holte er aus dem Safe seine Offizierspistole und schoss sich ins Herz. Verfehlte es allerdings um zwei Millimeter. Die Kugel zertrümmerte stattdessen seinen dritten Brustwirbel und machte ihn zum Paraplegiker. Von Brandenberg wurde ins Spital gebracht und notoperiert. Aufgrund diverser Komplikationen erwachte er nicht mehr aus der Narkose. Im Koma liegend erlitt er erst eine Blutvergiftung, dann vier Schlaganfälle und schließlich einen Herzinfarkt. Seine beiden Beine starben ab und mussten drei Finger breit oberhalb der Knie amputiert werden.

Von Brandenberg kam nach elf Tagen aus dem Koma zurück ins Leben, wurde wieder gesund und zu lebenslanger Haft verurteilt. Und – weil er weder Reue noch Einsicht zeigte – vom Gericht mit einer Option auf Haftstrafe mit anschließender Verwahrung belegt. Maurice von Brandenberg nahm all diese Schicksalsschläge emotionslos hin. Irgendetwas in ihm drin hatte sich völlig verändert. Er haderte nicht, er verzweifelte nicht, er akzeptierte sein Urteil und zog es auch nicht an die nächsthöhere Instanz weiter. Er trat ins Gefängnis ein wie andere in ein Kloster: im Bewusstsein, sein bisheriges Leben hinter sich zu lassen. Ein neuer Mensch zu werden, in einem so ganz anderen Universum.

Es war, als habe Maurice von Brandenberg sich mit seiner furchtbaren Situation nicht nur abgefunden, sondern sogar versöhnt – auf seine eigene, sarkastische Art.

»Es scheint ganz so, als wollte der Liebe Gott mich gleich doppelt am Weglaufen hindern«, pflegte er zu sagen und tätschelte seine Beinstümpfe. Und seine lebenslange Haft kommentierte er mit den Worten: »Ich werde so oder so nie mehr auf freiem Fuß sein.«

In der Haft erschuf er sich seine neue Welt. Er war freundlich zu allen, verständnisvoll, schlichtete Streitereien unter Insassen und dachte und half mit, wo man ihn ließ. Er erteilte Mithäftlingen (und manchmal auch Wärtern) kostenlose Rechtsberatung, kümmerte sich um den Aufbau der Gefängnisbibliothek, las enorm viel, hörte Jazz und Klassik und brachte sich im Selbststudium jedes Jahr eine neue Sprache bei.

Vor fünf Jahren hatte er sich für den Gefängnischor angemeldet und war dort Violetta Morgenstern begegnet. Sie hatten sich beide auf Anhieb gemocht und bald mehr für einander empfunden, wenngleich jeder auf seine Art. Anfangs hatte von Brandenberg Violetta noch aufgezogen, er befürchte, das hier sei für sie nur ›eine flüchtige Beziehung zu einem Gefangenen‹. Es war auch sein Wortwitz, den sie schätzte. Er verehrte sie sehr. Sie mochte ihn gern. Beide konnten mit den nicht kongruenten Gefühlen des andern umgehen und leben.

»Maurice, ich möchte, dass du dir etwas ansiehst und mir deine Meinung dazu sagst.« Violetta zog das Plastikmäppchen aus ihrer Umhängetasche und reichte es ihm. »Dieser Brief lag heute in meinen Briefkasten.«

Sie werden büßen.

Scheinbar unbeeindruckt schaute er sich Briefbogen und Umschlag genau an. Verlangte nach einer Leselupe, besah jedes Detail, suchte nach grafischen und sprachlichen Besonderheiten, nach Merkmalen, die auf Geografie, Sozialisation oder Bildung des Verfassers hindeuteten. Er befühlte das Papier, roch an den Buchstaben, setzte alle Sinne ein. Ließ sich sehr viel Zeit.

»Da mag dich jemand aber gar nicht, Lila-Lady«, meinte er lapidar.

»Was du nicht sagst. Bitte, Maurice, was denkst du darüber?«

Er spitzte die Lippen und formte mit seinen beiden Händen eine Raute, Fingerspitzen auf Fingerspitzen. Seine Dozenten- und Denkerpose. »Betrachten wir zuerst einmal die Erscheinungsform des Briefes. Da hat jemand Buchstaben aus Zeitungen und Zeitschriften ausgeschnitten. Und zwar mit einer Schere. Nicht mit einem Cutter, sonst wären kleine Verschneider zu sehen. Diese Art Drohbrief herzustellen ist eine ziemliche Arbeit, das muss man wollen, dazu muss man sich viel Zeit nehmen. Was mir sagt, dass der Täter oder die Täterin sich lange mit der Sache beschäftigt hat. Das hier ist kein Schnellschuss, keine Affekthandlung, da hat sich jemand sehr intensiv mit dir, meine liebe Lila-Lady, und mit deinen Untaten befasst. In so einem Brief steckt enorm viel aufgestauter Hass.«

»Untaten? Ich habe aber keine Ahnung, was für Untaten das sein sollten.« Violetta war leicht genervt. »Es gibt nichts, wofür ich büßen müsste.« So nahe ihr Maurice auch stand, sie hatte ihm nie von ihren Mördereien erzählt, weder von der Sache damals in Honduras noch von Kai Koch. Und dass sie künftig im Auftrag ihres Landes töten sollte, würde sie ihm niemals anvertrauen. Das mit Tell war allein ihre Sache.

Maurice lächelte ihr zu. »Keine Untaten? Nun, wenn du das sagst ...« Er wiegte den Kopf hin und her, ließ die Halswirbel knacken, setzte zum Sprechen an, zögerte, sagt schließlich: »Ich weiß, ich tue dir weh, wenn ich jetzt davon spreche. Aber könnte der anonyme Briefeschreiber etwas mit dem schrecklichen Vorfall von früher zu tun haben?«

Sie schaute ihn entgeistert an.

»Meine Liebe, du wurdest damals von diesem Mann beschimpft und tätlich angegriffen. Wenn ich mich richtig erinnere, erzähltest du mir, er habe dir gar mit dem Tod gedroht. Liegt es demnach vielleicht im Bereich des Möglichen, dass er ...«

»Unmöglich, ganz ausgeschlossen.« Violetta reagierte unwirsch und für ihre Verhältnisse ungewohnt fahrig. »Der Mann ist sicher verwahrt, eingesperrt, für immer. Er stellt keine Bedrohung mehr dar. Er ist es nicht.«

Maurice spitzte die Lippen und nickte stumm. Violetta studierte ihre Schuhspitzen. Die Stille wog bleischwer. Schließlich räusperte sich Maurice. »Gut, dann widmen wir uns doch wieder der Gegenwart.« Er deutete mit dem Zeigefinger auf den Brief. »Ich finde das Geschriebene äußerst spannend. Da entdecke ich tatsächlich einen Hinweis auf die Täterschaft.«

Violetta war hellwach.

»Der Täter ist erstaunlich höflich zu dir, meine Liebe. Er sagt nicht Du, sondern er siezt dich. *Sie* werden büßen, nicht *du* wirst büßen.«

»Und was sagt uns das?«

»Stell dir einmal vor, jemand hat eine Stinkwut auf dich und steht direkt vor dir. Die Person ist außer sich, auf zweihundert. Dann schreit sie dich an. Und sagt du zu dir. *Du* Miststück, *du* Schlampe! Selbst eine dir fremde Person, die du noch nie zuvor gesehen hast, würde dich duzen und in ihrem unbändigen Zorn ganz bestimmt nicht die Sie-Form verwenden. Was bedeutet: Unser Drohbriefschreiber hat sich diesbezüglich im Griff. Und wahrt die Höflichkeit.«

Violetta nickte mechanisch. »Das leuchtet ein.«

»Unser Drohbriefschreiber sagt also Sie. Trotz seines Zorns. Meines Erachtens kommen dafür drei Menschengruppen infrage. Erstens: eine ältere Person, die – generationsbedingt und damit quasi angeboren – reflexartig höfliche, korrekte Umgangsformen anwendet. Zweitens: eine erwachsene Person, die nicht aus deinem Bekanntenkreis stammt und dir womöglich noch nicht einmal persönlich begegnet ist. Diese Distanz zu dir veranlasst die Person, trotz Stinkwut, dich mit Sie statt Du zu bedrohen. Und drittens: ein Kind, mal vorausgesetzt, es erhält daheim eine anständige Erziehung und weiß, was sich Erwachsenen gegenüber gehört.«

Violettas Zungenspitze wanderte über ihre Unterlippe, sie dachte intensiv nach. »Ein Dummejungenstreich ... Du denkst, es war einfach nur ein Jux von Kindern?«

»Ja, ich denke, es ist das Naheliegendste. Vielleicht sahen die kleinen Bälger so etwas in einem Film und wollten es nachmachen. Kein Mensch bastelt heute doch mehr solch aufwendige

Drohbriefe. Das sieht man nur im Kino! Und du bist bloß das zufällig ausgewählte Opfer. Möglicherweise sind es Kinder aus deiner Nachbarschaft. Zudem bist du für sie, falls sie dich kennen, ein klassisches Feindbild: Jagen wir der Frau Lehrerin doch mal etwas Angst ein …«

Violetta lächelte. Ihr wurde plötzlich leichter ums Herz. Konnte die Lösung so einfach sein? Nur Kinder! Und sie hatte derart Panik geschoben.

»Oder aber«, Maurice hob den Zeigefinger und grinste frech, »du bist einer älteren Person tüchtig auf die Füße getreten.« Er hielt den Kopf leicht schief und flötete theatralisch: »Womöglich ein verschmähter Verehrer, ein Senior-Charmeur, dessen Avancen du abgewiesen hast und dessen Ego nun schwer angekratzt ist? Der dir nun droht, aber sich selbst dabei als Kavalier alter Schule zeigt und dich höflich siezt?«

Sie schaute Maurice entgeistert an. Dann lachte sie laut, vielleicht etwas zu laut. »Ach, du und deine blühende Fantasie. Da gibt es keine Verehrer, es gibt nur dich.« Dann beugte sie sich schnell über ihn und küsste ihn mehrfach auf die Stirn.

Um ihm beim Lügen nicht in die Augen schauen zu müssen.

13

Violetta beschloss, niemandem bei Tell etwas vom anonymen Brief zu erzählen. Der Brönnimann-Job stand unmittelbar bevor, darauf wollte sie sich jetzt voll und ganz konzentrieren. Die Sache mit dem Drohbrief musste warten. Sie wusste zwar nun, dank Maurices Einschätzungen, wie sie weiter vorgehen wollte, doch blieb dafür vorläufig keine Zeit.

Zuerst die Vollstreckung am Sonntag.

Sie waren mit zwei Teams in zwei Mercedes-Transportern unterwegs, in deren Laderäume mobile Einsatzzentralen eingerichtet waren.

Brönnimann war ein lebendes Uhrwerk. Um Punkt sieben Uhr verließ er seine Tiefgarage. Sie folgten seinem Wagen mit viel Abstand. Zusätzlich überwachte ihn eine Drohne aus großer Höhe. Fünfzig Minuten später hielt er bei einer Autobahnraststätte an. Im Restaurant bestellte er einen Caffè Latte. Dann setzte er sich an einen leeren Vierertisch und blätterte während der Kaffeepause durch den Sport- und Wirtschaftsteil einer Sonntagszeitung.

Währenddessen machte sich ein Tell-Techniker an Brönnimanns Mountainbike zu schaffen, das am Heck des Wagens auf einem Fahrradträger befestigt war. Er lockerte die Schrauben an den Radachsen, den Bremsscheiben und der Lenkstange.

Fünfzehn Minuten später fuhr Brönnimann weiter.

Gegen neun Uhr erreichte er die Talstation der Luftseilbahn Schafbergegg. Er löste ein Einfach-Ticket und ließ sich mit seinem Bike, zusammen mit Wanderern, Gleitschirmpiloten und anderen Mountainbikern, auf den Berg transportieren.

Die Drohne übertrug gestochen scharfe Bilder. Miguel und Violetta verfolgten auf einem Bildschirm hinten im Transporter, wie Brönnimann sich bei der Bergstation auf sein Bike schwang, die Sonnenbrille aufsetzte, den Helm festzurrte und die Abfahrt in Angriff nahm.

»Haben wir Schätzungen, nach wie langer Zeit die Schrauben sich vollständig lösen?«, fragte Violetta.

»Die Technikabteilung hat eine grobe Berechnung versucht, aber es ist unmöglich. Zu viele Unbekannte. Es kommt darauf an, wie viele harte Stöße auf das Bike wirken«, meinte Miguel.

Es waren *nur* harte Stöße.

Brönnimann fuhr wie ein Verrückter. Ganz der Bürogummi, der am Wochenende die Sau rauslässt. Er preschte über Geröllhänge, sprang über Geländekuppen und zirkelte über schmale Felswege an Abgründen entlang.

Seit zwanzig Minuten war er bereits unterwegs. Die gesamte Abfahrt bis zur Talstation dauerte gut fünfzig Minuten.

Brönnimann machte einen Halt und nuckelte an seiner Trinkflasche. Die Drohne zoomte heran. Sogar die Aufschrift auf der Plastikflasche, *IsorobicStar*, war zu lesen.

Dann fuhr er weiter. Als wäre der Teufel hinter ihm her.

Dreiundvierzig Minuten, nachdem er gestartet war, sprang die Schraube, die die Lenkstange fixierte, aus ihrer Halterung. Brönnimann flog augenblicklich in hohem Bogen durch die Luft, beschrieb einen gestreckten Salto und krachte rücklings zu Boden.

Die Drohne verharrte über dem Unfallort.

Miguel und Violetta starrten gebannt auf den Bildschirm. Brönnimann lag auf dem Rücken, Beine und Arme von sich gestreckt, den Kopf abgewinkelt.

Er bewegte sich nicht.

»Was ist das für ein Boden, auf den er aufgeschlagen ist?«, fragte Miguel hastig in die Runde. »Ist das steinig oder weich?«

Es war Gras. Er lag auf einer vermoosten, superweichen Bergwiese.

Ein Wasserbett war härter.

Dann ... Brönnimann regte sich, hockte auf, bewegte probehalber seine Glieder, ließ seinen Kopf im Nacken kreisen – und erhob sich schließlich.

Miguel fluchte. »Rundherum Abgründe, Fels und Geröll zuhauf, aber nein, der Typ stürzt ausgerechnet auf die wattigste Weide. Scheiße. Riesenscheiße!«

Dann gab er den Befehl zum Einsatzabbruch.

Das Debriefing wurde auf Montagmorgen vertagt. Stimmung und Motivation waren zu schlecht, um noch gleichentags das weitere Vorgehen zu besprechen.

Das Team brauchte eine Pause.

Wieder zu Hause, schaute Violetta sofort in ihren Briefkasten. Außer ihren vier abonnierten Sonntagszeitungen lag nichts darin. Natürlich, die reguläre Post wurde erst morgen wieder zugestellt.

Violetta war aufgekratzt, wegen Brönnimann, aber auch wegen des Drohbriefes. Maurice hatte sie, ohne es zu merken, auf eine Spur gebracht. Sie hatte einen Verdacht, aber bisher keine Zeit gehabt, in der Sache etwas zu unternehmen. Sie musst das bald erledigen. Die Sache plagte sie. Rumorte.

Sie war zu nervös für einen normalen Feierabend. Sie musste sich dringend abreagieren. Heute brauchte sie beides, Sport und Kultur.

Erst hackte sie im Keller halb nackt eine Stunde lang Brennholz.

Später kochte sie zu den Filmmelodien aus *Cast away* Spaghetti Carbonara.

Die Stimmung am Montagmorgen im Tell-Büro war erstaunlich nüchtern. Violetta hatte nach dem Desaster vom Sonntag mit mehr Emotionen gerechnet.

Man nahm den Fehlschlag sportlich.

Schnauzer-Meier muffte zwar ein wenig herum, aber wohl mehr, um den Boss zu markieren. Huber sah müde und kränklich aus wie immer. Er faltete aus einem leeren Zuckerbriefchen einen Papierflieger. Die beiden Chefs saßen im Zweierbüro von Miguel und Violetta und hörten sich an, wie Miguel den Fehlschlag analysierte: »Der Typ hatte einfach unglaubliches Glück, dass er auf eine Wiese stürzte. Ein paar Meter weiter vorn oder hinten und er hätte sich den Hals gebrochen.«

»Und wie weiter jetzt?« Schnauzer-Meier lehnte sich in seinem Sessel weit zurück, streckte die Beine aus und legte seine Füße verschränkt auf die rechte Kante von Violettas Bürotisch.

Die Schuhsohlen ihr zugewandt. Verschrammte, fleckige Sohlen, an denen der Dreck der Welt klebte. Violetta erstarrte und schenkte Meier ihren finstersten Blick. In ihr drin kochte es. Packte der Typ doch tatsächlich seine Flossen auf ihren Tisch, auf dem sie arbeitete, schrieb, ihre Kaffeetasse hinstellte und ihren Lunch aß.

Wie widerlich! Was für ein unflätiger Typ!

Sie rang mit sich selbst. Sollte sie sich beschweren? Diesem Meier Manieren beibringen? Oder dem Bürofrieden zuliebe schweigen?

Noch bevor sie einen Entschluss fassen konnte, wandte sich Miguel an sie: »Wir lassen uns etwas Neues einfallen, Morgenstern. Beginnen Sie wieder ganz von vorn. Prüfen Sie Brönnimanns Leben nochmals ganz genau. Schauen Sie sich die Videos an, die unser Team von ihm gemacht hat. Checken Sie seine Woche, seinen Alltag, den gesamten Tagesablauf, analysieren Sie jede Minute. Bis Sie etwas finden. Und Sie werden etwas finden, glauben Sie mir. Man entdeckt immer irgendetwas. Bei jedem unserer Kunden gibt es mehrere Möglichkeiten, wie wir ihn auf natürliche Weise zum Sterben bringen können.«

Schnauzer-Meier klatschte in die Hände, zog seine Füße vom Tisch und erhob sich. »Dann mal an die Arbeit. Und diesmal bitte ich um mehr Präzision. Einen zweiten Fehlschlag können wir uns nicht leisten.« Er nickte Huber zu und die beiden verließen den Raum.

Violetta ackerte erneut alle Akten durch. Stundenlang

durchforstete sie Brönnimanns Universum, wühlte in seinem Berufsleben, schürfte in Privatem herum. Sie prüfte auch nochmals die Option Augentropfen, aber Miguel hatte recht, viel zu viel Lärm und Aufwand.

Sie ließ die Mittagspause aus und begann stattdessen die Videoaufzeichnungen zu sichten. Brönnimann am Montag, Brönnimann am Dienstag ... Brönnimanns Filmwochenschau. Violetta sah sich jede seiner Bewegungen an. Wohin er ging, was er tat, mit wem er wo, was aß. Alles. Sie spulte vorwärts, zurück, wieder vorwärts.

Stundenlang.

Den ganzen Tag lang.

Miguel sprach in all der Zeit kein Wort zu viel zu ihr. Ließ sie in Ruhe arbeiten.

Keine Sticheleien.

Am Tag zwei, um die Mittagszeit, atmete Violetta geräuschvoll aus und fläzte sich in Siegerpose, die Hände nach oben gestreckt, auf ihrem Bürostuhl zurück. »Miguel, ich glaube, ich habe da was gefunden.«

Sie führte ihm die entscheidenden Filmsequenzen vor. Es ging um Brönnimanns Fitnesstraining. Immer montags und donnerstags. Violetta zeigte Miguel zuerst den Montag: Brönnimann in seinem Wagen, fährt ins Parkhaus des Fitnesscenters, zieht an der Barriere ein Ticket, parkiert, steigt aus, marschiert mit einer Sporttasche zum Lift. Dann zwei Stunden später: Brönnimann kommt aus dem Lift, entwertet sein Parkticket, geht zum Wagen, fährt aus dem Parkhaus des Fitnesscenters hinaus.

Dann zeigte sie ihm den Donnerstag. In wesentlichen Punkten absolut identisch mit den Aufnahmen des Dienstags.

Miguel verstand nicht, worauf Violetta hinauswollte.

Bis sie ihn auf ein Detail aufmerksam machte.

»Na und?«, fragte Miguel. »Was bringt uns das – und ihn um?«

Violetta verriet ihm ihren Plan.

Miguel sah sie ungläubig an, verzog den Mund, kratzte sich am Kinn. Schließlich musste er zugeben, dass an der Idee etwas dran war. »So etwas haben wir zwar noch nie gemacht, das klingt absolut verrückt. Auf so eine Idee muss man erst mal kommen. Aber, hey, es ist ein Versuch wert.«

Meier wurde informiert.

Auch er war erst skeptisch. »Das haben wir noch nie probiert!«

Miguel hob die Hände. *Meine Worte.*

Schließlich bekamen sie grünes Licht.

Teil eins der Operation lief bereits am nächsten Tag an.

Miguel fuhr in das Fitnesscenter und buchte unter falschem Namen ein Schnupper-Abo für einen Monat. Er wurde fotografiert und bekam eine Chipkarte. Sein Foto würde nach erfolgreicher Beendigung des Auftrags wie von Geisterhand wieder aus dem System des Fitnesscenters verschwinden. Solche digitalen Zaubereien erledigte die IT-Abteilung von Tell im Halbschlaf.

Miguel blieb drei Stunden im Center. Er stemmte Hanteln, tat etwas für seine Bein- und Rumpfmuskulatur, joggte auf dem Laufband zwölf Kilometer weit und entspannte sich am Schluss eine Stunde lang im Wellness-Sauna-Bereich. Beim Umziehen in der Garderobe ließ er sich viel Zeit. Er registrierte zufrieden, dass dieser Teil des Fitnesscenters nicht videoüberwacht war.

Zu heikel. Wegen all der nackten Hintern. *Männerfüdli.*

Dann schaute er sich unauffällig das Schließsystem der Kleiderkästchen an. Schließlich verließ er das Center.

»Sollte machbar sein«, meinte er im Büro zu Violetta. »Von meiner Seite her kann es losgehen.«

Am nächsten Tag war Donnerstag. Fitnesstag bei Brönnimann. Und sein voraussichtlicher Todestag. Bei diesem Einsatz waren

Violetta und Miguel allein in einem Mercedes-Transporter unterwegs. Mehr Personal wurde für die Ausführung von Violettas Exekutionsidee nicht benötigt.

Sie fuhren kurz vor siebzehn Uhr zum Parkhaus, zogen an der Barriere ein Ticket und parkierten im hinteren Bereich der Halle, von wo aus sie eine gute Sicht auf Einfahrtrampe und Lifttür hatten.

Brönnimann kam direkt nach Feierabend, um halb sechs. Hielt bei der Barriere, zog ein Ticket, fuhr hinein, parkierte, stieg aus, ging zum Lift.

Aufgrund der Videoanalyse wussten sie, dass Brönnimann ein äußerst ordentlicher Mensch war. Er mochte Kontinuität in seinem Leben. So würde er mit sehr großer Wahrscheinlichkeit um Viertel nach sieben, wie er das immer tat, das Center wieder verlassen.

Sie hatten also genügend Zeit.

Miguel packte seine Sporttasche, nickte Violetta zu und ging los.

Sie rief ihm hinterher. »Ich drücke Ihnen die Daumen.«

Er schaute verärgert zurück. »Morgenstern, Sie klingen wie meine Mutter. ›Pass gut auf dich auf beim Morden, mein Schätzchen.‹ Lassen Sie den Scheiß, ja.«

Das Fitnesscenter war um die Zeit sehr gut besucht. Der Elektromusikbrei, der alles einlullte, wummerte mit der gleichen Kadenz, mit der die schwerschnaufenden Gewichtestemmer ihre Hanteln hochdrückten. Auf den großen, stummgeschalteten Flatscreens an den Wänden liefen Sportsender. Es roch nach verschwitzten Funktionsklamotten und nach Vanilleproteinshakes, die an der Theke gemixt wurden. Aus einem Nebenraum ertönten die spitzen Motivationsschreie eines Fitnessinstruktors, der die Teilnehmer seiner Gruppenlektion zu Höchstleistungen antrieb. Die Szenerie erinnerte Miguel an den Römerfilm *Ben Hur*, wo der Trommler einer Galeere seine Sklaven im Takt rudern ließ.

Er betrat den Umkleideraum, wo ebenfalls geschäftiges Treiben herrschte. Viel Schweiß, Zischgeräusche von Sprühdeos, Shampoodüfte und vollständig enthaarte Körper. Glatt rasierte Typen, die aussahen wie Delfine. Flipper-Flitzer.

Miguel hockte sich auf die Holzbank vor einem freien Schrank. Er zog aus der Sporttasche sein Smartphone und tat so, als checkte er seine E-Mails. In Wahrheit scannte er mit einer Spezial-App aus dem Hause Tell die nähere Umgebung und ortete Brönnimanns Smartphone.

In Schrank Nummer einundsechzig.

Miguel wartete. Es dauerte lange, bis kein Gast mehr in unmittelbarer Nähe war.

Mit Spezialwerkzeug in der Größe eines Nagelclips öffnete er blitzschnell Brönnimanns Spind. Dann zog er sich Latexhandschuhe über und tat alles genau so, wie Morgenstern es ihm gezeigt hatte.

Brönnimann stieg um zehn nach sieben aus dem Lift. Fünf Minuten früher als sonst. Er schritt zum Automaten, schob sein Parkticket hinein, bezahlte mit Kleingeld, zog das Ticket wieder ab. Er setzte sich in den Wagen, klickte sein Smartphone in die Freisprechhalterung, klemmte sich das Ticket zwischen die Lippen, drückte den Anlasser und fuhr los.

Bis zur Barriere.

Er ließ das linke Seitenfenster herunter, packte das Ticket, schob es in den Schlitz der Schrankenanlage, die Barriere hob sich, Brönnimann fuhr weg.

Direkt in den Tod.

Violettas Plan hatte funktioniert. Brönnimann tat, was Abermillionen Menschen überall auf der Welt beim Ein- oder Ausparken tun.

Sich das Parkticket zwischen die Lippen klemmen.

Miguel hatte in der Garderobe aus Brönnimanns Brieftasche das Ticket herausgeklaubt und es mit einer Flüssigkeit aus einem Sprühfläschchen besprizt. Die Flüssigkeit war eine

Essenz, die Violetta aus den Blütenstempeln einer Blume gewonnen hatte, die sie seinerzeit in Nepal in der Region Janakpur kennengelernt hatte. Diese Essenz, über die Mundschleimhäute aufgenommen, wirkte binnen fünfzehn Minuten. Dann fiel man für mindestens eine Stunde in einen Tiefschlaf.

Dumm nur, wenn man gleichzeitig Auto fuhr.

Via Drohne verfolgten Miguel und Violetta Brönnimanns Wagen. Er fuhr vom Parkhaus weg, bog auf die Straße ein – und hielt vor dem Fitnesscenter an. Ungewohnt. Abweichung von seinem normalen Verhalten. Violetta und Miguel schauten sich an. Was macht der da?

Sie zoomten mit der Drohne heran. In dem Moment huschte eine Person vom Fitnesscentereingang zum Wagen hin. Eine junge Frau. Langes schwarzes Haar, schlank. Attraktiv. Sehr sogar. Sie öffnete die Beifahrertür, stieg ein und Brönnimann brauste davon.

»Wer ist diese Frau?« Miguel war gereizt.

»Sie trägt ebenfalls eine Sporttasche bei sich. Brönnimann muss sie im Fitnesscenter getroffen haben«, warf Violetta ein.

»Ich wette, der schleppt sie ab. Scheiße. Der fährt mit der Kleinen nach Hause und verbringt mit ihr die Nacht. *Fuck!*«

»Nein, eben nicht, es wird kein *Fuck* geben. Weil er nie zu Hause ankommen wird. Das Gift beginnt …«, Violetta schaute auf ihre Armbanduhr, »… in zwölf Minuten zu wirken.«

Der Autounfall würde demnach zwei Todesopfer fordern.

»Wie haltet ihr bei Tell es eigentlich mit Kollateralschäden?«, fragte Violetta kleinlaut.

»Das ist keine Option«, antwortete Miguel. Er war aufgekratzt, beinahe genervt. »Wir sollen Brönnimann umbringen. Nur ihn. Aber keine Unschuldigen, die zufällig in seiner Nähe sind! Wir killen Menschen, aber wir sind doch keine Unmenschen. Verdammt. Was machen wir jetzt? Verdammt, Morgenstern, verdammt!«

In dem Moment, warum auch immer, musste Violetta an

ihre Mutter denken. Wie hatte diese ihrer Tochter stets gesagt? ›Nichts ist so explosiv wie die Eifersucht einer Frau.‹

»Haben Sie Brönnimanns Handynummer?«

Miguel schaute sie verständnislos an. »Ja, schon. Aber was wollen Sie damit? Ihn anrufen und sagen: Sorry, Brönnimann, lassen Sie bitte die junge Frau aussteigen, sonst stirbt sie mit Ihnen?«

»Ja, so ähnlich. Jetzt machen Sie schon!«

Miguel wählte auf seinem Smartphone Brönnimanns Nummer und ging auf Lautsprecher. Violetta riss ihm in dem Moment das Smartphone aus den Händen, als Brönnimanns Stimme ertönte.

»Ja, hallo, wer ist da?« Der hallende Klang seiner Stimme verriet, dass er via Freisprechanlage redete.

»Hier ist Tina«, sprach Violetta mit der verrucht-verrauchten Stimme einer Telefonsexangestellten. »Tina von letzter Woche. Du erinnerst dich doch, Silvio?«

»Äh, nein, sorry, ich kenne keine Tina.«

»Aber Schatzi, du erinnerst dich bestimmt an mich. Tina! Ich war die mit den Handschellen, dem Kerzenwachs und der Peitsche. Ich dachte mir, vielleicht würdest du gern nochmals so eine geile Nacht erleben. Ich verspreche dir auch, dass ich wieder ganz unartig bin. Wenn du magst, schiebe ich dir den Peitschengriff wieder in den Hintern, bis zum Anschlag. Das geilt dich doch immer so …«

Die Verbindung wurde abgebrochen. Brönnimann hatte aufgelegt.

Miguel starrte Violetta an.

»Schauen Sie nicht mich an, Miguel, schauen Sie auf den Bildschirm. Da, was ist denn jetzt los?«

Die Drohnenbilder zeigten, wie Brönnimanns Wagen anhielt. Die junge Frau stieg aus. Sie gestikulierte wild und schien den Fahrer anzuschreien. Dann warf sie die Beifahrertür zu und kickte mit ihrem rechten Fuß dagegen. Der Wagen fuhr an, zu schnell, die Reifen drehten durch, zwei schwarze Gummistreifen blieben auf dem Asphalt zurück.

»Braves Mädchen«, sagte Miguel.

»Weiterlebendes Mädchen«, sagte Violetta.

Sieben Minuten später geriet der Porsche Cayenne von Silvio Brönnimann auf einer Geraden immer weiter nach rechts und kollidierte mit einer mächtigen Eiche, die dort seit Menschengedenken stand. Den Geo-Messdaten der Drohne zufolge, hatte der Wagen zum Zeitpunkt des Aufpralls eine Geschwindigkeit von einhundertvierzig.

Sie schauten aus der Drohnenperspektive weiter zu, wie Ambulanz und Polizei kurz nacheinander zur Unfallstelle kamen. Brönnimann wurde aus dem Auto gezogen, auf den Boden gelegt. Rettungssanitäter beugten sich über ihn, machten Wiederbelebung, Herz-Lungen-Massage. Irgendwann hörten sie mit ihren rhythmischen Bewegungen auf, gaben auf, standen auf, standen herum, ausgepowert, frustriert.

»Vollstreckung abgeschlossen«, verkündete Violetta im gleichen huldvollen Tonfall, mit dem sie früher ihren Schülern erlaubt hatte, fünf Minuten Pinkelpause zu machen.

Miguel drehte sich zu ihr hin. »Eine Frage hätte ich da schon noch, Morgenstern: Wieso kennen Sie sich mit Sadomaso so gut aus?«

14

Am nächsten Morgen im Büro wurde Violetta gelobt. Die Chefs erteilten ihr Bestnoten. Ein ›Sehr gut‹ in Kreativität, Kaltblütigkeit und Improvisationsgabe. Die Idee mit dem Parkticket beurteilte man als grandios. Huber lobte ihre schauspielerische Leistung am Telefon, mit der sie die Mitfahrerin aus Brönnimanns Wagen vertrieben hatte. Und Schnauzer-Meier meinte, er werde in Zukunft nie wieder ein Ticket zwischen die Lippen klemmen können, ohne dabei ans Sterben zu denken. »Parkier und krepier!« Er lachte laut und allein über seinen Witz, rutschte auf seinem Sessel nach hinten und legte seine Füße auf Violettas Bürotisch.

Nicht schon wieder, du widerlicher Saukerl!

Heute trug Meier dunkelbraune Treter, die Schuhspitzen abgeschossen, der eine Schnürsenkel am Ende ausfransend. An der Sohle des linken Schuhs klebte ein hellbrauner Batzen, der Erde oder Kot oder Werweißwas sein konnte.

Violetta ekelte sich. Liebend gern hätte sie dem *Grüsel* ihre Meinung gesagt oder, noch effektiver, mit einem Ellbogencheck die Füße vom Tisch gefegt. Doch wollte sie die momentane, wohlwollende Stimmung ihr gegenüber nicht aufs Spiel setzen. Also schluckte sie leer und bedankte sich stattdessen bei den Chefs für deren Lob. »Und bei Miguel, meinem Lehrmeister«, fügte sie an und nickte ihm zu.

Er lächelte säuerlich, das Lob schien ihm eher peinlich. »Sie haben tapfer durchgehalten, obwohl die Operation bis in die Nacht hinein dauerte. Wo man doch weiß, dass verwelkte Personen in Ihrem Alter früh zu Bett müssen.«

Verwelkt! Sie hätte ihn umbringen können.

Eigentlich *könnte* ich ihn umbringen …

Das Tell-Ausbildungsprogramm sah vor, Violetta als Nächstes in die Welt der Ermittlung und Recherche einzuführen.

Weg von der Front, tief hinein in die Archive.

Das passte Violetta ganz und gar nicht.

Sie sei eine Frau der Tat, protestierte sie. Doch Huber und Meier ließen nicht mit sich verhandeln. Das Killerhandwerk sei das eine, argumentierten sie, mindestens ebenso wichtig und anspruchsvoll sei es, an die Hintergrundinformationen heranzukommen. Sie hätten da gerade so ein Lehrstück, kündigten die Chefs an, an dem sie sich die Zähne ausbeißen könne.

Eine halbe Stunde später mailte ihr Huber das neue Dossier. Dazu schrieb er eine Notiz:

Stecken Sie Ihre Nase da rein, Morgenstern. Es geht um sieben rätselhafte Auftragsmorde. Gibt es einen Zusammenhang zwischen den Opfern? Den Auftragskiller haben wir. Wir suchen seinen Auftraggeber, den großen Unbekannten im Hintergrund. Wer für so viele Morde bezahlt, ist definitiv ein großer Fisch. Dessen Beweggründe interessieren unsere Regierung brennend. Also wühlen Sie! Gruß H.

Violettas anfängliche Skepsis und ihr Widerwille gegenüber der neuen Aufgabe lösten sich augenblicklich in Luft auf.

Sie hatte befürchtet, die Fakten irgendwelcher öder Lebensläufe verifizieren zu müssen. Aber das hier – das war ein Krimi!

Violetta war wie elektrisiert.

Rätsel lösen, Codes knacken, Geheimnisse entschlüsseln – nichts mochte sie lieber. Keine Rätselseite in der Sonntagspresse, die sie nicht löste. Nur war das hier echt.

Sie machte sich unverzüglich an die Arbeit.

Das Dossier im Anhang der E-Mail, das Meier ihr geschickt hatte, erwies sich als überraschend dünn. Allzu viel wusste man bisher nicht.

Was Violettas Ehrgeiz nur noch mehr weckte.

Sie machte sich zuerst mit der Ausgangssituation vertraut.

Tell hatte vor neun Tagen die Order erhalten, einen freiberuflich tätigen Auftragskiller namens Alexander Jungblut – ein siebenunddreißig Jahre alter Schweizer Staatsangehöriger und brillanter Scharfschütze – zu eliminieren. Im Zuge der Recherchen stellte man fest, dass dieser Jungblut einen großen Kundenkreis unterhielt. Darum wurde beschlossen, den Killer vor seiner Eliminierung ausführlicher zu befragen.

Violetta schaute sich das Protokoll dieser Einvernahme an.

Sie staunte, wie viele Informationen man unter Zuhilfenahme von nassen Waschlappen, einer Autobatterie und einem Maniküreset aus einem Mann herausholen konnte.

Der Kerl öffnet ihnen gewissermaßen seine Auftragsbücher der letzten paar Jahre.

Die meisten Jobs holte Jungblut über das Darknet oder auf persönliche Empfehlung herein. Er erledigte in der Regel nur einmalige Aufträge. Ein Abschuss – fertig. Und Killer und Auftraggeber hörten nie wieder etwas voneinander. Aber – und an dieser Stelle wurden die Tell-Leute hellhörig – Jungblut bediente auch einen Kunden, der ihm immer wieder neue Morde in Auftrag gab.

Ein Stammkunde.

Allein für diesen Auftraggeber, der sehr gut und absolut anonym und nicht zurückverfolgbar via Bitcoin bezahlte, hatte er in den letzten drei Jahren sieben Menschen eliminiert. Jungblut hatte seinen Auftraggeber nie kennengelernt. Kommuniziert wurde ausschließlich über eine Art digitaler ›Toter Briefkasten‹ im Darknet. Er wusste noch nicht einmal, ob es sich bei seinem Brötchengeber um einen Mann oder um eine Frau handelte.

Dieser unbekannte Auftraggeber interessierte Tell brennend. Wer innerhalb von drei Jahren sieben Killeraufträge erteilte, hatte definitiv ziemlich viel Dreck am Stecken.

Und da musste noch mehr sein.

Jungblut verstarb nach Abschluss der Befragung bei einem

Badeunfall in einem einsam gelegenen Bergsee in den Walliser Alpen.

Violetta rieb sich die Hände. Das klang nach spannender Arbeit. Sie musste sozusagen sieben blutige Puzzleteile zusammensetzen. Die große Übersicht gewinnen.

Und den großen Unbekannten finden.

Als Erstes schaute sie sich die Liste der sieben Opfer an. Sie war alphabetisch geordnet, enthielt persönliche Daten und die relevantesten Sterbefakten.

- *Amarone, Jean-Philippe, sechsundsiebzig, Franzose, wohnhaft in Cannes, Bauunternehmer, Kopfschuss am 8. Dezember 2017*
- *Khoury, Joseph, siebenundsechzig, Libanese, wohnhaft in Beirut, Arzt, Kopfschuss am 23. Oktober 2016*
- *Pruttipathum, Bon Khunti, zweiundfünfzig, Thailänder, wohnhaft in Bangkok, Inhaber eines Schneiderateliers, Kopfschuss am 15. August 2016*
- *Ritter, Alphons, siebenundfünfzig, Schweizer, wohnhaft in Zofingen, Bankbeamter, Kopf- und Herzschuss am 17. Februar 2015*
- *Somrak, Saran, dreiunddreißig, Thailänder, wohnhaft in Phnom Penh, Kambodscha, Koch, Kopfschuss am 30. Juli 2016*
- *Tillman, John-Robert, einundachtzig, US-Amerikaner, wohnhaft in Dallas, Chemiefabrikant, Kopfschuss am 3. März 2015*
- *Zimmermann, Karlheinz, einundsechzig, Deutscher, wohnhaft in München, Besitzer einer Hotelkette, Kopfschuss am 23. März 2016*

Sieben Opfer. Sieben völlig verschiedene Menschen. Auf den ersten Blick sah alles nach Zufall aus, aber es musste einen Zusammenhang zwischen ihnen geben. Der Auftraggeber der

Morde wollte all diese Menschen weghaben, weil sie ihm in die Quere kamen oder gefährlich wurden oder weiß sonst was.

Violetta las die Namen der Opfer immer und immer wieder, sprach sie laut vor sich hin. Vielleicht klingelte bei ihr ja jetzt schon etwas. Sie suchte nach Auffälligkeiten, nach Mustern, nach Wiederholungen.

Wo war die Verbindung zwischen den Sieben?

Sie gruppierte die Toten immer wieder neu – nach Nationalität, nach Alter, Beruf, Todesdatum – und versuchte eine Ordnung dahinter zu entdecken.

Es waren ausschließlich Männer, keine Frauen.

Nur zwei besaßen die gleiche Nationalität, die beiden Thailänder.

Bei den anderen Opfern handelte es sich je um einen US-Amerikaner, Franzosen, Libanesen, Deutschen und Schweizer.

Der jüngste, der Thai, der zuletzt in Kambodscha gelebt hatte, war bei seinem Tod dreiunddreißig. Der älteste, der US-Amerikaner, war einundachtzig.

Es gab Akademiker und Handwerker.

Manche hatten wohl eher geringe Einkommen, andere schienen sehr reich zu sein.

Alle waren mit Kopfschuss getötet worden. Mit Ausnahme des Schweizers, da war von Kopf- und Herzschuss die Rede.

Violetta legte sich einen Schlachtplan zurecht, wie sie vorgehen wollte. Sie beschloss, von den sieben Toten sämtliche Informationen anzufordern, alles, was die Datenbanken weltweit hergaben. Wenn das Material vorlag, würde sie sich in jedes Opfer einlesen, möglichst viel über diesen Menschen erfahren. Wer war er, wie lebte er, wen liebte er, was wollte er? Sie wollte spüren, wer diese Leute waren.

Sie zeigte Miguel das Dossier.

Ihn interessierte vorrangig der Scharfschütze. Alexander Jungblut. Der Name sagte ihm nichts. Miguel schaute sich dessen Biografie an, nickte anerkennend beim Datenblatt, das Gewehrtyp, Modifikationen und Munitionierung auflistete, und brummte so etwas wie ein Lob, als er von den sieben Kopfschüssen las.

»Zweifelsohne ein Profi«, meinte er.

»Ich bin gerade dabei, mir die Lebensläufe der sieben Opfer zu beschaffen«, erklärte Violetta.

»Würde ich genauso machen. Schon eine Ahnung, wen Sie sich zuerst vornehmen?«, fragte Miguel und überflog die Kurzdaten der Toten.

Violetta zuckte mit den Schultern.

»Beginnen Sie mit dem Schweizer. Er sticht mir sofort ins Auge. Aus drei Gründen. Erstens: Er ist der einzige Schweizer. Zweitens: Nur bei ihm benötigte der Killer zwei Schüsse, einen in den Kopf, einen ins Herz. Und drittens: Er war das erste Opfer. Mit ihm hat der Killer begonnen.«

Violetta wiegte den Kopf hin und her. »Und warum ist es so besonders, als Erster getötet worden zu sein?«

»Mal angenommen, Sie und ich, Morgenstern, wir beide drehen unser eigenes Ding. Eine illegale Sache. Und irgendwann trennen wir uns im Streit, Sie steigen aus, ich mache weiter. Dann sind Sie für mich die größte Gefahr, Sie wissen zu viel. Also noch bevor ich andere Mitwisser oder geschwätzige Kunden eliminiere, räume ich als Allererstes meinen ehemaligen Geschäftspartner aus dem Weg. So jedenfalls würde ich es machen.«

»Na, dann werde ich mich hüten, mit Ihnen je ein Geschäft aufzuziehen.«

Miguel grinste, formte mit seinen Händen in der Luft ein großes, imaginäres Firmenschild und posaunte: »*Schlunegger & Morgenstern. We kill – you chill!*«

Violette schüttelte den Kopf und lachte. »Sie hätten in die Werbung gehen sollen.«

»Dazu bin ich zu ehrlich.«

Manchmal konnte er ein echt netter Kerl sein.

Also begann Violetta mit Alphons Ritter. Was praktisch war, da sie Informationen über ihn sofort aus Schweizer Datenbanken abrufen konnte. Das Anfordern der Akten der ausländischen Opfer, erklärte ihr Miguel, dauere in der Regel länger.

Alphons Ritter lebte ein derart normales Leben, dass es schon fast abnormal war.

Unauffällige Kindheit, unauffällige Jugend. Ausbildung zum Bankkaufmann, ein paar Lehr- und Wanderjahre bei Regional- und Kantonalbanken, bis er mit siebenundzwanzig Jahren bei der Basler Privatbank Henggeler, Wiesmann & von Allmen zu arbeiten begann.

Und sein ganzes Leben lang dort blieb.

Er arbeitet sich hoch, war fleißig, verschwiegen, genügsam und hatte sich, laut Arbeitszeugnissen, nie auch nur das Geringste zuschulden kommen lassen. Er reklamierte noch nicht einmal, dass sich sein Salär – angesichts seiner Erfahrung und Treue zur Bank – eher am unteren Rand der Lohnskala bewegte.

Alphons Ritter war ein Mitarbeiter wie aus dem Kinderbilderbuch.

Selbst sein Privatleben schien mustergültig. Mit einunddreißig heiratete er Marlies Fink, eine Buchhändlerin. Die beiden hatten keine Kinder, ein bescheidenes Einfamilienhaus mit Garten, zwei Katzen und einen Mittelklassewagen. Einmal im Jahr machten sie zwei Wochen Ferien in Alassio an der Italienischen Riviera. Alphons Ritter unternahm gern Ausflüge mit seinem E-Bike in der näheren Umgebung. Er war Mitglied des Männerturnvereins und engagierte sich als Kassier im ornithologischen Klub.

Alphons Ritters Dasein war so makellos proper wie die Grasbänder entlang von Schweizer Autobahnen.

Wer sollte so einen Menschen töten wollen?

Dann stieß Violetta auf eine Polizeiakte.

Fünf Jahre vor seinem Tod waren Alphons Ritters Personalien bei einer Polizeirazzia in einem Bordell aufgenommen worden. Die Polizei kontrollierte damals sich illegal in der Schweiz aufhaltende Prostituierte. Bei der Razzia notierten die Beamten auch die Namen der anwesenden Freier, was reine Routine war, die Männer hatten keinerlei strafrechtliche Konsequenzen zu befürchten.

Violetta strahlte. Endlich hatte sie beim sauberen Herrn Ritter einen Schmutzfleck entdeckt.

Sie googelte den Namen des Bordells und war einigermaßen erstaunt. Das Haus hatte selbst in der Sexbranche einen üblen Ruf. Es war bekannt dafür, dass die dort anschaffenden Prostituierten Sex ohne Kondom anboten. AO hieß das im Fachjargon, Alles Ohne, wie Violetta auf einschlägigen Webseiten in Erfahrung brachte.

Das war doch mal was. Der langweilige Bankfachmann Joseph Ritter hatte hochriskanten Sex. Und das wahrscheinlich regelmäßig. Wer auf solche Risiken stand, brauchte diesen Nervenkitzel immer wieder. Da verhielt sich Ritter nicht viel anders wie ein Basejumper, Freeclimber oder Stadtzürcher Radfahrer.

Als Nächstes nahm sie sich Ritters Krankenakte vor.

Er war so weit gesund, hatte lediglich einen etwas zu hohen Blutdruck und ab und zu Schmerzen in den Knien. Sein Hausarzt hatte bei ihm nie Tests zur Bestimmung von Geschlechtskrankheiten durchgeführt. Konnte natürlich gut sein, dass Ritter aus Gründen der Anonymität solche Tests bei einem Schnelllabor in einer Großstadt machen ließ. Sicherheitshalber holte sich Violetta auch noch die Krankenakte von Ritters Ehefrau Marlies auf den Bildschirm. Auch sie hatte keine Geschlechtskrankheiten. Anderseits, soweit Violetta informiert war, führte ein Hausarzt solche Tests nur auf begründeten Verdacht hin durch. Falls Ritters Ehefrau nichts von den Sex-Eskapaden ihres Gatten ahnte, käme sie gar nicht erst auf die Idee, sich auf HIV, Herpes oder Syphilis testen zu lassen.

Alphons Ritter war an einem Dienstagmittag um zwölf Uhr zwanzig erschossen worden, als er sich, wie jeden Werktag, in der Nähe seines Arbeitsortes in einem Park auf einer Sitzbank niederließ, um ein Sandwich zu essen, das ihm seine Frau zubereitet hatte. An diesem Tag war das Roggenbrot mit Schinken, Luzerner Rahmkäse und Rucola belegt.

Er wurde zuerst am Kopf getroffen.

Die Kugel drang im Bereich der oberen linken Stirn zwar in den Schädel ein, verursachte aber keine sofortigen tödlichen Verletzungen. Ritter fiel von der Parkbank zu Boden. Er war bei vollem Bewusstsein und kroch blutüberströmt auf dem Kiesboden herum. Ein zweiter Schuss, gut vierzig Sekunden nach dem ersten, traf Ritter ins Herz und setzte seinem Leben ein Ende.

Bei der Passage mit Ritters Sandwich merkte Violetta, wie hungrig sie war. Es war ohnedies Mittagszeit. Sie kramte aus ihrer Stofftasche eine Frischhaltedose hervor mit selbst gemachter Kürbissuppe und erhitzte diese in der Mikrowelle der Büroküche.

Am Nachmittag präsentierte sie Miguel ihre ersten Ergebnisse.

»Aha, der biedere Banker vögelte wild durch die Gegend. Insofern machte es ja Sinn, dass er im ornithologischen Verein war.«

Violetta mochte Miguels flapsige Art nicht. »Demnach müssten Sie ja wohl Mitglied eines Großwildjagdvereins sein.«

Er grinste nur blöd, hatte aber offenbar keine Lust, zu kontern oder sich mit ihr zu zanken.

Also machte Violetta mit dem Geschäftlichen weiter. »Und wie verfahre ich mit diesen Informationen nun?«, fragte sie Miguel um Rat.

»Sie müssen sich stets fragen, bei wem und warum eine

Person mit seiner besonderen Sache – in diesem Falle Ritters Hochrisiko-Sexleben – derart anecken könnte, dass man sie umbringen lässt. Wusste Ritter etwas über illegale Geschäfte mit Nutten? Mädchenhandel im großen Stil? Oder begegnete er im Bordell einer hochrangigen Persönlichkeit, die er anschließend erpresste? Vielleicht liegen wir mit dieser Sex-Sache aber auch ganz falsch und sie hat rein gar nichts mit seinem Tod zu tun. Haben Sie seinen Arbeitgeber, diese Privatbank, schon näher unter die Lupe genommen?«

»Noch nicht, aber laut Branchenverzeichnis scheint sie sehr integer zu sein.«

Die Basler Privatbank Henggeler, Wiesmann & von Allmen war 1879 gegründet worden und genoss international einen hervorragenden Ruf. Sie erzielte in allen Ratings stets Bestnoten. Alphons Ritter betreute zuerst jahrelang Schweizer Kunden, bis ihm dann, vor einundzwanzig Jahren, auch ausländische Mandanten anvertraut worden waren.

Die Bank hatte ein besonderes, vielleicht etwas antiquiertes Sicherheitssystem, das auf dem Vier-Augen-Prinzip beruhte. Auslandskunden wurden prinzipiell von zwei Mitarbeitern betreut. Seit 2004 arbeitete Alphons Ritter mit einer Frau namens Bettina Römer-Schittenhelm zusammen, nachdem sein früherer Bürokollege verstorben war.

Violetta prüfte diese Frau Römer-Schittenhelm, fand aber nichts, was ihre Neugierde weckte. Einer plötzlichen Eingebung folgend kontrollierte sie, ob eines der sechs anderen Opfer Kunde der Bank gewesen waren.

Keine Übereinstimmungen.

Sie befand sich in einer Sackgasse und wusste im Moment nicht, wie sie weiter verfahren sollte. Miguel arbeitete hoch konzentriert am Computer an seinen eigenen Fällen. Sie wollte ihn nicht stören. Die Daten der anderen sechs Opfer würden über Nacht aus dem Ausland eintreffen.

Violetta machte früher Feierabend.

Sie hatte heute noch einen anderen Krimi zu lösen.

Mit dem 13er-Bus fuhr sie nach Hause und marschierte die letzten dreihundert Meter von der Haltestelle bis zu ihrem Haus. Seitdem sie diesen Drohbrief erhalten hatte, verpasste ihr der Gang zum Briefkasten jedes Mal einen Adrenalinstoß.

Heute hatte ihr die Post ein Wochenmagazin zugestellt, zwei Briefe, einer von ihrer Kreditkartenfirma, der andere vom Heizungsmonteur.

Und ein großer A4-Briefumschlag.

Violettas Herzschlag setzte einen Moment lang aus.

Im Umschlag befand sich die Imagebroschüre einer Kaffeefirma, die für ihren Kapselservice warb.

Sie atmete auf. Ärgerte sich aber über sich selbst. Diese Paranoia musste endlich aufhören. Und zwar heute noch.

Sie hatte sich in den letzten Tagen genau überlegt, wie sie vorgehen wollte, sich im Kopf einen Plan zurechtgelegt, daran herumgefeilt. Bis er ihr einigermaßen ausgereift schien. Nicht perfekt, aber effektiv. Sie schaute auf die Küchenuhr. Es war kurz vor fünf.

Es war Zeit loszufahren.

15

Violetta fuhr gern Auto. Es hatte für sie etwas Entspannendes, ja beinahe schon Meditatives. Man musste sich konzentrieren, auf den Verkehr achten, und doch ging alles wie von selbst, jeder Handgriff saß, die Routine lenkte mit, man hatte Zeit, den Gedanken nachzuhängen.

Sie besaß einen Toyota Corolla Kombi, fünftürig, weiß. Der Wagen war alt. 1981, als sie als junge Lehrerin zu unterrichten begann, hatte sie ihn gebraucht gekauft. Mittlerweile hatte er zweihundertachtundsiebzigtausend Kilometer drauf, zwei kleinere Dellen und vierzehn Roststellen. Aber er lief zuverlässig. Violetta sah absolut keinen Grund, sich ein neues Auto zuzulegen. Sie fuhr sowieso meist mit Bus, Tram und Bahn.

Den einzigen Luxus, den sie sich als Automobilistin leistete, war der Duftbaum, der am Rückspiegel baumelte. Ein exklusives Exemplar. Einmal im Jahr bestellte Violetta per Internet ein halbes Dutzend davon in einem mexikanischen Onlineshop. Die Duftbäume, die es hierzulande zu kaufen gab, waren nicht so nach ihrem Geschmack. Vanille, Lavendel, Frühling oder Wald fand sie banal, Bubble Gum, Ocean Paradise oder Mai-Tai schrecklich vulgär. Als Zwanzigjährige in Honduras hatte sie die flammrote Flamingoblume als Lieblingsblume auserkoren. Ihr Duft war unvergleichlich, ein sinnlicher Mix aus Gewürznelke, Sandelholz und Citrus. Umso größer war Violettas Freude gewesen, als sie vor ein paar Jahren entdeckte, dass eine Firma in Mexiko Duftbäume mit ebendiesem Aroma produzierte. Seither bereicherte Flamingoblume ihr Dasein als Automobilistin.

Sie stellte ihren Wagen auf dem Besucherparkplatz ab und schaute auf die Uhr. Sie war zehn Minuten zu früh. Sie wartete.

Um sechs Uhr wurde im Altersheim Rosenberg das Abendessen serviert. Die meisten Senioren saßen dann im großen Speisesaal zu Tische.

Das war der Moment, den Violetta nutzen wollte.

Mindestens zweimal im Monat besuchte sie das Altersheim, wo sie als ehrenamtliche Gesellschafterin mit den Senioren Karten spielte, bastelte oder Lesezirkel veranstaltete. Und viermal im Jahr gab es einen Tanznachmittag.

Tanzen war nicht unbedingt Violettas Welt, doch den Senioren zuliebe stellte sie sich als Tanzpartnerin zur Verfügung. Die Herren verehrten sie und rissen sich förmlich darum, mit der schönen, noch so jung wirkenden Dame einen Walzer oder Foxtrott zu wagen. Es kam hin und wieder gar zu kleinen Eifersüchteleien, wenn Violetta mit einem Tänzer zu viel Zeit verbrachte.

Vor drei Wochen hatte der letzte Tanznachmittag stattgefunden. Dabei war es zu einem hässlichen Zwischenfall gekommen. Ein Senior hatte Violetta bedrängt und unsittlich berührt.

Jakob Zurmühle war dreiundsiebzig und seit vielen Jahren Witwer. Ihm hatte früher die größte Heizungsfirma der Region gehört. Er war zwanzig Jahre Mitglied des Stadtrates gewesen, zweimal gar als dessen Präsident. Zurmühle war öpper, wie man hierzulande sagte, ein geachteter Mann.

Umso unverständlicher, wie er sich am letzten Tanznachmittag verhalten hatte. Erst machte er Violetta bei einem Walzer nette Komplimente, beim darauffolgenden Rumba fielen anzügliche Bemerkungen, beim Slowfox schmiegte er sich unsittlich an ihre Hüfte und schließlich fasste er Violetta gar an den Hintern. Sie hatte ihm links und rechts eine Ohrfeige verpasst und ihn mit dem Wort »Lustmolch!« stehen lassen. Das ganze Heim hatte zugeschaut. Zurmühle war knallrot angelaufen und hatte Violetta »Sie vertrocknete Lesbe, Sie!« hinterhergerufen. Die Senioren hatten den Kopf geschüttelt und den Rüpel mit verachtenden Blicken gestraft. Zurmühle hatte an einem einzigen Nachmittag seinen guten Ruf ruiniert. Er war fuchsteufelswild in sein Zimmer im ersten Stock geflüchtet.

Was hatte Maurice zur möglichen Täterschaft des anonymen Drohbriefs noch gleich gesagt: »Eine ältere Person, die – generationsbedingt und damit quasi angeboren – reflexartig höfliche Umgangsformen anwendet.«

Und dann später, beim Abschied – für ihn war es ein Jux gewesen – hatte er sie zufällig auf die richtige Spur geführt. »Vielleicht ein verschmähter Verehrer«, hatte Maurice gefrotzelt, »ein Senior-Charmeur, dessen Avancen du abgewiesen hast und dessen Ego nun schwer angekratzt ist? Der dir nun droht, aber dich selbst dabei höflich siezt?«

Ein Täterbild, das perfekt zu Jakob Zurmühle passte. »Sie vertrocknete Lesbe, Sie!«, hatte er gebrüllt.

Sie werden büßen.

Hatte Zurmühle das geschrieben?

Violetta hatte immer wieder über die Sache nachgedacht. Schließlich war sie zum Schluss gekommen, dass der Senior mit sehr großer Wahrscheinlichkeit der Drohbriefschreiber war. Ihre öffentliche Zurechtweisung und die Ohrfeigen schienen den Mann zutiefst gedemütigt zu haben.

Er hatte sich anonym und schriftlich und formal korrekt an ihr gerächt.

Violetta stieg aus dem Auto. Es war achtzehn Uhr. Sie betrat das Heim durch den normalen Eingang, nickte dem Pförtner zu. Man kannte sie. Niemand würde es seltsam finden, dass sie hier war. Sie nahm die Treppe in den ersten Stock. Zurmühle bewohnte Zimmer Nummer 18. Er hatte nicht abgeschlossen. Violetta huschte in die Wohnung, schloss hinter sich die Tür. Schaute sich um. Bett, Sofa, Fernseher, Bücherregal, Bilder der verstorbenen Gattin und der Enkel, Topfpflanzen, Luftbefeuchter, Clubtischchen, Schrank.

Und ein Schreibtisch.

Sie schritt darauf zu, wollte eben die Schublade aufziehen, als ihr Blick auf den Papierkorb unter dem Schreibtisch fiel. Darin lagen einzelne Seiten einer Zeitung. Mit Löchern darin.

Zurmühle hatte fein säuberlich größere und kleinere rechteckige Fenster herausgeschnitten.

Ein Hitzeschub fuhr durch Violetta, sie spürte, wie ihre Halsvene pochte. Das hier lief vielversprechender, als sie gehofft hatte. Sie zog die Schublade auf. Nebst dem üblichen Büromaterial lag da eine Schere. Eine mit extralangen Schneidblättern. Eine Papierschere.

Im hinteren Teil der Schublade fand sie einen dünnen Stapel mit A4-Papier. Recyclingpapier mit hohem Weißanteil, matt. Bingo!

Jetzt packte sie der Jagdeifer. Sie wollte noch mehr Beweise, kramte in der Schublade weiter und fand unter farbigen Plastikhüllen tatsächlich – einen Leimstift. Marke *Uhu*. Das war das falsche Modell. Der Drohbriefschreiber hatte *Pelifix* verwendet. Violetta schimpfte leise. Wobei, was bewies das schon. Zurmühle hatte in der Zwischenzeit womöglich einen neuen Leimstift gekauft. All die anderen Funde, die Zeitungen mit den ausgeschnittenen Fenstern, die Papierschere, das identische A4-Papier, waren Beweis genug.

Sie hatte den Dreckskerl.

»Was machen Sie da in meinem Zimmer?«

Violetta fuhr herum. In der offenen Tür stand Jakob Zurmühle. Sie hatte ihn nicht kommen hören. Er knallte die Tür zu und stampfte auf sie los. »Was suchen Sie hier? Was fällt Ihnen ein, Sie dreckige Schlampe, einfach in meine …«

Violetta reagierte reflexartig. Weder beruhigende Worte noch Ausreden oder gar Entschuldigungen hätten in dieser Situation etwas genützt. Der Mann war außer sich vor Wut, ein zorniger Stier, zu allem fähig.

Als Kind, als die Morgensterns in Nepal gelebt hatten, hatte Violetta den Viehbauern zugeschaut, wie die ihre Yaks bändigten. Dasselbe tat sie jetzt mit dem furiosen Zurmühle. Sie legte blitzschnell ihren linken Arm um seinen Nacken und drückte seinen Kopf nach unten. Dann rammte sie ihm die ausgestreckten Zeige- und Mittelfinger ihrer rechten Hand in die Nasenlöcher, krümmte die Finger und krallte sich an Jakob Zurmühles Nasenscheidenwand fest.

Der alte Mann heulte auf.

»Wenn Sie schreien, tut es nur noch mehr weh!«

»Was soll das, Sie verdammte Hexe …« Zurmühle klang, als wäre er schwer erkältet. Violetta verstärkte ihren Fingergriff, Blut sickerte aus seiner Nase.

»Sie sagen jetzt kein Wort, Sie hören mir einfach nur zu. Sie dürfen nicken oder den Kopf schütteln, aber nicht sprechen. Verstanden?«

»Ich will aber …« Sie drückte ihre Fingernägel tiefer in seine Nase. Er jaulte wie ein misshandelter Welpe.

»Nur Nicken oder Kopfschütteln, habe ich gesagt! Jetzt verstanden?«

Er nickte. Violettas Finger waren blutverschmiert.

»Haben Sie mir den anonymen Drohbrief geschickt?«

Er reagierte nicht. Violetta glaubte, Verwirrung in seinem schmerzverzerrten Gesicht auszumachen. »Haben Sie mir den anonymen Brief geschrieben? Ja oder nein?«

Zurmühle schüttelte den Kopf. Sie drückte wieder mehr zu. Er begann zu jammern, dann zu wimmern.

»Sie haben den Brief geschrieben. Geben Sie es zu!«

Wieder schüttelte er den Kopf. Und schluchzte. Zusätzlich zum Blut sickerte jetzt Rotz aus seiner Nase.

»Ich habe aber Beweise, Zurmühle. Die Papierschere, das richtige A4-Papier. Und vor allem die zerschnittenen Zeitungen. *Sie* waren das, geben Sie es zu!«

Aus seiner mit Rotz und Blut verklumpten Kehle erklang ein röchelnder Laut wie aus dem verstopften Ablauf eines Spülbeckens. Er schüttelte heftig den Kopf. Schielte zu ihr herauf, seine Augen flehten und waren weit aufgerissen, der Blick eines drangsalierten Dackels. Sie merkte, dass er etwas sagen wollte. Ihre Neugierde war zu groß. Also lockerte sie ihren

Nasengriff. »Sie dürfen sprechen. Wenn Sie schreien, werde ich Ihnen furchtbare Schmerzen zufügen. Verstanden?«

Er nickte heftig. Dann brach es keuchend und schniefend aus ihm heraus: »Ich ... ich führe eine Art Tagebuch. Ich schneide aus der Tageszeitung Artikel aus, die mir wichtig sind, und klebe sie in ein Album. Ich kann das bew...«

Violetta krallte, Zurmühle jaulte. »Lügen Sie mich nicht an!«, fauchte Violetta.

»Das ... das ist die Wahrheit. Ich kann es beweisen. Die Alben sind dort, im Bücherregal. Sehen Sie doch nach.«

Sie zog ihn an der Nase mit zum Regal. Wie eine Bäuerin, die eine störrische Kuh zum Markt brachte. Zurmühle deutete mit dem Kopf auf das zweitunterste Regal. Da stand ein gutes Dutzend farbige Alben.

»Ziehen Sie eines heraus und zeigen Sie mir, was darin ist! Aber schön langsam.«

Er tat, was sie befahl. Angelte ein blaues Album aus dem Regal, klappte es irgendwo auf, zeigte es ihr. Da waren handschriftliche Einträge, mit Tinte geschrieben, dazu eingeklebte Zeitungsartikel. Lokalpolitik, Lokalveranstaltungen, Lokalwirtschaft und Todesanzeigen.

Violetta wurde kreidebleich. Zurmühle war der Falsche.

»Ich werde jetzt gehen, Herr Zurmühle. Ich lasse Sie los. Wenn Sie schreien, kehre ich zurück und – ich schwöre bei Gott – werde Ihnen Schmerzen zufügen, wie Sie sie noch nie hatten. Ich werde gehen und Sie werden sich ruhig verhalten. Sie werden mit niemandem über unsere Begegnung sprechen. Seien Sie klug: Niemand würde Ihnen glauben, dass eine ältere Frau Sie gefoltert hat. Sie würden ausgelacht. Ihr Ruf wäre endgültig dahin. Das wollen Sie doch nicht. Oder?«

Er nickte. Sie lockerte den Fingergriff. Zog die verschmierten Finger schließlich ganz heraus, wischte sie an Zurmühles Hemdärmel ab. Ging langsam und rückwärts ein paar Schritte zurück, immer seinen Blick beobachtend, bereit, sofort auf ihn zuzustürmen und ihn niederzustrecken, falls er etwas Unüberlegtes tun sollte. Zurmühle atmete schwer, schniefte, blieb aber ruhig.

Violetta verschwand aus seinem Zimmer. Und für immer aus seinem Leben.

Kurz vor drei Uhr morgens schreckte sie aus dem Schlaf auf. Flackerndes, rötlich-gelbes Licht erhellte ihr Schlafzimmer. Violetta setzte sich auf. Das Licht kam von draußen, aus ihrem Garten. Und da war dieses Geräusch, ein leises Knacksen und Prasseln, das sie nur zu gut kannte. Sie schwang sich aus dem Bett, riss das Fenster auf und schaute in den Garten hinunter. Das Vogelhäuschen, das am untersten Ast des Apfelbaumes hing, brannte lichterloh.

16

Am nächsten Morgen saß Miguel bereits an seinem Büroplatz, als Violetta zur Arbeit erschien. Sie holten sich beide Kaffee und besprachen Violettas Rechercheergebnisse vom Vortag.

»Ich an Ihrer Stelle würde mir die beiden Thais genauer anschauen«, riet Miguel. »Die passen irgendwie nicht zu den anderen Opfern.«

Sie nickte ihm zu, raunte ein »Danke für den Hinweis« und tat dann so, als vertiefte sie sich in ihre Akten. Da war noch immer dieses Bild in ihrem Kopf.

Mit dem Gartenschlauch hatte sie das Vogelhäuschen binnen weniger Minuten löschen können. Im Nachthemd und barfuß war sie im Garten gestanden und hatte am ganzen Körper gezittert. Die Nacht war kühl und ihre Wut riesengroß. Dann hatte sie es gerochen. Ganz dezent nur, aber für so was hatte sie eine Nase. Ganz eindeutig Benzin.

Brandstiftung.

Sie räusperte sich, ballte die Fäuste, setzte sich gerade auf den Bürostuhl und loggte sich in ihr E-Mail-Konto ein. Über Nacht waren die Daten sämtlicher ausländischer Opfer übermittelt worden.

Violetta begann zu lesen, wer Saran Somrak war. Während der Lektüre spreizte und dehnte sie die Finger ihrer rechten Hand. Vor allem im Zeige- und Mittelfinger verspürte sie Muskelkater.

Der dreiunddreißigjährige Saran Somrak hatte zuletzt in Kambodschas Hauptstadt Phnom Penh als Koch in einem Thai-Restaurant gearbeitet. Er war eines Abends auf seinem Suzuki-Motorrad nach Hause gefahren, als er mitten auf der Straße von einem Kopfschuss getötet worden war.

Saran Somrak hatte allein gelebt. Er war nicht verheiratet und hatte keine Kinder. Mit einem Teil seines Lohns unterstützte er seine Eltern und zwei jüngere Geschwister in Thailand. Somrak war auf der Ferieninsel Phuket geboren, wo sein Vater noch heute als Fischer arbeitete. Er hatte die Grundschule besucht, seinem Vater beim Fischen geholfen und dann, als er sechzehn wurde, in einem Hinterhofrestaurant in der Touristenhochburg Patong zu arbeiten begonnen. Erst hatte er Geschirr gewaschen, dann Gemüse zerkleinert und Fische ausgenommen und schließlich brachte ihm der Restaurantbesitzer das Kochen bei.

Somrak lernte schnell und war begabt.

Mit fünfundzwanzig ging er nach Kambodscha, wo er in einem bei Touristen sehr beliebten Restaurant in Phnom Penh Arbeit fand und anständig verdiente.

Violetta sah sich seine in Englisch gehaltenen Polizeiakten an.

In Somraks thailändischem Dossier fanden sich ein paar kleinere Verstöße. Verkehrsdelikte und Pöbeleien mit besoffenen Touristen, nichts von Bedeutung. Die kambodschanische Polizei wusste da schon Interessanteres zu berichten. Fünfmal war Somrak wegen unzüchtiger Handlungen angezeigt worden. Er war beim Schwulensex auf öffentlichen Toiletten und in Hinterhöfen von Bars von Ordnungshütern ertappt und gebüßt worden.

Violetta sah sofort die Verbindung zu Alphons Ritter.

Sex.

Ließ sich da ein Zusammenhang herstellen? Hochrisiko-Verhalten, Geschlechtskrankheiten, Aids, so was in der Richtung? Wohl eher nicht. Zumal Somrak auf Männer stand und Ritter Frauen mochte.

Sie schaute sich die Akte des anderen Thailänders an.

Und die las sich wie ein Handbuch für eine Ganovenkarriere.

Bon Khunti Pruttipathum betrieb in Bangkok ein Schneideratelier, in dem man unter vielem anderem auch Anzüge kaufen konnte.

Der Laden war aber im Grunde nur Tarnung.

Pruttipathum handelte mit allem, was nicht legal war und Geld brachte. Der Mann war zweiundfünfzig Jahre alt, als er getötet wurde, und seine Polizeiakte hatte die Dicke eines Bangkok-Reiseführers von *DuMont*.

Pruttipathum begann schon als Junge, als Kurier für lokale Drogenhändler zu arbeiten, ehe er, mit fünfzehn, selbst im größeren Stil zu dealen begann.

Dann entdeckte er die lukrative Welt der Hehlerei. Er kaufte Diebesgut aller Art, vertickte es weiter und machte dabei einen guten Schnitt. Immer wieder musste er seine Geschäfte unterbrechen, wenn er für ein paar Monate oder einmal sogar zweieinhalb Jahre ins Gefängnis wanderte. In der Zeit übernahmen zwei seiner Cousins den Laden.

Das ganz große Geld aber machte Pruttipathum mit gefälschten Dokumenten.

Pässe, Ehepapiere, Führerscheine, Sozialversicherungsausweise, Krankenbescheinigungen, Geburtsdokumente und Akademikerdiplome.

Die Polizei konnte ihm nie etwas Konkretes nachweisen.

Pruttipathum wurde erschossen, als er in einer Garküche in seiner Wohnstraße saß und einen großen Teller Pad Thai aß.

Violetta brummte der Kopf. Im vorliegenden Fall war die Auswahl an kriminellen Taten riesig. Sie fand die Fälschersache am spannendsten, was Miguel bestätigte, als sie ihm davon berichtete.

»Wäre nicht das erste Mal«, meinte er, »dass einer einen falschen Pass braucht und den Fälscher oder den Händler danach umbringt, um alle Spuren zu verwischen. Nicht schlecht, Morgenstern, ich sage Ihnen, da haben Sie eine wichtige Entdeckung gemacht.«

Sie war, musste sie zugeben, ziemlich stolz über Miguels Lob. Trotzdem brachte sie das nicht weiter. Der Thai-Fälscher war ja gut und recht, aber wo war der Zusammenhang mit den anderen Opfern?

Sie wechselte den Kontinent. Und nahm sich die Akte des Amerikaners vor.

John-Robert Tillman machte ein Vermögen mit seinen Chemiefabriken. Pillen, Farben, Kleber, Pflanzenschutzmittel, Kunststoffe, Zwischenprodukte für Bau-, Textil- und die Petrochemie – Tillmans Betriebe stellten alles her. Der gebürtige Texaner hatte ein Privatvermögen von über einhundertzehn Millionen Dollar.

Tillman war an einem Dienstagmorgen auf dem Pete-Hoower-Golfplatz südlich von Dallas beim Abschlag zu Loch acht erschossen worden.

Seine Polizeiakte war nicht der Rede wert. Ein Strafzettel wegen zu schnellen Autofahrens, als er achtzehn war, Kneipenschlägerei mit neunzehn, beim Grasrauchen erwischt mit zwanzig. Die weiteren sechzig Jahre seines Lebens blieb John-Robert, genannt J. R., sauber.

Vor allem auch, weil man ihm nichts nachweisen konnte.

Es gab Untersuchungen gegen ihn wegen Steuerbetrugs. Tillman verfügte mutmaßlich über geheime Bankkonten im Ausland, auf denen er große Summen an Schwarzgeld deponiert hatte.

Violetta war wie elektrisiert. Geld, Schwarzgeld, Bankkonten, Ausland. War das eine mögliche Verbindung zur Basler Bank von Alphons Ritter?

Sie hatte zwar sämtliche Opfer auf diese Verbindung hin bereits überprüft und war nicht fündig geworden. Aber was, wenn Tillman gar nie offiziell mit Ritters Bank zu tun gehabt hatte? Was, wenn er und Ritter die Konten heimlich oder über Strohmänner eingerichtet hatten?

War J. R. Tillman je in der Schweiz gewesen?

Miguel meinte, bei einer Einreise wäre Tillman von der Grenzpolizei registriert worden. Violetta suchte im System, fand aber nichts. Tillman war demnach nie in der Schweiz gewesen.

Sie war enttäuscht, das hätte jetzt aber auch zu schön gepasst.

»Nicht gleich aufgeben, Morgenstern!«, sagte Miguel. »Tillman muss auch gar nicht in die Schweiz eingereist sein, um Alphons Ritter zu treffen.« Er blinzelte Violetta verschwörerisch zu. »Es würde doch genügen, wenn er in der Nähe von Basel war.«

Sie mochte es nicht, wenn er so kryptisch daherredete.

Er sagte nichts weiter, schaute sie herausfordernd an, ließ ihr Zeit zum Nachdenken.

Dann ging ihr ein Licht auf.

»Der EuroAirport Basel-Mulhouse! Der setzt sich aus einem schweizerischen und einem französischen Teil zusammen. Tillman könnte im französischen Sektor eingereist sein und Ritter direkt am Flughafen getroffen haben. Ohne auch nur einen Fuß auf Schweizer Boden setzen zu müssen. Mit dem Auto macht man die Strecke von Basel aus ...«, sie holte *Google Maps* auf den Bildschirm und berechnete den Weg, »... in weniger als dreißig Minuten.«

Miguel nickte und lächelte gönnerhaft.

Kluges, altes Mädchen!

An die Einreisedaten der Franzosen zu kommen, würde ein paar Stunden dauern, doch Miguel – Violetta merkte immer mehr, was für ein erfahrener, ausgefuchster Kerl er war – wusste wieder Rat.

So einer wie Tillman flog doch nicht mit einer Linienmaschine durch die Gegend, meinte er.

Violetta brauchte keine fünf Minuten, bis sie die Daten hatte.

Tillman besaß, zusammen mit vier Geschäftsfreunden aus den USA, eine *Dassault Falcon 50*. Einen dreistrahligen Privatjet mit fast sechstausend Kilometern Reichweite und Platz für acht bis zehn Passagiere.

Miguel war heute in Höchstform. Es gebe doch da diese

Spinner, meinte er, die weltweit auf Flughäfen stünden und Flugzeuge fotografierten. Planespotter nannten sich diese Typen. Und ihre Fototrophäen stellten sie online.

N-232478. Violetta gab das Luftfahrzeugkennzeichen von Tillmans Jet ein und dazu den Namen Basel EuroAirport. Sie spürte, wie sich ihre Nackenhärchen sträubten. Sie liebte dieses Gefühl. Das hier, das war besser als Achterbahnfahren. Kribbelnder als eine Tasse ihres haitianischen Feuerzundertees.

Dann ... Treffer.

Da war er. Tillmans Jet. Auf dem EuroAirport. Mehrfach fotografiert von Planespottern. Im Anflug, im Abflug, beim Rollen auf die Startbahn, beim Halt auf dem Parkfeld.

Violetta war nahe daran, Miguel um den Hals zu fallen.

Sie prüfte die Aufnahmedaten der Fotos. Tillmans Jet war demnach an mindestens drei verschiedenen Tagen in Basel gewesen.

Das war's, das war ein Durchbruch, eindeutig. Violetta zappelte auf ihrem Bürostuhl herum wie ein überzuckertes Kind.

»Moment«, warf Miguel ein, »wir wissen bisher lediglich, dass dieser Jet in Basel war. Nicht, ob Tillman drinsaß. Er teilt sich die Maschine mit vier Geschäftsfreunden.«

»Ach, kommen Sie. Sie müssen aber zugeben, dass an der Sache etwas dran ist. Zwei unserer sieben Killeropfer haben sich – okay, *könnten* sich im Raum Basel getroffen haben. Alphons Ritter *könnte* für J. R. Tillman geheime Konten angelegt haben. Stimmt's?«

»Ja, *könnte* sein«, bestätigte Miguel. »Aber wer hatte dann ein Interesse daran, beide umzubringen? Und warum? Und was ist mit den anderen fünf Opfern? Sind sie ebenfalls geheime Bankkunden von Ritter?« Er machte eine Geste, als beschwichtigte er einen wütenden Hund. »Ich glaube nicht, dass der kleine Thai-Koch aus Kambodscha sich Schwarzgeldkonten von einem Schweizer Bankier hat einrichten lassen.

Der Thai wusste wahrscheinlich noch nicht einmal, was ein Schwarzgeldkonto ist.«

Vor einer Minute noch wollte sie Miguel umarmen, jetzt hätte sie ihn am liebsten weggestoßen. Musste er denn ihre kleinste Euphorie sofort im Keim ersticken?

»Schauen Sie sich die anderen Toten an, Morgenstern, vielleicht finden Sie bei denen den entscheidenden Hinweis. Und falls Sie mit Ihrer Theorie von den Geheimkonten, die Ritter für Tillman angelegt haben soll, recht haben, dann hat er das sicher auch noch für andere reiche Ausländer getan. Sollten der tote Deutsche, der Franzose und der Libanese ebenfalls Kontakt zu Ritter gehabt haben, dann, Morgenstern, ja, dann sind wir der Lösung ein großes Stück näher.«

Leicht zerknirscht forschte sie weiter.

Mindestens zwei der drei restlichen Opfer waren sehr reich.

Karlheinz Zimmermann, der Einundsechzigjährige aus München, hatte die von seinem Vater gegründete *Supertown*-Hotelkette geerbt. In achtunddreißig Ländern standen dreiundfünfzig seiner Hotels.

Zimmermann fuhr mit seinem Ruderboot an einem frühen und kühlen Mittwochmorgen im März allein auf den Starnbergersee hinaus und wurde beim Fischen nach Saiblingen erschossen.

Immerhin, dachte Violetta, es gab unidyllischere Orte zum Sterben.

Laut Deutschem Registerauszug versteuerte Zimmermann ein Privatvermögen von dreiundachtzig Millionen Euro. Aber, wie schon bei Tillman, hegte die Steuerfahndung den Verdacht, Zimmermann horte noch ein paar Millionen Schwarzgeld auf Auslandskonten.

Violetta verbuchte diese Information als weiteres, passendes Puzzleteil in ihrer Alphons-Ritter-Theorie.

Vollends aus dem Häuschen geriet sie schließlich beim Checken der Finanzen des toten Franzosen.

Jean-Philippe Amarone war als Baulöwe bekannt. An der halben Côte d'Azur standen seine hässlichen Betonbauten. Amarone hatte in den Siebzigerjahren für das Amt des Stadtpräsidenten von Nizza kandidiert, wurde dann aber – trotz oder gerade wegen angeblicher Schmiergeldzahlungen – nicht gewählt. In Cannes bewohnte er später eine Riesenvilla direkt am Meer. Laut Polizeibericht schoss der Killer von einem Boot vom Wasser aus, als Amarone sich in seinem Garten eine Zigarre anzünden wollte.

Achtzehn Millionen Euro lagen auf seinem Bankkonto. Aber jeder, der Amarone kannte, wusste, dass dieser Betrag lächerlich war. Der Baulöwe hatte zig Millionen im Ausland versteckt. Ein Journalist von *Le Figaro* hatte einmal recherchiert, dass Amarone zwölf Millionen auf einem Konto auf den Cayman Islands bunkerte. Doch existierte das Konto, noch bevor der Zeitungsartikel erscheinen konnte, plötzlich nicht mehr. Der Journalist wurde zwei Wochen später in Paris Opfer eines Raubüberfalls und verblutete noch am Tatort.

Violetta war überzeugt, auf der richtigen Spur zu sein.

Der Amerikaner, der Deutsche und der Franzose besaßen mit ziemlicher Sicherheit geheime ausländische Konten. Und Herr Ritter aus Basel half ihnen, das Geld zu verstecken. Und zwar entweder gleich direkt bei der Basler Privatbank Henggeler, Wiesmann & von Allmen oder bei einer anderen Bank in einem dieser exotischen Steuerparadiese, auf den Caymans, in Monaco, Panama, Gibraltar, Andorra, Malta oder wie sie alle hießen.

Der Libanese dämpfte dann Violettas Euphorie wieder etwas.

Joseph Khoury war weit davon entfernt, Millionengelder herumschieben zu können.

Nicht mehr.

Er war Arzt, hatte fünfzehn Jahre am Beirut-Haret-Hospital als Chirurg gearbeitet, wo er während der Bürgerkriegszeit

Schuss- und Granatopfer mit Haut- und Gesichtsverletzungen operierte. Nach dem Krieg war er ein gefragter und sehr gut verdienender Experte im Nahen Osten für plastisch-rekonstruktive Chirurgie, die sogenannte Wiederherstellungschirurgie.

Dann starb ihm ein siebenjähriges Mädchen auf dem OP-Tisch unter den Händen weg. Khoury hatte während des Eingriffs eins Komma sieben Promille Alkohol im Blut. Er wurde erst freigestellt, dann gefeuert, dann verurteilt.

Er verlor seine Zulassung als Arzt, erhielt diese dann aber acht Jahre später, im Zuge einer Begnadigungswelle der Regierung, zurück. Seither arbeitete er als einfacher Hausarzt in einem ärmlichen, sunnitischen Viertel im Südwesten Beiruts.

Violetta sah sich Khourys letzte Steuerunterlagen an. Der Mann verdiente eintausendzweihundert Euro im Monat. Und sein einstmals herzeigbares Vermögen war nach acht Jahren Arbeitslosigkeit dahingeschmolzen. Den Rest des Geldes bekam seine Frau, als sie sich von ihm scheiden ließ und mit den zwei gemeinsamen Söhnen zu ihrem neuen Mann in die Küstenstadt Tripoli zog.

Joseph Khoury besaß nichts mehr.

Er wurde am frühen Morgen erschossen, als er seine Zweizimmerwohnung in einem baufälligen, von Granateinschlägen beschädigten Wohnblock verließ.

Violetta nagte auf ihrer Unterlippe herum. Dieser Khoury wollte so in gar keines ihrer Schemata passen. Der Libanese war weder schwerreich, noch war er in illegale Geschäfte verwickelt.

Ein atypisches Opfer.

Sie eröffnete auf ihrem Rechner ein neues Dokument und ordnete darauf die sieben Toten neu an. In drei Gruppen.

Da war Alphons Ritter, der Banker aus Basel, der – das unterstellte ihm Violetta jetzt einfach mal – reichen Ausländern half, ihr Geld zu verstecken. In dieselbe Gruppe setzte sie den Amerikaner, den Franzosen und den Deutschen. Vier Leute.

Dann war da der Dokumentenfälscher aus Bangkok. Ein klarer Krimineller, wenn auch kein ganz großer.

Und dann hatte sie noch den jungen schwulen Thai-Koch aus Kambodscha und den verarmten Arzt aus Beirut, die zu keiner der beiden ersten Gruppen passten und die sie auch sonst im Moment nicht einzuordnen vermochte.

Violetta schaute sich ihre Übersicht an. Eine halbe Stunde lang starrte sie auf den Bildschirm, entwarf Szenarien, suchte nach Mustern, nach Verbindungen. Sie dachte kreuz und quer – und kam doch auf keine neue Idee.

Sie machte für heute Schluss. Miguel blieb noch im Büro, er hatte zu tun. Er würde mit ihr, versprach er, gleich morgen früh die neuen Ergebnisse anschauen.

Daheim in ihrem Briefkasten wartete keine neue Überraschung auf sie. Im Garten sammelte Violetta die verkohlten Reste des Vogelhäuschens ein und entsorgte sie in der Mülltonne. Später, bei Klängen zum Western *The Big Country,* buk sie Flammkuchen mit Speck, Zwiebeln und Frischkäse im Backrohr ihres Holzofens. Sie aß mit wenig Appetit. Ihre Gedanken drehten sich um den anonymen Drohbrief. Und nun auch noch eine Brandstiftung. Plötzlich knallte sie Messer und Gabel auf den Tisch und lehnte sich auf dem Küchenstuhl zurück.

Ihr war ein neuer Verdacht gekommen.

Am nächsten Morgen konnte es Violetta kaum erwarten, wieder in der Zentrale zu sein. Über Nacht sollten die Franzosen eigentlich geliefert haben. Sie war gespannt, ob deren Zollbehörde beim Namen John-Robert Tillman fündig geworden war.

Sie war. Und wie!

Es gab achtunddreißig Einreisen innerhalb der letzten dreißig Jahre. Mit so einer hohen Anzahl hatte Violetta nicht gerechnet. Sie schaute sich Tillmans Einreiseorte in Frankreich im Detail an. Achtmal der Flughafen Charles de Gaulle in Paris, sechsundzwanzigmal Aéroport Nice Côte d'Azur in Nizza und – viermal EuroAirport Basel-Mulhouse. Die Parisreisen konnten aus geschäftlichen Gründen oder zum Vergnügen erfolgt sein. In Nizza besaß einer von Tillmans Freunden eine Ferienvilla und J. R. war dort regelmäßig im Sommer Gast. Wirklich wichtig aber war der EuroAirport. Viermal also war Tillman dorthin geflogen.

Violetta ballte die Siegerfaust. Ja!

Ihre Theorie über Alphons Ritter und seine geheimen Bankdienste wurde immer wahrscheinlicher.

Was ihr jedoch nach wie vor Kopfzerbrechen bereitete, war die Frage, warum jemand den Bankier *und* seine Kunden töten ließ.

Das machte einfach keinen Sinn.

Angenommen, ein anderer stinkreicher Kunde Ritters hatte kalte Füße bekommen und ließ den Schweizer Bankier umbringen. Warum dann auch noch drei andere Bankkunden? Wussten die voneinander? Wohl kaum, sagte sich Violetta, man mag noch so gute Freunde sein, beim Thema Schwarzgeldverstecken schweigt jeder.

Je länger sie die Sachlage betrachtete, desto überzeugter war sie, dass eine dritte Partei mit im Spiel sein musste. Jemand, der ein Interesse daran hatte, sowohl den Bankier wie auch dessen Kunden zu töten.

Ein Mitwisser, ein Komplize von Ritter? Eine Komplizin?

Hastig klickte Violetta durch ihre Dateien.

Da war doch … wie hieß die Dame noch gleich? Da war sie: Bettina Römer-Schittenhelm. Seit 2004 Alphons Ritters Büropartnerin. Mit ihr zusammen betreute er eine Vielzahl ausländischer Bankkunden.

Violetta begann im Kopf einen Krimi zu spinnen.

Mal angenommen diese beiden, Ritter und diese Römer-Schittenhelm, helfen Ausländern beim Verstecken von Schwarzgeld. Irgendwann, warum auch immer, bekommt Ritter kalte Füße und will aussteigen, vielleicht gar bei der Polizei eine Aussage machen. Was hat seine Bürokollegin dann für Möglichkeiten – falls sie nicht in den Knast wandern will? Eben!

Die nächsten drei Stunden lang durchkämmte Violetta das Leben von Bettina Römer-Schittenhelm.

Die Dame war jetzt einundfünfzig Jahre alt. Sie hatte Wirtschaftswissenschaften studiert, dann acht Jahre bei einer Unternehmensberatungsfirma gearbeitet, ehe sie 2001 zur Basler Privatbank Henggeler, Wiesmann & von Allmen ging, wo sie die ersten drei Jahre auf verschiedenen Posten tätig war, um das Bankgeschäft von Grund auf kennenzulernen. 2004 wechselte sie in den Sektor Ausland und kümmerte sich zusammen mit ihrem Kollegen Ritter um die Bedürfnisse ausländischer Kunden.

Mit achtunddreißig heiratete Bettina Schittenhelm Jan Römer, einen Chemiker und CEO eines Basler Pharmaunternehmens. Es gab keine Kinder, dafür ein Luxuspenthouse in Basel direkt am Rheinufer, ein zum Ferienhaus umgebautes Grotto nahe Locarno im Tessin und ein gemeinsames Sparkonto mit über fünfzehn Millionen Franken darauf.

Violetta verifizierte, wie die fünfzehn Millionen zustande gekommen waren. Es waren zur Hauptsache Löhne – Römers Mann verdiente eins Komma drei Millionen im Jahr, seine Frau dreihunderttausend – dazu kam eine Erbschaft (Römers Großvater war bei seinem Ableben sehr vermögend) und ein zum richtigen Zeitpunkt veräußertes Aktienpaket. Mit anderen Worten: Die fünfzehn Millionen waren auf saubere Art zusammengespart.

Violetta kam zum Schluss: Wer so viel Geld auf dem Konto hat, braucht eigentlich keine hochriskanten, krummen Bankdinger zu drehen. Bettina Römer-Schittenhelm hatte keinen

Anlass, ihren Kollegen Ritter oder Bankkunden von einem Auftragsmörder umbringen zu lassen.

Aber wer dann?

Nach der Mittagspause kam Miguel ins Büro und Violetta berichtete ihm von ihren neusten Ergebnissen und Überlegungen. Auch ihm erschien es immer logischer, dass Ritter für reiche Ausländer Geld versteckt haben könnte. Nicht ganz einverstanden war er mit Violettas Einschätzung über Römer-Schittenhelm. »Was heißt schon reich? Fünfzehn Millionen auf dem Sparkonto sind für manche Leute noch immer zu wenig. Gier, Morgenstern, kennt kein Limit. Ich würde die Dame noch nicht definitiv abhaken. Aber konzentrieren wir uns doch nochmals ganz auf Ritter. Er scheint mir immer mehr die Schlüsselfigur in diesem Krimi zu sein.«

Violetta lächelte. Jetzt nannte es auch Miguel einen Krimi.

»Ich habe alle Daten von Ritter mehrmals durchgearbeitet«, sagte sie. »Ich weiß nicht, was Sie da noch Neues herausfinden wollen.«

»Wir müssen diesen Ritter besser kennenlernen. Und zwar viel persönlicher, als uns das die Akten bieten können. Ich will seine Art zu denken erfahren. Ich will wissen, worüber er lacht, was für Träume er hat, welche Musik er mag.«

»Sie wissen schon, dass er tot ist?«

Miguel lächelte geheimnisvoll und fuhr sich mit der Hand über seine teerschwarz glänzende Haarmatte.

»Er schon. Seine Frau aber nicht.«

17

Marlies Ritter war seit drei Jahren Witwe.

Sie wohnte noch immer im Einfamilienhaus, das sie und ihr Gatte Alphons vor über zwanzig Jahren gebaut hatten.

Marlies Ritter war vierundfünfzig Jahre alt, arbeitete als Buchhändlerin und es gab keinen neuen Mann in ihrem Leben. Jedenfalls keinen offiziellen, der mit ihr zusammen im selben Haushalt lebte. Das waren die Informationen, die Violetta auf die Schnelle zusammengetragen hatte.

Bei Tell galt die Regelung, dass man solche ›Kontakte ohne Tötungsabsicht‹ – also das Aufsuchen von Personen zwecks reiner Informationsbeschaffung – als Polizeibeamte getarnt vornahm.

Eigens zu dem Zweck hatte man bei der Bundespolizei das Sonderdezernat 22 geschaffen, das aber nur theoretisch und im Organigramm existierte. In Wirklichkeit war Sonderdezernat 22 nichts anderes als Tell Versicherungen. Die Killermannschaft war ausgestattet mit richtigen Polizeiausweisen mit falschen Namen und Titeln. Sollte eine befragte Person Verdacht schöpfen und bei der echten Polizei Rücksprache nehmen, würden die ahnungslosen Beamten mit Klick und Blick in ihr Online-Dienstadressverzeichnis bestätigen können, dass es dieses Sonderdezernat 22 und die fraglichen Kommissare tatsächlich gab.

Das Einfamilienhaus stand in einem ruhigen Quartier, am Ende einer Sackgasse in einer Tempo-30-Zone und war in etwa so, wie Alphons Ritter es gewesen war. Schlicht, langweilig, grau, nicht zu groß, nicht zu klein. Unauffällig.

Sie hatten sich telefonisch bei Marlies Ritter angemeldet und diese hatte, verwundert und unterkühlt, erklärt, sie sei heute Nachmittag zu Hause.

Sie bat die beiden Polizeibeamten herein, wies ihnen Plätze auf dem antik aussehenden Sofa, einem Louis-quinze-Imitat, zu und servierte Tee aus einer hellblau-weißen Porzellankanne. Die gesamte Möblierung des Wohnzimmers war ganz in einem Mix aus Barock und Rokoko gehalten.

Schwülstiger wohnen.

Die Hausherrin hingegen entfaltete weit weniger Pracht.

Marlies Ritter war brandmager, keine eins sechzig groß und trug ein zwiebelbraunes Wollkleid, das wie ein Sack an ihr herunterhing. Mit ihrem schwarzen Bubikopf, dem wächsernen Teint und dem spitzen Mündchen glich sie der Sängerin Mireille Mathieu. Sie musterte die Beamten argwöhnisch. Sie sah nicht aus wie jemand, der gern plauderte.

»Frau Ritter«, begann Miguel das Gespräch, »es ist wirklich sehr freundlich von Ihnen, dass Sie uns Ihre Zeit opfern. Es dauert auch nicht lange.«

Sie kniff die Lippen zusammen wie ein schmollendes Kind.

»Frau Ritter, meine Kollegin und ich sind hier, weil es neue Erkenntnisse im Tötungsfall Ihres Gatten gibt. Die Polizei in Spanien hat die mutmaßliche Tatwaffe sichergestellt.«

Sie zeigte keine deutbare Reaktion, schien auch keine Frage stellen zu wollen, nippte lustlos an ihrer Tasse Tee. Also fuhr Miguel mit seiner sorgfältig zurechtgelegten und frei erfundenen Geschichte fort: »Es sind seit dem Mord ja nun doch bereits drei Jahre vergangen und unsere Dienstvorschriften besagen, dass, sobald neue Erkenntnisse vorliegen, wir die Ermittlungen wieder aufnehmen müssen. Darum sind wir heute hier. Wir möchten Ihnen nochmals ein paar Fragen stellen.«

Sie saß noch immer einfach da, strich mit den Händen ihren Rock über den Knien glatt und schaute missmutig in die Runde.

»Frau Ritter«, versuchte jetzt Violetta ihr Glück, »wie geht es Ihnen?«

Ruckartig hob Marlies Ritter ihr Kinn. »Man gewöhnt sich an alles. Mein Mann ist seit drei Jahren tot, ich habe mein Leben neu geordnet, danke, es geht mir gut.«

Miguels und Violettas Blick trafen sich kurz.

»Wir möchten Sie bitten, sich nochmals an die Wochen vor dem Tod Ihres Mannes zu erinnern«, sagte Violetta. »Ist Ihnen da etwas an ihm aufgefallen? Benahm er sich anders als sonst?«

Sie reagierte genervt. »Wie ich Dutzenden Ihrer Kollegen bereits eine Million Mal erklärte: Nein.«

Miguel hakte nach. »War er nervöser? Oder trauriger? Irgendeine Gemütsveränderung, die Ihnen seltsam vorkam?«

»Nein.«

Wieder kurzer Blickkontakt. So wird das nichts!

»Frau Ritter, dürfte ich wohl ein Glas Wasser haben?«, fragte Violetta.

»Mhhh«, antwortete Marlies Ritter, schoss von ihrem Barocksessel hoch und marschierte aus dem Raum in die Küche. Man hörte das Auf- und Zuklappen eines Schrankes, dann das Rauschen von Wasser.

»Wieso unterbrechen Sie die Befragung?«, zischte Miguel.

Violetta ignorierte ihn und zog stattdessen aus ihrer Handtasche ein braunes fingerlanges Fläschchen. Sie schraubte es auf, zog eine Pipette heraus und tröpfelte eine durchsichtige Flüssigkeit in die Teetasse von Marlies Ritter.

»Verdammt, Morgenstern, was veranstalten Sie da?«

»Ich kurble lediglich die Konversationslust der Dame etwas an.«

Marlies Ritter kam zurück und reichte Violetta ein Glas Wasser. Diese dankte und nahm einen Schluck.

Miguel stellte nochmals ein paar Standardfragen, lauter Sachen, die bereits in den Vernehmungsprotokollen standen. Ritter antwortete genauso so einsilbig wie zuvor, zwischendurch trank sie kleine Schlucke Tee aus ihrer Tasse.

Nach gut zehn Minuten veränderte sie plötzlich ihre Körperhaltung. Saß sie vorher steif und aufrecht auf ihrem Sessel, lehnte sie sich nun plötzlich nach hinten, schlug die Beine übereinander und machte auf einmal einen ungemein entspannten Eindruck.

Sie lächelte sogar.

Darauf hatte Violetta gewartet. »Nochmals zurück zu meiner Frage, Frau Ritter. Ist Ihnen an Ihrem Mann etwas aufgefallen, Tage oder Wochen vor seinem Tod?«

Die plötzliche Verwandlung der Marlies Ritter war erstaunlich. Sie plapperte nun wie ein Äffchen. »Alphons war ja sonst die Ruhe in Person, wissen Sie, er machte nie viele Worte, über seinen Beruf sprach er sowieso nie, man könnte sogar fast sagen, er war ein ziemlich langweiliger Mann.« Sie kicherte leise.

Miguel schaute verblüfft zu Violetta hinüber.

Die sprudelt ja plötzlich wie ein Wasserfall!

»Mein Alphons, wie gesagt, war ein ruhiger Mann. Zu mir immer sehr korrekt, freundlich, es gab bei uns ja sowieso nie ein böses Wort. Es gab in unserer Ehe auch sonst nichts Aufregendes. Wir schliefen in getrennten Schlafzimmern, Alphons ließ mich in Ruhe, ich war ihm zu wenig interessant. Wenn Sie wissen, was ich meine.« Jetzt gluckste sie sogar. »Aber ja, dann verhielt er sich plötzlich ganz anders. Ich schätze, es begann zwei Monate vor seinem Tod. Da war er plötzlich fahrig und zerstreut. Er vergaß Dinge, Termine, und wenn ich ihn daran erinnerte, schien er mit den Gedanken ganz woanders zu sein.«

Miguel reckte den Kopf nach vorn. Meinte er das nur oder lallte die Frau, als wäre sie angetrunken?

»Und eines Abends, als Alphons wieder einmal so gedankenverloren beim Nachtessen saß und ich ihn fragte, was los sei, herrschte er mich an. Jawohl, er schrie mich an. Mich! Seine Frau. Das hatte er noch nie getan. Später am Abend entschuldigte er sich bei mir und sagte, es gebe Probleme bei der Arbeit.«

»Mehr sagte er nicht? Probleme bei der Arbeit – und sonst nichts«, hakte Miguel nach.

»Doch. Doch, doch, doch. Er sagte, es gebe Probleme bei der Arbeit, und er sagte, Marlies, sagte er, Marlies, vielleicht holt mich die Vergangenheit ein. Jawohl, das sagte er. Und ich sagte dann zu ihm, Alphons, sagte ich, Alphons, beruhige dich, du siehst Gespenster.«

Sie sank auf ihrem Sessel immer mehr in sich zusammen und ihr Kopf machte kleine Kreiselbewegungen, wie ein Wackeldackel auf der Hutablage mancher Autos.

»Ja, ich sagte, Alphons, du siehst Gespenster. Und dann sagte er etwas Komisches: Marlies, ich glaube ein Gespenst ist tatsächlich zurückgekehrt, auferstanden von den Toten.«

Sie schloss die Augen und ihr Kopf neigte sich zur Seite.

»Ist die eingeschlafen oder haben Sie sie umgebracht?«, flüsterte Miguel.

»Sie wird in gut zehn Minuten erwachen und langsam wieder nüchtern werden. Wenn Sie also noch etwas von ihr wissen wollen, dann fragen Sie sie besser gleich nach dem Aufwachen. Danach ist sie wieder der verstockte, kalte Fisch wie zu Beginn.« Violetta nahm die Teetasse der Frau und kippte ihren Inhalt in die Blumenerde einer Topfpflanze, die nahe dem Beistelltisch stand.

Sie saßen da und schauten zu, wie Frau Ritter schlief. Etwas Speichel tropfte aus ihrem linken Mundwinkel. Sie sah ungemein verletzlich aus. Und schnarchte wie ein kleines Hündchen.

Dann flackerten ihre Augen, sie blinzelte, äugte umher, stemmte sich im Sessel hoch. »Ui, uiui, bin ich tatsächlich eingenickt? Entschuldigen Sie.«

Violetta hob die Hände. »Kein Problem, Frau Ritter, solche Unterhaltungen sind auch wirklich anstrengend. Sie sprachen vorhin vom Gespenst, das Ihr Mann erwähnte.«

Marlies Ritter wirkte verwirrt, mit der Hand strich sie sich über den Mund. »Ja, ja, stimmt. Er sagte, ich glaube, ein Gespenst ist tatsächlich zurückgekehrt. Und dann sagte er noch, auferstanden von den Toten. Das sagte er, auferstanden von den Toten, ja, genauso.«

»Frau Ritter, ich muss Sie jetzt etwas sehr Persönliches fragen.« Miguel schaute ihr fest in die Augen. »Hatte Ihr Mann, wie soll ich sagen, hatte er besondere sexuelle Bedürfnisse?«
Ein Schuss ins Blaue – aber ein Versuch wert.

Sie schaute ihn erst entsetzt an, dann abschätzig, ihre Augen funkelten, sekundenlang hielt sie Miguels Blick stand. Dann senkte sie den Kopf und als sie ihn wieder hob, schimmerten Tränen in ihren Augen. »Ich habe mich stets bemüht, meine ehelichen Pflichten auch im Schlafzimmer zu erfüllen. Aber ich war ihm zu langweilig. Er mochte es, wenn es grob wurde. Er wollte, dass ich ihn dabei schlage, ihn anspucke und bestimmte Wörter sage, so Schweinekram. Aber das wollte und konnte ich nicht.«

Sie schluchzte und presste die Handballen auf ihre Augen. »Ich weiß heute, dass er zu seinen Huren gegangen ist. Immer und immer wieder, manchmal mehrmals die Woche. Wir waren sechsundzwanzig Jahre verheiratet, wir hatten eine gute Ehe. Ich weiß nicht, warum ich ihm nicht gut genug war.«

»Sie wussten demnach von seinen Besuchen im Milieu?« Violetta sprach mit ruhiger, warmer Stimme. Sie legte eine Hand auf Marlies Ritters Arm.

»Gewusst habe ich es nicht, geahnt allerdings schon lange. Aber erst nach seinem Tod hatte ich dann Gewissheit. Ich habe seine Abrechnungen gefunden. Kann man sich das vorstellen? Mein Mann war so ein pedantischer Buchhalter, er notierte sogar seine Hurenbesuche fein säuberlich in einem Notizbuch. Datum, Name der Hure, Art des Service und bezahlter Betrag. Das Buch verwahrte er in seinem Büro in der Bank. Nach seinem Tod habe ich es zusammen mit seinen persönlichen Sachen bekommen. Ich habe alles zusammengerechnet. Stellen Sie sich vor, mein lieber, treuer Gatte hat in all den Jahren fast eine Million Franken für seine Sexabenteuer ausgegeben. Eine Million! Woher hatte er so viel Geld? Ich könnte kotzen, kotzen könnte ich.«

Violetta reichte ihr ein Taschentuch und sprach ein paar tröstende Worte. Miguel nickte stumm vor sich hin. Dann wandte er sich zu Marlies Ritter. »Verzeihen Sie, wenn ich das jetzt auch noch frage, ich komme mir dabei ganz taktlos vor ...«

»Fragen Sie nur, schlimmer kann es gar nicht mehr kommen. Vielleicht ist es sogar gut, wenn gewisse Dinge endlich beim Namen genannt werden. Ich habe noch nie mit jemandem darüber gesprochen. Ich weiß auch nicht, warum ich das ausgerechnet mit Ihnen beiden hier und heute tue. Also fragen Sie!«

»Litt Ihr Mann an einer Geschlechtskrankheit?«

Sie lächelte müde und schüttelte den Kopf. »Mein Gott, Sie lassen aber auch tatsächlich nichts aus, was? Die Wahrheit ist: Ich weiß es nicht.«

»Sie selbst haben also auch nicht ...«

»Ich ließ mich auf Geschlechtskrankheiten testen. Nach seinem Tod, nachdem ich sein Notizbuch gelesen hatte, wollte ich wissen, ob er mir eine Hurenpest angehängt hat. Ich ging allerdings nicht zu meinem Hausarzt, das wäre mir zu demütigend gewesen. Ich ließ mich in dieser Arztstation am Hauptbahnhof testen, anonym. Alle Ergebnisse waren negativ, ich bin sauber. Aber was Alphons anbelangt ...« Sie lachte, mehr traurig als höhnisch. »Ich weiß nicht, ob er sich etwas eingefangen hat. Wahrscheinlich schon. Seine letzte SMS jedenfalls schien ja eine Art Beichte zu sein.«

Miguel und Violetta fuhren gleichzeitig zusammen.

»Seine letzte SMS?« Miguels Stimme war erregt.

»Ja, aber das wissen Sie ja bestimmt, steht ja alles in den Polizeiakten. Sie schossen Alphons in den Kopf, aber das brachte ihn nicht um, noch nicht. Er lebte noch knapp eine Minute weiter. In der Zeit zog er trotz seiner schweren Verletzung sein Handy aus der Manteltasche und schickte mir eine SMS. Er schrieb nur ein einziges Wort: Aids.«

Als sie wieder im Auto saßen, sagte minutenlang keiner ein Wort. Sie starrten durch die Frontscheibe ins Leere. Irgendwann drehte sich Miguel zum Beifahrersitz hin. »Okay, es gibt ganz viel, das wir zu besprechen haben. Fangen wir mit der einfachsten Frage an. Was zum Teufel haben Sie ihr da in den Tee geträufelt, Morgenstern?«

»Ich nenne sie die Plappertropfen. In Haiti betiteln sie das Zeug als *la potion de la vérité*, den Wahrheitstrank, gemacht aus den Blättern des Unbhuka-Strauches. Wirkt, sagen manche, als rauchte man Marihuana. Das Zeug entspannt, enthemmt, macht gesprächig und schläfrig. Nach einer halben Stunde ist der ganze Spuk schon wieder vorbei.«

»Verdammt, das nächste Mal sagen Sie mir vorher, wenn ...«

»Hat es funktioniert oder nicht? Heh? Na, also.«

»Nächste Frage.« Miguel gab sich keine Mühe, seinen Ärger zu verstecken. Er raunzte Violetta an: »Wie ist das mit Ritters letzter SMS? Aids! Das ist doch eminent wichtig, das ist ein entscheidender Hinweis. Warum weiß ich nichts davon?«

»Weil ich davon auch nichts wusste. Davon steht kein Wort in den Polizeiakten von Alphons Ritter.«

»Irgendjemand hat da mächtig geschlampt«, schimpfte Miguel. »Okay, dem gehen wir nach, wenn wir in der Zentrale sind. Jetzt aber zu den Dingen, die uns im Fall Ritter weiterbringen könnten. Erstens: Ritter verprasste ein Vermögen mit seinen Sexorgien. Woher nahm der Mann das Geld dazu? Er verdiente zweihundertzwanzigtausend im Jahr. Seine Hurerei sprengte sein Budget bei Weitem. Zweitens: Aids. Was sollte diese letzte Botschaft an seine Frau? Wollte er ihr seine Krankheit beichten?«

Violetta schüttelte den Kopf. »Wenn ich im Sterben liege und ich kann noch genau eine einzige kurze Mitteilung senden, dann schreibe ich meinem Partner eine gute Botschaft, etwas Versöhnliches, etwas Gütiges zum Schluss. Aber ich schleudere ihm doch nicht noch schnell meine Sexkrankheitsbeichte an den Kopf! Es sei denn ... die Krankheit ist der Grund für den Mordanschlag.«

Miguel schüttelte den Kopf. »Aids. Hat Ritter eine seiner Nutten mit Aids angesteckt und die rächt sich an ihm, indem sie einen teuren Profikiller anheuert? Sehr unwahrscheinlich. Und wenn doch, was haben dann die sechs anderen Opfer damit zu tun?«

»Und trotzdem schrieb Ritter seiner Frau das Wort ›Aids‹. Weil es ihm wichtig war. So wichtig, dass er dies als letzte Botschaft seines Lebens verschickte. Ist es vielleicht eine Abkürzung, ein Code für etwas? A-i-d-s ... Alles ist dir scheißegal? Auch Ida darf suchen? Moment, hieß nicht der Killer zum Vornamen Alexander, Alexander Jungblut? Wie wäre es also mit: Alexander ist der Schütze – A-i-d-S.«

»Ach, kommen Sie, Morgenstern, das ist *so* weit hergeholt. Und woher soll Ritter den Killer gekannt haben? Und wenn doch, dann schreibt er doch Alex. Klipp und klar. Und nicht das kryptische Aids.«

Sie suchten nach anderen Wörtern, Sätzen oder Halbsätzen, nach Akronymen, die Aids hätten erklären können, fanden aber nichts Erhellendes.

»Lassen wir das vorerst einmal so stehen«, schlug Miguel vor. »Wir haben von der Witwe noch etwas anderes gehört, das ich für sehr wichtig halte. Marlies Ritter sagte, Wochen vor seinem Tod sei ihr Mann ungewohnt nervös gewesen, mit den Gedanken woanders. Etwas beschäftigte ihn sehr. Und was sagte er zu seiner Frau: Ich glaube, ein Gespenst ist zurückgekehrt, auferstanden von den Toten. Das klingt für mich, als habe er von einer Sache erfahren, die er für längst beendet und beerdigt hielt.«

»Oder er hat jemanden gesehen, von dem er glaubte, er wäre tot.«

Minutenlang starrten beide wieder stumm durch die Frontscheibe. Schließlich fuhr Miguel Violetta nach Hause. Das

Beste bei solch komplexen Fällen sei, sagte er zu ihr, wenn man darüber schlafe. »Morgen sehen wir schon klarer. Schönen Abend, Morgenstern.«

Violettas Briefkasten war – abgesehen von einem Modekatalog, dem neuen Abfallkalender der Gemeinde und einem Bettelbrief der Caritas – leer.

18

Miguel tobte. Er war der Sache mit den angeblich fehlenden Akten über Ritters letzte SMS nachgegangen. Der Fehler lag nicht bei Violetta, sondern bei den Untersuchungsbehörden. Hatte doch tatsächlich ein Sachbearbeiter beim Digitalisieren des Ritter-Dossiers gepfuscht und jene Dokumente mit den Details zum Handy und dem Aids-Text vergessen einzuscannen.

Miguel ließ aus dem Archiv der Staatsanwaltschaft die Originale kommen. Es waren drei A4-Seiten, die in der digitalen Dossier-Version fehlten. Und sie enthielten exakt jene Fakten, die ihnen Marlies Ritter gestern so anschaulich geschildert hatte.

Aids.

Violetta und Miguel hatten den halben Morgen damit verbracht, das Wort aufzuschlüsseln. Sie vermuteten einen Code dahinter, kamen aber keinen Schritt weiter.

Als ihre Gedanken zu festgefahren waren, widmeten sie sich wieder Ritters Worten über das ›Gespenst‹ und ›auferstanden von den Toten‹. Miguel hatte die halbe Nacht wach gelegen, wie er sagte, und darüber gegrübelt. »Erst ging ich davon aus, dass Ritter damit eine Sache meinte«, erläuterte er Violetta. »Ein Geschehnis von früher, etwas Illegales vielleicht, ein krummes Geldgeschäft, das er für längst abgehakt, begraben und vergessen hielt und das jetzt urplötzlich wieder aktuell wurde. Dann aber habe ich mir seine Worte ›auferstanden von den Toten‹ genauer überlegt. Eine Sache bezeichnet man doch nicht als ›Toten‹, das tut man nur mit Menschen. Nein, Morgenstern, mittlerweile glaube ich, dass Ritter tatsächlich eine tot geglaubte Person meinte. Deren unerwartete Auferstehung muss ihm eine Scheißangst eingejagt haben. Darum war er ja, wie seine Frau sagt, total neben den Schuhen, nervös und fahrig. Wer also ist aus dem Totenreich zurückgekehrt?«

»Es muss jemand sein, den er gut gekannt hat«, meinte Violetta. »Wir sollten Ritters Umfeld nach Todesfällen absuchen. Wer in seinem privaten und beruflichen Umfeld ist in den, sagen wir, letzten zwanzig Jahren gestorben?«

Miguel nickte heftig. »Genau so machen wir das. Wir geben die Daten unserer IT-Abteilung, die basteln dann einen schönen Algorithmus, füttern damit ihre Computer und diese durchforsten die Datenbanken, Sterberegister und Todesanzeigen.«

Das Ganze dauerte länger, als sie gehofft hatten. Erst zwei Tage später bekamen sie die Ergebnisse.

Und diese waren niederschmetternd.

Über vierhundert Treffer hatte der Computer aufgelistet. Eine viel zu große Auswahl. Sämtliche Verstorbenen, mit denen Ritter zu ihren Lebzeiten in den letzten zwanzig Jahren auch nur annähernd Kontakt hatte, wurden erfasst. Verstorbene aller Art: Verwandte, Freunde, ehemalige Schulkollegen, Kollegen von Kollegen, Nachbarn, Vereinskameraden aus dem Turnverein und dem ornithologischen Verein, Bankkunden, Bürokollegen, der Bäcker aus dem Dorf, der Briefträger, die Gattin des Metzgermeisters, der Sohn seines Garagisten, zwei Gemeinderatsmitglieder.

Zu viele Tote.

»Eingrenzen«, sagte Miguel und begann, auf seiner Computertastatur herumzuhacken, »wir müssen die Personen eingrenzen und Gruppen schaffen.«

»Moment mal.« Violetta stoppte Miguels Eifer. Sie hatte eine simple wie geniale Idee. »Ich glaube, es geht noch viel einfacher. Vergessen wir doch nicht, was wir über unseren Amerikaner J. R. Tillman herausgefunden haben. Gehen wir mal davon aus, dass Alphons Ritter für ausländische Kunden Schwarzgeld versteckt hat, dann verbirgt sich unser Von-den-Toten-Auferstandene doch unter den Bankkunden oder Bankmitarbeitern? Und damit verkleinert sich unsere Gruppe verdächtiger Toten massiv.«

Miguel griff sich an die Stirn. »Ich sag's nicht gern, aber Sie haben völlig recht, Morgenstern, es muss etwas mit Bankmenschen zu tun haben.«

Sie filterten aus der Liste Ritters Bankkunden heraus, die in den letzten zwanzig Jahren verstorben waren.

Einunddreißig Personen.

»Und jetzt versuchen Sie es einmal mit seinen Arbeitskollegen in der Bank.« Violetta schaute zu, wie Miguels Finger über die Tastatur huschten. Sie war eigenartig berührt. So bullig sonst alles an dem Mann war, seine Finger waren lang und schlank und bewegten sich geschmeidig, ja geradezu graziös. Miguel beugte die Glieder seiner Finger nur minimal, streichelte mit ihren Kuppen die Tastatur mehr, als dass er sie antippte. Pointiert, wie ein Pianist, der die Nuancen eines Stücks *piano pianissimo* herauskitzelt. Dabei aber vorsichtig wie eine Hausmaus, die den Käse aus einer Schnappfalle stibitzt.

Violetta fragte sich, ob Miguel seine Finger auch zum Töten verwendete.

Das Ergebnis. Verstorbene Bürokollegen. Fünf Personen.

Sie holten sich die Personendossiers dieser fünf und überflogen sie. Bei keinem der Namen klingelte etwas bei ihnen.

Doch dann sahen sie es beide gleichzeitig.

Violettas Hand zitterte vor Erregung, als sie mit dem Zeigefinger über Miguels Bildschirm fuhr und auf einen Namen tippte.

»Der da!«

Miguel ließ sich zu einem Ohlala-Pfiff hinreißen. »Ich würde sagen, Volltreffer!«

Der Mann hieß Egon Carlsberg.

Alphons Ritters ehemaliger Büropartner.

War Egon Carlsberg das ›Gespenst‹, das Ritter damals seiner Frau gegenüber erwähnt hatte? Der Von-den-Toten-Auferstandene?

Sie besorgten sich online ein Foto von dem Mann. Das aktuellste war sieben Monate vor seinem Tod gemacht worden für den Jahresbericht der Bank. Miguel zog das Foto bildschirmfüllend auf. Carlsberg grinste sie herausfordernd an. Als würde er sagen: Na, wer nimmt es mit mir auf?

Er hatte ein kantiges Kinn, hohe Wangenknochen, grüne Augen und sein glattes blondes Haar war so makellos frisiert, wie das nur ein Hundertfünfzigfranken-Haarschnitt zustande bringt. Ein dezent spöttisches Lächeln umspielte seinen Mund, ganz so, als betrachte er die Welt als einen einzigen großen Witz.

Egon Carlsberg.

Sie spürten intuitiv, dass sie eine wichtige Entdeckung gemacht hatten. Noch fehlten ihnen an allen Ecken und Enden Beweise und die Zusammenhänge waren überhaupt nicht klar, trotzdem fügten sich hier Puzzleteile zusammen.

Es war ein Durchbruch.

Sie sandten Suchanfragen an sämtliche Datenbanken, sie wollten alles über Carlsberg erfahren.

Ihn nicht mehr vom Haken lassen.

Sie recherchierten beide mehrere Stunden lang, werteten die Ergebnisse aus und fassten sie zusammen. Anschließend präsentierten sie einander ihre Erkenntnisse.

Egon Carlsberg war in Berlin geboren und im Alter von vier Jahren mit seinen Eltern in die Schweiz gezogen. Sein Vater war Facharzt für Orthopädie, seine Mutter Krankenschwester und Hausfrau.

Carlsberg war ein hochintelligentes Kind mit Bestnoten in den Schulen. Zweimal maßen Schulpsychologen seinen Intelligenzquotienten. Als er neun war, hatte er einen IQ von hundertzweiunddreißig. Mit vierzehn ergab der IQ-Test gar hundertachtunddreißig. Egon Carlsberg verfügte über ein phänomenales Gedächtnis. Er konnte sich die kompliziertesten Zahlenreihen merken und wusste sämtliche Telefonnummern aus dem Verzeichnis seiner Eltern auswendig. Er gewann im Schachklub gegen doppelt und dreimal so alte Gegner und er machte sich einen Spaß daraus, die Ziffern der magischen Zahl Pi nach dem Komma aufzuzählen. 3,1415926535 …

Der Junge schaffte einhundertdreiundachtzig Nachkommastellen.

Carlsberg studierte Mathematik und im Nebenfach Sprachwissenschaften. Er beherrschte Deutsch, Englisch, Französisch, Italienisch, Spanisch, dazu sprach er mäßig Russisch und etwas Mandarin.

Nach dem Studium arbeitete er zuerst bei der Schweizer Börse in Zürich, dann bei internationalen Vermögensverwaltern in London, Brüssel und Frankfurt.

Ein Headhunter vermittelte den einunddreißigjährigen Carlsberg an die Basler Privatbank Henggeler, Wiesmann & von Allmen, wo er das jüngste Mitglied wurde, das die Privatbank je direkt in die Chefetage berufen hatte. Er betreute wichtige inländische Kunden- und Investmentfonds. Nach vier Jahren wechselte er in die Abteilung Auslandskunden, wo ihm seine formidablen Fremdsprachenkenntnisse sämtliche Türen öffneten.

Hier lernte er Alphons Ritter kennen.

Die beiden wurden – gemäß der bankinternen Weisung, die das Vieraugenprinzip vorschrieb – Büropartner und betreuten fortan gemeinsam ausländische Kunden.

Der Einfluss Carlsbergs machte sich schnell bemerkbar. Er und Ritter steigerten bereits in ihrem ersten gemeinsamen Jahr den Umsatz ihrer Abteilung um dreißig Prozent.

Sie waren die Stars der Bank.

Carlsberg verdiente eine halbe Million im Jahr. Was lächerlich war. In jeder anderen Finanzfirma im Hochrisikobereich hätte ein Mann mit seinen Fähigkeiten locker ein Salär von zwei oder gar drei Millionen eingestrichen. Die Bankleitung hegte darum berechtigterweise andauernd die Befürchtung,

Carlsberg könnte abgeworben werden. Doch dem Mann schien es in dem Job wohl zu sein. Was für die Bank ein Segen war. Also ließen sie ihm und Ritter größtmögliche Freiheiten.

»Wie viel verdiente Ritter noch mal?«, fragte Violetta.

Miguel klickte durch dessen Dossier. »Zweihundertzwanzigtausend.«

Violetta schüttelte den Kopf. »Beide haben den gleichen Job, sind Büropartner und der eine, notabene der fünf Jahre jüngere, verdient das Doppelte! Das muss doch Zoff gegeben haben? Eifersüchteleien?«

Davon fand sich nichts in den Unterlagen.

Carlsberg war verheiratet mit der gleichaltrigen Anita Mühlemann, die in Zürichs Altstadt eine Kunstgalerie betrieb. Die beiden hatten eine Tochter, Anja, die aber mit zwei Monaten an plötzlichem Kindstod starb. Daraufhin kriselte es in der Ehe der Carlsbergs – Miguel fand entsprechende Sitzungsprotokolle eines Paarpsychologen.

Carlsberg unterhielt einen riesigen Freundeskreis. Er hatte den Spitznamen ›Bier‹, in Anlehnung an die weltbekannte dänische Brauereimarke, mit der er aber keinerlei verwandtschaftliche Bande hatte.

Mit seinen Freunden spielte Egon ›Bier‹ Carlsberg einmal die Woche Snooker in einem Billardcenter. Im Winter fuhr er leidenschaftlich gern Ski und er sammelte Schallplatten. Die guten, alten Vinylscheiben. Zu Hause in seinem Wohnzimmer hatte er ein maßangefertigtes Regal, das eine ganze Wand füllte und mit über zweitausenddreihundert Schallplatten bestückt war. Bei einer Auktion in Lausanne hatte Carlsberg für die seltene Erstpressung des 1963 veröffentlichten Albums *The Freewheelin' Bob Dylan* vierundzwanzigtausend Euro bezahlt.

Er hatte eine Lizenz als Segelflieger und er liebte schöne, alte, schnelle und daher zwangsläufig auch teure Autos. Er war ganz vernarrt in diese Oldtimer. Er sammelte ausschließlich gut gealterte Cabriolets. Er besaß einen nachtblauen Triumph

Spitfire MK3 Overdrive von 1967, eine feuerrote Corvette C1, Baujahr 1960, und ein orangefarbenes MG B Cabriolet, Baujahr 1968, mit hölzernem Lenkrad und Schaltknauf.

Miguel küsste sich die Fingerspitzen, als Violetta ihm die Autodaten vorlas. Sie selbst verstand nichts von Autos und ihr war unbegreiflich, wie manche Männer deshalb so ein Theater machen konnten.

Zwei Jahre vor seinem Tod trennte sich das Ehepaar Carlsberg vorübergehend. Er bezog eine kleine Wohnung. Acht Monate später kehrte er wieder zu seiner Frau in die gemeinsame Wohnung zurück. Obwohl die Krise in ihrer Ehe anzudauern schien.

Anfang 2004 begann sich Carlsberg für Segelboote zu interessieren. Er machte den Segelschein auf dem Vierwaldstättersee, bekam Lust auf mehr und Meer und buchte für Mitte Dezember einen Hochseetörn.

Ohne seine Ehefrau.

Zwei Wochen lang belegte er einen Skipperkurs auf einer Segeljacht entlang der thailändischen Küste. Im Anschluss daran machte er eine Woche Badeurlaub auf der Insel Phuket.

Ganz allein.

An seinem dritten Ferientag starb Egon Carlsberg. Er ertrank, laut Totenschein, im Meer.

Thailand ... Natürlich mussten Miguel und Violetta sofort an die zwei thailändischen Killeropfer denken. Gab es da eine Verbindung zu Carlsberg?

»Mir scheint die Beziehung zwischen Carlsberg und Ritter im Moment vielversprechender«, sagte Violetta. »Mochten sich die beiden? Oder waren sie, obwohl sie sich das Büro teilten, Rivalen?«

»Diese Information finden Sie aber nirgends in den Akten«, meinte Miguel. »Mir kommt da nur eine Person in den Sinn, die uns darüber Auskunft geben könnte.«

Violetta sollte noch einmal mit Marlies Ritter sprechen.

Am besten gleich morgen früh. Da Miguel anderntags bereits einen wichtigen Termin hatte, durfte Violetta diese Befragung allein durchführen.

Marlies Ritter war daheim nicht erreichbar, also versuchte es Violetta an ihrem Arbeitsplatz in der Buchhandlung.

»Wenn es denn unbedingt sein muss. Morgen Nachmittag ginge mir«, sagte Ritter am Telefon, merklich verärgert, nochmals über die leidige Sache reden zu müssen. »Sagen wir um vier Uhr? Für eine halbe Stunde, mehr Zeit habe ich wirklich nicht.«

19

Sie erkannte ihn sogleich wieder.

Der gleiche Typ Briefumschlag.

Als Violetta gegen siebzehn Uhr nach Hause kam, lag er, zusammen mit der anderen Post, in ihrem Briefkasten.

Die gleiche Größe, gleiche Sorte Klebetikette. Wieder im Hauptbahnhof Zürich abgestempelt. Wieder der Leimduft. *Pelifix*-Klebestift.

Ein einziges Blatt Papier, darauf ausgeschnittene und aufgeklebte Buchstaben.

Diesmal waren es vier Wörter.

SIE SIND EINE MÖRDERIN

Violetta war beinahe froh, dass es wieder passiert war. Die zermürbende Unsicherheit, nicht zu wissen, ob der Drohbrief eine einmalige Sache war oder ob es wieder passieren würde, war damit vorbei. Sie hatte Gewissheit. Der Bedroher war noch immer da. Er siezte sie nach wie vor und er wurde jetzt konkreter.

Sie sind eine Mörderin.

Jemand wusste demnach, dass sie gemordet hatte.

Natürlich flimmerten in Violettas Kopfkino all die Menschen über die Leinwand, die sie umgebracht hatte. Inklusive der beiden Kerle, die sie im Auftrag von Tell hingerichtet hatte.

Von welchem Mord wusste der anonyme Briefeschreiber? Hatte er Violetta erkannt, als sie Kai Koch vor den Zug stieß? Oder war es Honduras? Das war fast vierzig Jahre her ...

Aber vielleicht suchte sie in einer total falschen Ecke. Ihr war da nämlich letzthin beim Abendessen ein Gedanke gekommen. Nachdem sich der verdächtige Altersheimrüpel Zurmühle als der Falsche herausgestellt hatte. Als sie überlegt hatte, wen sie denn sonst noch so unsäglich wütend gemacht hatte, dass diese Person ihr drohte. Und sie jetzt gar als Mörderin schalt.

Sie dachte zurück an den Abend im Gefängnis mit Maurice. Er hatte nebst Kinderjux und Seniorenfrust von einer dritten möglichen Tätergruppe gesprochen: Sie rief im Kopf die Sequenz nochmals ab. »Eine erwachsene Person, die nicht aus deinem Bekanntenkreis stammt und dir womöglich noch nie persönlich begegnet ist. Diese Distanz zu dir veranlasst die Person, trotz Stinkwut, dich mit SIE statt DU zu bedrohen.«

Jemand also, dem sie vielleicht gar nie begegnet war, dem Höflichkeitsformen sehr wichtig waren, der ungeheuer wütend auf sie war und – dieser Punkt kam seit heute Abend dazu – der sie des Mordes bezichtigte.

Violetta musste nachdenken. Etwas länger diesmal. Also kochte sie aufwendiger. Lammkrone, Kartoffelgratin und dreierlei Gemüse. Dazu Violinklänge aus dem Film *Ladies in Lavender*.

Eineinhalb Stunden später, beim Tranchieren des rosa gebratenen Lamms, kam ihr dann der Gedanke, der sie weiterbrachte. Was, fragte sich Violetta, wenn es nur in den Augen des Drohers ein Mord war? Aber kein Mord im juristischen Sinne? Oder wenn jemand irrtümlich glaubte, Violetta habe den Tod eines Menschen verschuldet?

Ihr kam sofort Heidi Suter in den Sinn. Violetta hatte für Heidi den Tod organisiert.

Violetta starrte vor sich hin, nickte langsam und mechanisch. Das alles machte plötzlich so viel Sinn. Schien logisch. Heidi …

Ein Mord, der keiner war, aber als solcher betrachtet wurde.

Heidi Suter war eine Lehrerkollegin gewesen. Gleich alt wie Violetta. Sie erkrankte an Krebs, Bauchspeicheldrüse, sehr aggressiv, sehr schmerzhaft. Im Endstadion, als die Schmerzen unerträglich wurden, bat Heidi darum, endlich sterben zu dürfen. Violetta wurde bei der Sterbehilfeorganisation *Uscita* vorstellig, die Heidis Wunsch, nach Klärung aller medizinischen und rechtlichen Aspekte, würdevoll erfüllte. Violetta saß im Zimmer, als Heidi bei klarem Verstand das Gütterchen mit dem Sterbemittel Natrium-Pentobarbital trank, einschlief und zwanzig Minuten später verschied. Violetta war überzeugt, ihrer Kollegin einen Dienst erwiesen zu haben.

Das sah Heidis Tochter ganz anders.

Caroline Suter hatte von den Sterbeplänen ihrer Mama nichts gewusst und hätte diese auch niemals befürwortet. Sie war ein glühendes Mitglied der Jericho-Kirche, einer Sekte, die von Empfängnisverhütung über Organ- und Blutspende bis hin zu Sterbehilfe jegliche Einmischung des Menschen in das göttliche Gefüge ablehnte. Für Caroline Suter war die Entscheidung ihrer Mutter zu sterben eine Todsünde. Sie nahm nicht an der Beerdigung teil, telefonierte aber noch am selben Abend mit Violetta und wünschte ihr den Teufel, die Hölle und ewige Verdammnis an den Hals. »Sie haben meine Mutter auf dem Gewissen, Sie haben ihren Tod organisiert. Sie sind eine Mörderin!«, hatte sie damals ins Telefon geschrien. Das alles war vor zwölf Jahren passiert.

Violetta hatte nie wieder etwas von Caroline Suter gehört.

Aber sie besaß noch immer deren Handynummer.

Caroline Suter nahm nach dem dritten Rufzeichen ab. Sie erinnerte sich sofort an Violetta. Sie war nicht unfreundlich am Telefon, aber sehr distanziert. Sprach unsicher und fragte Violetta, was sie von ihr wolle, nach so vielen Jahren.

»Können wir uns treffen?«, fragte Violetta. »Es ist wichtig.«

Eine lange Pause entstand. Violetta hörte das Blut in ihrem Kopf rauschen. Die Reaktion von Caroline würde entscheidend sein. Vielleicht alles klären. Wenn sie jetzt, am Telefon, ausrastete, Violetta als Mörderin bezeichnete, würde Violetta sofort die Frage nach dem Drohbrief stellen. Eine aufgewühlte Caroline würde wohl in der Wut alles gestehen. Und mit Todesverwünschungen nachdoppeln.

»Okay«, sagte Caroline zögerlich. »Wenn es so dringend ist, dann treffen wir uns. Wann und wo?«

Violetta atmete tief, aber lautlos auf. »Im Stadtpark, am Löwendenkmal. Ginge es morgen früh um acht Uhr? Ich verspreche Ihnen, es dauert nicht lange.«

Violetta schlief keine zwei Stunden. Da halfen weder Baldriantee noch Bachblütentropfen. Das bevorstehende Treffen mit Caroline Suter wühlte sie zu sehr auf. Zu viel stand auf dem Spiel.

Um Viertel vor acht traf Violetta am vereinbarten Treffpunkt ein. Den Stadtpark hatte sie aus Sicherheitsgründen ausgewählt, weil sich hier zu jeder Tageszeit eine Menge Leute aufhielten. Jetzt am Morgen vorwiegend Jogger und Rentner mit ihren *Hundeli* beim Spazieren. Falls Caroline Suter ihre Mordgelüste in die Tat umsetzen wollte, gäbe es hier zu viele Zuschauer.

Sie war pünktlich. Violetta hatte Caroline nie zuvor gesehen und kannte sie nur von Bildern aus Heidis Fotoalbum. Sie war stark gealtert und hatte an Gewicht zugenommen. Die beiden Frauen sprachen sich an, gaben sich aber nicht die Hand, setzten sich auf eine Parkbank.

»Schön, dass Sie gekommen sind«, eröffnete Violetta das Gespräch. Sie hatte sich vorgenommen, sich langsam an das heikle Thema heranzutasten und genau auf Carolines Reaktion zu achten. Violetta war überzeugt, dass sie ihr ansehen konnte, wenn sie log. Als Lehrerin konnte man solche Sachen.

»Es geht um meine Mutter, stimmt's?«

»Ja, es geht um Heidi. Hören Sie, Caroline, Sie waren damals, nach ihrem Tod, sehr aufgewühlt, Sie waren sehr wütend auf mich. Sie haben mir …«

»Ich weiß, was ich Ihnen damals an den Kopf geworfen habe. Ich sagte, Sie seien eine Mörderin.«

Zwei Jogger rannten vorbei. In schrille Neonfarben gekleidet, sahen sie aus wie Joghurtbecher. Sie atmeten stoßweise und zu laut, ihre Arme schlenkerten, als wären diese mehrfach gebrochen. Sportlich sah anders aus. Caroline schaute den Joggern lange nach. Und sagte kein Wort mehr. Violetta wusste nicht, wie sie das deuten sollte. Vielleicht musste sie Caroline überrumpeln, ihr die Fakten an den Kopf werfen. Ihr die Drohbriefe präsentieren.

Sie sind eine Mörderin.

Violetta griff langsam in ihre Umhängetasche, ihre Fingerkuppen ertasteten die beiden Drohbriefe. Sie zog sie langsam heraus.

»Hören Sie, Frau Morgenstern«, Caroline Suter drehte sich unvermittelt zu Violetta hin, »was ich damals zu Ihnen gesagt habe, tut mir leid. Das war nicht richtig von mir. Ich habe mich verändert. Ich bin seit vielen Jahren nicht mehr in der Jericho-Kirche, ich habe geheiratet und zwei Kinder bekommen. Ich bin nicht mehr die Caroline von damals. Ich wollte Sie ein paarmal anrufen und Ihnen alles erklären, verlor aber jedes Mal wieder den Mut. Bis Sie sich gestern gemeldet haben. Das war ... wie eine Erlösung für mich. Ich bitte Sie für alles um Verzeihung.«

Caroline Suter griff in ihre Manteltasche und zog etwas hervor. Violetta versteifte sich augenblicklich, wie eine Katze vor dem Sprung, bereit, einen Angriff sofort zu parieren.

»Ich habe Ihnen das hier mitgebracht.« Zwischen Caroline Suters Finger baumelte eine goldene Halskette. »Die gehörte meiner Mutter Heidi. Ich möchte, dass Sie sie jetzt tragen.«

Violetta kam mit dreißig Minuten Verspätung im Tell-Büro an. Sie habe den Bus verpasst, log sie.

Man schenkt einer Mörderin nicht die Lieblingskette seiner Mutter. Caroline Suter hatte mit den Drohbriefen definitiv nichts zu tun.

Deshalb traf Violetta jetzt und hier eine folgenschwere Entscheidung. Die Belastung war einfach zu groß. Der Nervenkrieg machte sie fertig. Sie brauchte Hilfe. Von echten Profis. Wer, wenn nicht Tell?

Natürlich hagelte es Vorwürfe.

Sie zeigte die beiden anonymen Briefe erst Miguel. Dieser informierte Meier und Huber.

»Verdammt, Morgenstern, Sie hätten uns umgehend informieren müssen. Schon nach dem ersten Brief.« Huber war zornig. Er atmete schwer, hustete, als hätte er Lungenpest, und schwitzte wie ein Ross. Es gehe hier schließlich nicht nur um sie, wetterte er, die ganze Firma könne davon betroffen sein. »Mal angenommen, jemand hat Sie tatsächlich bei der Altersheimoperation erkannt und ist Ihnen und dem Team gefolgt, was ich zwar für ausgeschlossen halte, dann sind unser Laden hier und unsere Tarnung akut bedroht.«

Die beiden anonymen Briefe wurden von Tell-Forensikern analysiert. »In zwei Stunden wissen wir mehr«, brummte Huber und tupfte sich mit einem Papiertaschentuch den Schweiß von Gesicht und Nacken. »Dann sind die ersten Laboruntersuchungen hier. Vielleicht finden wir verwertbare Fingerabdrücke oder DNA, die mit einem der Genmaterialprofile in der nationalen Datenbank übereinstimmt. Dann schauen wir weiter.« Huber zog im Sturmesschritt davon, Meier hinterher.

»Wir beide trinken jetzt Kaffee«, befahl Miguel. Er besorgte zwei Tassen. Sehr schwarz, sehr heiß.

Sie saßen in ihrem Büro und Violetta erläuterte Miguel ihre Überlegungen zu den beiden anonymen Briefen. Miguel meinte, vernünftig und logisch betrachtet, käme aus seiner Sicht nur ein Dummejungenstreich infrage. »Machen Sie sich nicht verrückt. Die Sache ist harmlos, ganz bestimmt.«

Schließlich waren die Ergebnisse da.

Miguel rief erneut Huber und Meier, die in das kleine Zweierbüro kamen. Violetta saß auf ihrem Bürostuhl und gab sich Mühe, dass man ihr nicht ansah, wie nervös sie war.

Miguel überflog den Bericht, den ihm die Forensiker eben geschickt hatten, und fasste für alle laut zusammen. »Zuerst zu den Fingerabdrücken auf dem Briefumschlag. Wie befürchtet sind es eine ganze Menge. Drei Dutzend Menschen, mehrheitlich wohl Postangestellte, haben den Umschlag angefasst. Dann die Fingerabdrücke auf dem Briefpapier. Jetzt wird es interessant. Wir haben nur die Abdrücke von Morgenstern gefunden und zusätzlich winzige Spuren von Nitril. Unser Briefeschreiber hat demnach Schutzhandschuhe aus synthetischem Gummi getragen, wie sie beispielsweise von der Polizei an Tatorten oder in Spitälern verwendet werden.«

»Was auf einen Profi hinweist«, ergänzte Huber. »Also kein Dummejungenstreich. Herrschaften, dann haben wir ein größeres Problem!«

»Ich bin noch nicht fertig«, wandte Miguel ein. »Zu den DNA-Spuren. Auch hier haben wir eine ganze Menge auf dem Umschlag, aber wiederum nur zwei Typen auf dem Briefpapier. Nämlich erstens Morgensterns DNA, wir haben ihre heute Morgen mit einem Mundabstrich genommen und bestimmt. Und zweitens, die DNA einer unbekannten männlichen Person. Ein Abgleich mit der Datenbank ergab bisher keinen Treffer. Wir checken jetzt noch die weltweiten Datenbanken, das dauert aber ein paar Stunden.«

»Okay, ein Mann also. Nicht registriert, demnach noch nie straffällig geworden«, fasste Schnauzer-Meier zusammen. »Wie gehen wir weiter vor?«

Man wollte die DNA-Abgleiche der ausländischen Datenbanken abwarten. Zusätzlich sah sich ein Team die Daten der Videoüberwachung der Poststelle des Hauptbahnhofs Zürich an. Aufgrund des Poststempels kannte man die Uhrzeit der beiden Briefaufgaben sehr genau. Vielleicht sah man den Unbekannten ja mit dem Briefumschlag unter dem Arm durch die Poststelle marschieren.

Huber und Meier wollten eben das Büro wieder verlassen,

als Miguel sie aufhielt, ihnen den Laborbericht unter die Nase hielt und mit dem Zeigefinger auf eine Passage deutete.

Huber riss die Augen auf. Meier schnappte nach Luft. Miguel schüttelte traurig den Kopf.

Dann schauten sie alle drei Violetta an. Diese realisierte sofort, dass etwas gar nicht gut war.

Und zwar mit ihr. »Was?«

Huber trat auf sie zu. Seine Ohrmuschel zuckte wie wild. »Ihre DNA-Probe von heute Morgen verrät uns noch ganz andere Sachen, Morgenstern! Sünden aus Ihrer Vergangenheit!«

»Ich habe keine Ahnung, was Sie meinen.«

Huber kniff die Augen zu engen Schlitzen zusammen und sagte mit bissigem Tonfall: »Dann erzählen Sie uns mal, warum Sie Bernhard Hölzl umgebracht haben.«

20

Dreizehn Jahre zuvor

Bernhard ›Börni‹ Hölzl hatte von allem zu viel. Er war zu laut, zu schmerbäuchig, zu verschwitzt und zu selbstverliebt. Er trug zu enge Anzüge und machte anzügliche Bemerkungen. Seine Freundinnen waren jung – meistens halb so alt wie er – und seine Schlagzeilen aggressiv und bis zum Gehtnichtmehr zugespitzt.

Hölzl war Chefredaktor der größten Boulevard-Tageszeitung des Landes, der *Schweizweit* mit Redaktionssitz in Zürich. Er war einundfünfzig Jahre alt, gebürtiger Österreicher und als Vierjähriger mit seinen Eltern in die Schweiz immigriert. Er hatte Soziologie studiert und war dann im Journalismus gestrandet. Die Boulevardpresse war seine Spielwiese, menschliche Abgründe verzückten ihn, tropfte irgendwo Blut, Tränen oder Sperma, floss bei Hölzl der Speichel. Sein Rückgrat aus Gummi, eine devote Haltung den Vorgesetzten gegenüber sowie das wöchentliche Curling-Spiel mit dem ältesten Sohn des Verlegers hatten ihn in der Verlagshierarchie rasch nach oben gespült. Vor sechs Jahren war er zum Chefredaktor der *Schweizweit* ernannt worden.

Bernhard Hölzl bildete sich ein, in seinem Job ein Frauenförderer zu sein. Er scharte auf der Redaktion gern ›starke Frauen‹ um sich, die dann allerdings aufgrund ihres jugendlichen Alters doch nicht stark genug waren, sich gegen seine frivolen Bemerkungen, Einladungen zum Abendessen und ›freundschaftlich gemeinten‹ Umarmungen zu wehren.

Die vergangenen zwei Wochen waren gute Wochen für die *Schweizweit* gewesen. Sie hatten ein Thema, das sie tagelang weiterdrehen und zuspitzen konnten. Eine herrlich üble Geschichte. Viele Emotionen, bemitleidenswerte Opfer und ein verdammenswerter Täter. Letzterer war eindeutig schuldig. Unzweifelhaft. Na ja, so gut wie.

Die Story lief so: Der Lehrer einer vierten Klasse der Grundschule in einem Zweitausend-Einwohner-Dorf auf dem Lande wurde verdächtigt, seine Schüler unsittlich berührt zu haben. Das Gerücht war im Ort aufgetaucht, hatte sich verdichtet, worauf eine Strafuntersuchung eingeleitet worden war. Die Schulpflege stellte den Lehrer vorübergehend frei.

Der mutmaßliche Täter hieß Hans-Peter Küng, war ledig und vierundvierzig Jahre alt.

Der Vater einer Schülerin hatte die Story der *Schweizweit* gegen ein Infohonorar gesteckt. Chefredaktor Hölzl hatte sofort einen Fotografen und einen Reporter in das Dorf geschickt, die nun Tag für Tag über die neusten Geschehnisse und Entwicklungen berichteten. Auf der Redaktion hievte Hölzl die Storys mehrere Tage hintereinander auf die Frontseite und griff beim Titelsetzen höchstpersönlich in die Tasten.

Das ist der Kinderschänder!
So lebt der Grüsel-Lehrer!
Seine Opfer sind erst elf!
Jetzt redet der Vater eines Opfers!
Eltern fordern lebenslänglich für den Grüsel-Lehrer!

Mitte der zweiten Woche nahm das Interesse der Leserschaft am Grüsel-Lehrer in Ermangelung neuer Erkenntnisse etwas ab, weshalb Hölzl die Berichterstattung über den Fall kleiner fuhr und auf den hinteren Seiten platzierte. Auf der Frontseite hatte er bereits wieder eine andere Sau, die er durch ein anderes Dorf jagte.

In der dritten Woche informierten die Strafuntersuchungsbehörden, sämtliche Vorwürfe und Beschuldigungen hätten sich als absolut haltlos erwiesen. Alles sei auf ein dummes, falsches Gerücht zurückzuführen. Der Lehrer sei frei von jeglicher Schuld und dürfe ab sofort seine Schulklasse wieder unterrichten.

Diese Meldung brachte *Schweizweit* als achtzeiligen Einspalter auf Seite sechsunddreißig.

Der Lehrer, Hans-Peter Küng, stand nie wieder in einem Schulzimmer. Er erlitt noch vor Verkündung seiner Unschuld einen Nervenzusammenbruch, wurde in die psychiatrische Klinik Amselberg eingeliefert, wo er am dritten Tag einen Suizidversuch unternahm, der jedoch scheiterte.

Hans-Peter Küng war ein gebrochener Mann.

Elf Tage nach Beendigung der ganzen Sache reiste eine Berufskollegin von Küng, die im selben Schulhaus unterrichtete, nach Zürich. In der Nähe des Redaktionsgebäudes der *Schweizweit* bot die Frau einem zufällig vorbeigehenden Elfjährigen zwanzig Franken an, wenn er für sie dieses Paket am Empfang der *Schweizweit* abliefere.

Der Junge erinnerte sich später, als er von der Polizei ausfindig gemacht und befragt wurde, nur sehr ungenau an die Frau. Sehr alt sei sie gewesen, eine Brille habe sie getragen und ein Kopftuch.

Das Paket trug die Anschrift *Für die Redaktion Schweizweit* und wurde vom Portier am Empfang prompt weitergeleitet. Die beiden Sekretärinnen der Zeitung öffneten das Paket und fanden darin eine große, allem Anschein nach selbst gebackene Schokoladentorte, dazu eine Grußkarte, auf der mit Schreibmaschine geschrieben stand: »Ihr macht jeden Tag eine Topzeitung. Ihr seid ein Topteam. Guten Appetit!«

Solch süße Fanpost bekam die Redaktion öfters. Die Torte wurde in Stücke geschnitten und in die Kaffeeküche gebracht. Jeder, der vorbeikam, durfte sich ein Stück nehmen.

Chefredaktor Bernhard Hölzl aß drei.

Jene Journalisten, die *ein* Tortenstück gegessen hatten, lagen drei Tage flach, beziehungsweise beugten sich drei Tage über die Toilettenschüssel. Das Gift in den Tortenstücken – ein sehr seltenes Toxikum auf pflanzlicher Basis, wie die Polizei später herausfand – bewirkte Krämpfe, Erbrechen, Durchfall und leichte Halluzinationen.

Das betraf fast drei Viertel der Redaktion.

Die *Schweizweit* erschien vier Tage lang in stark vermindertem Umfang. Werbeeinnahmen gingen deswegen verloren, die Verkäufe am Kiosk brachen vorübergehend ein. Ein Schaden von mehreren Hunderttausend Franken war die Folge der Tortenattacke.

Von alldem erfuhr Hölzl allerdings nichts mehr. Er starb zwei Tage nach dem Verzehr der drei Kuchenstücke an den Folgen einer schweren Vergiftung.

Am Paketpapier und an der Grußkarte sicherte die Polizei Fingerabdrücke sowie DNA. Ein Abgleich mit den Spurprofilen sämtlicher Datenbanken verlief allerdings ergebnislos.

Die alte Tortenbäckerin wurde nie gefunden.

***

Violetta Morgenstern bezeichnete es als Unfall.

»Ich wollte dem Chefredaktor lediglich einen Denkzettel verpassen, er sollte leiden, nicht sterben. Wie hätte ich wissen sollen, dass der Typ so maßlos verfressen ist und gleich drei Stück Torte vertilgt?«

Huber, Meier und Miguel schauten Violetta mit so viel Unglaube und Abscheu an, als habe die eben verkündet, sie dusche nur einmal im Jahr.

Schließlich sagte Huber in abschätzigem Tonfall: »Sonst noch irgendwelche zufälligen oder absichtlichen Tötungen, die Sie uns zu beichten hätten? Gifte in Kuchen, Tees, Schaumbädern oder Zahnpasten? He, Morgenstern, war's das?« Er klang schwer sarkastisch.

Violetta war das Ganze peinlich. Mehr nicht.

Über so eine alte, läppische Tortengeschichte zu stolpern, war zugegebenermaßen blamabel. Dass ihre Chefs jetzt deswegen aber solch einen Aufstand veranstalteten, hielt sie für massiv übertrieben.

Trotzdem spielte sie die Zerknirschte. Eine Rolle, die zu

mimen ihr ungeheuer schwerfiel, zumal sie nicht im Geringsten ihrem Naturell entsprach. Aber taktisch und karrieretechnisch gesehen war es besser, einen auf reumütig zu machen. Ihren Chefs mit zitternden Lippen »Sorry« zu sagen. Violetta hatte in ihrer Theatergruppe Silbergeier schon anspruchsvollere Rollen gemeistert.

Also machte sie ein Gesicht, wie es Hundewelpen und nach Eiscreme bettelnde Kinder draufhaben, und sagte mit viel Timbre: »Ja, das ist ... alles, es gibt keine weiteren Morde.«

Für einen Augenblick dachte sie an Honduras.

Lass es! Zu weit weg und zu lange her.

»Frau Morgenstern«, Huber wurde ganz feierlich, »wenn wir Ihnen Menschen zum Töten anvertrauen, müssen wir Ihnen zu hundert Prozent vertrauen können. Verstehen Sie das?«

Sie nickte gespielt geknickt.

Eine Stunde später trafen die Antworten der weltweiten DNA-Abgleiche ein.

Keine Übereinstimmungen.

Auch die Sichtung der Videoaufzeichnungen der Poststelle auf dem Zürcher Hauptbahnhof ergab keinen Treffer. Wer immer der Briefeschreiber war, seine Identität und Absichten blieben vorläufig im Dunkeln. Man musste abwarten, ob er sich erneut meldete.

Nach den Vorfällen der letzten Stunden fiel es Violetta schwer, sich wieder auf ihren laufenden Fall zu konzentrieren.

Miguel schien das zu bemerken und schickte sie frühzeitig in eine verlängerte Mittagspause. »Gehen Sie, Morgenstern. Essen Sie etwas, spazieren Sie, shoppen Sie meinetwegen, lenken Sie sich ab und atmen Sie tief durch. Ich brauche Sie hier bei klarem Verstand. Und über das Treffen mit der Witwe Ritter informieren Sie mich umgehend. Ich bin am Nachmittag in einer Sitzung, schreiben Sie mir einfach eine SMS, wie es gelaufen ist.«

Die beiden Frauen trafen sich zum Tee in einem Café, das gleich neben der Buchhandlung lag. Sie setzten sich in eine Ecke, von der sie glaubten, dass es sich hier ungestört sprechen ließe, und bestellten beide ein Kännchen Pfefferminztee. Zwei Tische weiter saß ein junges Paar, beide höchstens siebzehn. Sie mit schwarzem langem Haar und flackerndem Blick, er mit einem Nasenring. Er trank ein Bier, sie einen Caffè Latte im hohen Glas. Sie diskutierten heftig und nahmen von den beiden Frauen keine Notiz.

Marlies Ritter trug auch heute ein sackartiges Kleid, dessen Schnitt und Farbe, quittengelb, ihr nicht gerade schmeichelten. Sie war noch immer keine Plaudertasche, aber weitaus gesprächiger als beim ersten Mal.

Violetta fragte sie nach dem Verhältnis zwischen ihrem Mann und Carlsberg.

»Anfangs war ihm der neue, jüngere Kollege suspekt. Dessen Arbeitsweise sei zu forsch, sagte Alphons, und viel zu riskant. Aber dann, relativ schnell, änderte mein Mann seine Meinung. Plötzlich schwärmte Alphons von Carlsberg. Er bewunderte dessen Intelligenz, Kühnheit und wie *cool* er selbst mit schwierigsten Kunden umging. Ja, er gebrauchte das Wort *cool*. Ein Ausdruck, der bisher nicht in Alphons' Wortschatz vorgekommen war. Darum erinnere ich mich ja auch noch so gut daran. Manchmal bekam ich beinahe den Eindruck, mein Mann sei Carlsberg verfallen. Aber, er und Bier, so nannten sie Carlsberg, leisteten zusammen hervorragende Arbeit.«

Das junge Paar am übernächsten Tisch diskutierte immer lauter. Sie schienen zu streiten. Der Typ mit dem Nasenring herrschte seine Freundin an, diese biss sich auf die Unterlippe. Tränen kullerten über ihre Wangen.

Violetta wandte sich wieder an Marlies Ritter. »Wussten Sie, Frau Ritter, dass Carlsberg mehr als das Doppelte verdiente als Ihr Mann?«

»Nein, das wusste ich in absoluten Zahlen nicht. Alphons

hat, soweit ich mich erinnere, zwei- oder dreimal erwähnt, Bier sei halt besser ausgebildet, cleverer und risikofreudiger als er. Da sei es nur gerecht, wenn er etwas mehr verdiene.« Sie schaute auf die Uhr und machte eine entschuldigende Geste.

»Ich weiß, Sie müssen wieder zurück an Ihre Arbeit. Nur noch eine Frage: Könnten Sie sich vorstellen, dass Ihr Mann, als er von dem ›Gespenst‹ sprach und dem ›Von-den-Toten-Auferstandenen‹, damit Carlsberg meinte?«

Marlies Ritter runzelte die Stirn und schob ihre Lippen leicht nach vorn. »Dazu kann ich Ihnen nichts sagen. Möglich, vielleicht auch nicht. Ich weiß es nicht.«

Violetta bedankte sich. Sie gaben sich die Hand. Marlies Ritter verließ das Café, Violetta blieb sitzen und trank ihren Tee aus.

Am Tisch des jungen Paares eskalierte die Situation. Der Nasenring schrie seine Freundin an, sie sei eine blöde Schlampe. Das Mädchen schluchzte und stammelte mit tränenerstickter Stimme so etwas wie eine Entschuldigung. Er herrschte sie an, das interessiere ihn einen Scheißdreck. Schlampe!

Violetta spitzte die Ohren.

Der Nasenring war jetzt dabei, seiner Freundin aufzuzählen, was *sie* in ihrer Beziehung alles falsch macht. Er hingegen – und das rieb er seinem verheulten Gegenüber andauernd unter die schniefende Nase – sei derjenige, der wisse, wo es langginge und was zu tun sei.

Der Chef in dieser Beziehung.

Und ein Riesenarschloch dazu, dachte Violetta.

Der Nasenring stand auf und sagte zum Häufchen Elend, er müsse mal pissen. Er stolzierte davon.

Violetta legte genügend Geld auf den Rechnungsbeleg, zwei Kännchen Pfefferminztee, dazu Trinkgeld. Sie packte ihre Handtasche und erhob sich.

Sie trat an den Tisch mit dem heulenden Mädchen. »Lass

dir nicht alles gefallen. Wehr dich. Ich weiß, es braucht Mut. Manchmal muss man sich selbst mit kleinen Gesten helfen, das eigene Ego zu stärken.«

Das verheulte Mädchen schaute sie mit mascaraverschmierten Augen an. »Was? Was wollen Sie von mir?«

»Strafe ihn. Hier und jetzt und sofort. Klein, aber fein und fies. Das ist Balsam für deine Seele, du wirst schon sehen.«

»Ich verstehe nicht …?«

Violetta trat ganz nahe an den Tisch, beugte sich vornüber, bis ihr Gesicht drei Finger breit über dem Bierglas des Nasenringtypen verharrte. Dann zog sie ihren Rotz in den Rachen, rasselte Sekret aus Nasen-, Stirn- und sämtlichen Nebenhöhlen zusammen. Das Mädchen riss die Augen auf, beugte ihren Oberkörper zurück und schaute angewidert zu. Violetta sammelte den Schleim in ihrem Mund, formte ihn mit der Zunge – und ließ diesen grün-gelben Glibberklumpen ins Bierglas plumpsen, wo dieser farblich hervorragend mit der Farbe des Bieres harmonierte.

Sie nickte dem Mädchen zu und flüsterte: »Strafe ihn! Du hast viel mehr Macht, als du denkst, du schönes Mädchen, du. Befreie dich!«

Als Violetta das Café verließ, wischte sich das Mädchen trotzig die Tränen aus dem Gesicht. Als kurz darauf der Nasenring zurückkam, lag ein leises Lächeln auf ihrem Gesicht.

Es war kurz nach fünf Uhr.

Violetta zog aus der Handtasche ihr altes Nokia-Handy und tippte Miguel, wie versprochen, eine SMS.

gespräch mit ritter ok. diesmal war sie nicht mehr so doof. mache feierabend und gehe heim. lohnt sich nicht mehr ins büro zu kommen. gruß v.

Der Bus nach Hause war überfüllt. Violetta ergatterte einen Sitz am Fenster, viele Passagiere mussten sich mit einem Steh-

platz im Gang begnügen. Plötzlich vibrierte ihr Handy. Miguel hatte zurückgeschrieben.
ok. alles klar. übrigens: drogen sind gefährlich! gruß m.
Was sollte das jetzt? Sie verstand nicht. Drogen?

Sie steckte das Handy zurück in ihre Handtasche. Als sie aufschaute, bemerkte sie den Blick eines Mannes. Er stand in der vorderen Hälfte des Busses im Gang und hielt sich an einer der Stangen fest. Er starrte sie an. Blond, schlank, eher klein, blasse Visage, seltsam zu nah beieinanderstehende Augen, braune Lederjacke. Violetta schätzte ihn auf Anfang vierzig. Sie starrte demonstrativ zurück. Der Mann zuckte zusammen und drehte den Kopf weg. Violettas Mund wurde trocken, Hitze flutete durch ihren Körper.

Ist er das? Das ist er! Endlich zeigst du dich. Na warte!

Sie schoss von ihrem Sitz hoch und zwängte sich zwischen den Feierabendpassagieren hindurch nach vorn. In dem Moment hielt der Bus an einer Haltestelle und der Mann huschte durch die vorderste Tür ins Freie.

Er haut ab!

Violetta wollte dem Kerl folgen, doch das Gedränge im Bus war zu groß, sie rempelte und schob und kam doch nicht schnell genug vorwärts. Sie war eingekeilt. Zischend schlossen sich die Türen. Der Bus fuhr weiter.

Violetta schaute aus dem Fenster und sah den Kerl die Straße entlanggehen. Erst jetzt spürte sie den Schmerz. Und sah das Blut. Sie hatte sich im Adrenalinrausch den linken Daumennagel selbst bis auf die Hälfte des Nagelbetts eingerissen.

Am nächsten Morgen sprach Violetta Miguel als Erstes auf seine kryptische SMS an.

»Da, schauen Sie, Morgenstern, was Sie mir gestern geschrieben haben.« Er schob ihr sein iPhone hin.

gespräch mit ritter ok. diesmal war sie nicht mehr so food. mache feierabend tod gehe heim. joint sich nicht mehr ins büro zu kommen. gruß v.

»›Food‹, ›tod‹, ›joint‹? Aber … ich schrieb ›doof‹ und ›lohnt‹.«
Dann ging ihr ein Licht auf. »Das war diese vermaledeite Autokorrektur auf meinem Nokia-Handy.«

Violettas Nokia war fünfzehn Jahre alt. Ein Ziegelstein mit giftgrün leuchtendem Display und einem Akku, der locker sieben Tage durchhielt. Anders als die modernen Smartphones hatte ein Handy der älteren Generation keine vollwertige Tastatur zum Tippen, sondern lediglich einen Zahlenblock, bei dem jede Ziffer für drei verschiedene Buchstaben stand. Die Taste mit der Zahl Zwei beispielsweise stand auch für die Buchstaben A, B und C, je nachdem, wie oft man die Taste drückte. Für ein simples ›Hallo‹ tippte man demnach die Zahlenfolge 44-2-555-555-666. Mit der Handyworterkennung namens T9 – Text auf neun Tasten – ging das Schreiben viel schneller. Allerdings mit dem kleinen Schönheitsfehler, dass manchmal Worte von der Korrektursoftware falsch interpretiert und geschrieben wurden.

»Ich kenne das«, winkte Miguel ab, »eine meiner Jugendfreundinnen hieß Anja. Als wir uns als Teenager schrieben, wurde aus Anja immer Cola. Und einmal, als wir uns zum Essen bei Burger King verabredeten, wurde daraus das Wort Bürgerkrieg.«

Das ist das erste Mal, dachte Violetta, dass Miguel etwas von seiner Familie und seinem früheren Leben erzählte.

»Es wird Zeit, Morgenstern, dass wir Ihnen ein anständiges Smartphone besorgen. Sobald Sie Ihre Probezeit bei uns bestanden haben, bekommen Sie ein Gerät aus unserer Technikküche. Ein ganz besonders heißes Teil. Es sieht aus wie ein normales iPhone, unsere Tell-Techniker haben aber heftig an seinen Eingeweiden herumgebastelt. Das Ding kann

Sachen, sag ich Ihnen, da würde selbst Apple-Gott Steve Jobs vor Freude von seiner iCloud heruntersteigen.«

Sie berichtete ihm von ihrem Gespräch mit Marlies Ritter.

»Okay, das ist jetzt nicht wahnsinnig viel Neues. Immerhin wissen wir nun, dass die beiden Männer es sehr gut zusammen hatten. Also keine Rivalitäten.«

»Glauben Sie, Ritter und Carlsberg haben gemeinsame Sache gemacht und ausländischen Kunden geholfen, Schwarzgeld zu verstecken?«

Miguel wiegte den Kopf hin und her. »Möglich wäre es, ja. Das würde auch erklären, woher Ritter das Geld für seine teuren Prostituierten hatte. Und warum Carlsberg bei der Basler Bank blieb, obwohl er anderswo mehr verdient hätte. Er und Ritter hätten bei ihren illegalen Machenschaften sicher ganz hübsch mitverdient.«

Sie fanden es an der Zeit, eine große Auslegeordnung zu machen. Alle Fakten kamen auf den Tisch. Was hatten sie? Welche Daten waren gesichert? Wo hatten sie nur Vermutungen? Wer könnte wo und warum mit wem zu tun gehabt haben?

Den ganzen Morgen über schoben sie Fakten und Ideen herum. Theorien wurden entwickelt – und wieder verworfen.

Sie drehten sich im Kreis.

Sie aßen zusammen zu Mittag. Violetta hatte zu Hause Sandwiches für sie beide vorbereitet. Salami mit Emmentalerkäse und Tomatenscheiben. Miguel griff dankend zu.

Am Nachmittag konzentrierten sie sich auf den Thailandaspekt. Drei Personen gehörten in diese Gruppe. Da waren die zwei Opfer des Killers und der auf der Insel Phuket ertrunkene Carlsberg.

Violetta wagte eine Theorie. »Was, wenn Carlsberg seinen Tod nur vorgetäuscht hat? Um unterzutauchen und ein neues Leben zu beginnen?«

»Und die dazu nötigen, falschen Papiere beschaffte er sich beim Passfälscher, diesem kriminellen Schneider in Bangkok«, spann Miguel den Faden weiter. »Das könnte hinhauen. Bleibt allerdings die Frage, wie er seinen Tod vorgetäuscht haben soll. Es existiert immerhin ein amtlich beglaubigter Totenschein.«

Darauf wussten beide keine Antwort.

»Oder ... Moment mal.« Miguel klopfte mit dem Zeigefinger auf die Tischkante. »Wurde seine Leiche eigentlich geborgen? Oder galt Carlsberg als vermisst, als wahrscheinlich ertrunken und wurde nach Abwarten der üblichen Frist für tot erklärt?«

Das wäre natürlich ein Ding. Sofort holten sie sich aus dem Schweizer Personenregister Carlsbergs Daten auf den Bildschirm. Es gab einen offiziellen Totenschein, nachträglich in der Schweiz ausgestellt. Todesursache: Ertrinken. Zusätzlich war da vermerkt, beim Toten handle es sich, nach zweifach durchgeführter DNA-Analyse, eindeutig um Egon Carlsberg.

»Tja, noch toter geht ja wohl nicht«, seufzte Miguel.

Violetta wollte noch nicht aufgeben. »Wir haben den offiziellen Schweizer Totenschein, sollten wir uns nicht trotzdem noch die Unfallprotokolle aus Thailand besorgen? Einfach zur Sicherheit, um über alle Details und Umstände seines Todes im Bilde zu sein?«

»Unbedingt sogar. Und für Sie, Morgenstern, ist es eine gute Übung, wie man sich mit ausländischen Behörden herumschlägt, deren Schrift man nicht mal lesen kann. Fordern Sie die nötigen Dokumente an und freuen Sie sich, diese übersetzen zu dürfen.«

Sie machten beide Feierabend.

Violetta nahm den gleichen Bus nach Hause wie tags zuvor. Der blonde Kerl ließ sich nicht blicken.

In ihrem Briefkasten steckte keine neue Überraschung.

Sie kochte sich *Hörnli und Ghackets* und lauschte einer ihre ältesten Film-CDs, die sie besaß: *Winnetou-Melodien*. Anschließend buk sie einen Apfelkuchen, den sie morgen mit ins Büro nehmen wollte. Zum Auskühlen stellte sie den Kuchen auf das Sims vor dem Küchenfenster. Den Abend verbrachte sie vor dem Fernseher, wieder einmal auf erfolgloser Suche nach einem anständigen Spielfilm nach ihrem Gusto. Also landete sie einmal mehr auf diesen Geschichts-, Natur- und Geografie-TV-Sendern. Sie entschied sich für *Die größten Naturkatastrophen* und labte sich an all den Lawinenunglücken, Vulkanausbrüchen, Überschwemmungen und Erdbeben.

Mit einem Mal war sie hellwach.

Sie starrte auf den Bildschirm, war wie elektrisiert und hatte Gänsehaut am Körper. Sie schoss vom Sofa hoch, tigerte im Wohnzimmer herum, nagte am Nagelhäutchen ihres linken Zeigefingers. Sie versuchte sich an die Carlsberg-Daten zu erinnern, an das genaue Datum ... Sie war sich nicht sicher.

Schließlich holte sie ihr Handy.

Sie wollte Miguels Nummer wählen. Anrufe nur in Notfällen, das hatte er ihr eingebläut.

War das einer? Das ist einer!

Es war kurz nach zweiundzwanzig Uhr. Violetta entschied sich für einen Kompromiss.

Sie schrieb Miguel eine SMS.

sorry für späte störung. aber ist wichtig, an welchem datum genau starb bier?

Sie wartete auf seine Antwort. Stattdessen klingelte ihr Handy. Miguel.

»Morgenstern ...«

»Ja, 'tschuldigung, ich weiß, nur in dringenden Notfällen. Aber es ist wirklich sehr wichtig. Erinnern Sie sich an Carlsbergs exaktes Sterbedatum?«

»Klar, er ertrank am 26. Dezember 2004.«

Sie schloss die Augen und atmete geräuschvoll aus. »Miguel, ich weiß jetzt, wie er von den Toten auferstanden ist. Am 26. Dezember 2004 war der Tag, an dem über Südostasien ein

Tsunami hereinbrach. Eine Viertelmillion Menschen starben damals, es herrschte ein unvergleichliches Chaos, niemand hatte mehr die Übersicht. Nie war es leichter zu verschwinden als an dem Tag.«

Schweigen am anderen Ende der Leitung.

»Das haut Sie jetzt um, Miguel, was!«

»Das ist ... grandios, Morgenstern. Aber ich habe auch eine Überraschung für Sie. Ich lese Ihnen jetzt Ihre gerade eben verschickte SMS vor: *sorry für späte störung. aber ist wichtig, an welchem datum genau starb aids?*«

21

Zwanzig Minuten später holte Miguel Violetta mit seinem Wagen ab. Keiner von ihnen würde in dieser Nacht auch nur für eine Minute ein Auge zutun. Dazu waren sie viel zu aufgekratzt.

Nicht jetzt, wo sie bei ihren Recherchen endlich einen Durchbruch erzielten.

In der Zentrale starteten sie ihre Computer, schalteten die Kaffeemaschine an und begannen unverzüglich mit der Arbeit.

Mitternacht war eben vorüber.

Als Erstes sahen sie sich die Akten im Mordfall Ritter auf ein Weiteres an. Und zwar die Details mit dem Handy. Alles entscheidend war die Frage, was für ein Gerät Ritter benutzt hatte.

Es war ein altes Klapphandy, ein Motorola, Baujahr 2004. Was bedeutete, dass es die gleiche T9-Korrektursoftware benutzte wie Violettas Mobiltelefon. Miguel wies Violetta an, ihm die Sache mit dem SMS zu demonstrieren. Sie gab auf ihrer gummierten Tatstatur das Wort *bier* ein. Auf dem Display erschien automatisch *aids*.

Das also war es.

Beide strahlten. Sie genossen das feierliche Gefühl, ein großes Rätsel dank eines kleinen Zufalls gelöst zu haben. So ähnlich war damals das Penicillin erfunden worden.

Miguel fasste laut zusammen: »Ritter versuchte also, während er im Sterben lag, seiner Frau mitzuteilen, wer für seinen Tod verantwortlich ist. Er *wusste*, dass sein alter Freund Bier hinter dem Anschlag steckte. Er schaffte es gerade noch, auf seinem Handy Carlsbergs Spitznamen einzutippen und abzuschicken. Er merkte nicht, dass T9 ein völlig neues Wort daraus bastelte. Entweder er wusste also, dass sein früherer Bürokollege Carlsberg noch am Leben ist, oder er hatte zumindest sehr gute Gründe, das zu glauben.«

»Ritters Ehefrau sprach doch davon, wie nervös und geistig abwesend ihr Mann in den Wochen vor seinem Tod war«, ergänzte Violetta. »Er muss etwas herausgefunden haben, das ihn völlig aus der Bahn warf und ihn auf die Idee brachte, Carlsberg sei vielleicht gar nicht tot. Was könnte der Auslöser gewesen sein?«

»Das Geld, die Schwarzgeldkonten«, vermutete Miguel. »Wenn es stimmt, dass Ritter und Carlsberg früher miteinander für ausländische Kunden geheime Konten einrichteten, ich nehme mal an Nummernkonten, dann kannten immer exakt nur drei Leute die Nummer oder den Zugangscode: nämlich Ritter, Carlsberg und der Kunde. Ich stelle mir die Geschichte so vor: Carlsberg stirbt, nein, sagen wir verschwindet im Dezember 2004 ...«

Violetta versuchte etwas zu sagen.

»Moment, Morgenstern, wie er seinen Tod inszeniert hat, die Sache mit dem Tsunami, darüber reden wir nachher. Also, Carlsberg gilt offiziell als tot – in Wirklichkeit ist er im Chaos untergetaucht. Ein neues Leben zu starten, ist nicht ganz billig. Er leert zuerst seine eigenen Geheimkonten, auf denen er die Provisionen der illegalen Geschäfte versteckt hat. Diese Summe reicht ihm vorerst, um irgendwo auf dieser Welt heimlich ein zweites Leben zu beginnen. Er lebt gut, vielleicht zu gut. Denn irgendwann, so ungefähr zehn Jahre später, geht ihm das Geld aus. Und er erinnert sich an all die geheimen, fetten Schwarzgeldkonten ...«

»... und weil er ein phänomenales Zahlengedächtnis hat, erinnert er sich auch noch an die Nummern und Zugangscodes, und er transferiert das fremde Schwarzgeld – sehr wahrscheinlich über viele Umwege, um alle Spuren zu verwischen – auf sein eigenes Konto.«

Miguel nickte. »Genau. Er weiß, dass der Inhaber des Schwarzgeldkontos ganz bestimmt nicht die Polizei verständigt. Der Bestohlene alarmiert aber natürlich Ritter. Und für den gibt es nur eine logische Erklärung, obwohl diese eigentlich unmöglich ist: Carlsberg steckt dahinter. Er ist gar nicht tot. Wahrscheinlich ist, dass Carlsberg das große Kontenplündern zuerst im Kleinen testet. Er nimmt erst ein paar unbedeutende ehemalige Kunden aus. Kleine Fische, weniger auffällig, weniger gefährlich. Besitzer von Schwarzgeldkonten, von denen wir gar nichts wissen und auf die Carlsberg auch keinen Killer ansetzt, weil sie zu unbedeutend sind. Sie alle melden sich aber natürlich bei Ritter und informieren ihn über die leer geräumten Konten. Und Ritter wiederum beginnt zu recherchieren. Er folgt der Geldspur. Gut möglich, dass er auf etwas stößt. Und dabei kommt er Carlsberg gefährlich näher. Dieser beauftragt daraufhin einen Killer, der seinen ehemaligen Bürokollegen und Spießgesellen Alphons Ritter eliminiert.«

Violetta stimmt ihm zu. So musste es gewesen sein. Das alles machte jetzt auf einmal so viel Sinn. »Ritter ist tot und Carlsberg hat jetzt freie Bahn. Also plündert er drei richtig fette Konten. Zuerst das des Amerikaners im März 2015, ein Jahr später dasjenige des Deutschen und den Franzosen nimmt er schließlich im Dezember 2017 aus. Es müssen hohe zweistellige Millionenbeträge sein. Und damit diese schwerreichen Männer gar nicht erst etwas von ihrem Verlust merken, lässt Carlsberg sie, unmittelbar bevor er jeweils die Konten leert, umbringen.«

Miguel hob fragend die Hand. »Bleiben noch die zwei Thailänder und der Libanese. Warum mussten die sterben?«

»Womit wir jetzt beim Thema Tsunami wären«, ereiferte sich Violetta.

Sie schenkten sich Kaffee nach und aßen ein Stück vom Apfelkuchen, den Violetta noch am Abend gebacken hatte.

Miguel hielt mitten im Kauen inne und schaute Violetta an. »Schmeckt sehr gut. Werde ich ihn denn auch überleben? Bei Ihnen weiß man nie!«

Sie fühlte sich geschmeichelt, schaute ihn aber tadelnd an.

Dann versuchten sie Carlsbergs Tod in Thailand zu rekonstruieren.

Hilfreich würden die detaillierten Angaben der thailändischen Behörden sein, doch die angeforderten Daten waren noch nicht eingetroffen.

Miguel kaute noch am letzten Bissen Apfelkuchen, als er schon weiterreferierte. »Es erscheint logisch, dass Carlsberg sich unmittelbar nach seinem inszenierten Ableben eine neue Identität besorgt. Und zwar in Bangkok. Im Schneideratelier von Dokumentenfälscher Bon Khunti Pruttipathum. Dort kauft er sich einen neuen Pass, einen neuen Namen. Erst zehn Jahre später dann, als Carlsberg seinen ehemaligen Kollegen Ritter ermorden lässt, hält er es für sinnvoll, gleich überall sauber zu machen, seine Fluchtspuren endgültig zu verwischen. Und all jene Menschen zum Schweigen zu bringen, die ihm damals beim Start in sein zweites Leben behilflich waren. Also lässt er den Mann töten, der ihm seine neue Identität besorgt hat. Bon Khunti Pruttipathum.«

»Aber was ist mit dem anderen Thai, dem jungen, schwulen Koch, Saran Somrak? Was wusste er über Carlsberg, dass es ihn das Leben kostete?«, fragte Violetta.

»Möglicherweise half er Carlsberg in den ersten Stunden und Tagen, beim Verschwinden. Carlsberg ertrank ja in Phuket, wo damals auch der junge Thai lebte«, meinte Miguel.

Sie hofften darauf, die Daten der thailändischen Behörden würden mehr Licht in diese Sache bringen. Wie hatte Carlsberg alle täuschen können? Wie hatte er seine Leiche präsentieren können? Denn immerhin hatten zwei DNA-Analysen seinen Tod bestätigt.

Draußen dämmerte ein neuer Tag. Miguel gähnte. Violetta rieb sich die Augen. Der verpasste Schlaf machte sich bemerkbar. Sie brühten frischen Kaffee. Heiß, schwarz, stark. Dazu aßen sie noch ein Stück Apfelkuchen.

Um sieben Uhr zwanzig signalisierte Violettas E-Mail-Programm mit einem *Ping* den Eingang einer neuen Nachricht.

Thailand hatte geliefert. Das ganze Dossier zu Carlsbergs Tod.

Protokolle der Polizei, Untersuchungsberichte der Forensiker, offizielle Bestätigungen der Behörden. Einige der Dokumente waren, wie Miguel befürchtet hatte, in thailändischer Schrift verfasst, der Großteil aber war in amtlichem Englisch.

»Wir brauchen schnellstens einen Übersetzer«, sagte Violetta.

»Schon da!«, antworte Miguel, legte die Papiere in Thai-Schrift auf einen Scanner und rief auf seinem Rechner ein Programm auf. »Auch das ist so eine wunderbare Spielerei, die unsere IT-Zauberer ausgeknobelt haben. Eine Übersetzungssoftware, die Schriften lesen, erkennen und auf Deutsch übersetzen kann. Funktioniert sogar mit handschriftlichen Dokumenten.«

Zehn Minuten später lag die komplette, ausgedruckte Todesakte von Egon Carlsberg ausgelegt auf dem Büroboden.

Noch heute kann die Zahl der Todesopfer, die der Tsunami vom 26. Dezember 2004 forderte, nur geschätzt werden. Man geht von zweihundertdreißigtausend Toten aus. In Thailand starben über achttausend Menschen, ein Drittel davon waren Touristen.

Aus Furcht vor Seuchen wurden Tausende Opfer möglichst schnell in Massengräbern beerdigt. Das Chaos war unvorstellbar, Tote und Verletzte überall, die Hilfskräfte waren gefordert.

Und überfordert.

In der tropischen Hitze und der hohen Luftfeuchtigkeit begannen die Toten sehr schnell zu verwesen. Bereits drei Tage nach dem Unglück waren die meisten Körper so zersetzt, dass sie nicht mehr zu identifizieren waren.

Also musste alles sehr schnell gehen.

Jede Leiche brauchte einen Namen.

Aus ganz Thailand wurden Rechtsmediziner in den Süden geflogen, nach Phuket und Krabi, wo die Körper in Kühlcontainern gesammelt wurden. Das Identifizieren der Toten gestaltete sich unter den gegebenen Umständen äußerst schwierig. Tattoos konnten dabei helfen, Schmuck, Narben, Piercings, Zahnstatus, künstliche Knie- oder Hüftgelenke, Registriernummern auf Herzschrittmachern. Und in wenigen Fällen konnten die Forensiker noch Fingerabdrücke nehmen.

Oft wurden nur noch Leichenteile gefunden. Ein Arm, ein Thorax, manchmal ein Hautfetzen. In solchen Fällen arbeiteten die Rechtsmediziner mit der DNA-Analyse.

Vier Tage nach der Katastrophe, am 30. Januar 2004, um dreizehn Uhr zwanzig, wurde an einer Leichensammelstelle bei Patong auf Phuket ein Plastikbeutel abgegeben.

Ein Leichenfund, Kategorie Einzelteile.

Im Beutel lag ein fast vollständig verwester Finger, an dem ein goldener Ring steckte. Der Beutel wurde sofort an die provisorische Forensikstation in Phuket Town weitergeleitet, wo eine Rechtsmedizinerin den Fund analysierte.

Die fünfunddreißigjährige Dr. Chawika Promchai war zu jenem Zeitpunkt seit neunundzwanzig Stunden auf den Beinen. Sie öffnete den Beutel, sah den Ring und war dankbar, für einmal eine so einfache Ausgangslage vorzufinden. Sie betrachtete den Finger genauer. Er war unvollständig. Fingerendglied, -mittelglied und -grundglied waren vorhanden, der Mittelhandknochen hingegen, der in die Handwurzel überging, fehlte. Eine typische Verstümmelung bei Opfern von Überschwemmungen, Tsunamis und Gerölllawinen. Extremitäten und Endglieder wurden dabei oft vom Körper gerissen.

Dr. Chawika Promchai gähnte. Ihr war schwindlig. Ihre Augen fühlten sich an, als hätte jemand Sand hineingeblasen. Sie hätte dringend Schlaf nötig gehabt. Und eine heiße Dusche. Sie musste weiterarbeiten.

Mit einer Pinzette zog sie den Ring vom Finger, der bereits zu achtzig Prozent skelettiert war. Sie säuberte den Goldring, legte ihn unter ein Binokular und entzifferte auf der Ringinnenseite die Gravur. *20.5.1993 Anita & Egon.*

Dr. Promchai gab diese Daten in ihren Laptop ein, dazu ihre Schilderung und Einschätzung des nahezu vollständig verwesten Ringfingers. Der Ring kam in eine Tüte, die sie ordnungsgemäß beschriftete. Mit einem Skalpell schnitt sie drei Hautfetzen und zwei winzige Fleischstücke vom Finger ab und gab diese Proben für die DNA-Bestimmung in ein verschließbares Glasröhrchen, das beschriftet und sofort in eine Kühlbox gelegt wurde.

Der Rest des fast komplett verwesten Fingers kam in einen zweiten Behälter, den zu beschriften die völlig übermüdete Dr. Promchai aber vergaß.

Womit das Beweisstück de facto aufhörte zu existieren.

Mittlerweile gab es einen offiziellen Suchauftrag nach dem Schweizer Staatsangehörigen Egon Carlsberg. Dessen Ehefrau Anita – die er weder auf seinen Segeltörn noch in seine Weihnachtsferien mitgenommen hatte – hatte die Vermisstenmeldung von Basel aus via Schweizer Botschaft in Bangkok eingereicht.

Anita Carlsberg bestätigte per Videokonferenz, der ihr am Bildschirm gezeigte Ehering gehöre eindeutig ihrem Mann. Er habe ihn an der linken Hand getragen. Ein Rechtsmediziner aus Bern holte daraufhin bei ihr zu Hause den Kamm ihres Mannes ab und bestimmte die DNA der daran haftenden Haarwurzeln. Der DNA-Abgleich mit den in Thailand gefundenen Haut- und Fleischresten war positiv. Auch ein zweiter Test, diesmal mit Material von Carlsbergs Rasierzeug, bestätigte das Ergebnis.

Und so wurde Egon Carlsberg offiziell für tot erklärt.

Miguel und Violetta knieten am Boden und beugten sich über all diese Protokolle, Fotos und Formulare aus Thailand.

»Glauben Sie, der hat sich tatsächlich selbst den Ringfinger abgehackt?«, fragte Violetta.

Miguel schnaubte verächtlich. »Ein Finger weniger, dafür ein Leben mehr! Das blutige Opfer hat sich für Carlsberg allem Anschein nach gelohnt. Erstaunlich ist, dass niemand Verdacht geschöpft hat. Ich meine: Es gibt von Carlsberg sonst keine Leichenteile, kein Fuß, kein Thorax oder ein halber Arm. Aber ausgerechnet ein Fingerknöchelchen mit etwas faulem Fleisch und einem Ehering daran wird gefunden. Halleluja, was für ein zufälliger Glücksfund. Das ist *so* perfekt, dass es gar nicht sein kann.«

Violetta schaute sich das Foto mit dem Ehering an. Dann nahm sie das Fundprotokoll genauer unter die Lupe. Jenes Dokument, das beim Eingang der Leichenteile ausgefüllt wird. Es war handschriftlich auf Thai verfasst, sie hatten aber dank der Übersetzungssoftware eine lesbare Version.

Da stand das Datum, 30.12.04. Uhrzeit: dreizehn Uhr zwanzig. Fundort der Leichenteile: Rawai Beach. Abgabeort: Patong. Dazu die Unterschrift des Polizisten, der den Fund entgegengenommen hatte, ein Sergeant Eakapop Thongrub. Und schließlich die Unterschrift des Finders. Ein krakeliges Gekritzel von Buchstaben. Praktisch nicht zu entziffern, wie die Unterschrift eines Arztes. Violetta schaute genauer hin, kniff ihre Augen zusammen. Dann stutzte sie. Sie ging zum Computer, vergrößerte die Unterschrift, veränderte Belichtung, Schärfe und Kontrast und druckte das Ergebnis aus. Dann präsentierte sie Miguel die Unterschrift. »Da, schauen Sie, noch ein Puzzleteil, das jetzt passt.«

Unterschrieben hatte ein gewisser Saran Somrak.

Miguel pfiff leise. »Schau an, unser kleiner schwuler Koch. Carlsberg wird dem jungen Mann damals ein paar schöne große Dollarnoten gegeben haben, damit der den Beutel mit dem Leichenteil brav bei der Polizei abliefert und sich als Finder ausgibt.«

Miguel fand, es sei jetzt an der Zeit, Huber und Meier zu informieren. Er arrangierte ein Meeting mit den beiden.

Kaffee wurde ausgeschenkt. Violetta und Miguel präsentierten ihre Ergebnisse. Eine geballte Ladung hervorragender Ermittlungsarbeit. Sie ließen nichts aus, erzählten chronologisch, genauso, wie sie die einzelnen Puzzleteile gefunden hatten.

Sie stellten erst die sieben Opfer vor, berichteten dann von den mutmaßlichen Schwarzgeldgeschäften von Ritter und Carlsberg, von J. R. Rittmans Besuchen per Privatflugzeug im EuroAirport Basel-Mulhouse und dem Gespräch mit Ritters Witwe. Dann präsentierten sie, mit dramaturgisch geschickter Wortwahl und künstlichen Pausen, das Geheimnis der letzten SMS. Sie demonstrierten mit Violettas altem Handy, wie aus *bier* das Wort *aids* wurde.

Huber und Meier waren fasziniert.

Anschließend berichteten sie von den Ereignissen rund um den Tsunami. Erwähnten den Finger samt Ehering, den Lieferservice von Saran Somrak und die DNA-Analyse.

Zum Finale rekonstruierten sie, wie Carlsberg von den Toten auferstanden war und sich zehn Jahre danach mithilfe eines Auftragskillers zurückmeldete.

Huber und Meier waren schwer beeindruckt. Sogar der für gewöhnlich so missbilligend dreinblickende Meier strich sich durch seinen Pornoschnauzer und lobte die ›vorbildliche Teamarbeit‹. Und Huber hatte während der Präsentation andauernd genickt und vor lauter Aufregung zwei Papierflieger gefaltet. Er sprach aber auch das letzte, fehlende Puzzleteil an.

»Und was ist mit diesem Libanesen?«

»Wir hatten heute Morgen noch keine Zeit, das zu überprüfen«, antwortete Miguel. »Aber nachdem wir nun wissen, dass Carlsberg sich ein neues Leben, einen neuen Namen und einen neuen Pass organisierte, ist es nur wahrscheinlich, dass er sich auch ein neues Gesicht aussuchte. Wir wissen bereits, dass Dr. Joseph Khoury aus Beirut, bevor er in Ungnade fiel, ein Experte für plastisch-rekonstruktive Chirurgie war. Es ist anzunehmen, dass er in den acht Jahren, in denen er als Arzt nicht arbeiten durfte, illegale Gesichts-OPs durchführte. Für eine hübsche Stange Geld verwandelte er Egon Carlsberg in einen neuen Menschen. Zehn Jahre danach ließ Carlsberg auch den Libanesen töten. Die letzte noch verbliebene Person, die ihn hätte identifizieren können.«

»Sehr gut, bravo, wirklich sehr gut.« Huber rieb sich die Hände, um gleich darauf nach einem weiteren Papier zu greifen, es in der Mitte zu knicken und einen neuen Flieger daraus zu falten. »Auch Sie, Morgenstern – großartige Arbeit. Bin beeindruckt.«

Violetta senkte ihr Haupt und dankte. Sie fand Hubers Gesicht heute besonders bleich. Aschfahl. Zudem hatte er an Gewicht verloren, die Hose schlackerten an seinen Beinen, der Hemdkragen war durchgeschwitzt. Huber war definitiv nicht gesund. Aber das ging sie im Grunde nichts an.

Violetta öffnete den Reißverschluss ihrer Handtasche, holte ein Gütterchen heraus und stellte es vor Huber auf den Tisch. »Hier, das wollte ich Ihnen schon lange schenken. *Hulopar*-Tropfen vom gleichnamigen Strauch, der nur in Nepal und nur über sechstausend Meter Höhe wächst. Hilft bei Nervosität und Überreaktionen während des Nikotinentzugs.«

Huber wurde knallrot, bedankte sich aber und versprach, das ›Hexenzeugs‹, wie er es nannte, auszuprobieren. »Tja, und wie machen wir nun weiter, Herrschaften?« Er schaute gönnerhaft in die Runde, wie ein Notar, der ein Millionenerbe zu verteilen hat, und beantwortete seine Frage gleich selbst. »Jetzt suchen wir diesen Egon Carlsberg. Und Sie beide, Miguel und Morgenstern, werden ihn aufspüren.«

Die Menschenjagd sollte morgen losgehen.

Für heute waren Miguel und Violetta nicht mehr zu gebrauchen.

Übernächtigt und erschöpft machten beiden schon um die Mittagszeit Feierabend. Sie wollten einfach nur noch nach Hause und in ihr Bett.

In Violettas Briefkasten lagen die Tageszeitung, der neue Ikea-Katalog und – ein weißer Briefumschlag, Format A4, die Adresse auf einer Klebeetikette, abgestempelt diesmal auf der Poststelle im Bahnhof Bern. Der Duft nach *Pelifix*. Ein Bogen Papier. Drei Worte.

BALD STERBEN SIE

22

Mit dreiundneunzigprozentiger Sicherheit hatte der anonyme Briefeschreiber braune Augen. Er war männlich, von weißer Hautfarbe und seine biogeografische Herkunft verortete ihn im Raum Mitteleuropa. Er hatte blondes Haar und mit einer Wahrscheinlichkeit von neunzig Prozent war er zwischen vierzig und siebzig Jahre alt.

Violetta dachte an den Kerl im Bus. Europäer, blond, Anfang vierzig. Ihr Magen verknotete sich.

Huber hatte Violettas neusten Drohbrief sofort einer erweiterten DNA-Analyse unterziehen lassen. Die sogenannte forensische DNA-Phänotypisierung war in der Schweiz verboten, was die Forensikabteilung von Tell selbstverständlich nicht daran hinderte, genau dies zu tun. Aus genetischem Spurenmaterial ließ sich weit mehr als nur das Geschlecht einer Person herauslesen.

»Immerhin können wir den Dummejungenstreich nun definitiv ausschließen«, meinte Huber.

Und Meier ergänzte: »Ein weißer Europäer zwischen vierzig und siebzig, mit blondem Haar und braunen Augen. Ich würde mal sagen, da kommt Ihr halber Wohnort infrage, Morgenstern.«

Violetta war wütend und frustriert.

Das erneute Auftauchen eines anonymen Briefs gefährdete ihre Zukunft bei Tell. Eben noch war ihr erlaubt worden, zusammen mit Miguel nach Carlsberg zu fahnden, und nun, im wirklich dümmsten Moment, wurde sie von ihren eigenen Problemen wieder eingeholt.

Im schlimmsten Falle entzogen ihr die Chefs den Fall.

Verknurrten sie zu Innendienst.

Stubenarrest.

Umso erleichterter war sie, als Huber befand, sie solle in der Sache Carlsberg weitermachen. »Solange der Kerl nur Briefe schreibt, sehe ich keinen Grund, Morgenstern in Quarantäne zu schicken«, meinte er zu Miguel. »Sie beide ermitteln weiter. Finden Sie mir diesen Carlsberg.«

Meier war damit nicht einverstanden. Morgensterns Problem sei auch Tells Problem, argumentierte er, sprach erneut von »zu großem Sicherheitsrisiko« und verlangte eine Auszeit für die Dame. Huber dachte einen Moment nach – dann schickte er Meiers Antrag bachab.

Miguel holte für alle Kaffee. Dampfend heiß, schwarz, in vier Pappbechern. Schnauzer-Meier saß mit finsterer Miene und sichtlich beleidigt über Hubers Abfuhr in einem Sessel, schlürfte seinen Kaffee, streckte die langen Beine aus und platzierte seine Füße auf Violettas Bürotisch. Schwarze Halbschuhe aus brüchigem, weil vernachlässigtem Leder. Im rechten Absatz steckte ein gelber Reißnagel. Meiers Schuhe – nur Zentimeter neben Violettas Kaffeebecher.

Du Schwein, du!

Violettas Kiefer mahlten. Dann atmete sie einmal tief ein, streckte ihren Rücken durch, griff dann nach ihrem Kaffeebecher, griff mit zu viel Schwung danach, sodass sie ihren Becher umstieß. Das kochend heiße Gebräu ergoss sich über Meiers Fußknöchel. Dieser schrie auf, zog blitzartig seine Füße vom Tisch, schoss aus seinem Sessel hoch, tänzelte, jammerte, ächzte etwas von »kaltem Wasser« und stürmte aus dem Büro.

Huber schaute irritiert, Miguel inspizierte die Zimmerdecke. Violetta sagte: »O je, das tut mir ja so leid. Was bin ich heute aber auch ungeschickt.«

Egon Carlsberg war also am Leben. Der Kerl war jetzt Mitte fünfzig, hatte einen neuen Namen, ein neues Gesicht und ließ es sich irgendwo auf der Welt gut gehen.

Wie findet man jemanden, der nicht gefunden werden will?

Vor Wochen schon hatte ein Tell-Team das Bankkonto von Carlsbergs Auftragskiller unter die Lupe genommen. Man fand regelmäßige Zahlungen hoher Summen, die verdächtig nach

Kopfgeldprämie rochen, und versuchte ihre Herkunft zu ermitteln. Vergebens. Carlsberg war zu gerissen, um eine verwertbare Spur zu hinterlassen. Und auch im digitalen Toten Briefkasten im Darknet, wo der Killer seine Aufträge generiert hatte, herrschte seit seinem Tod Sendepause.

Miguel und Violetta saßen auf ihren Bürosesseln, die Ellenbogen auf die Tischplatte gestützt, und guckten ins Leere. Beide ratlos.

Sie brauchten einen Anfang, eine Idee. Irgendetwas, um Carlsbergs Fährte aufnehmen zu können.

Violetta machte einen Vorschlag. »Wie wäre es, wenn wir ein ungefähres Phantombild von Carlsberg anfertigen? Ich meine, so total anders als früher wird er ja heute trotz Gesichtsoperation nicht ausschauen. Mit diesem Phantombild und unserer Gesichtserkennungssoftware könnte man dann sämtliche Überwachungskameras weltweit scannen.«

»Ich weiß, Morgenstern, Sie haben ein speziell enges Verhältnis zu unserer Gesichtserkennungssoftware.« Miguel grinste. »Dennoch ist das, was Sie da vorschlagen, technisch unmöglich. Alle Überwachungskameras weltweit, stellen Sie sich diese Datenmenge vor. Und zudem irren Sie sich, was die Gesichts-OP anbelangt. Ein talentierter Chirurg verwandelt einen Ghanaer in einen Norweger.«

Zehn Minuten lang brüteten beide wieder still vor sich hin.

Wieder meldete sich Violetta mit einem Gedanken. »Hat Carlsberg seine Frau wohl über sein Weiterleben informiert? Weiß sie Bescheid?«

»Ich denke doch eher nicht. Die beiden hatten große Eheprobleme, er nahm sie ja damals noch nicht einmal mit in die Ferien nach Phuket. Zwischen den beiden war kein Vertrauensverhältnis mehr vorhanden«, schätzte Miguel. Dann rückte er mit seinem Stuhl näher zum Bürotisch und tippte auf seiner Computertastatur. Kurz darauf hatte er die gewünschten Informationen. »Anita Carlsberg arbeitet noch immer als Galeristin. Sie hat vor vier Jahren wieder geheiratet, einen Martin Kellermann, Kunsthistoriker und Dozent an der Universität. Wir könnten Carlsbergs Ex-Frau natürlich beschatten lassen, ihre Post, ihre E-Mail mitlesen, aber glauben Sie mir, Morgenstern, diese Spur ist eiskalt. Nein, der Typ sitzt irgendwo mit seinem neuen Gesicht in den Tropen und hat längst eine oder mehrere Gespielinnen, die ihm die warmen Nächte noch heißer machen.«

Sie aßen zusammen zu Mittag. Diesmal hatte Miguel daheim vorgekocht. Ein Eintopfgericht aus Fleisch, Kartoffeln, Reis und Gemüse. Und viel Chili. Er verteilte zwei Portionen auf Teller und wärmte sie in der Mikrowelle der Kaffeeküche auf.

»Schmeckt vorzüglich«, lobte Violetta. »Ich esse gern scharf. Das ist ein Rezept aus Südamerika, stimmt's? Erinnert mich an meine Jugend in Honduras.«

Miguel nickte mit vollem Mund und etwas Sauce tropfte auf sein Kinn. Mit seinem kleinen Finger tupfte er den Klecks auf und leckte ihn weg. In einer einzigen, kleinen, schwungvollen Bewegung.

Geschmeidig wie ein Kätzchen.

»Stammen Sie eigentlich von dort? Haben Sie südamerikanische Wurzeln?«, fragte Violetta weiter.

Er hörte auf zu kauen, starrte seinen Löffel an, schaute schließlich zu Violetta und sagte bloß: »Kann schon sein.«

Sie hatte einen wunden Punkt getroffen, das war ihr sofort klar.

Dann machte Miguel eine Geste, die Violetta als ›Ich mag darüber nicht reden‹ interpretierte.

Keiner sprach mehr ein Wort, bis die Teller leer waren.

Anschließend machte Miguel zwei Tassen Kaffee parat, drückte eine davon Violetta in die Finger. Sie schlenderten in ihr Büro zurück.

»Lassen Sie uns ein Spiel machen«, schlug Miguel vor. »Es

heißt ›Wenn ich für immer untertauchen müsste‹. Sie beginnen. Wohin würde Sie abhauen, Morgenstern? Wo liegt Ihr Greisenparadies?«

Sie ignorierte seine Frotzelei. »Ich? Nach Honduras oder Haiti.« Ihre Antwort kam blitzschnell. »Beide Orte kenne ich sehr gut und weiß, dass man dort wunderbar verschwinden kann. Regierung, Gesetze und Gesetzeshüter sind in beiden Ländern ein Witz. Und mit ein bisschen Geld lässt sich dort alles regeln. Und Sie, Miguel?«

»Südamerika. Irgendwo im Dschungel oder im Hochland.«

»Waren Sie schon mal dort?« Wieder sein wunder Punkt, dachte Violetta.

»Sechsmal. Mehrwöchige Rundreisen.«

Vorsichtig herantasten, sagte sich Violetta. »Ihre Tarnung wäre perfekt. Sie würden dort gar nicht auffallen, so wie Sie aussehen.«

Miguel hatte plötzlich wieder diesen melancholischen Blick drauf. Wie schon vorhin in der Küche, als sie ihn nach seinen Wurzeln gefragt hatte. Violetta war sich nun fast sicher, dass Miguel etwas mit Südamerika verband. Aber etwas lag im Busch und er wollte partout nicht darüber reden.

Miguel versuchte abzulenken, indem er das Thema zurück auf ihr ›Ich-tauche-unter‹-Spiel brachte.

»Lassen Sie uns weiterspielen, Morgenstern, vielleicht kommen wir so auf eine brauchbare Idee, wie wir Carlsbergs Spur aufnehmen könnten. Es ist einen Versuch wert. Manchmal sind es gerade die verrücktesten Spinnereien, die einem eine brillante Eingebung bescheren.«

Also tauchten sie beide erneut in Gedanken unter und begannen ein neues Leben.

In welchen Sprachraum, in welchen Kulturraum würde ich flüchten? Lieber warmes Wetter oder lieber kalt? Meer oder Gebirge? Wie würde ich wohnen wollen, womit meine Zeit verbringen? Was würde ich mit dem vielen Geld machen, Hobbys, Wünsche, Reisen? Würde ich allein leben wollen oder mit einem Partner? Und: Wüsste ein Partner von meiner richtigen Identität?

Fast zwei Stunden lang wälzten sie Ideen und waren imaginäre Ganoven auf der Flucht mit viel Geld in der Tasche. Das Spiel hatte seinen Reiz, beide lernten dabei auch etwas über sich selbst.

Aber eine zündende Idee kam dabei nicht heraus.

Violetta machte noch einen Versuch. »Was würde Ihnen weit weg von daheim fehlen, Miguel?«

»Ein paar meiner Freunde würde ich sicher vermissen. Und dann die Berge im Berner Oberland, wo ich aufgewachsen bin. Und ja, klar, meine Eltern natürlich.«

Violetta nickte mechanisch. Berner Oberland, seine Eltern ... Wieder hatte Miguel etwas Privates von sich preisgegeben.

»Und wie ist es bei Ihnen, Morgenstern?«

»Meine Eltern sind schon lange tot. Sie hatten einen Autounfall, da war ich achtundzwanzig. Aber ich würde eine Menge lieber Menschen vermissen. Bekannte, Freunde, ehemalige Arbeitskollegen, meine Nachbarn ... Und mir würde mein Haus fehlen.«

Sie kamen sich beide plötzlich vor wie in einer Gruppentherapie.

Seelenstriptease.

Plötzlich richtete sich Violetta kerzengerade auf. »Sie sagten eben, Sie würden Ihre Eltern vermissen ...«

»Ja, habe ich gesagt, weil ich ...« Mitten im Satz hielt Miguel inne, er begriff, worauf Violetta hinauswollte. Er beugte sich über die Tastatur und tippte.

»Hier haben wir es: Carlsberg, Lina und Wilfried, das sind seine Eltern. Der Vater ist schon lange tot, er verstarb vor sechzehn Jahren. Aber die Mutter, Lina Carlsberg, die lebt noch. Sie ist jetzt dreiundachtzig und sie wohnt, Moment ... ah, ja, hier, sie wohnt in einem Basler Außenquartier im Alters- und Pflegeheim Waldpark.«

Carlsbergs Mama.

»Also, wenn ich heimlich und anonym im Ausland leben täte, würde ich trotzdem wissen wollen, wie es meiner Mutter daheim geht«, sagte Miguel.

»Und würden Sie sie anrufen, ab und zu?«, fragte Violetta.

»Zu riskant, ich glaube, ich würde ihr auch gar nicht sagen, dass ich noch am Leben bin. Erstens wäre das ein zu großer Schock für sie, wenn der tot geglaubte Sohn nach so vielen Jahren plötzlich wieder auftaucht, und zweitens wär das Risiko zu groß, dass sie sich verplappert. In einem umnachteten Moment einer Pflegerin von mir erzählt und schon weiß es die ganze Welt und meine sorgfältig erarbeitet Tarnung ist dahin.«

»Und trotzdem will man wissen, wie es der Mutter daheim so geht. Wie stellt man das an?«

Miguel winkte Violetta zu sich hinüber. »Schauen Sie mal hier, die Webseite des Altersheims. Da sind viele Bilder drauf, bei allen Anlässen und Ausflügen werden die Senioren fotografiert und ganze Bildergalerien dann online gestellt. Damit die lieben Angehörigen daheim sehen, dass es Mutti gut geht.«

»Und Sie denken, das genügt Carlsberg?«

»Muss es wohl. Das ist nun mal der Preis, wenn man als Toter weit weg weiterlebt.«

Violetta massierte sich mit dem linken Zeigefinger ihren Nasenrücken und dachte scharf nach. »Die meisten Zugriffe auf diese Altersheim-Homepage stammen ja wohl aus der Schweiz, oder? Angehörige oder Bekannte der Bewohner oder Senioren, die sich über einen möglichen Umzug dorthin informieren.«

Miguel beobachtete Violettas Gesicht genau, als könnte er erraten, was sie gerade aushecke. Sie fuchtelte mit ihrem rechten Lehrerinnenzeigefinger herum und sprach hektischer. »Was wäre, wenn wir die Zugriffe auf die Altersheim-Homepage überwachten? Alle inländischen Verbindungen sind unverdächtig, alle ausländischen sind für uns hochinteressant. Kein Australier, Japaner oder Guatemalteke kommt schließlich auf die Idee, einfach so mal die Schweizer Webseite des Altersheims Waldpark anzuklicken und sich die Fotos der Senioren beim Entenfüttern am See oder beim Tanzkurs anzusehen.«

Miguel erkannte Violettas Plan und war begeistert. »Wenn Carlsberg auch nur einen Funken Anstand hat, will er wissen, wie es seiner Mutter daheim geht. Also besucht er die Homepage des Altersheims. Vielleicht klickt er einmal die Woche drauf, vielleicht auch nur einmal im Monat. Denkbar ist auch, dass er sich *Google Alerts* eingerichtet hat.«

Violetta runzelte die Stirn. »Google was?«

»Das ist ein Dienst, den die Suchmaschine Google anbietet. Man kann dort ein Wort eingeben, über das man per *Alert*, also Alarm, informiert wird, sobald es irgendwo im Netz neu aufgeschaltet wird. Ich gebe also beispielsweise Lina Carlsberg ein und sobald das Altersheim einen Text mit diesem Namen ins Internet stellt, alarmiert mich *Google Alert* binnen weniger Sekunden darüber.«

Violetta lächelte. »Dann sollte man wohl den Anreiz für Carlsberg, auf diese Homepage zu gehen, drastisch erhöhen.«

»Was meinen Sie mit Anreiz?«

»Wir legen ihm einen Köder aus, Miguel. *Google Alerts* meldet Carlsberg einen neuen Treffer, der für ihn so brisant ist, dass er umgehend, und nicht erst ein paar Stunden oder Tage später, auf die Altersheim-Homepage klickt. Eine Mitteilung, die er sofort sehen will. Muss!«

»Und was wäre das?«

»Der Tod seiner Mutter.«

23

Mit großer Trauer und Betroffenheit gibt die Heimleitung bekannt, dass am gestrigen Dienstag unsere geschätzte Mitbewohnerin Lina Carlsberg, wohnhaft im Haus Chagall, Wohnung B14, in ihrem dreiundachtzigsten Lebensjahr verstorben ist. Von ihrem gewohnten Mittagsschläfchen ist sie nicht mehr aufgewacht. Wir alle behalten Frau Carlsberg in guter Erinnerung. Informationen zur Trauerfeier und Urnenbeisetzung folgen morgen. Mit stillen Grüßen, Direktion Alters- und Pflegeheim Waldpark.

Die IT-Spezialisten von Tell hatten sich in den Server des Altersheims gehackt und diesen so manipuliert, dass alle inländischen Aufrufe weiterhin normal auf die echte Webseite gelangten, alle ausländischen Besucher aber auf eine Kopie der Webseite umgeleitet wurden.

Und nur auf dieser Kopie war die getürkte Todesanzeige aufgeschaltet.

Sobald ein Webbesucher aus dem Ausland die Seite anklickte, würden die IT-Leute seinen Standort ermitteln.

Sofern das möglich war.

Wenn Carlsberg wirklich clever und übervorsichtig war, würde er sich im Internet nur über einen sogenannten Tor-Browser bewegen, der größtmögliche Anonymität bot. Einfach erklärt, gelangt man mit einem Tor-Browser nicht direkt zur Zieladresse, sondern via vieler Umwege, über weltweit verteilte und verschlüsselte Server. Spurloses Surfen gewissermaßen.

Exakte Koordinaten von Carlsbergs Standort würde man demnach nicht bekommen. Aber die Tell-IT-Experten waren dank einer weiteren Spezialsoftware aus dem hauseigenen Labor in der Lage, den Standort auf fünfhundert Kilometer genau einzugrenzen. Würde Carlsberg zu einem späteren Zeitpunkt ein zweites Mal auf die Altersheims-Homepage gehen, könnten die darauf vorbereiteten IT-Leute seinen Standort dann gar auf dreißig Kilometer genau eruieren.

Um zehn Uhr morgens ging die Fake-Seite des Altersheims online.

Violetta und Miguel saßen im Computerraum. Sie wollten live mit dabei sein, wenn Carlsberg sich digital anpirschte. Der verantwortliche Techniker hieß Gerry, ein hypernervöser, schwabbeliger Mittdreißiger mit schwarzer Löwenmähne, einer Schwäche für Coca-Cola und einer gut riechbaren Aversion gegen Deodorants. Gerry erklärte ihnen, wie das *Game* lief. Er sagte doch tatsächlich *Game*. Für Gerry und seine kauzige Truppe war alles bloß ein Spiel. Und Tell finanzierte ihnen all die tollen Spielsachen.

Die eine Wand im Raum war ein einziger, riesiger Monitor. Violetta kannte diese Flachbildschirmwände nur zu gut. Auf dem gleichen Modell, in einem anderen Raum, hatte man ihr damals den Kai-Koch-Film vorgeführt. Wenn sie an jenes Verhör dachte, musste sie unweigerlich lächeln. Das schien ihr Jahre her. Wie aus einer anderen Welt.

Auf dem Riesenbildschirm war jetzt eine Weltkarte zu sehen. Sobald jemand aus dem Ausland den Altersheimserver aufrufe, so erklärte IT-Mensch Gerry, würde man dessen digitale Surfspur auf der Riesenkarte mitverfolgen können.

Wenn Carlsberg tatsächlich *Google Alerts* oder ein anderes Suchprogramm mit Alarmfunktion verwende, würde er wohl bereits nach wenigen Minuten, allerhöchstens nach ein paar Stunden, die Altersheim-Homepage anklicken.

Besitze er kein Alarmprogramm, könne es Tage oder Wochen dauern.

»Hatte er vor seinem Tod ein gutes Verhältnis zu seiner Mutter, meldet er sich blitzschnell, da bin ich mir sicher«, meinte Miguel. »Wenn er allerdings als Sohn genauso ein

Arschloch war wie als Banker, dann dauert das hier etwas länger.«

Achtundzwanzig Minuten später baute sich auf der Weltkarte eine Leuchtspur auf.

»Wir haben einen ersten Zugriff!« Gerrys Stimme überschlug sich. Die Leuchtspur fuhr ostwärts, weg von der Schweiz, über den Balkan, Mittlerer Osten, Indien ... »Das ist eine normale, direkte Verbindung.« Gerry schrie und fuchtelte mit seinen feisten Händen in der Luft herum, als dirigierte er eine experimentelle Komposition von John Cage. »Der User hier surft ungeschützt, ohne Tor-Verschlüsselung.«

War Carlsberg wirklich so unvorsichtig?

Plötzlich hielt die Leuchtspur an. Sofort zoomte die Weltkarte automatisch näher. »Wir haben seinen Standort«, rief IT-Gerry. »Australien, Westküste, wir gehen noch näher. Eine Stadt. Es ist Perth.«

Jetzt befanden sie sich quasi in einem Stadtplan drin, Häuserblocks, Parkanlagen und Straßen waren zu sehen, ein wenig so, als fahre man mit dem Autonavi herum. »Wir haben ihn!« Gerry kreischte. »Wir haben ihn, Leute, mit exakten Koordinaten. O Mann, der Typ ist blöder, als ich dachte.«

Der Internetanschluss gehörte einem Thomas Ryser.

Carlsberg?

Sie hatten sich eine Liste sämtlicher Altersheimbewohner besorgt. Miguel tippte sofort den Namen Ryser ein. Und wurde fündig. Es gab nur eine Person mit diesem Nachnamen. Klara Ryser, achtundsiebzig Jahre alt. Miguel arbeitete weiter, durchsuchte die Datenbanken nach einem Thomas Ryser. Und fand ihn problemlos. Ein dreiunddreißigjähriger Hotelfachangestellter, seit zwei Jahren in der Schweiz abgemeldet, der in Perth im Hotel *Southview* an der Rezeption arbeitete. Der jüngste Sohn von Klara Ryser.

Nicht Carlsberg.

»Okay, kein Problem«, sagte Miguel, mehr zu Gerry denn

Violetta. »Betrachten wir das eben als Testlauf. Jetzt sind wir aufgewärmt und wissen, wie das Ding läuft. Legen wir uns wieder auf die Lauer. Geduld, Leute, Geduld.«

Vierzig Minuten später kam der zweite Alarm.

Wieder eine Direktverbindung, wieder ohne Tor-Browser. Diesmal aus Boston, USA. Wo ein gewisser Michael Gubler lebte und in der Marketingabteilung einer Sportschuhfirma arbeitete. Sein Vater Heinz wohnte im Altersheim.

Nicht Carlsberg.

Der nächste Kandidat meldete sich aus Buenos Aires. Doris Jenny, eine Mitarbeiterin der Schweizer Botschaft, informierte sich, was ihre Eltern in der Schweiz machten. Erna und Manuel Jenny, beide bald neunzig, lebten in einer der größeren Wohnungen im Altersheim.

Ganz sicher nicht Carlsberg.

Um zwölf Uhr achtzehn, zwei Stunden und achtzehn Minuten, nachdem die Fake-Seite online gegangen war, geschah etwas Seltsames. Wieder begann eine Spur auf der digitalen Weltkarte aufzuleuchten. Doch diesmal führte sie nicht direkt zum Standort des Surfers, sondern beschrieb einen wilden Zickzackkurs. Vom Altersheimserver in der Schweiz ging es zuerst hoch nach Schweden, dann über den Atlantik ins kanadische Halifax, von dort nach Los Angeles, weiter nach Santiago de Chile ... »Eine Tor-Verbindung, Leute das ist eine Tor-Verbindung!« Gerry hyperventilierte und bewegte seinen Mund wie ein Koi-Karpfen.

Carlsberg?

Die digitale Spur zickzackte weiter nach Maui, einer der Hawaii-Inseln, dann sirrte sie nach Tokyo, Seoul, Manila. Plötzlich schoss die Spur in einer langen Geraden hoch nach Moskau, danach abrupt runter nach Budapest, weiter nach Sarajevo, Rom, Bari – dann endete die Leuchtspur im Mittelmeer.

»Was zum Teufel ...« Miguel starrte auf den Bildschirm. »Gerry, was ist das? Was ist da los?«

»Äh, Stand-by, Leute, Stand-by.« Gerry guckte eindeutig zu viele Astronautenfilme. Er beriet sich mit seinen Leuten. Hektische Handbewegungen, Flüstern, Flüche. Schließlich drehte sich Gerry zu Miguel um: »Also, das war definitiv eine Tor-Anfrage. Das ist unser Mann, Leute! Er hat explizit nur auf unsere gefakte Todesanzeige geklickt und sich sonst nichts angeschaut. Das muss er sein.«

»Und wo, Gerry, ist sein Standort? Ich sehe da nur Meer. Sehr viel Mittelmeer?«

»Äh, ja, definitiv, sehr viel Wasser. Äh, wir arbeiten daran, Standby. Meine Kollegen werten eben die letzten Daten aus. Okay, da sind sie ja schon.« Gerry zauberte das Ergebnis auf den Riesenbildschirm und begann zu dozieren: »Unser Mann befindet sich innerhalb dieses Fünfhundertkilometerradius. Infrage kommen demnach Sizilien, Tunesien und Libyen. Er hockt da also definitiv irgendwo im Raum Nordafrika. Wir konzentrieren uns jetzt nur noch auf diesen Teil der Welt. Unsere Falle ist gestellt. Sobald er nochmals online geht, können wir ihn diesmal viel exakter orten, auf dreißig Kilometer genau.«

»Na, das ist doch schon mal was.« Miguel atmete tief durch. In Gedanken stellte er sich Carlsberg vor, irgendwo an der Küste Nordafrikas. Vielleicht in einem dieser gedrungenen Flachdachhäuser mit dicken, hell getünchten Mauern, Dattelpalmen vor der Tür, vielleicht ein Springbrunnen im gekachelten Innenhof, gar ein kleiner, kühler Pool auf dem Dach?

Violetta holte Miguel auf die Erde zurück. »Sind Sie bereit zum zweiten Streich, Miguel?« Er grinste. Sie nickte. »Gut, dann würde ich sagen, wir organisieren jetzt Lina Carlsbergs Beerdigung.«

Er stand im Bus. Sie erkannte ihn sofort wieder. Blond, Anfang vierzig, dieselbe Lederjacke. Noch hatte er sie nicht entdeckt, er blätterte in einer Gratiszeitung und gähnte unanständig ungehemmt. Violetta reagierte wie ein Furie. Das Adrenalin schoss durch ihren Körper. Sie zwängte sich zwischen den Feierabendpendlern nach vorn, setzte die Ellbogen ein, stand endlich vor ihm, krallte ihre Finger in seinen Unterarm. Zischte: »Was? Was wollen Sie von mir?«

Der Mann zuckte wie vom Blitz getroffen zusammen. Die Zeitung fiel ihm aus den Händen, mit offenem Mund starrte er Violetta an. Dann lächelte er. »Fräulein Morgenstern. Sie sind es also doch. Erich Schmied, erinnern Sie sich an mich?«

Zu *Out of Africa* kochte sich Violetta eine schnelle, einfache Bündner Gerstensuppe zum Abendessen, die Bauch und Seele wärmte. Und ihre Nerven beruhigte. Noch immer vibrierte es in ihr, der Adrenalinschock wirkte nach.

Erich Schmied.

Sie war dreiundzwanzig gewesen, ein Fräulein, wie man zu jener Zeit noch sagte, eben fertig mit dem Studium, als sie ihre erste Schulklasse übernommen hatte. Sechsundzwanzig Kinder. Erstklässler. Erich Schmied war einer dieser Schüler gewesen. Blond, klein, nicht der Hellste, aber fröhlich und ehrlich. Das war sechsunddreißig Jahre her.

Violetta gönnte sich zum Essen ausnahmsweise ein Glas Rotwein, dann noch eines. Endlich wurde sie ruhiger, das Pulsieren in den Fingerspitzen hörte auf. Später am Abend buk sie noch zwei Dutzend Schokoladenbrownies, die sie morgen ins Büro mitnehmen und verteilen wollte. Zum Auskühlen legte sie die Brownies auf einen großen Teller und stellte diesen auf den steinernen Sims vors Küchenfenster.

»Hitler, der Vegetarier« auf einem History-Kanal bescherte Violetta einen sinnlosen, aber entspannten Fernsehabend. Sie saß im Schneidersitz auf dem Sofa, eingemummelt in eine Wolldecke, und dämmerte langsam weg.

Ein Geräusch riss sie aus ihrem Halbschlaf.

Sie schaute auf die Uhr. Halb zehn. Hatte sie geträumt? Da!

Schon wieder. Schlurfende Schritte. Die kamen von draußen. Violetta war wieder hellwach.

Jemand schlich um ihr Haus.

Violetta schoss vom Sofa auf, rannte in die Küche und schnappte sich den schweren Feuerhaken, der neben dem Holzherd hing. Sie hielt ihn beidhändig, senkrecht, rechts vom Körper, wie ein Jedi-Ritter sein Lichtschwert. Dann löschte sie sämtliche Lampen in Küche und Wohnzimmer. Stand still da, wartete, bis sich ihre Augen an die Dunkelheit gewöhnt hatten. Und lauschte. Minutenlang.

Gerade als sie sich selbst Entwarnung geben wollte und Nachbars Katze verwünschte, hörte sie wieder Schritte. Und im nächsten Augenblick huschten mehrere Gestalten vor ihrem Wohnzimmerfenster vorbei. Violettas Herz raste, sie umklammerte den Feuerhaken und hielt ihn senkrecht vor ihr Gesicht. Sie waren da. Gekommen, um sie zu töten.

Bald sterben Sie.

In dem Moment übernahm ihr Instinkt die Kontrolle über sie. Jener Notfallplan, tief verankert in ihrer DNA, der nicht bereit war, einfach so zu sterben. Sondern zu kämpfen.

Violetta reagierte wie ferngesteuert. Ihr sechster Sinn leitete sie. Sie registrierte, dass die Gestalten in Richtung hinter das Haus verschwunden waren, wo die Küche lag. Sie eilte zur großen Glastür der Stube und öffnete sie geräuschlos. Trat ins Freie, schlich in gebückter Haltung der Hauswand entlang, den Feuerhaken als Waffe in der Hand. Im Licht des Halbmondes orientierte sie sich. Gleich war sie auf Höhe der Hauskante, ganz langsam spähte sie um die Ecke.

Zwei Gestalten sah sie, nein, drei.

Nicht sehr groß von Statur, nicht allzu leise, nicht sehr clever – keiner schaute in ihre Richtung und sicherte damit den Rückweg. Die drei standen nahe beieinander, unmittelbar unter ihrem Küchenfenster. Drei – das schaffte sie. Das Überraschungsmoment war auf ihrer Seite.

Violetta hob den Feuerhaken über ihren Kopf, bereit, die erste Gestalt niederzuschlagen, den Abschwung des Hakens auszunützen, um der zweiten Kreatur beide Knie zu zertrümmern. Oder wenigstens eines. Und beim dritten Kerl würde sie improvisieren. Mit einem Schrei schoss sie vor – und stoppte ihren Angriff abrupt, mitten in der Bewegung, als habe jemand beim DVD-Schauen während einer Actionszene die Pause-Taste gedrückt.

Drei Jungen schauten Violetta entgeistert an.

Keiner war älter als zwölf. Einer mit Brille, einer mit Baseballkappe, einer mit Segelohren.

Alle mit vollen Hosen.

Das Weiß in ihren Augen quoll auf und ihre Gesichter verzerrten sich zu hundeartigen Fratzen. Dann begannen alle drei zu wimmern. Und betteln. Bitte, bitte, die Frau sollte ihnen doch bitte, bitte nichts tun.

Der kleinste von ihnen senkte seinen Kopf und fasste sich an den Schritt. Um seinen Hosenstall herum erschien ein dunkler Fleck, der an beiden Hosenbeinen abwärts wuchs. Violetta stand wie versteinert da, keuchte laut durch den Mund und blickte auf die Jungenschar hinunter. »Was macht ihr da?«, herrschte sie sie an.

Einer sprach. »Wir wollten ... äh, wir wollten, na ja, Ihre Brownies auf dem Fenstersims, die riechen so lecker. Wir wollten nicht alle stehlen, Ehrenwort, für jeden nur ein Stück. Das müssen Sie uns glauben, bitte!«

»Habt ihr mein Vogelhäuschen abgefackelt?«

Sie sah die verständnislosen Blicke der Jungen und wusste sofort, dass sie nicht die Feuerteufel waren.

Sie drückte jedem ein Stück in die Hand und sagte, sie sollen abhauen. Die Jungen verzogen sich in null Komma nichts, wie drei vom Wind gepeitschte dunkle Rauchschwaden, um die Hauseckecke. Sie stand allein da, bewegungsunfähig, totenstille Minuten lang, die Luft um sie herum schien zu vibrieren, noch immer aufgeladen von der gewaltigen Aggression, die von Violetta ausgegangen war.

Wie in Trance bewegte sie sich schließlich zurück in ihr Wohnzimmer, ließ den Feuerhaken auf den Dielenboden fallen, stand da, rührte sich nicht, starrte vor sich hin und begann schließlich zu weinen. Erst fein und leise, dann immer lauter und tierischer. Schließlich bebte ihr ganzer Körper.

Sie hatte um ein Haar drei Kinder erschlagen. Aus Angst. Und Paranoia.

Bald sterben Sie.

Das musste aufhören. Das musste endlich aufhören. Violetta war nahe am Durchdrehen.

»Komm endlich!«, schrie sie. »Zeig dich! Lass uns kämpfen! Bringen wir es endlich zu Ende.«

24

Sie setzten eine neue Mitteilung der Altersheimdirektion auf die Fake-Homepage. Darin stand diesmal, wann und wo die Beerdigung von Lina Carlsberg stattfinden würde. Garniert wurde dieser Hinweis mit einem Foto der Verstorbenen, das Gerrys Truppe von dem Altersheimserver stibitzt hatte. Es zeigte Lina Carlsberg, wie sie auf einer Bank im Park saß und Tauben Brotkrumen zuwarf.

Exakt vierundzwanzig Stunden nach der ersten Mitteilung ging die zweite online.

Miguel rechnete diesmal mit einer noch schnelleren Anfrage von Carlsberg. Wer eben erfahren hat, dass seine Mutter gestorben ist, will möglichst schnell mehr Informationen darüber haben.

Er blickte Violetta an. »Sie sehen müde aus, Morgenstern.«
»Schlimme Nacht«, brummte sie. »Frauensache.« Sie biss sich auf die Lippen. Schlechte Lüge. Frauensache, mit neunundfünfzig! Doch Miguel war viel zu sehr mit der Carlsberg-Sache beschäftigt, um Verdacht zu schöpfen.

Vierunddreißig Minuten, nachdem die Mitteilung mit der Beerdigung online war, baute sich auf der digitalen Weltkarte erneut eine Tor-Anfrage auf. Wieder über zig Stationen, verteilt über fünf Kontinente, und wieder endete die Spur im Mittelmeer.

IT-Gerry schrie, tanzte und hyperte herum, als versuche er einen Herzinfarkt zu provozieren. Sein Trupp war vorbereitet und konnte den Standort der Onlineanfrage dieses Mal viel genauer orten. »Okay, Standby Leute, wir haben ihn, wir haben ihn. Wir haben die Koordinaten, wir haben den Ort, wo ihr den Mistkerl suchen könnt. *Voilà*, hier ist er.«

Die Weltkarte auf dem Riesenbildschirm vergrößerte sich rasend schnell, zoomte ins Mittelmeer. Und zeigte schließlich den Dreißigkilometerradius an.

Mittendrin – ein sonnenverbranntes Stück Land umgeben von Meer.
Eine Insel.
Ein Name.
Miguel drehte sich verwundert zu Violetta um. »Wo zum Teufel liegt Gozo?«

Dreißig Stunden später saßen Violetta und Miguel in der Siebzehn-Uhr-vierzig-Maschine der Air Malta ab Zürich.
Es hatte heftige Diskussionen in der Tell-Zentrale gegeben. Meier hatte sich vehement dagegen ausgesprochen, Morgenstern – »eine Praktikantin, die noch nicht einmal ihre Probezeit abgesessen hat« – auf einen Auslandseinsatz zu schicken.
Huber hatte ihm widersprochen. Morgenstern habe bewiesen, argumentierte er, zu was sie fähig sei. Zudem sei es zu einem Großteil auch ihr Verdienst, dass Carlsberg aufgespürt werden konnte. Also sei es nichts als fair, wenn man sie den Job zusammen mit Miguel zu Ende bringen lasse.
Es wurde debattiert, argumentiert. Gegen Ende der Diskussion wurde es ziemlich laut.
Schließlich entschied der Chef.
Huber sagte Ja und damit basta. Meier fühlte sich brüskiert, hielt die Entscheidung für einen »Riesenfehler« und stampfte mit finsterer Miene davon.
Eine Flight Attendant mit pechschwarz glänzender Ponyfrisur, honigfarbener Haut und einer Medici-Nase verteilte PET-Fläschchen mit stillem Mineralwasser und kleine, pampige, mit Oliventapenade gefüllte Sandwiches.
Sie überflogen eben die Ostküste Sardiniens.
Die Flugtickets waren auf ihre richtigen Namen gebucht. Mrs. Morgenstern, Violetta. Mr. Schlunegger, Miguel.
Sie machten Ferien, sie waren Touristen, sie besuchten Malta und ihre Schwesterinsel Gozo. Einfachste Tarnung, nahezu banal. Aber effizient, weil beinahe wahr.

Huber und Miguel hatten Violetta erläutert, wie heikel Auslandseinsätze von Tell seien. Bei dem, was sie taten, bewegten sie sich bereits im Inland auf extrem dünnem Eis. Im Ausland sei alles noch viel komplizierter. Würden sie dort bei einer gezielten Tötung oder bei den Vorbereitungen dazu erwischt und enttarnt, sei das für die Schweizer Regierung der Super-GAU.

Ein diplomatischer Albtraum.

Für solche Unfälle hielt Bundesbern eine simple, aber höchst effektive Lösung parat. Man würde einfach alles abstreiten. Das Tell-Team würde augenblicklich fallen gelassen, verleugnet, als Terroristen bezeichnet und bekomme keinerlei Support von den Lieben daheim.

Kein Plan B. Kein Wir-holen-euch-nach-Hause-Leute.

Darum versuchte Tell, wenn immer möglich, Auslandseinsätze zu vermeiden. Oder an ein Subunternehmen vor Ort zu delegieren, an befreundete Organisationen, auch sie im Schatten ihrer Regierung operierend, mit ähnlicher Arbeitsmoral und -technik.

Im Falle von Carlsberg aber ging es nicht anders, als die eigenen Leute zu schicken – weil die Zielperson erst noch gefunden werden musste. Sie wussten bisher ja nur, dass ihr Mann sich irgendwo auf der Insel Gozo aufhielt. Sie kannten weder seinen genauen Wohnort noch seine neue Identität.

Und auch nicht sein neues Gesicht.

In dieser Sache waren sie sich jetzt ziemlich sicher. Miguel hatte mit IT-Gerrys Unterstützung in Erfahrung bringen können, dass der tote libanesische Arzt, Khoury, tatsächlich illegale Gesichts-OPs durchgeführt hatte. Es existierten im Archiv der libanesischen Gesundheitsbehörde entsprechende Dokumente, Aussagen von zwei ehemaligen Praxisassistentinnen Khourys und einem Patienten, die diesen Verdacht erhärteten. Aus unerfindlichen Gründen war es aber nie zu einer Anklage gekommen.

So oder so. Aufgrund der noch fehlenden Informationen war es unabdingbar, dass sich ein Team von Tell vor Ort auf die Suche nach Carlsberg machte.

Was mit ihm geschehen sollte, wenn sie ihn vor sich hatten, würde zu einem späteren Zeitpunkt entschieden werden.

Rollende Planung.

Kommt Zeit, kommt Tat.

Der Pilot informierte die Fluggäste, am Horizont sei nun Malta auszumachen. Er erwarte die Landung in zwanzig Minuten und beginne jetzt mit dem Sinkflug. Unmittelbar nach der Durchsage wurde das Dröhnen der Triebwerke leiser und die Maschine neigte sich leicht nach vorn.

Miguel, der am Gang saß, beugte sich zu Violetta hinüber, um ebenfalls aus dem Fenster schauen zu können. Sie roch sein Parfüm. Sandelholz, Zedern, wenig Zitrus.

Schräg unter ihnen, in der tief liegenden Abendsonne, leuchtete der Inselstaat Malta. Drei kleine, ockerfarbene Felsplateaus mitten im endlosen Himmelblau des Mittelmeers.

Miguel war es peinlich gewesen, als er in der IT-Abteilung, beim Lokalisieren von Carlsbergs Aufenthaltsort, zugeben musste, dass er keine Ahnung hatte, wo Gozo liegt. Es hatte sich dann aber herausgestellt, dass es über der Hälfte der im Raum Anwesenden genau gleich erging.

Malta kannte man, ihre Schwesterinsel Gozo nicht.

Miguel hatte sich mittlerweile alle relevanten Daten über den Inselstaat auf sein Notebook geladen. Dieses balancierte er jetzt aufgeklappt auf seinen Knien. Während des Fluges versorgte er Violetta häppchenweise mit den wichtigsten Fakten.

»Der Archipel Malta – auf halbem Weg zwischen Europa und Afrika, zwischen Sizilien, Tunesien und Libyen gelegen – besteht aus den drei Inseln Malta, Gozo und Comino«, las er vor, als die Maschine sich in eine leichte Linkskurve neigte, sodass sie noch besser auf die drei Hauptinseln hinunterschauen konnten.

Viel gelber Sandstein, schroffe Steilküsten, azurblaue Lagunen, terrassierte Felder. Kein einziger See, kein Fluss und kein Stück Wald.

Miguel berichtete Violetta vom angeknacksten Image des Landes.

Malta war seit 2004 Teil der Europäischen Union und ihr kleinster Mitgliedstaat. Und so etwas wie das schwarze Schaf der EU. Regelmäßig geriet der Inselstaat wegen Korruption, Geldwäscherei und Steuerhinterziehung in die Schlagzeilen. Die Steuern gehörten zu den niedrigsten der Welt. Malta hatte zwar nur vierhundertfünfzigtausend Einwohner, beherbergte aber siebzigtausend Briefkastenfirmen und gegen sechshundert Investmentfonds. Jahr für Jahr kamen fünftausend neue ausländische Unternehmen dazu. Und längst war der Archipel ein populärer Rückzugsort geworden für italienische Mafiosi, dubiose Manager, Offshorefirmen, Drogenbarone, Waffen- und Menschenschmuggler und aus Libyen geflüchtete Schergen des Gaddafi-Regimes.

»In Malta ist mit Geld fast alles möglich«, schloss Miguel seine Zusammenfassung. »Hier kann man sich ganz legal für sechshundertfünfzigtausend Euro einen maltesischen Pass kaufen und EU-Bürger werden.«

»Tönt ganz nach Schattenreich.«

Miguel grinste. »Dabei hat Malta über dreihundert Sonnentage im Jahr und ist zudem der katholischste Ort Europas – mal abgesehen von Vatikanstadt.«

»Klingt nach dem perfekten Ort für Carlsberg«, meinte Violetta.

»Da gebe ich Ihnen völlig recht. Der Inselstaat gehört zu Europa und doch scheint dieser Platz wie von einem anderen Stern. Optimal, um abzutauchen und ein zweites Leben zu starten. Wir gehen übrigens davon aus, dass sich auch Carlsberg einen solchen burgunderroten Pass geleistet hat. Er dürfte nun also maltesischer Staatsbürger sein.«

Das Flugzeug ging in den Endanflug über.

Die Flight Attendant mit der Ponyfrisur und der Medici-Nase erteilte den Passagieren Instruktionen für die Landung. Sie tat dies erst auf Englisch, dann auf Deutsch und schließlich auf Malti. Miguel und Violetta lauschten fasziniert. Die Sprache stammte von einem mittelalterlich-arabischen Dialekt ab und war angereichert mit italienischen, französischen, spanischen und englischen Wörtern. Malti war weltweit die einzige semitische Sprache, die lateinische Buchstaben verwendete. Eine Kriegserklärung an alle ausländischen Ohren und Stimmbänder. Ein Glück, dass Maltas zweite Amtssprache Englisch war.

Es rumpelte unter den Füßen der Passagiere. Die Crew im Cockpit fuhr das Fahrwerk aus. Sie überflogen eben Gozo.

Irgendwo da unten war ihr Mann.

»Gozo hat nur fünfunddreißigtausend Einwohner«, dozierte Miguel. »Aber unser Suchauftrag wäre noch einfacher, wenn Carlsberg auf der kleinsten der drei Malta-Insel, auf Comino, leben würde.«

»Warum meinen Sie?«

»Dort leben drei Personen.«

Flug KM 491 landete pünktlich kurz nach zwanzig Uhr auf dem Flughafen Malta Luqa International, der sich südlich der kleinen Hauptstadt Valletta befand.

Sie nahmen ihr Gepäck in Empfang und passierten problemlos die Zollkontrolle. In der Ankunftshalle mietete Miguel am Schalter von *Goldcar rental* einen Citroen C4 mit Klimaanlage und unbegrenzten Kilometern. Bei der Mietdauer wählte er zehn Tage – mit Option auf Verlängerung. Das hier konnte dauern.

Auf dem Parkplatz der Autovermieter nahmen sie ihren Wagen in Empfang, luden das Gepäck ein, tippten die Zieldaten in das fix installierte Navigationsgerät und fuhren los.

Es war nach zwanzig Uhr und bereits dunkel. Aber für Ende September immer noch angenehme fünfundzwanzig Grad warm.

Afrika lag schließlich vor der Haustür.

Seit achttausend Jahren war Malta besiedelt. Alle waren irgendwann einmal hier gewesen. Phönizier, Karthager, Römer, Goten, Byzantiner, Araber, Normannen, Spanier, die Ordensritter der Johanniter, Franzosen und dazwischen immer wieder mal Piraten. Am Schluss, bis zu seiner Unabhängigkeit 1964, war Malta Kolonie des *British Empire*. All diese Besatzer herrschten, bauten und kochten auf dem strategisch wichtigen Stützpunkt im Mittelmeer und hinterließen ein Stück ihrer Kultur.

Malta war ein Schmelztiegel der Menschheitsgeschichte.

Und eine Herausforderung für jeden Autofahrer.

Miguel saß am Steuer, was Violetta noch so recht war. Das Tückische an Maltas Straßen war, dass eine perfekt asphaltierte Schnellstraße ohne Vorwarnung in einen Kiesweg übergehen konnte. Was vom Fahrer Grundkenntnisse in Rallye-Motorsport abverlangte.

Nachts war das Abenteuer Straße noch intensiver. Der von den Briten eingeführte Linksverkehr, fehlende Straßenbeleuchtung, enge, waschbrettartige, beidseits von Steinmauern gesäumte Wege und ein kamikazefreudiger Gegenverkehr machten das Autofahren zum Nahtoderlebnis.

Miguel und Violetta fuhren fünfzig Minuten lang quer über die Insel an den nordwestlichsten Punkt, zum Hafen Cirkewwa. Von dort nahmen sie die Autofähre hinüber zum Hafen der Insel Gozo, nach Mgarr. Die Überfahrt bei spiegelglatter See dauerte fünfundzwanzig Minuten.

Miguel hatte für die erste Nacht zwei Zimmer im Hotel Repubblika in Gozos kleinem Hauptort Victoria reserviert. Morgen würde sie sich dann nach einer für ihre Zwecke geeigneteren Bleibe umsehen.

Gerade mal sechstausend Menschen wohnen in Victoria. Die Einheimischen verwenden noch heute den arabischen Stadtnamen: Ir-Rabat Ghawdex.

Sie checkten kurz vor dreiundzwanzig Uhr ein. Beide waren müde, hungrig, sehr durstig. Eine Hotelbar gab es nicht und das kleine, hoteleigene Café lag im Dunkeln. Fünf Fußmarschminuten vom Hotel entfernt, in der Altstadt, auf der Pjazza San Gorg, nahe der Basilika, setzten sie sich in eine Bar namens *Ta Franklin*. Der Wirt, ein ausgewanderter, pensionierter Brite, der der Bar ihren Namen gab, wärmte ihnen ein paar Pastizzi auf, den maltesischen Snack, kleine Strudelteigtaschen gefüllt mit Frischkäse, Erbsenpüree oder Hackfleisch. Dazu tranken sie Halbliterkrüge Bier. Cisk. Einheimische Marke. Unglaublich süffig. Am Schluss hatte Violetta zwei, Miguel drei davon getrunken.

Zurück im Hotel sendete Miguel mit einer speziellen Verschlüsselungs-App auf seinem Notebook eine Nachricht an die Tell-Zentrale, zu Händen Hubers. Dieser hatte ausdrücklich darauf bestanden, täglich informiert zu werden. Und zwar persönlich. Er, und nur er, sollte benachrichtigt werden. Das Unternehmen Gozo, befand Huber, sei Chefsache.

Miguel übermittelte lediglich ein Wort: »Angekommen.«
Fünf Minuten später schlief er tief und fest.

25

Sie ließen sich von der Rezeption um halb sieben Uhr per Telefonanruf wecken. Zwanzig Minuten später saßen sie im kleinen Hotelcafé beim Frühstück. Toast, Rührei, Schinken, Kaffee. Viel Kaffee.

Die Bedienung, eine füllige Zwanzigjährige mit Katzengesicht und ganz in schwarzem Stretch gekleidet, arbeitete einarmig. In der linken Hand hielt sie die ganze Zeit über ihr Smartphone, das im Minutentakt jede eingehende Nachricht mit einem Autohupton verkündete.

Violetta ärgerte sich über die Smartphone-Tusse und hegte Mordgelüste. Miguel lachte nur. »Wenn Sie jeden Gozoaner umbringen, der laut ist, endet das im Völkermord.« Trotzdem versuchte Violetta, die Bedienung zu töten – wenigstens mit ihren Blicken.

Um halb acht checkten sie aus. Sie bezahlten die Rechnung in bar, luden ihr Gepäck wieder in den Citroën, setzten sich in den Wagen und fuhren los. Aufs Geratewohl, kreuz und quer über die Insel. »Um ein Gefühl für die Heimat von Carlsberg zu bekommen«, wie Miguel meinte.

Sie fuhren raus aus Victoria, westwärts, vorbei am Marktplatz it-Tokk und der imposanten Zitadelle, die auf einer Anhöhe über der Kleinstadt thronte. Der Himmel war weit, unfassbar blau und ohne die kleinste Wolke, die Luft klar und würzig. Violetta roch das Meer. Obwohl noch früh am Morgen zeigte die Digitalanzeige auf dem Armaturenbrett bereits eine Außentemperatur von unverfrorenen siebenundzwanzig Grad an. Es würde ein heißer Tag werden. Miguel wollte die Klimaanlage aufdrehen, Violetta insistierte, davon bekomme sie sofort Halsschmerzen. Miguel murrte. »Sie hätten Ihre Rheumaheizdecke mitnehmen sollen.« Er ließ die Seitenscheiben herunter und den Fahrtwind herein.

Gozo war vierzehn Kilometer lang, sieben Kilometer breit

und hatte vierzehn Dörfer. In nicht einmal drei Stunden hatte man mit einem Wagen alle Ortschaften abgeklappert.

Für den heutigen Tag hatten sie sich drei Ziele gesteckt.

Erstens. Die Insel und seine Dörfer kennenlernen.

Zweitens. Eine für ihre Zwecke geeignete Unterkunft finden.

Drittens. Das Schallplattengeschäft *Vinyl-Dreams* im Küstendorf Marsalforn besuchen.

Der letzte Punkt war Teil ihres Masterplans, Egon Carlsberg aufzuspüren. In einer mehrstündigen Sitzung mit Huber hatten sie eine Strategie entworfen, wie sie auf Gozo vorgehen wollten. Ihr ganzer Schlachtplan basierte auf der Theorie, dass eine Person, die untergetaucht ist, zwar gegen außen ein neues Leben lebt, dabei aber lieb gewonnene Beschäftigungen und Muster aus dem alten Dasein beibehält.

Hobbys beispielsweise.

Sie hatten Carlsbergs Akte diesbezüglich noch einmal durchforstet. Er spielte Snooker und fuhr Ski. Er sammelte alte Schallplatten und Oldtimer-Cabriolets. Er besaß eine Lizenz als Segelflieger und den Hochseesegelschein.

Lauter schöne Tätigkeiten, die er bestimmt auch in seinem neuen Leben betreiben wollte.

Zwei seiner Hobbys schlossen sie im Vorhinein aus.

Skifahren. Der kälteste Monat, der Januar, war doch immer noch über zehn Grad warm. Schnee und Eis waren auf Gozo unbekannt.

Und Segelfliegen. Dafür fehlten auf Gozo schlicht und einfach die entsprechenden Anlagen.

Blieben Snooker, Hochseesegeln, Schallplatten und Oldtimer-Cabriolets.

Vier Hobbys. Vier Fahndungspunkte, bei denen man Carlsberg näher kommen konnte. Unerfreulicherweise gab es Tausende von Seglern und Cabrio-Fahrern auf Gozo und Snooker war dank der vielen ausgewanderten Briten auf der Insel ein beliebter Zeitvertreib.

Zu viele mögliche Zielpersonen. Zu viele potenzielle Carlsbergs.

Aber – und das war das Geniale im Plan des Tell-Teams – sie konnten die Anzahl der infrage kommenden Personen drastisch verkleinern, indem sie noch einen zweiten Parameter zu Hilfe nahmen.

Carlsbergs fehlenden linken Ringfinger.

Die Schnittmenge aus Hobbys und amputiertem Finger würde sie geradewegs zu Carlsberg führen. Wie viele Snooker-Spieler auf Gozo hatten wohl einen Finger weniger an der Hand? Wie viele Segler hantierten auf ihrem Boot mit nur neun Fingern?

Eben.

Die allerbesten Chancen rechneten sie sich aber bei den Schallplatten aus. »Vinyl-Liebhaber mit verstümmelter Hand«, hatte Huber pointiert zusammengefasst, »kann man auf Gozo wohl an einer Hand abzählen.«

Eine kurze Recherche auf Google hatte nämlich ein einziges Schallplattengeschäft aufgelistet. *Vinyl-Dreams* in Marsalforn an der Nordküste Gozos.

Dem Laden wollten sie heute einen Besuch abstatten.

Im Gegensatz zur hektischen und geschäftigen Hauptinsel Malta zeigte sich der Alltag auf dem dünn besiedelten Gozo massiv entspannter und verschlafener.

Hektik kannte der Gozoaner nicht.

Klapprige, verbeulte Kleinbusse und alte Italo-Dreirad-Lieferwagen, auf deren Heckfenstern der Straßenstaub fingerdick klebte, tuckerten Miguel und Violetta auf der löchrigen Landstraße entgegen. Die Ladeflächen voller Gemüse, Früchte und Fisch, die auf den Morgenmarkt nach Victoria gebracht wurden. Links und rechts der Straßen arbeiteten Bauern auf ihren trockenen Terrassenfeldern. Violetta gefiel die weitgehend unberührte Natur. In der Felslandschaft wucherten überall Feigenkakteen, Kapernbüsche, wilder Thymian und andere zählebige Pflanzen. Wälder gab es keine, Bäume nur wenige. Akazien, Aleppokiefern und ein paar Olivenhaine; Palmen säumten die Ortseingänge und da und dort standen struppige Norfolktannen, die Violetta stets an Toilettenbürsten erinnerten.

Karg war es hier, aber nicht trostlos.

Gegen neun erreichten sie die Ortschaft Gharb und parkierten im Zentrum, direkt neben der katholischen Kirche und einer roten britischen Telefonkabine. Sie stiegen aus und spazierten über den großen, gepflasterten Dorfplatz.

Auf Gozo sahen alle Dörfer irgendwie gleich aus. Der Baustil der Häuser war schlicht und bullig, funktional und arabisch angehaucht.

Die mehrstöckigen Bauten besaßen ausnahmslos Flachdächer und waren aus halbmeterdicken honiggelben Sandsteinklötzen gebaut, die im Sommer die Innenräume kühl hielten und im Winter den Wind und die Feuchtigkeit abwiesen. Einziger, dafür umso opulenterer Farbtupfer an den kargen Häusern waren die hölzernen Eingangstüren. Sie sprangen einem förmlich ins Auge mit ihren knalligen, kräftigen Farben. Sie leuchteten in besonderen Tönungen, waren nicht einfach nur rot, blau oder grün, sondern strahlten – aufgeputscht durch das Sonnenlicht Nordafrikas – paprikarot, lagunenblau oder opalgrün.

Miguel und Violetta setzten sich in ein Straßencafé und bestellten je einen *Americano*, ein mit heißem Wasser verlängerter doppelter Espresso, den dringend benötigten, zweiten Koffeinschub am Morgen.

»Und irgendwo in einem der Dörfer, in so einem Haus lebt unser Mann«, meinte Violetta. Sie ließ es wie einen Seufzer klingen.

»Oder aber er wohnt in einem der abgelegenen Farmhäuser«, meinte Miguel und leckte sich Kaffeeschaum von den Unterlippen.

»Vielleicht ist ja alles einfacher, als wir glauben«, sagte Violetta, »und Carlsberg gibt sich mit der Tarnung viel weniger Mühe, als wir annehmen. Vielleicht hat der Typ sogar eine Schweizer Fahne in seinem Garten gehisst?«

Miguel schnaubte abschätzig. »Ja, klar, und Gartenzwerge vor dem Haus. Und er lässt Cervelats und Fondue aus der Schweiz importieren und bläst bei Sonnenuntergang Alphorn. Wie naiv sind Sie eigentlich?«

Zwanzig Minuten später – sie fuhren eben auf einer langen, abschüssigen Geraden, die in das südliche Küstendorf Xlendi führte – bremste Miguel abrupt, lenkte den Wagen neben die Straße und hielt an. »Das glaube ich jetzt nicht!« Er machte ein Gesicht, als hätte er einen Geist gesehen.

»Was?«

»Schauen Sie, dort, in der Ferne!«

Gut zwei Kilometer landeinwärts gab es ein Farmhaus. Im großen Garten stand ein Mast. Daran flatterte eine Fahne. Weißes Kreuz auf rotem Tuch.

Eine Schweizer Fahne.

»Hab ich's vorhin nicht gesagt?«, triumphierte Violetta.

»Ach, kommen Sie, so etwas gibt es doch nicht. Das ist purer Zufall. Carlsberg wird doch nicht so blöd sein.«

»Finden wir es heraus.«

Ein unbefestigter, staubiger Feldweg führte zum Anwesen. Violetta stieg aus dem Wagen und marschierte auf die Farm zu.

»He, bleiben Sie hier.« Miguel eilte ihr hinterher. »Sie können doch nicht einfach an die Tür klopfen und fragen, ob hier ein Vierundfünfzigjähriger ohne Ringfinger wohnt!«

Violetta drehte sich um und schaute ihn vorwurfsvoll an. Für wie blöd halten Sie mich?

Es war eine typische, gozoanische Farm. Mehrere, einstöckige Gebäude aus Sandstein, dazu ein riesiger, mit Trockensteinmauern eingegrenzter Garten.

»Am besten, wir klopfen an die rote Holztür dort«, wies Miguel sie an.

»Rot? Das ist doch nicht einfach nur rot, mein Lieber. Diese Farbe heißt ochsenblutrot.«

»Nicht jetzt, Frau Lehrerin, nicht jetzt.«

Leicht eingeschnappt warf Violetta den Kopf herum und trat vor das zweiflüglige Holztor. Miguel dicht hinter ihr. Es gab keine Klingel, keinen Briefkasten, kein Namensschild.

Violetta klopfte mit dem Zeigefingerknöchel gegen das Holz.

Wartete und lauschte.

Die Tür blieb zu.

Sie pochte mit der Faust dagegen.

Eine Minute passierte nichts. Dann ein Schabgeräusch, wenn Metall auf Holz schrammt. Der Riegel an der Innenseite des Tores wurde zurückgeschoben. Der rechte Flügel öffnete sich einen Spalt breit nach innen. Das halb verdeckte, faltige Gesicht einer Frau war zu sehen.

»Schweiz?« Violetta sagte nur dieses eine Wort. Auf Schweizerdeutsch.

Der Torflügel wurde weiter zurückgezogen. Die Frau, geschätzte siebzig, stand auf der Türschwelle und schaute die beiden Besucher mit großen Augen an. »Ja, ich bin Schweizerin? Warum fragen Sie?«

Sie seien auch Schweizer, Touristen, sie hätten beim Vorbeifahren die Fahne im Garten gesehen und sich darüber gefreut, erklärte Violetta.

»Oh, die Fahne!« Die alte Frau lächelte. »Mein Mann wollte die unbedingt haben. Er meinte, etwas Heimat in der Fremde tue gut.«

»Sie leben hier auf Gozo mit Ihrem Mann?«

»Ja, seit Heinz pensioniert ist. Wir verbrachten früher schon unsere Ferien auf Gozo und verliebten uns in die Insel. Als Heinz dann in Rente ging, kauften wir dieses Farmhaus. Wis-

sen Sie, das milde Klima schmeichelt unseren alten Knochen.«
Sie lächelte.

Miguel drängte sich halb an Violetta vorbei und fragte: »Demnach ist Ihr Mann schon etwas älter?«

»Heinz? Feiert kommenden Dezember seinen Achtzigsten.«

Abgehakt. Definitiv nicht Carlsberg.

Frau Emmenegger, so hieß die alte Schweizerin, bat die Besucher herein und bot ihnen im klimatisierten Wohnzimmer selbst gemachten Eistee an. Ihr Mann, Heinz, sei heute mit seinem Segelboot hinausgefahren und werde erst spätabends zurückkehren, erzählte sie. Eine getigerte Katze schlich herein und strich der Hausherrin um die Beine. »Ja, schau, Bärli, wir haben Besuch. Sag schön *Grüezi*.«

Miguel blickte zu Violetta. Mit hochgezogenen Augenbrauen signalisierte er ihr: Ich übernehme das Reden, klar?

»Hören Sie, Frau Emmenegger, haben Sie auch Kontakt zu anderen Auslandsschweizern auf Gozo?«, fragte er.

»Bitte, sagen Sie Agatha zu mir.«

»Gern, also, Agatha, wie steht es um Ihren Kontakt zu Schweizern?«

»Oh, gut, sehr gut sogar. Wissen Sie, mein Heinz ist Präsident des Vereins der Gozo-Schweizer.«

Volltreffer.

»Dann können Sie uns bestimmt sagen, wie viele Schweizer hier leben«, fragte Miguel.

»Da muss ich nachschauen. Heinz hat eine Mitgliederliste auf seinem Computer.« Mit kleinen Schritten humpelte sie zu einem Sekretär aus dunklem Holz, der in der Ecke stand. »Entschuldigen Sie mein Schneckentempo, beide Hüften sind kaputt.« Sie ließ sich auf den Bürosessel plumpsen, klappte ein Notebook auf, das aus dem letzten Jahrhundert zu stammen schien, und gab, als der Bildschirm erwachte, ein Passwort ein. Langsam, umständlich, mit nur einem Finger und einem

Ächzgeräusch bei jedem Tipper. Anschließend öffnete sie ein Dokument. »So, da ist es ja. Also es leben ... dreiundsiebzig Schweizer Bürger auf Gozo.«

»Wie viele Männer?«

»Das, äh, kann ich so auf die Schnelle nicht sagen. Aber warum ist das für Sie so wichtig?«

»Wir möchten halt gerne mit Landsleuten hier in Kontakt treten. Würden Sie uns freundlicherweise eine Kopie Ihrer Liste geben, Agatha?«

»Wo denken Sie hin, junger Mann, Datenschutz. Mein Heinz sagt immer, der Datenschutz ist das A und O, all die Firmen heutzutage wollen an unsere Daten, um damit Geld zu verdienen. Tut mir leid, aber die Liste ist geheim.« Den letzten Satz raunte sie so bedeutungsvoll, als hütete sie den Heiligen Gral.

Miguel und Violetta bedankten sich für den Eistee und verabschiedeten sich.

»Eine Sache noch«, rief ihnen Frau Emmenegger hinterher. »Wenn Sie Schweizer treffen wollen, besuchen Sie das Restaurant *Dwejra* am Hafen von Xlendi, nur fünf Autominuten von hier. Es ist das Stammlokal der Auslandsschweizer.«

»Pingelige alte Kuh«, schimpfte Miguel, als sie wieder im Wagen saßen. »Die Liste wäre für uns Gold wert. Dreiundsiebzig potenzielle Carlsbergs. Mal schauen, vielleicht kann IT-Gerry sich in deren Notebook hacken. Wobei ich befürchte, dass die Emmengeggers nicht mal über Internet verfügen. Ist Ihnen aufgefallen, wie altmodisch das Haus eingerichtet war? Und der Drucker, der neben dem Sekretär stand, so einen besaß ich vor über zwanzig Jahren.«

Fünf Minuten später fuhren sie in den kleinen Fischerort Xlendi ein.

Das Dorf war bezaubernd. Es lag am Ende einer fünfhundert Meter langen, fjordähnlichen Bucht, die von hohen, steil ins Meer abfallenden Klippen umrahmt war. Über in den Fels gehauene Treppen und montierte Aluleitern gelangten die Schwimmer ins Wasser. Die Bucht war voller Menschen, die sich im kristallklaren, warmen Wasser vergnügten. Die Küstenlinie beidseits der Bucht bestand aus bis zu hundert Meter hohen, aus dem Meer aufragenden Kalksandsteinplateaus, an deren senkrechten Wände sich das Mittelmeer donnernd warf.

An Xlendis kleiner Promenade am Ende der Bucht drängten sich ein gutes Dutzend Restaurants. Alles sehr hübsch, rustikal, einladend. Nichts Schrilles, nichts Aufdringliches. Keine Touristenfallen.

Es war Mittag, sie hatten Hunger, also setzten sie sich in das von Frau Emmenegger empfohlene *Dwejra*. Um allfällig anwesende Gozo-Schweizer Gäste auszuhorchen, selbst aber nicht als Landsleute enttarnt zu werden, unterhielten sich Miguel und Violetta auf Englisch miteinander. Der Wirt, ein beleibter, kahlköpfiger Einheimischer namens Charlton, dem die Haare dafür büschelweise auf Handrücken, Ober- und Unterarmen wuchsen, erklärte ihnen, wie man Xlendi richtig aussprach. Schlendi.

Violetta aß einen Teller Spaghetti Vongole, Miguel versuchte den einheimischen Fenck, Kaninchen mit Tomaten und Kapern in Rotwein geschmort. Beides schmeckte vorzüglich.

Es gab zahlreiche Touristen im Ort, viele Taucher und Skipper, und trotzdem schien es hier ruhig und lieblich. Schweizerdeutsch hörten sie bislang keines. Sie fragten Charlton nach Übernachtungsmöglichkeiten. Er erwähnte drei Hotels direkt an der Promenade, zudem gäbe es viele private Unterkünfte zu mieten.

Sie würden später am Tag entscheiden. Aber Xlendi wäre ein guter Platz zum Wohnen. Unter den vielen Touristen würden sie hier nicht auffallen, die Straßen waren in gutem Zustand, sodass sie von hier aus schnell andere Orte auf der Insel erreichten. Zudem ankerten hier eine Menge Boote in der Bucht, deren Skipper saßen in den Restaurants und aßen zu Mittag.

Alles potenzielle Carlsbergs.

Das Scannen von linken Männerhänden war Miguel und Violetta bereits in Fleisch und Blut übergegangen.

Sie bestellten jeder ein Tässchen Espresso und schauten den Badenden und Booten zu. Sie hätten den ganzen Nachmittag hier sitzen bleiben können. Charlton, der Wirt, schob vier Tische zu einer einzigen, langen Tafel zusammen und legte erst blaue Tischtücher darauf und dann Unmengen Teller, Besteck und Gläser. Bald darauf trudelte eine maltesische Großfamilie ein. Um die dreißig Leute. Fröhlich, kinderreich, laut. Sehr laut. Sie nahmen an den zusammengeschobenen Tischen Platz und plapperten ohne Unterlass. Miguel und Violetta schauten dem Schauspiel belustigt zu, als wären sie Zuschauer einer *opera buffa*. Wie die Großmütter ihren kugelrunden, klebrigen Enkeln Crostini und marinierte Oliven in den Mund schoben, Männer mit Schnäuzern in Schuhbürstengröße einander zuprosteten, Teenager auf ihren Smartphones Videos anschauten und Frauen bei Charlton und seinen Angestellten Bestellungen aufgaben, während sie an ihrer Frisur zupften und den Busen zurechtrückten.

Violetta musste unweigerlich an ihre eigene Familie denken.

Sie besaß nur noch eine – die Morgensterns. Die Zwygarts, die Familie ihrer Mama, waren so gut wie ausgestorben. Die Großeltern schon lange tot, ihre Mutter, ein Einzelkind, bei jenem Autounfall gestorben. Violetta war die letzte mit Zwygartblut. Und gletscherblauen Augen.

Da sah es auf der Morgenstern-Seite ganz anders aus. Ihr Vater, Josef, hatte sieben Geschwister, die sich alle munter vermehrt hatten. Und deren Nachkommen sich ebenso eifrig paarten und reproduzierten. Es existierten eine Menge Onkeln und Tanten und noch mehr Neffen und Nichten und deren Kinder und Kindeskinder.

Damals, als ihr Papa sein Priesteramt gegen die Vaterschaft eingetauscht hatte, war er von seiner Familie mit Schimpf und Schande verstossen worden. Die streng katholischen Morgensterns hatten es nie überwunden, dass ihr Josef, ein geweihter Mann Gottes, sich von der Fleischeslust hatte irreleiten lassen. Sie hatten nie wieder Kontakt zu ihm aufgenommen.

Kein Morgenstern war bei seiner Beerdigung aufgekreuzt.

Trotzdem kannte Violetta beinahe jedes Familienmitglied. Dank Facebook, wo sie selbst unter falschem Namen unterwegs war, hatte sie die Profile zahlreicher Morgensterns ausgekundschaftet. Sie wusste daher, wie ihre Verwandten aussahen, mit wem sie verheiratet waren, was sie arbeiteten, wie ihre Kinder hiessen und welche Turnschuhmarken, Ferienorte und Fernsehfilme sie *likten*.

Vor drei Jahren hatte Violetta auf Facebook gesehen, dass erstmals ein grosses Morgenstern-Familientreffen stattfinden sollte. Das Datum des Festes war ebenso ersichtlich wie der Ort des Treffens: im Hotel Ochsen in Müntschisberg, einem Dorf in der Zentralschweiz, dem Bürgerort der Morgensterns. Aufgrund all der *Likes* von Morgenstern-Angehörigen kam Violetta zum Schluss, dass um die hundert Personen am Familienfest teilnehmen würden. Eine Menge Gäste. Sehr viel Arbeit für den Ochsen-Wirt, wie sich Violetta ausrechnete.

Wiederum unter falschem Namen telefonierte sie mit dem Wirt, gab sich als pensionierte Serviceangestellte aus, die an den Wochenenden hin und wieder einen Job suchte – und bekam prompt das Angebot, bei einem grossen Familientreffen, für das man dringend zusätzliche Hilfskräfte benötigte, mitzuwirken.

So kam es, dass Violetta Morgenstern am grossen Treffen ihrer Familie väterlicherseits, inkognito und in Serviceuniform, teilnahm. Und zum ersten Mal ihren Tanten, Onkeln, Nichten, Neffen und deren Kindern begegnete. Niemand erkannte sie. Sie brachte Getränke, trug das Menü auf, schenkte ein, schöpfte nach – und spitzte die Ohren. Sie vernahm Anekdoten, Geschichten, Familieninterna, sie erfuhr, wer bald heiraten, wer den Job wechseln, wer schwanger war, wer Kinder wollte, aber keine kriegte, wer Geldsorgen hatte und wer welche Gebrechen. Sie hörte von Liebe, Verrat, Geld, Hauskäufen, Ferienplänen, Treue und Untreue. Sie war mittendrin in ihrer Familie. Das hier also waren die Morgensterns.

Aber. Nicht ein einziges Mal an diesem Tag fiel der Name ihres Vaters. Oder der ihre. Für die Morgenstern-Sippe hatte Josef und sein Nachwuchs ganz offensichtlich schon lange zu existieren aufgehört. Auch über Tote wurde an dem Tag gesprochen, über verstorbene Morgensterns. Aber kein Wort über Josef und seine Familie.

An diesem Tag erkannte Violetta, dass sie zwar hundert Blutsverwandte hatte – aber dennoch keine Familie. Es war ihr egal.

26

Vinyl-Dreams lag im Hafenviertel von Marsalforn an der Triq-Id-Duluri.

»Es ist der Laden dort mit der blauen Holztür«, bemerkte Miguel.

»Blau? Das ist doch nicht einfach nur blau. Das nennt sich petrolblau.«

Miguel verdrehte die Augen.

Der Schallplattenladen, der im Erdgeschoss eines Hauses eingerichtet war, gehörte einem bärtigen langhaarigen Schotten namens James McPattern. Ein Bikertyp. Er war um die sechzig, besaß ein sonniges Gemüt, listig blinzelnde kleine Augen, eine mehrfach gebrochene und wieder gerichtete Nase und ein herrlich dreckiges Lachen.

»*Hey, folks,* was kann ich für euch tun?«

Sie hatten sich eine Legende zurechtgelegt.

Und erzählten McPattern von einem raren Rob-Kullingham-Album, das sie suchten (und von dem sie annahmen, dass er es nicht hatte).

»*Oh folks,* die Scheibe hätte ich nur zu gern in meinem Laden. Ich hatte mal einen Händler aus Irland an der Leine, der zwei Exemplare davon besaß. Er wäre sogar bereit gewesen, mir eines davon zu verkaufen. Doch der Mistkerl wollte dreizehntausend Pfund dafür. *Good lord,* das war mir dann doch zu teuer.«

»Schade«, meinte Miguel, »aber es war einen Versuch wert. Der Kerl gestern in der Bar in Victoria riet uns, wenn einer ein Rob-Kullingham-Album zu verkaufen habe, dann sei das McPattern in Marsalforn. Er hat richtig geschwärmt von ihnen. Meinte, Sie hätten ein Supergeschäft.«

»*Oh wow, great,* klingt nach einem wahren Kenner. Wie hieß der Typ denn?«

Violetta wollte etwas sagen, doch Miguel beschied ihr mit

einem kurzen, scharfen Blick, sich jetzt nicht einzumischen. »Tja, das Dumme ist, dass wir ihn gar nicht nach seinem Namen gefragt haben. Wir hatten schon alle etwas zu viel Bier intus, Sie wissen, was ich meine.«

»*Yeah*, wäre trotzdem interessant zu wissen, wer da so Werbung für meinen Laden gemacht hat.«

»Na ja, uns ist aufgefallen«, Miguel zupfte sich imaginäre Fusseln vom Hemd und tat so, als käme ihm das Detail eben zufällig in den Sinn, »dass dem Kerl an der Hand ein Finger fehlte.«

Man konnte förmlich hören, wie es in McPatterns Oberstübchen ratterte. Im Geiste ging er wohl seinen Kundenstamm durch. Er strich sich durch seinen langen angegrauten Bart und ließ sich viel Zeit.

Zu viel Zeit für Violettas Geschmack. Sie wollte Dampf machen. »Er hat keinen Ringfinger mehr, und zwar an der linken Hand. Ist Ihnen ein Mann bekannt, der so eine Amputation hat? Er wäre so Mitte fünfzig. Kennen Sie so eine Person? Denken Sie nach. Los! Es ist wichtig.« Aus dem Augenwinkel heraus sah sie, wie Miguel nach Luft schnappte.

McPattern kniff die Augen zu dünnen Schlitzen zusammen. »Hey, Moment mal. Was soll das? Was soll die Fragerei? Hey, ihr seid Bullen, stimmt's! Wollt mich wohl verarschen, denkt, der alte McPattern ist so blöd und merkt nicht, wenn sein Hintern ausspioniert wird. *Fuck you*!«

Miguel versuchte die Situation zu retten. »Nein, hören Sie, es ist nicht so, wie Sie …«

»Raus hier, aber schnell! Mit euch Bullen will ich nichts zu tun haben, los verschwindet, haut ab! *Piss off*!«

Erst, als sie außer Sicht- und Hörweite des Ladens waren, explodierte Miguel. Er spuckte die Worte beinahe aus. »*Gopferdelli*, Morgenstern, was sollte das eben? Das war Scheiße, Riesenscheiße. Da taste ich mich im Gespräch vorsichtig voran, lulle den Typen ein, habe ihn endlich so weit und dann kommen Sie, stellen ihm plumpe Fragen, setzten ihn unter Druck, machen uns damit verdächtig – und alles ist am Arsch! Einfältiger und unprofessioneller geht wirklich nicht. Ich war so nah dran, Morgenstern, so nah.« Er machte mit Daumen und Zeigefinger eine entsprechende Geste, sein Gesicht war zornesrot. »Sie unfähige, blöde Kuh haben alles kaputt gemacht.« Er bekam rote Flecken am Hals.

»Miguel, ich ...«

»Ach, halten Sie bloß die Klappe. Scheiße, was muss ich mich hier mit so läppischen Laien wie Ihnen herumschlagen. Dann können wir die Mission gleich abbrechen. Herrgott, so etwas Dämliches ist mir in meiner ganzen Tell-Karriere noch nicht begegnet. Wenn ich das der Zentrale melde, sind Sie raus aus dem Geschäft, das war's für Sie, fertig Tell. *Tschüss, ade!*«

»Miguel, es tut mir ...«

Er warf ihr einen so vernichtenden Blick zu, dass sie augenblicklich verstummte.

Sie gingen über eine Stunde lang planlos durch die Gassen von Marsalforn. Im Sturmesschritt. Miguels Art, Dampf abzulassen. Keiner sprach ein Wort. Violetta dackelte hinter ihm her. Schließlich blieb Miguel vor einem Café an der Hafenpromenade stehen. Er deutet auf einen Zweiertisch. »Da, hinsetzen, los, wir trinken jetzt Eistee, ich muss nachdenken, danach reden wir!«

Violetta atmete auf, wenigstens sprach er wieder mit ihr, wenn auch in rüdem Kommandoton. Sie tat, wie er befahl. Beide tranken schweigend. Nach dem zweiten Glas Eistee sagte er: »Okay, Morgenstern, Auslegeordnung: Sie haben Mist gebaut, sich total unprofessionell verhalten. Aber ... wir sind nun mal hier, wir haben einen Auftrag, und der Auftrag geht immer vor, da haben meine persönlichen Gefühle Ihnen gegenüber keinen Platz.«

»Soll das heißen ...« Ihre Stimme klang hölzern.

»Wir machen weiter. Wir ziehen das durch. Und Sie reißen sich *hueresiechnomol* zusammen. Und halten bei Befragungen künftig die Klappe. Das ist ein Befehl!«

Sie wollte etwas erwidern, entschied sich dann aber zu schweigen.

»Die Fahndungsidee mit den Schallplatten können wir wohl definitiv abhaken.« Miguel sprach jetzt wieder in so geschäftigem Ton, als wäre nichts gewesen. »Wäre ja auch zu schön und zu einfach, Carlsberg bereits beim ersten Anlauf aufzuspüren.«

»Bleiben noch Snooker, die Oldtimer-Cabriolets und das Segeln«, zählte Violetta auf und schielte verstohlen zu Miguel. Sein Gesicht verriet keine negative Regung, was sie als gutes Zeichen wertete.

Auch im Hafen von Marsalforn ankerten viele Boote. Miguel und Violetta schauten sich jeden infrage kommenden Seemann genauer an. Eine Menge Skipper, eine Menge linker Hände. Aber alle mit einem vollständigen Fingersatz bestückt.

Sie fanden, auch Marsalforn wäre ein guter Ort für ihre neue Unterkunft. Doch Xlendi schien ihnen gemütlicher, beschaulicher und weniger mondän. Zudem hatten sie sich beide in diese fjordähnliche Bucht verliebt.

Miguel rief mit seinem Smartphone nacheinander die drei Hotels in Xlendi an und fragte nach zwei Einzelzimmern. Erstaunlicherweise waren die Häuser alle ausgebucht. Herbstferien in Zentraleuropa, erklärte man ihm. »Dann mieten wir uns halt eine Wohnung«, meinte er, zog das Notebook aus seiner Umhängetasche, klappte es auf und loggte sich via Smartphone ins Internet ein. Er wählte die Webseite eines digitalen Marktplatzes für Buchungen von Privatunterkünften. In Xlendi waren achtzehn Wohnungen zu vermieten. Sie schauten sich die Angebote an und waren sich schnell einig. Ein Penthouse direkt an der Bucht, mit einem Wohn- und zwei Schlafzimmern, Küche und Bad. Perfekt. Miguel reservierte die Wohnung für eine Woche mit Option auf Verlängerung und bezahlte die Miete im Voraus mittels Kreditkarte. Sie würden die Wohnung heute Nachmittag um vier Uhr übernehmen können.

Anschließend schlenderten sie durch den Hafen und schauten sich Segelboote an. Und Männerhände.

Gegen drei Uhr fuhren sie zurück nach Xlendi. Im Ort angekommen, suchten sie die Adresse des Penthouses. Es lag an der Triq-Il-Punici und war ein schmales, hohes Mehrfamilienhaus, schon fast ein Turm, sandsteinfarben natürlich. Sie fanden einen Parkplatz direkt vor dem Haus.

Violetta deutete auf die hölzerne Eingangstür und bedachte gleichzeitig Miguel mit einem herausfordernden Blick. »Na? Und sagen Sie jetzt nicht einfach nur *gelb*.«

Miguel machte ein verärgertes Gesicht und schwieg.

»Ich würde die Farbe als maisgelb bezeichnen«, dozierte Violetta, »wenngleich dahliengelb ebenfalls …«

»O Gott, Morgenstern, Sie können es einfach nicht lassen, was. Und morgen schreiben wir ein Diktat, oder was?«

Die Besitzerin des Penthouses erwartete sie schon. Eine charmante Einheimische, Anfang dreißig, die eine schwarze, zu große Hornbrille trug. Melissa zeigte ihnen die Wohnung, erklärte, wie man den Boiler einstellen musste, wann die Müllabfuhr vorbeikam, wo die Waschmaschine im Haus stand, und verriet ihnen das Passwort für das WLAN. Ilovexlendi.

Das Penthouse war wunderschön gelegen, auf der siebten und obersten Etage des Hauses. Vom Wohnzimmer ging es direkt auf eine Terrasse, von der aus man das Meer, die Felsplateaus sowie die ganze Bucht samt der Promenade überblicken konnte.

»Malerisch«, sagte Violetta.

»Überwachungsstrategisch gut gelegen«, sagte Miguel.

Zu den Restaurants und Badestellen hinunter waren es zu Fuß keine fünf Minuten. Perfekter ging nicht.

»Was meinen Sie, Morgenstern? Gehen wir noch eine

Stunde Schwimmen. Eine Erfrischung täte uns beiden sicher gut?«

»Gehen Sie. Ich habe gerade keine Lust.«

Miguel zog sich in einem der zwei Schlafzimmer um, schnappte sich ein Handtuch und schlurfte in Badehose, T-Shirt und Flipflops zur Bucht hinunter. Violetta wartete fünf Minuten. Dann schnappte sie sich Miguels Autoschlüssel, verließ das Penthouse und fuhr mit dem Mietwagen weg.

Sie hatte etwas gutzumachen. Sie wollte doch eine gute Agentin sein.

27

»Oh, haben Sie etwas vergessen?«, fragte Agatha Emmenegger, als Violetta vor der Haustür stand.

»So ist es. Habe ich meine Sonnenbrille bei Ihnen liegen lassen?«

Agatha bat Violette herein, humpelte voraus ins Wohnzimmer und sah sich suchend um. Violetta griff in ihre Handtasche, zog blitzschnell ihre Sonnenbrille heraus und legte sie auf ein Sideboard. »Ah, da ist sie ja!«, rief sie erfreut und deutete demonstrativ auf das gesuchte Stück.

»Gut, gut, das hätten wir. Darf ich Ihnen nochmals ein Glas Eistee anbieten? Es ist doch fürchterlich heiß heute.«

Mit ihrem Angebot kam die Alte Violettas Vorhaben sogar noch zuvor. Ihr Plan sah vor, mit Agatha Emmenegger Eistee zu trinken und ihr dabei heimlich etwas von den Plappertropfen, wie sie sie bei Witwe Richter eingesetzt hatte, ins Glas zu träufeln. Um dann, sobald die Alte weggetreten war, sich am Notebook die Liste der Auslandsschweizer zu besorgen. In Gedanken malte sich Violetta bereits aus, wie Miguel reagieren würde, wenn sie ihm die Liste überreichte. Was für ein Triumph! Er wäre wohl baff, würde staunen, würde sie loben und müsste zugeben, dass sie eben doch das Zeug zur Agentin hatte. Und sie, Violetta, hätte damit ihren kapitalen Bock von heute Morgen im *Vinyl-Dreams* ausgebügelt.

»Ich sehe gerade, dass der Eisteekrug so gut wie leer ist. Ich muss neuen zubereiten; ich hoffe, es macht Ihnen nichts aus zu warten, es dauert nur ein paar Minuten.« Die alte Frau humpelte in die Küche.

»Ich bitte Sie, kein Problem, Agatha, ich habe Zeit.« Violetta hatte wenig Zeit. Sie schaute auf ihre Armbanduhr, sie musste vor Miguel wieder im Penthouse sein. Eine Stunde Schwimmen hatte er gesagt. Somit blieben ihr noch fünfzig Minuten. Sie kramte in ihrer Handtasche, zückte das Fläschchen mit den Plappertropfen und verbarg es in der hohlen Hand.

Geladen und bereit.

»Was bin ich heute auch für ein Schussel.« Agatha Emmenegger kam mit einer Haushaltsschere in der Hand aus der Küche. »Ich habe keine frische Pfefferminze mehr. Und erst mit Pfefferminze schmeckt mein Eistee doch wirklich köstlich. Ich bin gleich wieder da, ich pflücke schnell welchen im Garten.«

Violetta begriff sofort. Planänderung. Die Plappertropfen würde sie heute nicht brauchen. Sie schaute der Alten nach, die umständlich und langsam durch den Garten humpelte, und schätzte die Situation ein. Das Kräuterbeet der Emmeneggers lag zuhinterst im Garten, direkt an der Natursteinmauer, das waren gut achtzig Meter Distanz zum Haus. Vier Humpelminuten bis dorthin, eine Minute Pfefferminze schneiden, vier Humpelminuten zurück. Violetta hatte neun Minuten Zeit.

Sie setzte sich an den Sekretär und klappte das Notebook auf.

Passwort.

Violetta schloss die Augen und vergegenwärtigte sich die Szene von heute Morgen. Mit nur einem Finger hatte Agatha Emmenegger das Passwort eingegeben. Was bedeutete, dass es keine Großbuchstaben enthielt, denn dann hätte sie, um gleichzeitig die Shift-Taste zu drücken, einen zweiten Finger benötigt. Das Passwort war eher kurz gewesen, keine zehn Buchstaben, leider hatte Violetta die Anschläge nicht mitgezählt. Agentenanfängerfehler! Zum Schluss hatte Agatha, nach ein paar Sekunden Schreibpause, in der oberen linken Ecke der Tastatur den letzten Buchstaben gedrückt – ganz offensichtlich die Zahl 1. Gesucht war also ein Wort in Kleinbuchstaben und die 1.

Passwort.

Violetta versuchte es mit gozo1.

Ungültig.

malta1.
Ungültig.
xlendi1.
Ungültig.
schweiz1.
Ungültig.

Violetta schaute aus dem Wohnzimmerfenster; Agatha hatte die halbe Wegstrecke hinter sich gebracht. Noch sieben Minuten.

Sie probierte es mit Namen: agatha1, heinz1, agathaheinz1, heinzagatha1, emmenegger1. Alle ungültig.

Der Name der Katze: baerli1. Ungültig.

Sie schaute sich im Wohnzimmer um. Da hingen gerahmte Familienfotos. Eines zeigte Emmeneggers Segelboot, auf dem möwenweißen Bug stand Edelweiß.

edelweiss1.
Ungültig.

Violetta schoss vom Stuhl hoch, tigerte herum, suchte nach Ideen. In der Küche fand sie zwei Kinderzeichnungen, mit Magneten an den Kühlschrank befestigt. Eine Zeichnung zeigte ein Haus, das Meer und Palmen, die andere ein Segelschiff und Sturmwolken. Beides Werke von Kindern im Vorschulalter, wie Violetta sofort erkannte. Die eine Zeichnung war krakelig mit Andreas signiert, die andere mit Sabrina. Emmeneggers Enkel.

andreas1.
sabrina1.
andreassabrina1.
sabrinaandreas1.
Alle ungültig.

Violetta schaute hinaus in den Garten, Frau Emmenegger startete eben ihren Rückweg. Ihr blieben keine vier Minuten mehr. Violetta überlegte fieberhaft, versuchte sich in die Emmeneggers hineinzudenken, deren Welt zu sehen.

Herrgottsterne, was könnte es denn sein?

Sie blickte sich um. Sofalandschaft, Esstisch, Fernseher, Bücherwand, Bilder, Klimaanlage, ein alter Videorecorder, eine Stereoanlage. Dann fiel es ihr auf. Es gab ein Muster im Raum. Bei jedem elektronischen Gerät lag, penibel in ein Plastikmäppchen gehüllt, eine Gebrauchsanleitung. Eine lag unter der TV-Fernbedienung, eine auf der Stereoanlage, eine neben dem Videorecorder, sogar unterhalb der Klimaanlage war eine an die Wang gepinnt. So viele Gebrauchsanleitungen ... In Violettas Kopf ratterten die Gedanken wie ein Plastikwindrädchen bei Sturm.

Dann tippte sie ein Wort ein.

Und war drin.

Für Euphorie blieb keine Zeit. Auf dem Desktop sah sie ein Dutzend Dateien. Sie klickte »CH-Liste« an. Bingo! Jetzt noch ausdrucken. Violetta schaute aus dem Fenster. Sie hatte weniger als eine Minute. Der alte Drucker machte seltsame Geräusche, fünf Seiten zirpte er aus. Im selben Augenblick, als Violetta das letzte Blatt Papier in ihre Handtasche stopfte, betrat Agatha Emmenegger keuchend das Wohnzimmer. Der Kopf rot wie eine Fleischtomate, in der Hand ein Büschel frische Pfefferminze.

»Da bin ich wieder. Ich hoffe, Sie haben sich nicht allzu sehr gelangweilt.«

Keine zehn Minuten, nachdem Violetta wieder im Penthouse war, kam auch Miguel zurück. Er hängte sein Handtuch zum Trocknen über das Geländer der Terrasse. »Herrlich. Das Wasser ist *seichwarm*. Morgen müssen Sie unbedingt mitkommen, Morgenstern.«

Sie lächelte säuerlich. Schwimmen ... allein beim Gedanken daran geriet sie in Panik.

Dann präsentierte sie ihm ihre Beute. Legte die Liste theatralisch auf den Esstisch, fünf Seiten, eine neben die andere, als spielte sie beim Poker ihr Siegerblatt aus. Genoss seine Verwirrung, schmunzelte über seinen aufklappenden Mund, erzählte ihm dann die ganze Geschichte.

Miguel fluchte, schimpfte, kritisierte – und lobte. Wie leichtsinnig, wie gefährlich, wie unvernünftig. Warum der Alleingang? Warum das Risiko? Aber auch bravo! Wie raffiniert, wie kaltblütig, wie – und das ging Violetta runter wie Öl – professionell von ihr.

Er übte Kritik an ihrer Tat, das Lob aber überwog. Und ja, er verstand, dass sie ihren Fehler vom Morgen hatte ausbügeln wollen. »Hätte ich an Ihrer Stelle wohl genauso versucht. Aber wie lautet denn nun das Passwort?«

Violetta mochte es, ihn so an ihrer Angel zappeln zu sehen. »Als ich all die Gebrauchsanleitungen sah, wurde mir klar, dass die Emmeneggers nicht sehr versiert sind im Umgang mit Geräten. Mit Computern demnach schon gar nicht. Solche Menschen verkomplizieren sich ihr Leben nicht selbst noch mit einem kniffligen Passwort, sondern wählen etwas Einfaches, was sie sich auch bestimmt merken können.«

»Also, wie heißt es? Was haben Sie eingetippt? Nein, lassen Sie mich raten: War's Emmenegger? Gozo? Malta? Nein, jetzt weiß ich's: Es war der Name der Katze, wie hieß die noch gleich ... Bärli, stimmt's?«

Violetta inspizierte demonstrativ ihre Fingernägel und machte ein Schmollmündchen.

»Morgenstern!«

»Einfacher, viel einfacher: passwort1.«

Sie aßen wieder im *Dwejra*. Diesmal hatte es tatsächlich Schweizer unter den Gästen. Zwei Pärchen, Männer wie Frauen um die dreißig. Kein Ausschlag auf der Carlsberg-Skala. Miguel flirtete mit der Bedienung, einer ausgewanderten Ungarin namens Veronika, die granatrot gefärbtes Haar, eine Stupsnase und einen üppigen Busen besaß. Ihre milchig weiße Haut wies winzige Sprenkel auf und sah aus wie Waschpulver. Veronika war vierundzwanzig, wie Miguel schnell herausfand, und lebte seit zwei Jahren auf Gozo. Er brachte sie zum Kichern, sie zwinkerte ihm zu. Violetta verdrehte die Augen, verkniff sich aber einen Kommentar.

Beide bestellten zur Vorspeise Bruschetta mit Mozzarella und als Hauptspeise Spaghetti Frutti di Mare. Dazu tranken sie eine Karaffe Dolcino, einen zackigen, maltesischen Roséwein.

An einem der Nebentische speisten vier Männer. Sie redeten in einer Sprache, von der Miguel vermutete, es sei Holländisch. Als Veronika deren Bestellungen aufnahm, erklärten ihr die Männer in komisch lallendem Englisch, sie kämen aus dem flämisch sprechenden Teil Belgiens und seien eine Woche zum Tauchen hier. Am östlichen Ende von Xlendis Promenade, in einer Seitengasse, gab es eine kleine Tauchschule mit Namen Atlantis, die auch Zimmer vermietete. Dort logierten die vier Flamen. Sie waren alle um die fünfzig, stark bis enorm stark beleibt, und wurden mit jedem Halbliterbierkrug, den sie bei Veronika bestellten, noch lauter. Die Männer trugen Jeansshorts, Flipflops und drei von ihnen ärmellose T-Shirts mit Tauchsujets drauf. Der Vierte im Bunde, ein Kerl mit blondem Bürstenhaarschnitt, saß mit nacktem Oberkörper da.

Violetta taxierte ihn mit angewiderter Mine.

Der Mann hatte eine Mordswampe und Biertitten, die, wenn er lachte, wippten wie Violettas selbst gemachter Erdbeergelee, den sie daheim in Einmachgläsern lagerte. Der Typ schwitzte stark, sein Oberkörper glänzte vor Schweiß.

»Herr Speckschwarte«, grunzte Miguel, dem Violettas empörter Blick nicht entgangen war.

Sie schüttelte den Kopf. »Absolut unanständig, dieser Kerl. Man besucht doch nicht mit bloßem Oberkörper ein Restaurant. Schon gar nicht, wenn man ausschaut wie ein gemästetes Schwein.«

In dem Moment trat Charlton, der Wirt mit den haarigen Armen, an ihren Tisch. Er erkundigte sich, wie ihr Tag gewesen sei, schnödete spaßhalber über die reichen Schnösel oben in Marsalforn und spendierte ihnen, nachdem das Geschirr abgetragen worden war, ein Gläschen eisgekühlten Limoncello.

Um Viertel nach sieben stand die Sonne knapp und glutrot über dem Horizont und versank dann im Meer.

Violetta sagte: »Bezaubernder Augenblick.«

Miguel sagte: »Geile Szenerie.«

Die vier Belgier bestellten noch mehr Bier.

Gegen neun waren sie zurück im Penthouse. Miguel studierte die Liste mit den Auslandsschweizern, entdeckte auf den ersten Blick aber nichts Verdächtiges. Er fotografierte die fünf Blätter und schickte sie via verschlüsselte E-Mail an Huber. Kurz darauf bimmelte sein Smartphone, Huber war dran. Die Männer sprachen miteinander über die Emmenegger-Liste, danach über *Vinyl-Dreams*. Miguel erwähnte Violettas Flop mit keinem Wort, erzählte Huber aber auch nicht, dass sie es war, die die Liste beschafft hatte. Das Gespräch dauerte keine fünf Minuten.

»Danke!« Violetta nickte Miguel zu.

»Schon gut.« Huber würde die Emmenegger-Liste von IT-Gerry auswerten lassen, vielleicht war Carlsberg ja tatsächlich so unvorsichtig, traf sich mit Landsleuten und ließ sogar seine Daten im Schweizerclub erfassen. »Wäre nicht der erste superschlaue Kriminelle, der einen klitzekleinen, aber fatalen Fehler begeht.« Plötzlich verfinsterte sich Miguels Gesicht. Er starrte Löcher in die Luft, blies die Backen auf. Dann herrschte er Violetta an. »Zeigen Sie mir Ihre Handtasche!«

»Was …«

»Nun machen Sie schon, her damit!« Er ergriff ihre Tasche, zog den Reißverschluss auf und leerte den Inhalt auf den Tisch.

»Heh! Erklären Sie mir vielleicht, was das soll?«

Wortlos nahm er jeden ihrer Gegenstände in die Hand und schien ihn mit seinem Blick zu durchleuchten. Sonnenbrille samt Etui, Nokia-Handy, Kamm, Haarnadeln, Schlüsselbund, Geldbörse, Pass, Notizblock, Kugelschreiber, eine Packung Papiertaschentücher, eine Rolle Zahnseide, das Gläschen mit den Plappertropfen, eine Dose Gesichtscreme, ein Fettstift für die Lippen. Plötzlich hielt Miguel inne. Saugte geräuschvoll die Luft ein. »Was ist das?«

»Was ist was?« Violetta konnte ihren Ärger nicht verbergen. Was kramte der Typ einfach so in ihren Sachen herum?

»Das hier!« Zwischen Daumen und Zeigefinger hielt Miguel ein kleines, silbernes Stück Metall, gerade mal so groß wie ein Zahnbürstenkopf. Eine stilisierte Armbrust.

»Das hat mir Huber vor unserer Abreise überreicht. Ich sei jetzt eine von ihnen, hatte er feierlich verkündet, Agentin von Tell, und darum zum Zeichen diese silberne Armbrust.«

Miguel stieß verächtlich die Luft aus. Aus seiner Hosentasche angelte er ein Taschenmesser, klappte die kleinste Klinge auf, drückte sie auf eine Stelle beim Armbrustschaft. Es machte »Klick« und der Schaft ließ sich aufklappen.

»Hey, das ist meins, Sie machen es ja kaputt!«

Mit der Pinzette seines Taschenmessers stocherte Miguel im Hohlraum des Schafts herum und zog schließlich ein winziges schwarzes Plättchen heraus, an dem ein haarfeiner Draht klebte.

»Da ist er ja! Der Sender.«

Violetta verstand überhaupt nichts.

»Vorhin am Telefon, als ich mit Huber über die Emmenegger-Liste sprach, meinte er, das sei ein Superfang, dann hätten sich die Besuche dort ja gelohnt. Verstehen Sie, Morgenstern, er sagte Besuche, nicht Besuch, er verwendete die Mehrzahl. Wie konnte er davon wissen? Ich habe ihm nie berichtet, dass Sie ein zweites Mal dort waren, was bedeutet …«

»… dass er mich überwacht, dass er jederzeit meinen Standort sehen kann. Mit dem Mini-Sender in dieser kleinen, silbernen Armbrust drin?«

Miguel nickte.

»Warum tut Huber das? Ist das Standard bei Tell-Neulingen? Traut er mir nicht?«

»Um ehrlich zu sein: Von solchen internen Überwachungen habe ich noch nie gehört.«

Violetta nickte bedeutungsvoll und machte sich ihre Gedanken. Dass Miguel von seinem Chef untergraben wurde, musste ihn doch kränken. Oder zumindest nachdenklich stimmen. Da war doch etwas im Busch! »Und was bedeutet das jetzt? Wie machen wir weiter?«

Miguel zuckte mit den Schultern. Es war das erste Mal, dass Violetta ihn so ratlos sah.

28

Violetta erwachte, als draußen Schüsse fielen. Sie zuckte zusammen, rollte sich im Bett zur Seite und griff nach ihrer Armbanduhr auf dem Nachttisch. Es war Viertel vor sechs, die Sonne ging eben auf.

Wieder Schüsse, zwei hintereinander, eindeutig von einem Gewehr. Trocken und kurz wie Peitschenknall hallten sie von den Felswänden der Xlendi-Bucht wider.

Und ziemlich nah.

Violetta stemmte sich aus dem Bett, schlich vorsichtshalber leicht gebückt ans Fenster und hob den Vorhang ein Stück zur Seite.

Da war nichts zu sehen, die Straße unten vor ihrem Haus war menschenleer.

Sie öffnete die Schlafzimmertür und huschte ins Wohnzimmer. Die Schiebetür zur Terrasse stand offen. Miguel, nur in Shorts bekleidet, stand draußen und schaute hinüber zu den felsigen Hügeln der Bucht.

»Wer schießt da?«, fragte Violetta.

Er drehte sich zu ihr um und sie erkannte für einen Sekundenbruchteil die Irritation in seinen Augen.

Sie trug ein hellblaues, knöchellanges Nachthemd aus Seide.

»Müssen Jäger sein«, meinte Miguel und drehte sich wieder in Richtung Bucht. »Das sind eindeutig Schüsse aus Schrotflinten.«

»Worauf schießen die? Wild?«

»Vögel.« In dem Moment ging das Geballere erneut los. Zwei Schüsse hintereinander. Dann, Sekunden später, gleich nochmals dieselbe Schusskadenz. »Zwei Jäger mit Doppelflinten«, sagte Miguel.

In vielleicht dreihundert Metern Entfernung, auf der Krete des Felshangs, stieg eine blaugraue Rauchfahne auf, gleichzeitig floh ein kleiner Schwarm Singvögel im Zickzackkurs in Richtung offenes Meer hinaus.

Violetta wunderte sich: »Die schießen auf Vögel? Um sie zu essen?«

»Auf Malta ist die Vogeljagd Volkssport Nummer eins«, erklärte Miguel. »Es heißt, jeder zwanzigste Malteser habe eine Flinte im Schrank. Somit ist Malta der weltweit am intensivsten bejagte Ort. Und nein, nur selten werden die Vögel für Topf und Teller geschossen, sondern meistens aus purer Jagdlust.«

»Aber das ist ja grauenvoll. Ein Wunder, dass es hier überhaupt noch Vögel gibt.«

»Die einheimischen Vogelarten sind praktisch ausgerottet. Aber es fliegt regelmäßig Frischfleisch hierher. Millionen Zugvögel benutzen im Frühling und im Herbst die Malta-Inseln als Raststation zwischen Europa und Afrika.« Er zuckte mit den Schultern. »Andere Länder ... Kaffee?«

»Der würde jetzt Leben retten!«

Im Küchenschrank stand eine italienische Espressokanne, zudem eine Dose mit gemahlenem Kaffee.

Später setzten sie sich auf der Terrasse auf zwei Plastikstühle, schlürften den heißen, starken Kaffee und genossen das Gefühl, wiederbelebt zu werden.

»Hören Sie, Morgenstern, wegen der Sache gestern ... der Minisender in Ihrer Silberarmbrust ...«

Die Sache war ihm unangenehm, das sah Violetta deutlich. Er schaute sie beim Reden nicht an, guckte aufs Meer hinaus. »Huber wird seine guten Gründe haben, Sie zu überwachen. Es ist ja in der Tat außergewöhnlich, dass eine Tell-Praktikantin einen Auslandseinsatz machen darf. Meines Wissens gab es das vorher noch nie. Insofern verstehe ich Hubers Sicherheitsvorkehrung. Etwas Übervorsicht scheint mir in Ihrem Fall tatsächlich angebracht.«

»Und Sie verstehen natürlich auch, dass er Sie nicht darüber informiert hat? Seinen besten Agenten?« Sie versuchte, ihre Frage nicht allzu kränkend klingen zu lassen.

Miguel biss sich einen kurzen Moment lang auf die Unterlippe. Dann meinte er spröde: »Ich habe den Sender wieder in die Armbrust eingebaut, Sie werden das Schmuckstück weiterhin in Ihrer Tasche mit sich herumtragen. Die Sache ist nie passiert. Und unser Gespräch hier hat nie stattgefunden. Das ... ist alles.«

Er schenkte ihnen beiden Kaffee nach. Minutenlang sprach keiner. Ab und zu fielen Schüsse.

»Ich würde vorschlagen, dass wir uns heute in den Billardcentern umsehen«, wechselte Miguel das Thema.

»Haben Sie schon eine Liste?«

Miguel angelte nach seinem Notebook, klappte es auf und klickte sich das entsprechende Dokument auf den Bildschirm. »Es gibt auf Gozo acht Billardcenter.«

»Acht! Das wird ein langer Tag.«

»Wir haben Glück. Unser Mann spielt Snooker, Snookertische sind edel und teuer, weswegen nur hochwertig eingerichtete Billardcenter sie anbieten.«

Auf Gozo war das lediglich ein einziges Center. Im Fährhafenort Mgarr.

Miguel erläuterte Violetta seinen Plan, sie hörte andächtig zu. Zum Schluss mahnte er: »Und nur *ich* werde diesmal reden, *Sie* hören lediglich zu. Verstanden! Haben Sie überhaupt schon mal Snooker gespielt?«

»Ein bisschen.«

Das Spielcenter in Mgarr hieß ›*The Duke*‹ und war im Untergeschoss eines kleinen Supermarktes an der Hauptstraße untergebracht. Sie spielten eine Partie Snooker. Und schon als Violetta das Queue routiniert in die Hand nahm und dessen Spitze elegant mit Kreide einrieb, ahnte Miguel Schlimmes.

Sie schlug ihn vernichtend.

»Verarschen kann ich mich selbst«, knurrte er.

»*Tschuldigung*«, sagte Violetta in unglaubwürdig kleinlautem Ton. »Meine Eltern waren leidenschaftliche Snookerspieler, wir hatten einen eigenen Tisch zu Hause. Da habe ich halt ab und zu ein wenig mitgespielt.«

»Ab und zu ein wenig ...« Miguel wollte noch etwas erwidern, als der Center-Betreiber, ein hagerer Mittdreißiger mit Glatze und Kinnbärtchen, an ihren Tisch trat.

»Kompliment, Lady, ich habe Sie von der Theke aus beobachtet. Ihr Spiel ist schnell, überlegt und elegant, und wie Sie die lange Rote spielen – alle Achtung.«

Er hieß Josmar und spendierte ihnen einen Kaffee. Dann spielten sie spaßeshalber zu dritt. Gaben einander Tipps, zeigten einander Tricks, probierten spektakuläres Bandenspiel, sprachen Fachchinesisch. Nach gut einer halben Stunde lenkte Miguel die Unterhaltung wie zufällig auf die Frage, welches die effektivste Grundhaltung der Bockhand sei, der linken Hand, auf der das Queue beim Spiel aufliegt und darübergeschoben wird. Sie fachsimpelten über offene, geschlossene und hohe Bockhand und wie ein schöner Bandenbock zu formen sei. Miguel stellte die These auf, mit nur drei Auflagefingern plus Daumen spiele er am besten. Quatsch, meinte Josmar, viel zu instabil. Minutenlang drehte sich das Gespräch um die ideale Anzahl Finger einer Bockhand. Miguel nahm sich mehr und mehr zurück, überließ Josmar das Reden. Gab ihm Zeit und Raum. Angespannt verfolgte Violetta Miguels Taktik. Falls Josmar einen Snookerspieler kannte, der mit einem amputierten Finger an der linken Hand spielte, wäre jetzt der logische Moment, davon zu erzählen. Und das Beste: Er würde ganz von allein darüber sprechen wollen, das lag in der Natur des Gesprächsverlaufs, ohne Druck oder Fragerei von Miguel.

Doch Josmar sagte nichts dergleichen.

Miguel versuchte es noch zweimal, manipulierte Josmar subtil und ohne den geringsten Verdacht zu erregen – nichts.

Ihre Enttäuschung war groß. Nach zwei Stunden verließen sie das Center und spazierten durch die Straßen von Mgarr.

Josmar wusste tatsächlich nichts, dessen war sich Miguel zu hundert Prozent sicher. »Hätte er einen Vierfingrigen gekannt, hätte er geplaudert.«

Die Carlsberg-Snooker-Spur war eiskalt.

Wenn sie schon mal hier waren, wollten sie den Hafen besuchen. Nächste Chance: viele Segelschiffe, Skipper, eine Menge linker Männerhände.

Es gab sogar einen Jachtclub. Miguel und Violetta betraten die Anlage. Im Hauptgebäude, hinter dem Empfangsschalter, saß eine blonde junge Frau.

Kaugummikauend. Dekolleté zeigend. Miguel anschmachtend.

Violetta tat einen tiefen Seufzer. »Dieses Spiel hier liegt Ihnen wohl eher. Dann mal ran an die Kugeln.«

Miguel verwickelte Betty-Melanie, so hieß der Männertraum, sofort in ein Gespräch. Violetta stand abseits und interessierte sich für Prospekte über Jachten, die in einem Rundständer klemmten. Aus dem Augenwinkel heraus beobachtete sie, wie Miguel und die Blondine miteinander sprachen. Flirteten. Schäkerten. Betty-Melanie schrieb schließlich etwas auf eine Visitenkarte und überreichte sie Miguel zusammen mit dem Augenaufschlag des Jahres.

Draußen auf der Straße erklärte Miguel, die Dame wisse leider auch nichts über ein vierfingriges Mitglied des Jachtclubs.

»Und das hat sie Ihnen auf eine Visitenkarte geschrieben?«

»So ähnlich. Ihre Handynummer. Falls mir zu einem späteren Zeitpunkt noch weitere Fragen einfallen.«

Violetta warf den Kopf in den Nacken und stöhnte. »So ein junges Ding! Die ist doch noch keine zwanzig!«

»Na und, Probleme damit, Morgenstern? Ist das strafbar?«

»Nein, aber schandbar.«

Sie wollten zurück nach Xlendi.

Diesmal verlangte Violetta, fahren zu dürfen. Miguel überließ ihr das Steuer. Er verkniff sich jedweden blöden Kommentar, null Machosprüche, keine Frau-am-Steuer-Witze. Er sagte nur: »Linksverkehr, wenn es Ihnen recht ist.«

Sie fuhr. Und hielt sich penetrant an die vorgeschriebenen Tempolimits. Innerorts fünfzig. Außerorts achtzig. Was Miguel, isoliert betrachtet, als absolut korrekt taxierte. Was ihn aber nervte, war Morgensterns Unart, exakt auf Höhe jedes Temposchildes brüsk zu reagieren. Näherten sie sich mit achtzig Stundenkilometern einem Dorf, drosselte Morgenstern nicht etwa vorher schon stetig die Geschwindigkeit, sondern stieg erst präzise beim Fünfzig-Schild auf die Bremse. Von achtzig auf fünfzig. Innert zwei Metern. Was faktisch einer Vollbremsung gleichkam. Das Gleiche umgekehrt am Ortsende. Erst auf gleicher Höhe mit der Achtzig-Tafel gab sie Gas. Und zwar Vollgas. Um innert kürzester Zeit die vom Gesetzgeber vorgegebene Höchstgeschwindigkeit zu erreichen.

»Mein Gott, Morgenstern, aber sonst sind Sie gesund?«, fragte Miguel.

»Nur weil ich als Mörderin das Gesetz breche, heißt das noch lange nicht, dass ich auch im Straßenverkehr sündige«, konterte sie.

Miguel wusste nicht, wie er ihre Antwort deuten solle. Verulkte oder belehrte sie ihn? Wer soll diese Frau verstehen?

Kurz nach vier Uhr waren sie zurück in Xlendi.

Miguel war, was er Morgenstern gegenüber nie zugegeben hätte, ein wenig schummrig von deren Stop-and-go-Transportmethode.

Miguel checkte seine E-Mails und fand eine Nachricht von Huber. IT-Gerrys Team hatte die Emmenegger-Liste durchforstet. Von den dreiundsiebzig Gozo-Schweizern kamen, nach Abzug der Frauen und der sehr jungen und viel zu alten Männer, lediglich noch acht Personen infrage. Man hatte sie alle sehr gründlich überprüft. Keiner kam als Carlsberg infrage.

Miguel nahm's sportlich. »Damit war Ihre James-Bond-Tat

leider vergebens, Morgenstern. So ist halt das Agentenleben. Nicht traurig sein. Kommen Sie, wir gehen schwimmen. Diesmal kommen Sie aber mit! Das Wasser ist herrlich, warm und glasklar.«

Violettas Magen verknotete sich augenblicklich. Aber sie realisierte, dass sie heute nicht kneifen konnte. Zumindest nicht von Beginn weg.

Sie zog ihr Badekleid an, einen schokobraunen Einteiler, und legte sich das Strandtuch wie ein Batman-Cape um die Schultern.

An der Bucht angekommen, wollte Miguel sofort ins Wasser, Violetta lieber sonnenbaden und lesen.

Er neckte sie: »Können Sie etwa nicht schwimmen?«

»Doch, natürlich, aber ich möchte im Moment einfach nicht ins Wasser. Es ist mir ... fast zu kühl.«

»Zu kühl! Die Wassertemperatur beträgt sechsundzwanzig Grad. Was erwarten Sie denn noch?«

»Gehen Sie doch schwimmen und lassen Sie mich hier die Sonne genießen.«

»Nein, Sie kommen jetzt ...«

»... bitte! Miguel, bitte!« Sie flehte.

Das brachte ihn vollends aus dem Konzept. Ausgerechnet sie! Die freche Lady, die nie um eine Antwort verlegen war und bei ihren bisherigen Einsätzen eine bewundernswerte Kaltblütigkeit gezeigt hatte, flehte ihn an? Er war irritiert.

»Okay, äh, ja, dann gehe ich halt allein.« Miguel schritt an den Rand der Promenade und hechtete mit einem Kopfsprung ins Meer.

Als er nach einer halben Stunde vom Schwimmen zurückkam, legte er sich neben Violetta bäuchlings auf sein Tuch und ließ sich von der Sonne trocknen. Violetta lag auf dem Rücken und war in ihr Buch vertieft. Keiner von ihnen verlor ein Wort über den Zwischenfall von vorhin.

Irgendwann setzte sich Miguel auf, schlang die Arme um

die angewinkelten Beine und schaute sich um. »Dort liegt ja unsere Speckschwarte!«

Violetta legte ihr Buch beiseite, stemmte sich auf die Ellenbogen und blinzelte in die Richtung, in die Miguel mit dem Kinn deutete. Zwanzig Meter entfernt, auf einer der vielen weiß getünchten Steinbänke, lag der Belgier, der Flame, von gestern Abend. Der Typ ohne T-Shirt. Er lag auf dem Bauch und schien zu schlafen. Sein Körper zeigte erste Anzeichen eines Sonnenbrands.

»Der Flame als Flamme«, kalauerte Miguel.

Arme und Beine des Dicken baumelten leblos herunter. Am Boden vor ihm lagen Kartonteile, Plastikfetzen und gegen ein Dutzend zerquetschte, goldfarbene Bierdosen.

»Wenn ich richtig zähle, hat unsere Speckschwarte mindestens zwei Sixpack Bier intus«, höhnte Miguel.

Violetta blies geräuschvoll Luft durch ihre Nase. »Stockbesoffen.«

»Und heute Abend im Restaurant wird uns der Herr dann wohl wieder in seiner Oben-ohne-Garderobe Gesellschaft leisten.«

Violetta stemmte sich ganz hoch, saß im Schneidersitz da und schaute zum Belgier, der im Bierkoma lag. Eine Zeit lang sprach sie kein Wort und schien über die Sache nachzudenken, schließlich drehte sie den Kopf zu Miguel. »Sie haben wohl leider recht, Miguel, der Herr wird uns aller Voraussicht nach auch heute wieder mit seinem dicken, nackten, verschwitzten Oberkörper das Abendessen ruinieren. Das wollen wir aber nicht, stimmt's?«

»Nein, muss nicht sein.« Miguel war verdutzt über Morgensterns naive Schlussfolgerung.

»Warum verhindern wir es dann nicht? Warum unternehmen wir nichts dagegen, Miguel?«

»Wie meinen Sie das?«

»Schauen Sie, wir beide, Sie und ich, geben hier gerade ein

Musterbeispiel ab von falscher Toleranz und fehlender Zivilcourage.«

»Lagen Sie zu lange in der Sonne, Morgenstern?«

Sie überhörte seinen Sarkasmus und streckte ihren Zeigefinger aus. »Worum geht es hier: Dieser Mann dort setzt sich zum Abendessen mit bloßem Oberkörper an den Tisch im Restaurant. Uns stört das, es widert uns an, es verdirbt uns Essen, Abend und Stimmung. Was unternehmen wir dagegen? Nichts. Warum unternehmen wir nichts? Weil *man*, weil die Gesellschaft, in solchen Momenten halt nichts tun kann. Es gibt kein Gesetz, das dem *Grüsel* das Kein-Hemd-Tragen verbietet. Wir haben das zu akzeptieren, wir müssen das schlucken, stimmt's?«

Miguel zuckte mit den Schultern.

»Sehen Sie, und genau das finde ich zum Kotzen. Man regt sich über etwas auf, unternimmt aber nichts. Dazu fehlt uns die Courage.«

Miguel wiegte mit dem Kopf. »Na ja, Sie können dem Kerl ja nicht gut vorschreiben, dass er heute Abend ein T-Shirt tragen soll.«

»Und wenn ich genau das tue? Wenn ich jetzt zu ihm hinübergehe und ihn bitte, sich heute Abend anständig zu kleiden, wie würde er reagieren?«

»Gar nicht. Er schläft seinen Rausch aus.«

»Theoretisch, Miguel, rein theoretisch. Was würde Speckschwarte mir antworten?«

»Er würde Sie entweder auslachen oder Ihnen sagen, dass Sie das einen Dreck angeht.«

»Stimmt genau. So ist es doch immer: Bitten wir jemanden, Rücksicht zu nehmen und sein störendes Verhalten anzupassen, ernten wir nur Spott, im extremsten Falle Schläge.«

Miguel zuckte erneut mit den Schultern.

Violetta grinste ihn verschwörerisch an. »Dann muss ich ihn halt dazu zwingen, sein Verhalten zu ändern.«

»Wollen Sie ihm eine Pistole in seine Wampe drücken und ihm drohen?«

»Der Trick, mein lieber Miguel, ist es, den Störfaktor Mensch dahin gehend zu motivieren, dass er von sich aus das Richtige tut. Meist sind es Scham- oder Schmerzgefühle, die ihm dabei helfen, sich zu verbessern.«

Miguel schaute, als plagten ihn urplötzlich Zahnschmerzen.

Sie gab ihm einen Tipp. »Erinnern Sie sich an Meiers schlechte Angewohnheit, seine Schuhe auf meinen Schreibtisch zu legen, und wie ich ihm eine Lektion erteilt habe?«

»Der heiße Kaffee?«

»Der heiße Kaffee. Diese Art der Problemlösung lässt sich beliebig variieren. Passen Sie auf!«

Violetta erhob sich, packte ihre Strandtasche, kramte darin und zog ihren Sonnenschutzstick mit Schutzfaktor fünfzig heraus. Dann marschierte sie hinüber zum besoffenen Belgier. Miguel schaute gespannt zu, wie Violetta den Mann ansprach, schließlich gar stupste, als wollte sie sich vergewissern, dass er tatsächlich komplett weggetreten war. Dann zog sie die Schutzkappe von ihrem Sonnenstick, beugte sich über den komatösen belgischen Körper und malte mit sachten Strichen auf dessen Rücken.

»Was haben Sie dem Typen auf den Rücken gemalt?«, fragte Miguel, als Violetta mit einem zufriedenen Lächeln im Gesicht zurückkam.

»Seien Sie doch nicht so ungeduldig, Miguel. Freuen Sie sich auf die Überraschung heute Abend.«

Diesmal aßen sie im *Ta Nona*, einer kaum drei Tische breiten Kneipe mit dunklen, verwitterten Bootsholzwänden, an denen zotige Bilderwitze aus den Sechzigerjahren hingen. Gleich neben dem *Ta Nona* lag das *Dwejra*.

Beide wählten die Fischsuppe, die Aljotta. Violetta orderte

zum Hauptgang ein Steak vom Schwertfisch mit Salat. Miguel entschied sich für den Lampuki, eine gegrillte Goldmakrele an einer Kapernsauce und so etwas wie das Nationalgericht Gozos. Dazu tranken sie wieder eine Karaffe Dolcino-Rosé.

Dann kamen die Belgier. Sie waren nur zu dritt. Speckschwarte fehlte.

Miguel hob eine Augenbraue. »Was haben Sie mit Speckschwarte angestellt, Morgenstern, dass er nicht zum Essen erscheint?«

Violetta schaute verärgert, so als sei ihr Experiment missglückt.

Die drei Belgier bestellten Bier, prosteten sich zu, tranken, studierten die Speisekarte, bestellten aber noch kein Essen. Sie schienen zu warten. Auf ihren Kumpel. Violetta lächelte.

Mit zehnminütiger Verspätung kam Speckschwarte angewatschelt. Mit nacktem Oberkörper.

»Experiment misslungen!«, spöttelte Miguel und konnte sich ein schadenfreudiges Grinsen in Richtung Violetta nicht verkneifen.

Diese blickte ihn demonstrativ tiefenentspannt an. »Abwarten!«

Speckschwarte trug wiederum nur seine Jeansshorts. Das stundenlang besoffene Herumliegen in der prallen Sonne hatte Spuren hinterlassen. Gliedmaßen, Kopf und Rumpf hatten Farbe und Textur eines frisch aufgeschnittenen Rindercarpaccios.

Er pflügte die Promenade entlang, an den Restaurants und den Gästen vorbei. Miguel merkte sofort, dass etwas nicht stimmte. Wo Speckschwarte vorbeiwankte, reagierten die Gäste an den Tischen augenblicklich hektisch. Sie hoben ruckartig die Köpfe, rissen die Augen auf, gafften ihm hinterher, tuschelten, deuteten auf seinen Rücken.

Miguel schaute Violetta fragend an. Sie zeigte das gleiche allwissende Lächeln wie Eltern, die ihren Kindern unter dem

Weihnachtsbaum Geschenke in die Hand drücken, von denen sie genau wissen, dass sie in den nächsten Sekunden unbändige Freude auslösen werden.

Speckschwarte wurde von seinen drei Kollegen johlend begrüßt. Er schwitzte, grinste, ließ sich auf den noch leeren Plastikstuhl am Vierertisch plumpsen. Dann schienen ihn seine Kumpels wegen des Sonnenbrandes zu necken, der eine klatschte ihm gar die flache Pranke auf den linken Oberarm, wo noch Sekunden später der Abdruck wie ein weißer Glacéhandschuh zurückblieb. Dann hießen sie ihn, sich umzudrehen, in fieser Vorfreude auf einen grauenhaft verbrannten Rücken. Speckschwarte machte ihnen die Freude.

Tatsächlich leuchtete sein Rücken wie das Rotlicht einer Ampel, an einigen Stellen bildeten sich erste Blasen. Aber da war noch etwas anderes. Exakt in der Rückenmitte, entlang der Wirbelsäule, etwas unterhalb der Schulterblätter, auf der Fläche eines Waschlappens, prangte eine Zeichnung. Überall da, wo Violettas Sonnenstick die Haut vor der Sonne geschützt hatte, prangte nun ein Symbol. Sechs hautweiße Balken, zusammenhängend, je im rechten Winkel zueinanderstehend, hoben sie sich markant vom Flammrot des Rückens ab.

Ein Hakenkreuz.

Die Speckschwarte, von seinen Kumpels über seine Naziverzierung informiert, schoss vom Stuhl hoch und stieß dabei so heftig an die Tischplatte, dass sämtliche Bierkrüge umkippten. Er hatte die Augen weit aufgerissen, seine Mimik verriet Irritation, Ekel und Scham. Und sein Gesicht – obwohl von der Farbintensität her nur schwer noch zu steigern – lief knallrot an. Er schaute sich unsicher um, sah die Blicke der anderen Gäste. Dann wabbelte er davon, so schnell er eben konnte.

Eine Viertelstunde später, Violetta säbelte gerade an ihrem Schwertfisch herum und Miguel genoss seinen Lampuki, kam Hitlers Sonnenanbeter zurück. Auf seinem schwarzen T-Shirt prangte ein stilisierter Taucher, dazu der Slogan *Im Vollrausch der Tiefe.*

Gegen neun Uhr verließen sie das *Ta Nona* und spazierten in der Dämmerung dem Hafen entlang nach Hause. In den Abendstunden hatten ein paar neue Boote angelegt, deren Skipper die Nacht im sicheren Hafen verbringen wollten. Plötzlich packte Violetta Miguel am Arm und hob ihr Kinn bedeutungsvoll in Richtung eines Einmasters. Das dunkelblau gestrichene Schiff trug am Bug den Namen Heidi. An Deck stand ein weißbärtiger Mann mit ebenso weißem Lockenkopf und hantierte mit Tauwerk.

An seiner linken Hand trug er einen schwarzen Stofffäustling.

»Entweder er hat sich frisch die Hand verletzt oder er verbirgt etwas«, flüsterte Miguel.

»Unser Mann?«

»Alter stimmt, ich schätze Mitte fünfzig, Statur auch. Dazu der Bootsname, so helvetisch, Heidi ... Unsere Chancen steigen, Morgenstern.«

»Was jetzt? Wir können ihn ja nicht gut bitten, uns seine linke Hand zu zeigen.«

»Bitten nicht. Aber zwingen.«

»Was haben Sie vor?«

»Es sieht ganz so aus, als sei der Mann allein. Ich werde mir seine Hand anschauen, ohne dass er etwas davon mitbekommt. Sie, Morgenstern, stehen hier Schmiere. Sobald jemand kommt, pfeifen Sie dreimal kurz. Verstanden?«

Ohne ihre Antwort abzuwarten, legte Miguel los. Der Skipper stand noch immer breitbeinig an Deck, verknotete Taue und drehte ihnen den Rücken zu. Mit einer Geschmeidigkeit, die Violetta Miguel nie zugetraut hätte, huschte dieser über die Pier zum Boot und schwang sich über die verchromte Reling an Deck. Ohne auch nur das geringste Geräusch zu verursachen. Der Skipper jedenfalls schien nichts zu bemerken. Trotz zunehmender Dunkelheit konnte Violetta jede von Miguels Bewegungen erkennen. Dann ging alles rasend schnell. So etwas hatte Violetta noch nie zuvor gesehen. Oder nur im Film.

Miguel pirschte sich von hinten an den Mann heran, schlang ihm blitzschnell den rechten Arm um den Kopf und stieß gleichzeitig seinen linken Zeigefinger in dessen Hals, als wäre es ein Giftpfeil.

Der Skipper erschlaffte augenblicklich.

Miguel legte ihn sanft auf den Boden, packte sofort dessen linke Hand, zog den Fäustling weg, schaute, stülpte den Fäustling wieder darüber, erhob sich und schlich genauso katzenhaft wieder zurück zu Violetta. Die ganze Aktion hatte weniger als eine Minute gedauert.

Miguel packte Violetta an der Hand. »Los, weg hier.« Violetta platzte fast vor Neugier, aber jetzt war nicht der Moment für Analysen, sie mussten sich in Sicherheit bringen.

Erst als sie im Penthouse waren, sagte Miguel: »Er hat sich seine Hand bös' verbrannt. Aber alle Finger sind noch dran.«

29

Erneut wurden sie durch Schüsse geweckt. Doch diesmal schaute keiner von ihnen mehr aus dem Fenster. Die frühmorgendliche Ballerei gehörte nun mal zu Gozo wie Kapernsauce zum Nationalfischgericht Lampuki.

Nach ihrem Sondereinsatz gestern Abend waren sie beide viel zu aufgekratzt gewesen, um schlafen zu können. Bis weit nach Mitternacht hatten sie geredet. Miguel hatte Violetta beruhigt, er habe den Skipper nicht getötet, der Mann sei lediglich bewusstlos. Und nur für ein paar Minuten. Er werde wohl glauben, er habe einen Schwächeanfall erlitten und sei umgekippt. Auf Violettas Frage, was das für eine Kampftechnik sei und wo Miguel so etwas Unglaubliches gelernt habe, wurde dieser auffallend einsilbig, wich aus und meinte schließlich, es sei jetzt genug zum Thema gesagt. Violetta ahnte, dass solche Kampfkünste einem nicht in der Schweizer Armee beigebracht wurden.

Am heutigen Tag wollten sie sich ein Cabrio kaufen, am liebsten einen Oldtimer. So jedenfalls lautete ihre Geschichte, die sie den Garagisten und Automechanikern auftischen wollten.

Carlsberg hatte in seinem ersten Leben gleich mehrere alte Cabrios besessen, er schien geradezu vernarrt in solche Wagen zu sein.

»Und mal ehrlich«, meinte Miguel, »wo sonst macht ein Cabrio Sinn, wenn nicht auf Malta mit seinen dreihundert Tagen Sonnenschein im Jahr?«

Es gab, laut Google, keinen Händler auf der Insel, der explizit nur Oldtimer oder nur Cabrios verkaufte. Es gab stattdessen gefühlte eine Million Autogaragen. Jeder Gozoaner schien nebenbei auch noch ein bisschen an Autos herumzuschrauben und mit ihnen zu handeln. Diesmal würde ihnen die Recherche nicht so einfach fallen wie beim Plattenladen oder den Snookercentern. Sie würden Werkstatt für Werkstatt abklappern müssen.

Nach zwei Tassen Kaffee fuhren sie als Erstes nach Victoria hinauf.

Google hatte ihnen verraten, Joseph Mallia besitze eine der größten Autowerkstätten auf Gozo, Mallia's Garage.

Am südlichen Stadtrand, an der Triq Vajringa, befand sich sein Geschäft. Tatsächlich ziemlich groß und chic, jedenfalls für gozoanische Verhältnisse. Es gab sogar ein Schaufenster, wenn auch ziemlich verstaubt, in dem sich drei Wagen, ebenfalls verstaubt, der Käuferschaft präsentierten. Mallia kaufte, verkaufte und reparierte so ziemlich jede Automarke. Davon zeugten die Schilder, die er an der Fassade angebracht hatte. Nebst den großen, bekannten Automarken kümmerte er sich auch um Exoten, die längst nicht mehr existierten: Simca, Matra und Yugo.

Die Eingangstür zum Geschäft war grün. Violetta versuchte erneut, Miguel im Fach Farblehre zu unterrichten. »Na? Schilfgrün, apfelgrün oder opalgrün?«

Er reagierte unerwartet heftig. »Jetzt hören Sie endlich auf mit ihrem Lehrerinnengetue. Sie nerven. Und zwar gewaltig. Merken Sie das nicht? Ich bin nicht Ihr Schüler. Und wozu soll das gut sein, jedem Mist die passende Farbe zuzuordnen? Senfgelb, Schneeweiß und Scharlachrot. Scheiß drauf?«

»Ja, schau, Sie können's ja doch! Das waren doch eben drei sehr schöne Farbbeispiele. Darfst dich wieder hinsetzen, Miguel.« Ihr Lob klang schwer ätzend. Was ihn vollends in Rage brachte.

»Okay, Sie haben es so gewollt, Scheißpaukerin. Wie wär's denn mit Hundedurchfallbraun, Froschmatschgrün, Unfallopferrot, Beulenpestschwarz, Bullenspermaweiß und Eingeweiderosa? Na, gefällt Ihnen das?«

In ihrem Blick lag eine Mischung aus Mitleid und Warnung. »Treiben Sie's nicht zu bunt, Miguel!«

Im Innern der Autogarage roch es nach Schmieröl, Kaffee und nassem Hund. Es gab eine hölzerne Empfangstheke, dahinter zwei Holzschreibtische, die, Stirn an Stirn, zusammengeschoben worden waren. An den unverputzten Steinquaderwänden hingen mehrere Hochglanzposter von teuren Wagen, ein altes Werbeschild aus Emaille für Continental-Reifen, der für Garagisten obligate *Pirelli*-Kalender mit einer leicht bekleideten, schwer bestückten Miss September und eine bunt bemalte Gipsmadonna, deren Heiligenschein von einer farbig blinkenden Lichterkette dargestellt wurde.

Hinter der Theke, an dem einen Bürotisch, saß eine beleibte Frau um die fünfzig mit schwarzer hochtoupierter Frisur, wie sie zuletzt Anfang der Siebzigerjahre in Mode gewesen war. Über ihrer Oberlippe gedieh ein Damenbärtchen, um das sie mancher Jüngling beneidet hätte. Die Frau telefonierte aufgeregt. Auf Malti. Ihrer Lautstärke, den Helikopterhänden und der energischen Miene zufolge schien sie ihrem Telefonpartner gerade zünftig die Leviten zu lesen. Miguel und Violetta standen fünf Minuten einfach nur da, warteten, guckten Löcher in die Luft und fühlten sich ziemlich dämlich dabei. Plötzlich knallte die Frau das Telefon auf die Ladestation, stand auf und sagte auf Englisch Hallo.

»Entschuldigen Sie, dass Sie warten mussten. Ich wollte erst noch meiner Enkelin gratulieren. Die Kleine feiert heute ihren fünften Geburtstag. Sie ist so ein Schatz.«

Miguel und Violetta tauschen einen kurzen Blick aus. Wo Liebesschwüre und Flüche gleich tönen – Malti war eine wunderliche Sprache.

Die Hochtoupierte stellte sich als Maria Mallia vor, die Ehefrau des Chefs. Miguel übernahm das Reden. Sie seien neu auf der Insel, erklärte er, sie wollten sich hier einen Zweitwohnsitz einrichten und brauchten darum einen Wagen. »Bisher sind wir mit einem Mietauto unterwegs«, erklärte er der Garagistengattin und deutete auf den Citroën, der vor dem Laden parkte.

»Oh, wir haben hier allerlei Wagen für jedes Budget«, warb Maria Mallia.

»Wir suchen aber etwas Spezielles«, fuhr Miguel fort. »Uns schwebt ein Cabrio vor, aber eines mit Alter, Stil und Patina, ein Oldtimer.«

»Da muss ich meinen Mann rufen. Joseph kennt sich mit solchen Raritäten besser aus.« Sie griff wieder nach dem Telefon, tippte mit dem Kugelschreiber auf die Tasten, wartete drei Sekunden und schrie dann erneut in den Hörer, als wäre das Ende der Welt gekommen.

»Er kommt sofort«, teilte sie nach Beendigung des Telefonats ihrer Kundschaft mit.

Joseph Mallia war nicht größer als ein gut gewachsener Zehnjähriger, wog aber bestimmt um die hundertfünfzig Kilo. Den Gürtel seiner kurzen Hose trug er über Bauchnabelhöhe. Er hatte ölige Finger, weswegen er ihnen zum Gruß seinen Ellenbogen hinstreckte.

»Sie möchten ein Cabrio, einen Oldtimer, sagt meine Maria. Ja, ich habe hier ein paar Wagen, bei denen sich das Dach öffnen lässt. Ab welchem Alter beginnt bei Ihnen denn ein Oldtimer?«

Miguel antwortete: »Wir denken da so an die Fünfziger-, Sechziger-, allerhöchstens Siebzigerjahre.«

Mallia wuschelte sich mit den öligen Fingern das Haar und sog geräuschvoll die Luft ein. »Ich habe draußen einen Alfa Romeo Spider, Baujahr 1995. Und dann noch ein BMW-Cabriolet von 2003. Aber das ist Ihnen wohl zu wenig alt, was?«

Miguel antwortete mit einem Zungenschnalzen. »Sorry, aber es soll wirklich eine *alte* Schönheit sein.«

Dann kam der Moment für ihre Legende.

»Wir trafen da neulich in einem Restaurant in Victoria einen Mann«, begann Miguel zu erzählen. »Mitte fünfzig, der uns von seinem Oldtimer-Cabrio vorschwärmte, das er auf Gozo gekauft hatte. Ich erinnere mich leider weder an die Automarke noch an den Namen des Mannes. Auffallend war, dass er an der einen Hand nur vier Finger hatte.«

Mallia grunzte, massierte sich mit den öligen Fingern den Hals. »Nie gesehen den Typen, kenne ich nicht.«

Aber er nannte ihnen eine Adresse in Munxar. Ein Schulfreund von ihm, Farmer und Ferienhausvermieter, betreibe auch noch eine kleine Autowerkstatt und sei Fan von Oldtimern. »Gut möglich, dass Massimo euch helfen kann.«

Eine Viertelstunde später erreichten sie den Ort Munxar. Auch hier wieder der große Platz mit der Kirche, wieder die engen Gassen, wieder die bulligen Sandsteinhäuser mit den knallbunten Toren. Ein Dorf glich dem anderen. Massimo, sein Nachname war ihnen nicht genannt worden, wohnte an der Triq Il Qsajjem. Sein Haus sei nicht zu verfehlen, hatte Mallia gemeint. »Er ist Mercedes-Fan!«

Auf Gozo besaßen die meisten Gebäude keine Hausnummern, sondern einen Namen. Dieser prangte auf großen, aufwendig verzierten Keramikkacheln, die an der Hauswand klebten. In den allermeisten Fällen waren es die Namen von Heiligen, San Gorg, San Guzepp, Santa Marjia, oder von den Hausbesitzern selbst, Ta Peter, Ta Carolina, Ta Pawl. Und dann gab es noch Häuser, die die Sehnsüchte ihrer Bewohner wiedergaben: Winterdream, Honduras, Nirvana, Elvis.

Das Haus von Mercedes-Fan Massimo trug den Namen Benz.

Seine Garage stand offen. Darin stand ein weißer alter Mercedes aus den Sechzigerjahren, wie Miguel sofort erkannte.

Massimo wog mindestens ebenso viel wie sein alter Schulkollege. Er gab sich mürrisch und musterte die Fremdlinge skeptisch. Als sie ihm Grüße von Joseph Mallia ausrichteten, wurde er innerhalb von Sekunden zu ihrem besten Freund.

»Der alte Jo hat euch geschickt. Warum sagt ihr das nicht gleich.« Er drückte erst Miguel an sich und dann, einige Sekunden länger und inniger, Violetta.

Sie erzählten erneut ihr Märchen.

Fragten wieder nach Oldtimer-Cabrios. Erwähnten wieder den unbekannten Vierfingrigen.

Massimo setzte eine wichtige Miene auf, biss an einem Häutchen seines Daumennagels herum, nickte und brummte mehrmals. Doch schließlich musste er zugeben, dass er ihnen in der Sache nicht weiterhelfen konnte.

Immerhin hatte er einen Tipp für sie.

Er habe gehört, in Zeebug oben sei einer, ein Engländer, der sich mit Oldtimern vortrefflich auskenne. Einen Namen wusste er nicht.

In Zeebug sah es aus wie in Munxar, Gharb oder Xaghra. Hätte man sie mit verbundenen Augen in ein Dorf gebracht und dann auf dem Hauptplatz ausgesetzt – sie hätten unmöglich sagen können, in welcher Ortschaft sie sich befanden.

Miguel kurvte durch den Ort, auf der Suche nach der Autogarage dieses Engländers. Als er nichts dergleichen fand, hielt er an und fragte durchs offene Fahrerfenster Einheimische um Rat.

Ein zerzauster Alter wusste schließlich Rat. »Das klingt ganz nach Henry Bunt.«

Er erklärte ihnen den Weg.

Sie fanden Bunts Werkstatt, einen Kilometer außerhalb von Zeebug, in einem schlichten, aber mit Stil renovierten Farmhaus. Miguel fuhr auf der staubigen Naturstraße bis zum Hof. Davor lag ein großer Kiesplatz, wo er parkierte. Was früher die Scheune gewesen sein musste, war jetzt eine Werkstatt. Die beiden azurblau gestrichenen Flügel des Holztores standen halb offen. Überall auf dem Hof lagen Autoteile herum. Stoßstangen, Wagentüren, Reifen, ganze Heckverkleidungen. Vor der Werkstatt parkte ein Wagen. Silbergrau metallic, mit opulent ausladenden Formen und trotzdem schnittig. Frech. Ohne Dach. Ein altes Cabrio.

Miguel schritt andächtig zum Oldtimer und begutachtete ihn, ohne jedoch etwas anzufassen.

»Eine richtige Schönheit, meinen Sie nicht auch?«

Sie hatten den Mann nicht kommen sehen. Er musste in der Werkstatt gearbeitet haben und war jetzt in die Bruthitze des Nachmittages herausgetreten.

»Ein Porsche 356«, sagte Miguel andächtig, »vier Zylinder, Boxermotor, Karosserie aus Stahlblech, durchgehende Sitzbank. Ich würde sagen A-Modell, Baujahr 1956?«

»1957! Nicht schlecht, Gratulation, Sie kennen sich aus!«

Der Mann wischte sich mit einem Lappen die Hände sauber und stellte sich vor. »Henry Bunt, nennen Sie mich Henry.«

Der Mann war zweifelsohne Engländer. Das verrieten seine distinguierte Art, das geschliffene BBC-Englisch, die vornehme, vielleicht etwas zu forcierte Wortwahl und das kupferrote Haar mit dem penibel gezogenen Seitenscheitel.

Weniger englisch war seine Kleidung. Er trug eine zerschlissene Jeanslatzhose – und sonst nichts. Kein Hemd, kein Shirt. Seine nackten Füße steckten in Flipflops. Die maltesische Sonne ringt mitunter selbst einem englischen Gentleman gewisse Zugeständnisse ab, was die Kleiderordnung anbelangt.

Sie schätzten Bunt um die fünfzig. Er kaute Kaugummi, hatte ein verschmitztes Gesicht, wache Augen und einen daumennagelgroßen Silberring im linken Ohrläppchen. Er war groß, um die eins achtzig, kräftig, nicht dick, zeigte aber den Ansatz eines Bäuchleins.

Und besaß an jeder Hand fünf Finger.

Nicht Carlsberg.

Genau so etwas hier würden sie suchen, sagte Miguel und streichelte so feierlich über die Karosserie des Porsche-Cabrios, als cremte er den Rücken einer Badenixe mit Sonnenlotion ein.

»Tut mir leid, der Wagen ist unverkäuflich«, entgegnete Bunt.

»Schade, vielleicht können Sie uns trotzdem weiterhelfen. Kennen Sie jemanden hier auf der Insel, der Oldtimer-Cabrios sammelt?«

Bunt grinste. »Kommen Sie mit, ich will Ihnen etwas zeigen.«

Er schlurfte in seinen Flipflops voraus, hinüber zur Werkstatt und stieß beide Flügel des Holztores weit auf.

Sie brauchten erst einen Moment, bis sich die Augen vom grellen Sonnenlicht an die schummrige Werkstattatmosphäre gewöhnt hatten.

Miguel stieß einen anerkennenden Pfiff aus.

»Nicht schlecht, was?«, meinte Bunt und kaute betont lässig auf seinem Kaugummi herum.

Da standen drei Cabrios. Violetta erkannte, dass sie alt waren. Mehr wusste sie dazu nicht zu sagen. Sie hatte sich noch nie etwas aus Autos gemacht und verstand nichts davon.

Aus Bunts und Miguels Fachsimpelei hörte sie die Worte Alpha Romeo, Plymouth und Chrysler heraus.

Miguel war wie berauscht. Er ging auf die Knie und schaute unter die Wagen, umkreiste sie, fasste Blech, Verdeck und Seitenspiegel an und fragte Dinge, bei denen Violetta nur Bahnhof verstand. Er benahm sich wie ein kleines Kind im Spielzeugladen.

Bubenzeugs. Männerkram. Das Resultat war dasselbe. Verzückte Gesichter.

»Alle Ihre?«, fragte Miguel.

Bunt nickte nur, förmlich und langsam. Englische Zurückhaltung.

»Und nicht zu verkaufen?«

Bunt schüttelte den Kopf und machte dabei eine steife Oberlippe. Englische *Coolness*.

Miguel hielt den Moment nun für gekommen, um mit dem zweiten Teil der Legende weiterzufahren. Die Mär vom vierfingrigen Cabriofahrer.

Er und Bunt schlenderten aus der Werkstatt wieder in die Sonne hinaus, Violetta dezent ein paar Schritte dahinter.

»Eine Sache hätte ich da noch«, begann Miguel, »es geht um einen Cabriofahrer, dem wir letzthin auf Gozo begegnet sind.«

Violetta ging nun, mit etwas Abstand, schräg hinter den beiden.

Als sie erstarrte.

Es war, als fahre ein Blitz in ihren Körper. Ihre Nackenhaare sträubten sich augenblicklich. Ihr wurde heiß und kalt gleichzeitig.

»… wie gesagt, da war also dieser Cabriofahrer, aber dummerweise haben wir vergessen …«

In dem Moment gab Violetta ein Stöhnen von sich, taumelte und sank auf die Knie in den Kies.

»Ist Ihnen nicht gut, Lady?« Bunt kniete sofort neben ihr und hielt sie an Schulter und Oberarm fest, damit sie nicht vollends umkippte.

»Ich … es geht schon. Die Hitze. Ich stand wohl zu lange in der Sonne.«

»Ich hole Ihnen ein Glas Wasser. Setzen Sie sich doch bitte in den Schatten des Hauses.« Bunt half Violetta hoch, hakte ihr unter und geleitete sie zu einer Holzbank, die im Schatten der Hausmauer stand.

Violetta ließ sich auf die Bank plumpsen und hielt sich den Handrücken vor die Stirn.

»Ich bin gleich wieder da«, sagt Bunt und spurtete davon, so gut das in Flipflops möglich war.

Kaum war er im Haus verschwunden, stand Miguel neben Violetta. »Ist Ihnen tatsächlich schwindlig oder ziehen Sie hier wieder irgendeine Nummer ab?«

»Mich traf vorhin fast der Schlag. Aber nicht wegen der Hitze, sondern wegen Bunts Füßen.«

»Stinken die derart?«

Sie konnte nicht mehr antworten, weil Bunt eben mit einem Glas Wasser aus dem Haus trat und es ihr überreichte. »Hier, trinken Sie, Lady, aber schön langsam!«

Dann sah Miguel es auch.

An Bunts linkem Fuß fehlte die mittlere Zehe.

30

Unter Aufbietung all seiner schauspielerischen Grundkenntnisse gelang es Miguel, sich vor Bunt nichts anmerken zu lassen.

Gleichzeitig schossen ihm eine Million Fragen durch den Kopf. Die brennendste war: Hatten die thailändischen Forensiker damals im Tsunamichaos gepfuscht? Und eine Zehe für einen Ringfinger gehalten?

»Danke, das Wasser tat gut. Mir geht es schon viel besser«, hauchte Violetta und reichte Bunt das leere Glas.

»Soll ich Ihnen noch eines holen?«

»Nein, ich denke, das reicht. Haben Sie vielen Dank. Wir gehen wohl jetzt besser, wir möchten Sie nicht länger aufhalten.«

»Nicht doch, nicht doch. Ich habe hier draußen selten Besuch. Von Cabriokennern schon gar nicht.« Er schaute zu Miguel hinüber und zwinkerte ihm zu. »Vielleicht finden Sie ja doch noch ein Cabrio, das käuflich zu erwerben ist. Es gibt da einen Händler in Victoria, ich hatte zwar noch nie mit ihm zu tun, habe aber gehört, er handle auch mit Oldtimern. Er heißt Millia oder Mallia oder so ähnlich. Wenn Sie noch einen Moment warten, schaue ich im Haus auf meinem Computer schnell nach und schreibe Ihnen die Adresse auf.«

Ohne eine Antwort abzuwarten, flipflopte Bunt erneut los. Unmittelbar bevor er durch die Tür wieder im Haus verschwand, spuckte er seinen Kaugummi in hohem Bogen in eine mit Feldsteinen eingegrenzte Rabatte, in der vertrocknete Stauden lagen.

Kaum war Bunt im Haus verschwunden, spurtete Miguel los. Bis zur Rabatte. Dort beugte er sich hinunter, bewegte den Kopf hektisch hin und her, suchte etwas. Dann hielt er inne, griff in die Erde, hob Bunts ausgespuckten Kaugummi in den Fingern hoch und steckte das klebrige Ding in seine rechte Hosentasche.

Violetta schaute ihn mit einer Mischung aus Verständnislosigkeit und Ekel an.

Miguel legte seinen Zeigefinger senkrecht auf seine Lippen. Dann formte er mit seinem Mund drei lautlose Buchstaben.

»DNA.«

Sie starrten wie paralysiert durch die Windschutzscheibe auf die vor Hitze flimmernde Landschaft vor ihnen, während sie nach Zeebug zurückfuhren. Die ersten zehn Minuten sprach keiner ein Wort.

Es war ein Schock. So plötzlich und völlig unvermittelt Carlsberg vor sich zu haben.

Henry Bunt.

Irgendwann sagte Violetta: »Er ist es? Oder?«

»Ich denke schon. Alles passt. Das Alter, die Körpergröße, die Leidenschaft für Oldtimer-Cabrios …«

»… und der Ringfinger, der in Wirklichkeit eine Mittelzehe ist. Was ist da schiefgelaufen?«

Miguel atmete geräuschvoll ein und aus. »Es war das totale Chaos, damals nach dem Tsunami. Die Forensiker schufteten bei der Identifizierung von Leichen und Leichenteilen bis zur Erschöpfung. Da wurden bestimmt Fehler gemacht. Wir werden unsere eigenen Forensiker bei Tell fragen, ob eine Verwechslung von Finger und Zehe im fortgeschrittenen Verwesungszustand möglich ist. Aber ich bin mir fast sicher, dass damals im Durcheinander und in der Eile schon mal ein Fußknöchelchen für ein Fingerglied gehalten wurde. Und zudem: Wer würde zweifeln, dass es ein Finger ist – wenn doch ein Ehering daran steckt?«

Violetta legte ihre Stirn in Falten. »Aber warum hat er sich denn nicht gleich einen Finger abgehackt?«

»Mit einem Finger weniger ist so manche Tätigkeit im Alltag viel umständlicher. Es ist eine Behinderung. Wo hingegen eine fehlende Zehe – die große Zehe mal ausgeschlossen – verkraftet werden kann, zumal sie auch für die Stabilisierung des Fußes nur von geringer Bedeutung ist.«

Sie kamen zu einer Weggabelung, wo die Straße rechts nach Xlendi führte. Doch Miguel wählte die linke Abzweigung. In Richtung Mgarr. Zum Hafen.

Violetta schaute ihn erstaunt an. »Wohin fahren wir?«

»Wir nehmen die Autofähre nach Malta und fahren zum Flughafen.«

»Wir fliegen heim? Aber unsere Sachen sind doch noch in Xlendi.«

»Keine Panik, Morgenstern, wir bleiben hier. Aber am Flughafen ist ein Büro von FedEx. Der Kaugummi fliegt noch heute Abend per Eilkurier mit Air Malta in die Schweiz zu unseren Tell-Forensikern.«

Erst weit nach Mitternacht waren sie zurück in ihrem Penthouse.

Miguel hatte auf dem Hinweg, als sie sich auf der Autofähre befanden, Huber mit einer App auf seinem Smartphone eine verschlüsselte Nachricht geschickt und ihn über den neusten Stand informiert.

Über Henry Bunt. Die amputierte Zehe. Und den Kaugummi.

Huber hatte umgehend zurückgeschrieben. Sie würden den Kaugummi am Flughafen Zürich in Empfang nehmen, die Forensiker müssten eine Nachtschicht einlegen und morgen um die Mittagszeit sollte die DNA-Analyse vorliegen. Es war jetzt wichtig, schnell Gewissheit zu haben, ob sie mit Henry Bunt richtiglagen. Oder ob das alles einfach nur ein unglaublicher Zufall war. Und sie weitersuchen mussten. Nach dem vierfingrigen Unbekannten.

In dieser Nacht schliefen Miguel und Violetta wenig und schlecht.

Sie erwachten noch vor Sonnenaufgang. Bevor das Geballere der Vogeltotschießer losging.

Sie brauchten beide mehrere Tassen Kaffee, um in die Gänge zu kommen. Nach dieser unruhigen Nacht, in der sie immer wieder aufgeschreckt waren und an Henry Bunt herumstudiert hatten, fühlten sie sich ziemlich gerädert.

Gegen sieben Uhr erhielt Miguel eine E-Mail von Huber. Die DNA-Analyse des Kaugummis laufe wie vorgesehen, mit dem Ergebnis sei um die Mittagszeit zu rechnen. Zudem hatte Huber IT-Gerry beauftragt, in Henry Bunts digitale Welt einzudringen, seinen Computer und sein Smartphone zu hacken.

Sie setzten sich nebeneinander an den Küchentisch. Miguel klappte sein Notebook auf, mit dem er auch von unterwegs auf all die Datenbanken und Register zugreifen konnte.

Henry Bunt.

Sie wollten alles über den Mann wissen.

Er war tatsächlich maltesischer Staatsbürger. Im Jahre 2008 hatte er den Pass beantragt und diesen – nachdem er eine Zahlung von sechshundertachtzigtausend Euro geleistet hatte, vierhunderttausend in eine Immobilie investierte, für hundertfünfzigtausend Staatsanleihen kaufte und einen Eid auf die Verfassung schwor – innerhalb nur einer Woche erhalten.

In Malta wohnhaft war Bunt seit 2006.

»Demnach hätte er sich nach dem Tsunami zwei Jahre lang werweißwo herumgetrieben, ehe er sich hier auf der Insel niederließ«, kombinierte Violetta.

Laut Maltas Einwohnerregister war Henry Bunt gebürtiger Brite, vorher wohnhaft in Stansted. Beruf: selbstständig. Zivilstand: ledig. Alter: neunundvierzig.

»Damit macht sich der eitle Geck fünf Jahre jünger, als er in Wirklichkeit ist«, höhnte Miguel.

Er lud das Foto aus Bunts maltesischem Pass herunter und

verglich es mittels biometrischer Software mit dem Foto, das sie von Carlsberg aus dem Jahresbericht der Basler Bank hatten.

Sie hätten genauso gut eine Münze werfen können. Die Gesichtsvergleichsoftware errechnete eine Übereinstimmung der zwei Männer von fünfzig Prozent.

Kann sein. Kann aber auch nicht sein.

Miguel sagte, ihn beunruhigten vor allem die Ohren. Violetta verstand nicht. »Bei den Ohren«, erklärt Miguel, »ist die Unverwechselbarkeit sogar noch höher als bei der Gesichtserkennung. Und im Gegensatz zum Gesicht bleibt die Ohrenform auch mit zunehmendem Alter immer gleich.«

Im vorliegenden Falle ergab die Computeranalyse, dass die Ohren von Carlsberg und Bunt nur zu sechzig Prozent identisch waren. Miguel verzog das Gesicht. »Ein schlechter Wert, das bedeutet im Grunde: Es sind nicht dieselben Personen. Es kann natürlich sein, dass Carlsberg, im Wissen um die Ohrenproblematik, sich bei seiner Gesichtsoperation in Beirut auch die Ohren verändern ließ.«

»Und wir wissen ja«, meinte Violetta, »der Mann ist ein Perfektionist. Einer wie er denkt an alles – auch an die Ohren.«

»Hoffen wir, dass Sie recht haben.«

Sie fanden weitere Informationen in den Datenbanken der maltesischen Behörden. Bunt hatte zuerst einige Monate in einer Altstadtwohnung in Valletta auf Malta gelebt, ehe er die alte Farm bei Zeebug auf Gozo gekauft hatte. Miguel fand im Grundbuchamt den digital archivierten Kaufvertrag. Dreihunderttausend Euro hatte Bunt für die Farm bezahlt.

Sie suchten nach weiteren Spuren, die Henry Bunt auf Malta hinterlassen hatte. Fanden aber keine. Er schien sich rar zu machen, lebte zurückgezogen, machte in keinem Verein mit, war in keinem Club Mitglied.

Miguel bekam Zugang zu Bunts Strom-, Gas- und Kabel-TV-Kosten. Nichts Auffälliges.

Er besaß offiziell nur ein einziges Bankkonto, bei der *Bank of Valletta*, darauf lagen eins Komma neun Millionen Euro. Miguel schnaubte verächtlich. »Aber da ist bestimmt noch viel mehr. Auf irgendwelchen Nummernkonten bunkert der Scheißkerl Abermillionen, die er seinen ehemaligen Kunden klaute, ehe er sie von einem Killer umbringen ließ.«

Violetta brühte neuen Kaffee und schmierte ein paar Butterbrote. Sie machten zehn Minuten Pause auf der Terrasse und versuchten den Kopf zu lüften. Danach setzten sie sich wieder vor Miguels Notebook und harkten weiter in Bunts Leben.

Und dann fanden sie es endlich.

Das Boot.

Bunt besaß, wie vermutet, eine Segeljacht. Es handelte sich um einen Einmaster, zwölf Meter lang, Typ 35-Cruiser aus der Cassar-Werft in Malta. Das Schiff war auf den Namen Anja getauft und hatte seinen Liegeplatz im Fährhafenort Mgarr auf Gozo.

Kurz vor elf Uhr bekam Miguel die sehnlichst erwartete E-Mail von Huber. Das Ergebnis der DNA-Analyse. Miguel las laut vor.

Es gab eine gute und eine weniger gute Nachricht.

Die gute: Am Kaugummi war DNA gefunden worden, die man Egon Carlsberg zuordnen konnte. Mit anderen Worten: Carlsberg und Bunt waren ein und dieselbe Person.

Aber – und das war die weniger gute Nachricht – die Zuverlässigkeit einer DNA-Analyse bei einem Kaugummi lag bei lediglich sechzig Prozent.

»Scheiße!« Miguel war genervt. »Sechzig Prozent ist nicht genug, das nützt uns nichts. Wir brauchen hundertprozentige Gewissheit.«

Huber schrieb in seiner Nachricht weiter, welche Proben gemäß Tell-Forensiker eine höhere Zuverlässigkeit garantierten. Bei Blut, Knochenmark und Sperma ließ sich eine neunzigprozentige Genauigkeit ermitteln. Fingernägel und

Ohrenschmalz lagen immerhin noch bei sechzig bis neunzig Prozent Exaktheit.

Miguel war noch genervter als zuvor. »Großartig. Also entweder wir zapfen Bunt Blut ab, schneiden ihm die Fingernägel, kratzen Schmalz aus seinen Ohren oder verpassen ihm einen Orgasmus und sitzen mit dem Plastikbecher daneben. Wie stellen sich diese Theoretiker das vor? Scheißforensiker, verdammte Laborratten.«

Violetta saß stumm daneben. Ein falsches Wort jetzt und Miguel wäre explodiert. Sie stupste ihn sachte an, er solle weiterlesen. Hubers Nachricht war noch nicht zu Ende.

Zum Thema: Der Finger, der eine Zehe ist.

Ja, ließen die Tell-Forensiker ausrichten, es sei in Ausnahmesituationen wie Hektik, Chaos und extrem schlechtem Zustand des Körperteils denkbar, dass selbst Fachpersonal eine Zehe mit einem Finger verwechsle.

»Immerhin etwas«, brummte Miguel.

Die Forensiker bestätigten zudem, der Verlust einer Zehe sei weitaus weniger schlimm als ein amputierter Finger. Es gab dazu sogar Berechnungen von Versicherungsgesellschaften, die den Invaliditätsgrad von Amputationen in Prozentzahlen aufschlüsselten. Der Verlust eines Arms oder Beins wies beispielsweise einen Invaliditätsgrad von siebzig Prozent auf. Eine Hand schlug mit fünfundfünfzig Prozent zu Buche. Der Daumen bekam zwanzig Prozent, der Zeigefinger zehn, jeder andere Finger fünf Prozent. Die Zehen wurden gesamthaft als minderwertiger taxiert. Die große Zehe bekam gerade noch fünf Prozentpunkte, jede andere Zehe zwei Prozent.

Hubers Botschaft endete mit dem Hinweis, IT-Gerry habe sich noch nicht in Bunts erstaunlich gut gesicherte digitale Endgeräte hacken können und Miguel und Violetta sollten noch mehr Informationen vor Ort über die Zielperson zusammentragen. Zum Schluss mahnte Huber erneut, sämtliche Neuigkeiten seien ihm und nur ihm und verschlüsselt zu übermitteln. Wie schon gesagt, die Bunt-Sache sei allein Chefsache.

»Ende der Durchsage«, verkündete Miguel und wollte das Notebook zuklappen.

Violetta insistierte. »Wie war das am Ende der E-Mail?«

»Dass IT-Gerry mit seinem Hack noch keinen Erfolg hatte?«

»Nein, nein, ganz am Schluss. Habe ich das richtig verstanden? Wir stehen lediglich mit Huber in Kontakt? Sämtliche unserer Recherchen auf Gozo bekommt ausschließlich Huber zu lesen?«

Miguel nickte. »Haben Sie damit ein Problem?«

»Keinerlei Informationen an Meier? Er weiß nicht, was wir hier tun und herausfinden?«

Miguel nickte erneut.

»Das ... finde ich aber sehr seltsam. Die beiden Chefs leiten doch sonst jede Operation zusammen. Und bei dieser höchst brisanten Sache hier ist Meier nicht mit im Boot?«

Miguel zuckte mit den Schultern. »Huber will all unsere Infos exklusiv. Wahrscheinlich ist Meier immer noch eingeschnappt, weil Huber seinen Rat ignorierte und Sie, Morgenstern, nach Malta geschickt hat. Es menschelt überall, sogar bei Tell.«

Violetta runzelte die Stirn »Haben Sie sich denn noch nie überlegt, ob Huber das vielleicht darum tut, weil er ... Meier nicht vertraut?«

Miguel schaute irritiert. »Wie, nicht traut?«

»Na ja, Huber beharrt so penetrant darauf, dass *er* und nur *er* Informationen von uns bekommt, dass es für mich so aussieht, wie wenn er um jeden Preis verhindern will, dass Meier etwas davon mitbekommt. Eben weil er ihm nicht vertraut. Weil er ihn wegen irgendetwas verdächtigt oder für illoyal hält. Möglicherweise steht Meier unter Verdacht, Tell-Geheimnisse an Dritte weiterzuleiten. Vielleicht ist Meier ja so etwas wie ein Doppelagent. Ein Verräter.«

Miguel stieß ein verächtliches Grunzen aus.

»Doch, doch. Überlegen Sie doch mal. Das macht durchaus Sinn. Huber hat Meier unter Verdacht und weil unsere Gozo-Operation derart heikel ist, ist es Huber zu riskant, dass Meier Details davon erfährt.«

»Ach, kommen Sie, Morgenstern. Das sind doch Räubergeschichten. Ich bin sicher, es gibt eine logische wie banale Erklärung für alles. Arbeitsteilung, Interessengebiete, geografische Aufteilung der Einsätze, was weiß ich. Nein, ich sage Ihnen, Sie sehen Gespenster.«

Violetta verschränkte die Arme und machte ein trotziges Gesicht. Ich sehe keine Gespenster, ich habe lediglich einen hellwachen Geist!

Miguel brühte frischen Kaffee, drückte Violetta eine Tasse in die Finger und ließ sie ein paar Minuten schmollen. Dann machten sie eine Auslegeordnung. Was sprach für, was gegen Bunt?

Die DNA sagte zu sechzig Prozent, dass Bunt in Wirklichkeit Carlsberg war. Des Weiteren waren da die amputierte Zehe und sein Faible für alte Cabrios. Auch Alter und Größe kamen in etwa hin.

Dagegen sprachen die fehlenden vierzig Prozent bei der DNA-Sache, ebenso die eher bescheidene Quote beim Gesichts- und Ohrenabgleich. »Und trotzdem, ich sage Ihnen, er ist es«, platzte es aus Miguel heraus.

Violetta nickte. »Mein Gefühl sagt mir das auch.«

»Irgendetwas«, fuhr Miguel fort, »wir brauchen einfach noch *ein* Indiz mehr, das unseren Verdacht bestätigt. Lediglich einen zusätzlichen Beweis. Hirnen Sie, Morgenstern, los, Sie haben doch sonst auch immer allerlei abartige Einfälle!«

Sie wollte gegen das ›abartig‹ protestieren, ließ es dann aber sein. Miguel war zu gereizt und aufgewühlt.

Sie waren so nah dran – und nun steckten sie fest.

Fast eine halbe Stunde saßen sie einfach nur da und keiner

sagte ein Wort. Schließlich klappte Miguel sein Notebook zu. »Ich brauche eine Pause, mein Kopf ist blockiert, die Gedanken drehen sich im Kreis. Ich muss Abstand gewinnen. Lassen Sie uns eine Runde schwimmen gehen!«

Violettas Körper verspannte sich augenblicklich.

Sie kam zwar mit hinunter an die Bucht, stieg aber wieder nicht ins Wasser, sondern legte sich zum Sonnenbaden auf eine der Steinbänke. Miguel war mit seinen Gedanken so weit weg, dass er sie diesmal weder bedrängte, doch nun endlich auch ins Wasser zu kommen, noch mit blöden Sprüchen bedachte.

Eine Dreiviertelstunde später, als Miguel mit einer Armlänge Abstand neben Violetta auf dem Rücken lag und sich mit geschlossenen Augen von der Sonne trocknen ließ, erläuterte er ihr, wie er sich das weitere Vorgehen vorstellte. »Wir haben noch zwei gute Chancen, den Mann überführen zu können. Erstens hoffen wir, dass IT-Gerry sich in Bunts Leben hacken kann und uns irgendeinen einwandfreien Beweis liefert. Und zweitens werden wir ihn ab morgen beschatten.«

Violetta lag bewegungslos da, als schliefe sie, die Augen geschlossen, nur ihr Mund bewegte sich. »Und wie stellen Sie sich so eine Beschattung vor?«

»Wir werden Bunt beobachten, den ganzen Tag. Ihm auf den Fersen bleiben, ihm auf die Finger gucken. Glauben Sie mir, ich sage das aus Erfahrung, man entdeckt immer irgendetwas.«

Eine Gruppe junger Leute ließ sich in der Nähe von Violetta und Miguel nieder. Sie breiteten Badetücher aus, angelten aus Kühlboxen Bier- und Cola-Rumflaschen und waren ziemlich laut. Was Miguel und Violetta aber nicht groß störte. Als einer der Burschen allerdings einen mobilen, kabellosen Lautsprecher in Bierdosengröße auspackte, diesen mit seinem Smartphone verband und plötzlich nervtötend laute Housemusic zu wummern begann, schauten Miguel und Violetta sich stirnrunzelnd an. Auch andere Badegäste in der Bucht blickten verärgert in Richtung Jugendgruppe.

»Muss das sein«, stöhnte Violetta.

»Kann man regeln«, meinte Miguel. Er federte auf, schlenderte zur Gruppe hin und schien mit ihnen zu verhandeln. Dabei machte er lässige Bewegungen mit seinen Händen, gab sich betont locker. Plötzlich versteifte sich seine Körperhaltung, gleichzeitig ertönte ein Gejohle der Jugendlichen. Miguel schien zu insistieren, das Gejohle wurde nur noch hämischer und lauter. Schließlich kam er zurück, versuchte mit gespielter Nonchalance zu übertünchen, dass er eben eine böse Abfuhr hatte einstecken müssen.

»Kann man also doch nicht regeln«, haute Violetta noch eins drauf.

Miguel schaute sie beleidigt an. »Ungezogene Bengel und Gören. Was hätte ich tun sollen, sie verprügeln?«

»Lassen Sie mich mal.« Violetta stemmte sich von der Steinbank hoch, packte ihre Umhängetasche und schritt zur Jugendgruppe hin.

»Etwas gar laut«, meinte sie zum Besitzer des Lautsprechers. »Wären Sie so freundlich und würden die Lautstärke ein wenig zurückdrehen?«

Nein, so freundlich sei der junge Mann nicht, wie er ihr mitteilte. Sie betrachtete ihn genauer. Er hatte Piercings und Akne im Gesicht. Weil die Sonne so grell schien, war Violetta nicht ganz sicher, was Eiterpickel und was Stahlkügelchen waren. Sie fragte: »Dürfte ich wissen, was so ein Lautsprecherding kostet?«

Der junge Mann musterte die alte Frau, als wäre sie schwachsinnig. Dann schnauzte er etwas von »achtzig Euro«.

Violetta griff in ihre Badetasche, zog ihre Geldbörse hervor und friemelte umständlich einen Hunderteuroschein heraus. Streckte diesen dem Aknegesicht entgegen. »*Sodeli*, das sollte reichen, den Rest dürfen Sie behalten. Kaufen Sie sich davon ein Buch.«

Dann bückte sie sich blitzschnell zu Boden, ergriff den Lautsprecher und warf ihn in hohem Bogen ins Meer.

Jetzt waren es die Badegäste rundherum, die johlten und gar applaudierten. Violetta marschierte davon. Die jungen Leute schauten ihr entgeistert nach.

Mit triumphierender Miene kam sie zu Miguel zurück.

Er schüttelte den Kopf, schaute sie tadelnd an und sagte: »Zwei Dinge, Morgenstern, eine berufliche und eine private Bemerkung meinerseits. Zuerst die berufliche: Das da eben war absolut unprofessionell. Mit Ihrer Aktion haben Sie alle Blicke auf sich gezogen, jeder kennt Sie nun. Dabei versuchen wir doch alles, um möglichst unauffällig zu bleiben. Herrgott, Morgenstern, wenn wir im Tell-Auftrag unterwegs sind, machen wir uns unsichtbar. Nehmen Sie künftig in solchen Momenten Ihre Persönlichkeit zurück. Merken Sie sich das.«

Sie schaute trotzig.

»Und zweitens, mein Privatkommentar.« Sein grimmiger Blick wich einem extrabreiten Grinsen. »Ihre Aktion eben war großartig. Haben Sie das Gesicht des Typen gesehen? Einmalig!«

Sie meinte mit gespielter Arroganz: »Ich bin ja schließlich pädagogisch geschult.«

Sie blieben an der Bucht, aalten sich in der Sonne und sprachen nicht mehr über Bunt. Violetta drehte sich auf den Bauch, stützte sich mit den Ellbogen auf und las in ihrem *Commissario Brunetti*. Miguel stöpselte sich mit weißen Ohrhörern zu, hörte Musik von seinem iPhone, döste und schlief irgendwann sogar ein. Er schnarchte ganz leise.

Violetta schielte zu ihm hinüber. Miguels Gesicht war entspannt, er lächelte sogar im Schlaf. Seine Haut war nach den wenigen Badetagen bereits gut gebräunt, noch dunkler als sonst schon. Violetta beschaute sich Miguels Tattoo. Er besaß nur dieses eine, auf der Innenseite des rechten Unterarms. Im Büro, damals an ihren ersten Arbeitstag, war es ihr schon aufgefallen. Zwei gekreuzte Dolche, unterlegt mit dem Namen Bob. Ob das ein guter Freund war? Sein Bruder? Der Vater? Sein Liebster? Sie wusste im Grunde nichts über ihn.

Miguel, wer bist du? Was ist dein Geheimnis?

31

Zwölf Jahre zuvor

Die Lage im Kosovo hatte sich stabilisiert. Zwar kam es hie und da zu Unruhen, manchmal gar zu kleineren Scharmützeln zwischen Bewohnern von serbischen und kosovarischen Dörfern, die von den Kfor-Truppen aber im Keim erstickt wurden.

Miguel und Bob kannten sich seit über einem Jahr, als Bob über die Zukunft zu sprechen begann.

Er hatte vor, die US-Army zu verlassen.

Ihm war ein Angebot einer privaten US-Sicherheitsfirma namens Yellowsky unterbreitet worden, die im Irak, in Afghanistan, Haiti, Liberia und Somalia tätig war. Die Arbeit bestand im Wesentlichen darin, den US-Streitkräften, vor allem im Irak, operationelle und logistische Unterstützung zu bieten. Yellowsky-Söldner bewachten vor Ort Einrichtungen wie Militärcamps, Botschaften, Flughäfen, Kraftwerke oder Öllager. Ab und zu wurden auch Einsätze im Bereich Personenschutz verlangt, Bodyguard-Dienste für amerikanische und europäische Diplomaten, Politiker und Geschäftsleute.

Die Arbeit war lebensgefährlich. Die Bezahlung darum schlicht sensationell.

Derzeit verdiente Bob bei der US-Army zweitausenddreihundert Dollar im Monat. Die private Sicherheitsfirma bot ihm zwölftausend.

Zehn Tage später unterzeichnete er bei Yellowsky. Er würde in einem Monat aus der US-Army ausscheiden, daheim in Alabama drei Wochen Urlaub machen und dann in den Irak fliegen. »Für zwölftausend *fucking* Dollars im Monat, *hey man!*«

Miguel hatte noch acht Monate bei der Swisscoy vor sich, dann musste er wieder nach Hause, zurück in sein Privatleben.

Ihm graute davor.

Und er hatte noch keinen blassen Schimmer, was er arbeiten wollte.

Bob drückte ihm einen Flyer von Yellowsky in die Hand. »Komm doch mit, *man,* die nehmen auch Nicht-Amis. Bewirb dich, *hey man!*«

Bob und Miguel sahen sich zehn Monate später wieder. In der irakischen Stadt Falludscha.

Miguel Schlunegger liebte das Söldnerleben.

Er teilte sich mit Bob ein Zimmer im Barackencamp und lernte eine Menge über das Kriegshandwerk von ehemaligen Elitekämpfern der US-Streitkräfte und Ex-SWAT-Mitgliedern der Polizeispezialeinheiten, die er bald zu seinen Kumpels zählen durfte. Bereits in seinem zweiten Monat bei Yellowsky machte er sich einen Namen als brillanter Scharfschütze, als er aus zweitausendneunhundertsechs Metern Distanz einen Abschuss verzeichnete und dadurch einen US-Kongressabgeordneten auf Truppenbesuch vor einem Attentat bewahrte.

Die Grenzen verschwammen.

Private Sicherheitsmänner und US-Soldaten standen oft Seite an Seite. Aus dem privaten Bewachungsdienst konnte binnen Sekunden ein aktiver Eingriff ins Kriegsgeschehen werden. Und im Gefecht war nicht immer klar, wer Aufständischer und wer Zivilist war.

Im Zweifelsfalle schoss man.

Man hatte eigentlich immer Zweifel.

Miguel sah und tat Dinge, die er sein Leben lang nicht mehr vergessen sollte, obwohl er das wollte.

Der Job war gefährlich. Miguel durfte sich keine *fucking* Fehler, keine *fucking* Nachlässigkeit erlauben, sich keine *fucking* Sekunde in Sicherheit wiegen. Und vor allem den *Fuck*-Irakis nicht trauen.

Allein von 2003 bis Ende 2007, so rechnete der *Houston Chronicle* einmal aus, wurden im Irak eintausendeinhundertdreiundzwanzig Mitarbeiter von Sicherheitsfirmen getötet.

Nach zwei Jahren als Söldner bekam Miguel – wegen herausragender Leistungen – eine Gehaltserhöhung und eine Vertragsverlängerung bei Yellowsky für weitere zwei Jahre.

Am frühen Morgen des 23. April fassten Bob Carter und drei weitere Yellowsky-Krieger den Auftrag, eine Patrouillenfahrt in den nördlichen Stadtteil der Stadt Samarra in der Provinz Salah ad-Din durchzuführen. Sie bestiegen um null siebenhundert ihren schwarzen SUV. Die Geländewagen von Yellowsky waren für solche Kampfeinsätze umgerüstet worden. Sie verfügten über Splitterschutzboden, einen gepanzerten Kraftstofftank, kugelsichere Scheiben sowie eine mit hochballistischem Stahl geschützte Fahrerzelle. Die vier Söldner trugen ihre Standardausrüstung: Day-Pack, Splitterschutzweste, dazu Schnellfeuerwaffen, Handgranaten, die persönliche Pistole und Nachtsichtgeräte. Im gepanzerten Kofferraum führten sie zudem mehrere Kisten Munition und Verpflegung mit.

Miguel wünschte dem Team, alles Kumpel von ihm, viel Glück. Er umarmte Bob. Dann machte sich die Patrouille auf den Weg.

Um null acht dreiundzwanzig geriet der Yellowsky-Trupp auf einer Landstraße im Al-Erzzawi-Gebiet, südwestlich von Samarra, in einen Hinterhalt. Der SUV fuhr auf eine Mine und wurde anschließend von zwei Panzerfäusten beschossen. Die vier Söldner waren gezwungen, ihr brennendes Fahrzeug zu verlassen, und lieferten sich mit den Angreifern ein mehrminütiges Feuergefecht.

Bob Carter und seine drei Kameraden starben im Kugelhagel.

K24-News brachte als erster westlicher TV-Kanal die Bilder. Vermummte Aufständische schleiften die vier nackten, verstümmelten und verkohlten Leichen der Yellowsky-Männer als ihre Trophäen an Seilen mit Toyota-Pick-ups durch die Straßen. Der Mob feierte, US-Flaggen wurden angezündet,

Männer, Frauen und Kinder jubelten und tanzten, skandierten ihren »Sieg über die westlichen Teufel und Besatzer«, reckten die Fäuste in die Luft und droschen mit Knüppeln und Hacken, die sie sonst für die Feldarbeit benutzten, auf die Leichen ein. Die Aufständischen knüpften die vier blutigen Torsos schließlich mit Stromkabeln an die Verstrebungen einer Brücke, die über den Tigris führt.

Noch am selben Tag kündigte Miguel Schlunegger seinen Job bei Yellowsky fristlos.

Fünf Tage später war er wieder daheim in der Schweiz.

Natürlich bekam er großen Ärger mit der Militärjustiz. Bundesbern fürchtete um den Ruf der Schweiz als neutrales Land. In früheren Fällen hatte es zwar bereits Verurteilungen wegen Dienst in der französischen Fremdenlegion gegeben, doch die Sache im Irak war von ganz anderem Kaliber. Von besonderer Schwere. Man warf Miguel ›unmittelbare Teilnahme an Feindseligkeiten‹ vor, dazu ›mutmaßlich schwere Verletzungen von Menschenrechten‹.

Ihm drohten drei Jahre Gefängnis. Mindestens.

Er kam, zwecks Klärung der Tatbestände und wegen Fluchtgefahr, in Untersuchungshaft. Nach drei Tagen erhielt Miguel in seiner Zelle Besuch von zwei Herren.

Sie stellten sich als Huber und Meier vor und machten ihm ein ungewöhnliches Angebot.

32

Die Sonne stand bereits tief am Horizont und tauchte die Xlendi-Bucht in cognacfarbenes Licht. Ein paar Fischerboote, Luzzus genannt, tuckerten in den Hafen, beladen mit dem Nachmittagsfang, den Holzrumpf in den traditionellen Gozo-Farben Gelb, Rot, Grün, Blau lackiert und mit einem vor Gefahren bewahrenden, aufgepinselten Augenpaar am Bug.

Gegen siebzehn Uhr stupste Violetta Miguel an und weckte ihn auf. Er war verwirrt, so lange geschlafen zu haben. Sie packten ihre Badesachen zusammen und schlenderten zurück ins Penthouse. Später am Abend würden sie zusammen essen gehen. Das war inzwischen zu einer lieb gewonnenen Gewohnheit geworden.

Miguel duschte in der Badewanne, frottierte sich trocken und zog frische Kleider an. Dann gab er das Badezimmer für Violetta frei.

Es war ein langer, schmaler Raum. Gerade so breit, dass am Ende des Raums die Badewanne im rechten Winkel hineinpasste. Ein eierschalenfarbener Duschvorhang aus Polyester sorgte dafür, dass kein Spritzwasser auf den Fußboden gelangte. Beim Duschen konnte man durch das Badezimmerfenster auf das Meer hinausschauen.

Während Violetta duschte, saß Miguel am Küchentisch, vor sich aufgeklappt das Notebook, und checkte nochmals ein paar Fakten über Henry Bunt. Die Terrassentür stand offen, die Sonne tief, in den nächsten Minuten würde sie glutrot im Meer versinken.

In dem Moment fegte ein Windstoß über die Terrasse, hinein in die Wohnung. Die Badezimmertür lag wohl nicht richtig im Schloss, jedenfalls wehte die Böe sie langsam und geräuschlos auf. Miguel drehte reflexartig den Kopf in Richtung Bad.

Und sah dieses Bild.

Die untergehende Sonne strahlte wie ein Spotlicht durch das Badezimmerfenster. Und beleuchtete Violetta, die noch immer unter der Dusche stand und das heiße Wasser genoss. Der Duschvorhang verhüllte die direkte Sicht auf ihren Körper, wirkte aber wie eine Leinwand, auf der sich, dank der Sonne, ihre Silhouette abzeichnete.

Wie ein Schattenspiel. Oder Scherenschnitt.

Violetta bemerkte von alldem nichts.

Miguel sah ihre Umrisse. Sah das Profil ihres Körpers, ihre Formen. Der Bauch, die Hüfte, der Po und die Brüste, die Konturen ihres Gesichts, ihr langes Haar. Violetta Morgenstern, neunundfünfzigjährig. Das Schattentheater präsentierte ihm eine junge, schöne Frau.

Miguel schaute.

Und was er dabei fühlte, irritierte ihn im höchsten Maße.

Als hätte Violetta seine Blicke gespürt, streckte sie urplötzlich ihren Kopf hinter dem Duschvorhang hervor. »Hey, was soll das? Tür zu! Sind Sie ein Spanner, ein Lüstling oder was?«

»Bei Ihrem Körper wohl eher ein Alteisenhändler«, rumpelte Miguel und schloss die Badezimmertür. Auf seinem Hals bildeten sich rote Flecken.

Das *Dwejra* war mittlerweile so etwas wie ihr Stammlokal. Charlton hatte für sie einen Zweiertisch im Freien reserviert, direkt an der kniehohen Mauer der Promenade. Veronika, die ungarische Bedienung mit dem kupferroten Haar, brachte unaufgefordert eine Karaffe Roséwein, platzierte einen Teller mit Bruschettas in die Mitte des Tisches, nickte Violetta zu und schenkte Miguel einen Blick, der irgendetwas zwischen kokett und lüstern war.

»Unheimlich süß und raffiniert«, meinte Violetta.

Miguel errötete wie ein ertappter Schuljunge.

»Ich meine den Rosé«, sagte Violetta spröde, erhob das Glas, prostete Miguel zu und trank einen Schluck.

Miguel orderte gegrillten Schwertfisch mit Gemüse, Violetta hatte heute Lust auf Pizza. Die Speisekarte listete über zwanzig Sorten auf. Nebst den Klassikern, Margherita, Sicilia, Tonno oder Calzone, gab es auch eine Eigenkreation des Hauses. Pizza Katrina. Mit Tomaten, Knoblauch, Spinat und Tintenfisch. Charlton erklärte, die Pizza sei seine Erfindung und trage den Namen seiner einzigen Tochter, Katrina. Was für eine kreative Demonstration von Vaterliebe, dachte Violetta und orderte eine Pizza Katrina.

Sie gaben sich Mühe, während der Mahlzeit nicht ständig über Bunt zu sprechen. Was nicht einfach war. Sie lenkten sich stattdessen ab, indem sie lockere Gespräche führten über Reisen, Kinofilme und die Schönheiten Gozos. Schließlich landeten sie beim Thema Büro. Und damit unweigerlich wieder bei Violettas Verschwörungstheorie um Pornoschnauzer-Meier. Sie könne den Kerl nicht leiden, zu verschlagen, zu schmierig, zu undurchsichtig, gab Violetta zu. »Ich sage Ihnen, Miguel, Huber hat gute Gründe, ihm nicht zu vertrauen.«

Miguel entgegnete, Meiers Wesensart sei wohl tatsächlich nicht über alle Zweifel erhaben, fachlich aber sei der Mann absolute Spitze. »Ich kann mir beim besten Willen nicht vorstellen, dass Meier Dreck am Stecken hat oder gar ein Verräter sein soll. Sie irren sich, Morgenstern.«

Dann war Huber an der Reihe. Miguel wie Violetta fanden ihn fair, integer, freundlich, ein väterlicher Chef. Sie mutmaßten über seine Krankheit, wie müde und grau sein Gesicht in letzter Zeit wirkte. Man munkle, erzählte Miguel, Hubers Frau sei seit Jahren ein Pflegefall.

Sie beendeten das Essen mit Espresso und einem Stiefelchen eiskaltem Limoncello.

Danach hockten sie noch für einen Schlummertrunk im *Ta nona*, tranken einen Gin Tonic und schauten auf die Bucht hinaus, in der zahlreiche Segel- und Fischerboote vertäut lagen, schaukelten und sich sanft anstießen, wie die Hüften von

Liebespaaren, die eng umschlungen zu einer Abba-Ballade tanzten.

Sie machten sich über einen Einmaster lustig, der am Bug mit dem Namen *Hexe* beschriftet war. »Vielleicht hat der Skipper eine böse Alte zu Hause, die er hiermit verewigt hat«, alberte Miguel herum.

Sie ließen noch eine Runde Gin Tonic kommen. Ohne schlechtes Gewissen, zumal der Gin im Glas kaum spürbar war.

Unvermittelt knallte Violetta ihr Glas auf den Tisch, setzte sich stocksteif auf, starrte in die Bucht hinaus, den Mund halb offen. Dann drehte sie den Blick zu Miguel.

»Was?«

»Die Katrina-Pizza von vorhin …! Ein Vater verewigt den Namen seines Kindes in einer Pizza.«

»Ja, und? Kommt vor.«

»Wissen Sie noch, Carlsberg und seine Frau hatten doch eine Tochter, die mit zwei Monaten am plötzlichen Kindstod starb. Erinnern Sie sich an ihren Namen?«

Miguel überlegte, zuckte dann aber mit den Schultern.

»Anja. Sie hieß Anja. Und wer heißt heute auch so?«

Miguel schaute sie verständnislos an. Dann riss er die Augen auf. »Bunts Segeljacht.«

Das war er – der so dringend benötigte, zusätzliche Beweis. Das letzte Mosaiksteinchen.

Anja.

Er hatte sein Segelboot zu Ehren seines toten Töchterchens benannt.

Henry Bunt war Egon Carlsberg. Definitiv.

Endlich.

Sie eilten zurück in ihre Wohnung, wo Miguel sofort eine Nachricht an Huber abschickte. Diesmal schrieb Huber nicht zurück – er rief an. Keine zwei Minuten nach Miguels Schreiben klingelte sein Handy. Miguel stellt den Lautsprecher auf laut, damit Violetta mithören konnte.

Hubers Stimme war hörbar erregt. »Miguel, sind Sie sicher, dass er es ist?«

»Wir haben genügend Beweise und jetzt noch der Name seines Schiffes, Anja ... Das kann kein Zufall sein. Er ist es. Definitiv.«

»Großartig. Prima Arbeit, gratuliere!«

»Danke. Das Indiz mit Anja war übrigens Morgensterns Gedankenleistung.«

»Gratulation – auch ihr. Ich wusste doch, es lohnt sich, die Dame nach Gozo zu schicken.«

Violetta lächelte still vor sich hin. Die Genugtuung war ihr anzusehen.

Miguel sprach weiter: »Und wie geht es jetzt weiter mit Carlsberg? Beschattung? Exekution?«

»Sie kennen die Befehlskette. So etwas darf ich nicht allein entscheiden, Miguel, das wissen Sie. Ein Tötungsbefehl kann nur vom obersten Rat erteilt werden, die weisen Herren über uns. Ich werde ihnen die Sache umgehend unterbreiten, die Herren werden sich die Fakten anschauen, debattieren und dann entscheiden. Das dauert mindestens achtundvierzig Stunden, vielleicht auch länger.«

»Ich hasse es, so lange zu warten.«

»Müssen Sie aber. Hören Sie mir zu, Miguel. Unternehmen Sie nichts mehr, rein gar nichts. Treten Sie auf keinen Fall nochmals mit Carlsberg in Kontakt, sonst schöpft der Kerl am Ende noch Verdacht. Machen Sie sich zwei schöne Tage, ruhen Sie sich aus. Bereiten Sie sich geistig und logistisch auf das Finale vor, haben wir uns verstanden?«

»Okay, hab verstanden. Übrigens: Hat IT-Gerry denn nun endlich etwas ausgraben können?«

»Bisher nicht, nein. Carlsberg scheint seine digitalen Daten sehr gut zu verstecken und abzuschirmen. Aber Gerry arbeitet wie ein Verrückter daran.«

»Gerry *ist* ein Verrückter.«

»Sind wir das nicht alle in dem Job? Sie hören wieder von mir, Miguel. Und noch immer gilt: Nachrichten nur an mich persönlich, verstanden?«

Violetta warf Miguel einen vielsagenden Blick zu. Da haben wir es wieder: nur ja keine Informationen an Meier!

»Verstanden, Chef. Gute Nacht.«

Es wurde keine gute Nacht.

Miguel und Violetta waren aufgekratzt, nervös, rastlos. Beide schreckten immer wieder aus dem Schlaf auf. Carlsberg ließ ihnen keine Ruhe.

Lange vor Sonnenaufgang, noch bevor die ersten Totschießer ihre Ladungen gen Himmel ballerten, saßen Miguel und Violetta auf der Terrasse und tranken Kaffee. Schweigend. In Gedanken versunken, scheinbar gelassen, in ihrem Innern aber brodelte es. Keiner mochte reden. Ihre Anspannung wuchs beständig, sie saßen wie auf Nadeln. In den nächsten Stunden konnte der Einsatzbefehl kommen, dann würden sie Carlsberg umbringen. Oder auch nicht. Das Warten war am schlimmsten. Die Nervosität fraß sich durch ihre Nervenstränge wie Termiten durch eine Holzveranda.

Violetta ging in die Küche und machte frischen Kaffee. Die wievielte Tasse heute? Sobald sie zurück in der Schweiz war, musste sie ihren Koffeinkonsum wieder massiv reduzieren. Sie trat mit den zwei dampfenden Tassen auf die Terrasse heraus. Der Morgen dämmerte. Miguel tippte wie wild auf seinem Smartphone herum. Als er Violetta bemerkte, drehte er das Handy sofort um, damit sie den Bildschirm nicht sehen konnte. Er lächelte sie überfreundlich an. Die Szene erinnerte Violetta an vergangene Lehrerzeiten, wenn sie Schüler beim Schummeln erwischt hatte und diese sie reflexartig angestrahlt hatten. Das verzweifelte Lächeln ertappter Sünder.

Kurz nach Sonnenaufgang ging Miguel joggen. Sein Smartphone nahm er mit. Als er nach einer Stunde zurück war, machten sie Frühstück. Anschließend surften beide durchs Internet, checkten ihre E-Mails, lasen Web-Zeitungen, interessierten sich für das Wetter und die Politik daheim. Tranken noch mehr Kaffee.

Gegen Mittag gingen sie ans Meer hinunter. Miguel kaufte sich in dem kleinen Tauchshop am Ende der Promenade eine Schnorchelausrüstung und erkundete anschließend die Fischwelt in der Xlendi-Bay. Violetta aalte sich währenddessen in der Sonne und las. Später kam Miguel dazu, sie lagen da, für den Rest des Tages, Badetuch neben Badetuch, die nutzlos sich dahinziehende Zeit ertragend.

Irgendwann schreckte Violetta auf. Sie musste eingeschlafen sein. Miguel war fort, sein Badetuch lag aber noch da. Sie setzte sich auf, schaute umher und sah ihn etwas weiter vorne auf einer Steinbank sitzen. Mit dem Smartphone am Ohr. Als er zurückkam, fragte Violetta: »Neuigkeiten von Huber?«

»Äh, nein, ich ... das eben war privat«, antwortete er mit dem Anflug eines verkrampften Lächelns und legte sich wieder auf sein Tuch.

Violetta nützte Miguels kurzfristige Verwirrtheit schamlos aus und stocherte in seinem Privatleben.

»Was haben Sie früher eigentlich gearbeitet, vor Ihrer Zeit bei Tell?« Zu ihrem Erstaunen begann er tatsächlich zu erzählen.

»Ob Sie es glauben oder nicht: Ich habe mal Briefträger gelernt.«

»Ist nicht wahr?«

»Doch. Früher brachte ich die Post, heute bringe ich Menschen um.«

Beide kicherten über den irrsinnigen Satz.

Violetta wagte sich noch weiter vor. »Und, haben Sie manchmal Mühe, Menschen umzubringen?«

Eine lange Pause entstand. Violetta wollte sich schon für ihre Frage entschuldigen, sorry, sie sei zu weit gegangen, als

Miguel antwortete: »Nein, eigentlich nicht. Ich betrachte mich als Dienstleister an der Gesellschaft. Was ich tue, macht die Welt ein kleines Stück besser. Ich schaffe Leute beiseite, die uns enorm schaden. Und wie steht es mit Ihnen, Morgenstern?«

»Ich sehe das genauso. Unsere Gesellschaft lässt zu viel Schlechtes geschehen. Man sagt heutzutage Toleranz dazu, ich nenne es Gleichgültigkeit. Die Welt ist voller Weicheier und Dazugehörer, die dem Bösen den Mahnfinger zeigen, aber nichts dagegen unternehmen. Darum braucht es Leute wie uns, die aufräumen. Gewissensbisse habe ich deswegen keine. Ich sage mir: Wenn die Gesellschaft die moralische Latte schon derart hoch hängt, dann kann ich erhobenen Hauptes untendurch marschieren.«

Beide drehten sich auf den Rücken und blinzelten in die Sonne. Irgendwann fragte Miguel: »Und was, Morgenstern, bedeutet für Sie Gerechtigkeit?«

Sie dachte lange nach. Dann sagte sie: »Wenn ein Pädophiler an Kinderlähmung erkrankt.«

Miguel lachte so ungehemmt, dass er sich verschluckte, hustete, einen hochroten Kopf kriegte und minutenlang nicht mehr sprechen konnte. Schließlich meinte er: »Sie sind echt nicht dicht, Morgenstern, wissen Sie das? Echt nicht dicht.« Ihr stilles Lächeln machte ihn übermütig: »Warum sind Sie eigentlich nicht mehr Lehrerin?«

Violettas Gehirn schaltete augenblicklich in den Gegenangriffsmodus. »Das wissen Sie sehr genau, Sie haben doch meine Akte gelesen.«

»Nein, das habe ich nicht. Tell-Mitarbeiter haben keinen Zugang zu Dossiers von Arbeitskollegen.«

»Ich mag nicht darüber reden, okay?«

»Wie Sie meinen. Ich frage mich halt einfach, warum Sie aufgehört haben, Kinder zu unterrichten.«

»Das ist eine lange Geschichte«, beschied Violetta schmallippig.

»Das ist ein langer Nachmittag«, konterte Miguel.

»Trotzdem. Ich will nicht darüber reden, haben Sie das jetzt endlich kapiert?« Violettas Tonfall war nahe daran, rüde zu werden.

Über eine Stunde lang sprach keiner mehr ein Wort. Jeder dachte vom anderen, er sei eingeschlafen.

Der Tag ging zu Ende. Es gab keine neue Nachricht von Huber.

Sie aßen im *Dwejra*. Miguel bezahlte die Rechnung und gab Veronika ein fürstliches Trinkgeld. Violetta erhob sich vom Tisch und schlenderte davon. Als sie sich umdrehte, um zu sehen, wo Miguel blieb, sah sie, wie Veronika ihm etwas ins Ohr flüsterte.

Macho!

Sie gingen gegen elf Uhr zu Bett.

Irgendwann schreckte Violetta aus dem Schlaf hoch. Sie griff nach ihrer Armbanduhr. Diese zeigte zehn Minuten nach Mitternacht. Sie drehte das Kissen um, um auf der kühleren Seite zu liegen, und versuchte wieder einzuschlafen.

Da hörte sie ein Geräusch.

Eine Tür, die leise zugezogen wurde. Ein kaum wahrnehmbares Klacken. Violetta stemmte sich aus dem Bett, tappte zur Schlafzimmertür, öffnete sie geräuschlos einen Spalt weit und guckte ins Wohnzimmer. Da war nichts. Einer plötzlichen Eingebung folgend schlich sie zu ihrem Schlafzimmerfenster, schob den Vorhang etwas zur Seite und spähte hinaus.

Dann sah sie Miguel.

Er huschte vom Hauseingang weg über die Straße und lief anschließend im Eiltempo in Richtung Promenade.

Veronika hatte wohl Feierabend.

33

Violetta erwachte, als es zu knallen begann. Mittlerweile hatte sie sich an diesen maltesischen Weckdienst gewöhnt. Andernorts krähte der Hahn, hier bellten Schrotflinten.

Sie wandelte barfuß in die Küche, wo Miguel gerade dabei war, Kaffee zu kochen. Sie wünschten sich guten Morgen. Miguel war nichts anzusehen. Keine Augenringe, kein Grinsen, keine Knutschflecken. Keine amourösen Spuren. Und kein Wort über letzte Nacht.

Auf der Terrasse tranken sie ihren Kaffee.

Ein weiterer langfädiger, nutzloser Tag. Weiter warten. Dachten sie.

Bei der zweiten Tasse Kaffee glöckelte Violettas altes Nokia-Handy, das drinnen auf der Küchenablage lag. Miguel schaute erstaunt, in all den Tagen hatte Morgenstern noch nie eine Nachricht oder einen Anruf erhalten. Violetta stutzte ebenso. Sie stand auf, ging hinein und schaute auf das Display. Eine SMS. Absender unbekannt. Sie bekam so gut wie nie SMS. Von wem auch! Wahrscheinlich Werbung eines maltesischen Mobilfunknetzanbieters. Sie öffnete die SMS. Ein kurzer Text, vier Wörter, alles in Großbuchstaben.

IHR TOD IST NAH

Violetta rannte auf die Toilette und übergab sich. Würgte noch lange, selbst als die zwei Morgenkaffee längst ausgekotzt waren. Sie spülte sich den Mund am Waschbecken und ging auf die Terrasse zurück.

»Irgend so eine blöde Werbe-SMS, Mobilfunk Malta«, sagte sie zu Miguel, noch bevor dieser fragen konnte. »Noch Kaffee?«

Sie duschte und zog sich an. Unter dem Vorwand, im *Minimarket* an der Promenade unten frisches Brot holen zu wollen, verließ sie das Penthouse. Im Dorf unten suchte sie sich in einer Nebenstraße eine ruhige Nische, zog ihr Handy aus der Umhängetasche und wählte die Hauptnummer der JVA Meerschwand. Sie staunte über sich selbst, wie ruhig sie blieb. Kein Händezittern, kein Herzklopfen. Es meldete sich eine Dame in der Hauptverwaltung. Violetta nannte ihren Namen, dazu den Code ihrer Sonderbefugnis, den ihr der Gefängnisdirektor ausgestellt hatte. Sie verlangte den Häftling Maurice von Brandenberg zu sprechen.

Sie wartete über zehn Minuten. Einen Moment lang überlegte sie sich, was so ein langer Anruf von Malta in die Schweiz wohl kostete, wischte den Gedanken dann aber, verärgert über ihre spießbürgerlichen Bedenken angesichts so eines Notfalls, beiseite.

»Meine liebste Lila-Lady, ich bin überrascht über deinen Anruf. Erst höre ich tagelang nichts mehr von dir und jetzt plötzlich rufst du mich morgens um halb neun an. Ich wundere mich, meine Liebste.«

»Ich brauche deine Hilfe, Maurice.« Violetta hatte weder die Zeit noch den Nerv für Nettigkeiten und Geplänkel.

Maurice witterte sofort, was los war. »Er hat wieder geschrieben, stimmt's?«

»Ja. Diesmal eine SMS. *Ihr Tod ist nah.*«

»Hm. Das ist ... nicht gut. Ich dachte eigentlich, nach unserem letzten Gespräch hättest du die Sache regeln können.«

»Dachte ich erst auch. Aber nein, es geht weiter. Und wird immer schlimmer. Maurice, er droht mir jetzt mit dem Tod.«

»Warst du bei der Polizei?«

»Nein, also doch, ja, irgendwie schon. Vergiss es. Ich ... muss das selbst regeln?«

»Liebste Violetta, ich weiß nicht, was mit dir momentan los ist. Aber ich spüre, dass du in Schwierigkeiten steckst. Wo bist du überhaupt? Du klingst so weit weg!«

»Hör zu, Maurice, ich habe jetzt wirklich keine Zeit, darüber zu sprechen. Später, irgendwann erzähle ich dir alles. Aber nicht jetzt. Jetzt brauche ich nur ganz schnell einen weiteren Rat von dir. Sag, wer tut mir das an? Ich habe all deine Tätervorschläge gecheckt. Es sind keine Kinder, es sind keine alten, irregeleiteten Charmeure, es ist niemand aus meinem privaten Umfeld. Also wer verdammt noch mal kommt noch infrage?«

»Ich habe dich noch nie fluchen hören.«

»Maurice, bitte!«

Eine lange Pause entstand. Sie konnte Maurice' Atem hören und leise Störgeräusche der Mobilfunkverbindung.

»Maurice?«

»Ich bin noch da. Mir ist da eben ein Artikel in den Sinn gekommen, den ich letzthin in einem Psychologiemagazin gelesen habe. Es ging dabei um anonymes Mobbing. In über siebzig Prozent der Fälle waren die Täter Berufskollegen des Opfers, meist sogar aus dem gleichen Büro. Vielleicht hilft dir das weiter. Obwohl du ja seit Jahren nicht mehr berufstätig bist und deshalb auch keine Bürokollegen hast.«

Stille.

»Lila-Lady, bis du noch da?«

»Ja. Ja, natürlich, du hast mich da nur gerade auf eine Idee gebracht. Ich danke dir, Maurice. Hör zu, ich kann nicht länger, ich muss Schluss machen, ich melde mich wieder, bald, versprochen, ja?«

»Violetta. Noch etwas … Ich habe dich nie nach deinen Geheimnissen gefragt. Aber ich vertraue dir, Lila-Lady, weil ich weiß, dass du das Richtige tust, was immer das sein mag. Du hast ein gutes Herz. Gib auf dich acht. Und beschütze deine Seele. Bitte!«

Sie war versucht, ihm in dem Moment etwas noch nie Beteuertes, ungeheuer Liebes und Zärtliches, zu sagen. Im letzten Moment besann sie sich. »Danke, Maurice, bis bald. Einen schönen Tag.«

Sie kaufte das Alibibrot im *Minimarket* und eilte ins Penthouse zurück.

»Das hat aber gedauert!«, meinte Miguel.

»Lange Warteschlange«, antwortete Violetta.

Miguel schaute sie traurig an. Atmete einmal schwer ein und aus. »Und ich dachte, Morgenstern, nach all den Wochen guter Zusammenarbeit könnten wir uns wirklich vertrauen. Sie enttäuschen mich sehr.«

Violetta setzte ihren Ich-weiß-nicht-was-Sie-meinen-Blick auf.

Miguel hatte mit einem Male den gleichen eiskalten Blick, wie wenn er unmittelbar vor einer Vollstreckung stand. »Sie lügen. Lila-Lady ...«

Sie war nah dran, sich auf ihn zu stürzen und ihm ins Gesicht zu schlagen.

Lila-Lady ... Die wissen alles von mir. Alles!

Die Wut trieb ihr Tränen in die Augen, gleichzeitig hatte sie das Gefühl, in ein tiefes schwarzes Loch zu stürzen. Das ... das war jetzt einfach alles zu viel. Erst die Droh-SMS, dann das emotionale Telefonat mit Maurice und jetzt Miguel, der sie offensichtlich ausspionierte.

Sie fuhr ihn an wie eine Furie. »Sie ... Sie Scheißkerl, was fällt Ihnen ein, in meinem Privatleben herumzuwühlen?«

Er hatte noch immer den eiskalten Gesichtsausdruck. »Weil Sie ein Sicherheitsrisiko sind, Morgenstern. Weil wir uns bei einem Auslandseinsatz nicht den kleinsten Fehler leisten können. Was sollte dieser Anruf eben? Sie wissen doch genau, dass solche Telefonate während eines Auftrages streng verboten sind. Das ist zu riskant. Wir könnten von irgendwelchen Nachrichtendiensten abgehört und lokalisiert werden.«

»Sie spionieren mir nach? Die ganze Zeit über schon?«

Miguel klappte sein Notebook auf und zeigte ihr auf einer seiner zahlreichen, wahnsinnig geheimen Tell-Apps eine Liste. Mit Violettas Telefongesprächen der letzten Wochen. Der Eintrag zuoberst war rot markiert, dazu die Nummer der JVA, Datum, Uhrzeit, Gesprächsdauer.

Violettas Telefonat von vorhin. Das Protokoll ihres Verzweiflungsanrufs.

»Seien Sie nicht naiv, Morgenstern, Sie sind neu bei Tell, Sie sind Praktikantin, Sie haben eine – sagen wir mal – doch eher problematische Vergangenheit und ungewöhnliche Lebensgestaltung. *Natürlich* beobachten wir Sie! Das ist unser Job. Es *nicht* zu tun, wäre fahrlässig und könnte Menschenleben gefährden.« Miguel hingen Speicheltröpfen in den Mundwinkeln. Er wirkte aufgewühlt.

Violetta starrte ins Leere. »Und ich habe Ihnen vertraut.«

»Schön für Sie, Morgenstern, aber reichlich töricht. Tun Sie jetzt bloß nicht so kitschig. Sie haben gewusst, worauf Sie sich bei Tell einlassen. Das hier ist nicht mehr das Lehrerzimmer, das ist Krieg, Morgenstern, Krieg. Und Sie und ich, wir befinden uns derzeit an der Front. Apropos Krieg. Was war das vorhin für eine kryptische SMS, die Sie erhalten haben? ›Ihr Tod ist nah‹. Von wem stammt die?«

»Sagen Sie es mir!«

Miguels Augen verengten sich zu Schlitzen. »Doch nicht etwa wieder ... der anonyme Drohbriefschreiber?«

Sie nickte.

»Verdammt, das auch noch. Das können wir jetzt gar nicht gebrauchen.«

Es entstand eine lange Pause, in der jeder hoffte, der andere spreche weiter und signalisiere, wie es jetzt mit ihnen weitergehen sollte.

Miguel brach schließlich die beklemmende Stille. »Weiß *er*, dass Sie Menschen töten? Dass Sie früher privat getötet haben? Und jetzt für Tell töten?«

»Wer *er*?«

Er schaute sie emotionslos an und sagte: »Kommen Sie, Morgenstern, Schluss mit den Spielchen. Lila-Lady ...«

Diesmal schlug sie ihm tatsächlich ins Gesicht. Eine Ohrfeige. Links.

Er reagierte nicht, wehrte sich nicht. Steckte den Schlag ein, als wär's bloß ein Argument von ihr.

»Nie wieder, hören Sie, Miguel, nennen Sie mich nie wieder so!«

Er hielt ihrem Blick stand. Fragte nochmals: »Weiß *er*, was Sie tun?«

Sie zischte: »Nein, weiß *er* nicht. Und er wird auch nie davon erfahren. Das ist allein meine Sache.«

»Sind Sie sich da ganz sicher, Morgenstern? Ich muss wissen, was Ihr Mann weiß.«

Sie konterte überraschend emotional. »Er ist nicht *mein Mann*«, schnauzte sie ihn an. »Ich habe keinen Mann. Ich will keinen Mann.«

»Was ist er denn?«

»Ein … ein guter Freund.«

»Sie lügen schon wieder, Morgenstern, er ist mehr als ein Freund für Sie. Sie haben eine Beziehung mit ihm.«

»Das geht Sie einen Scheißdreck an.« Sie schien für einen Moment selbst irritiert ob ihrer vulgären Wortwahl.

»Da irren Sie gewaltig. Das geht mich, das geht Tell sehr wohl etwas an. Ich sage es Ihnen gern nochmals: Wir dürfen uns keine Sicherheitsrisiken leisten. Also: Was ist Maurice von Brandenberg denn für Sie?«

Genau das fragte sich Violetta Morgenstern auch schon seit Jahren.

Sie startete einen Gegenangriff, um abzulenken. »Ausgerechnet, Sie, Miguel, wollen mit mir über Freundschaft und Liebe reden? Sie, der Mister Unverbindlich, da ein Flirt, dort etwas schäkern, hier eine Achtzehnjährige, da ein Püppchen, das Sie anhimmelt, und hin und wieder ein williges Betthäschen à la Veronika aus dem *Dwejra*. Aber nur ja um Himmels willen nichts Ernstes, nichts Festes, keine Frau, mit der Sie sich echt auseinandersetzen müssten. Das würde den Herrn Obermacho nämlich überfordern. Ein Feigling sind Sie. Und *Sie* wollen mit mir über Partnerschaft reden! Denken Sie doch, was Sie wollen.«

Miguel hatte jetzt diesen angriffslustigen Blick. »Okay, Morgenstern, Sie haben es so gewollt. Was ich denke, fragen Sie? Wissen Sie, was ich denke? Dass Sie ein gestörtes Verhältnis zur Männerwelt haben. Sie ertragen gar keinen Mann neben sich. Darum Ihre Verbindung mit Maurice von Brandenberg. Weil Sie genau wissen, dass Sie niemals mit ihm zusammenleben müssen, dass Sie ihn zeitlebens auf Distanz halten können. Der Gute sitzt nämlich lebenslänglich im Knast. Wie praktisch, hat sich da die Frau Morgenstern gesagt, ein Teilzeitmann, etwas Partnerschaft nur während der JVA-Besuchszeiten. Bei von Brandenberg müssen Sie sich nie fürchten, dass es zur letzten Konsequenz kommt, keine ewigen Treueschwüre, keine Lebensgemeinschaft. Seine Handschellen bewahren Sie vor einem Ehering. Sie sind mit einem Gefangenen zusammen, damit Sie Ihre Freiheit haben.«

Sie starrten sich beide an. Hass, Wut, Schmerz auch und Bitterkeit, weil wunde Punkte getroffen worden waren. Keiner wich dem Blick des andern aus. Wer jetzt nachgab, war der Verlierer.

Dann summte Miguels Smartphone. Er schielte auf das Display. Es war Huber. Miguel musste das Gespräch annehmen. Ein pflichtbewusster Soldat auf Mission.

Er hörte nur zu, sprach praktisch nichts, nickte, sagte ab und an »Okay« und »Sehe ich auch so« und »Verstanden.« Aber dann plötzlich: »Was? Muss das sein? Ich darf Sie daran erinnern, dass dies eine klassische V1-Operation ist. Von daher erachte ich es als klüger, wenn ich allein ... Mh, ja, okay, wie Sie meinen. Ihre Entscheidung.« Nach drei Minuten war das Gespräch beendet.

Miguel starrte an Violetta vorbei in die Leere. »Es geht los!«

Der oberste Rat von Tell hatte grünes Licht gegeben. Schneller als erwartet.

Sie sollten Carlsberg liquidieren.

Die Pflicht rief und sie gehorchten beide sofort. Froh um diesen unverhofften Fluchtweg, der es ihnen ersparte, ihren Streit ausdiskutieren zu müssen.

Miguel sagte denn auch: »Wir müssen uns jetzt zu hundert Prozent auf unseren Auftrag konzentrieren. Alles andere muss warten. Schaffen Sie das, Morgenstern?«

Sie schaute trotzig, nickte aber.

Huber hatte am Telefon Erstaunliches berichtet. Die alte Farm in Zeebug war lediglich Carlsbergs Zweitwohnung, eine Art Hobbywerkstatt. Sein Hauptwohnsitz war weitaus spektakulärer. An der Südküste, bei den berühmten Sanap-Klippen, besaß er eine schicke Villa. Huber schickte Fotos und Koordinaten auf Miguels Notebook. Violetta und Miguel schauten sich die Bilder auf dem Display an. Ein modernes Haus, Flachdach, mit viel Glas, Stahl, weiß getünchtem Sichtbeton und Kunst am Bau. Musste Millionen gekostet haben.

Das Grundstück befand sich direkt an der Kante der Sanap-Klippen, in einer hundert Meter breiten und fünfzehn Meter tiefen natürlichen Senke, wie in einer riesigen Zahnlücke gelegen. Hervorragend vor dem libyschen Wüstenwind und den Blicken Neugieriger geschützt.

Bunts Villa stand leicht zurückversetzt, davor war ein Rasenstreifen von gut zwanzig Metern Breite, der bis zum Klippenende reichte. Von da gab es nur noch senkrechten Kreidefelsen, vierzig Meter gähnender Abgrund bis ins Meer. In die Felswand war eine Treppe gemeißelt, die unten auf einer kleinen Betonplattform mit Schwimmleiter endete. Wohl eine Art Anlegestelle für Boote und Badende.

IT-Gerry hatte Carlsbergs Villa erst nach langem Suchen und dem Hacken von allerlei Datenbanken gefunden, schrieb Huber im Begleittext zu den Fotos. In Maltas offiziellem

Grundstücksverzeichnis war das Haus nicht registriert, Carlsberg hatte sich da wohl gegen eine größere Schmiergeldsumme zusätzliche Sicherheit dank Unsichtbarkeit erkauft. IT-Gerry war ihm dennoch auf die Schliche gekommen.

Huber hatte Miguel am Telefon die Vorgehensweise erklärt. Der Plan war folgender: Carlsberg sollte morgen früh, kurz nach sechs, unmittelbar vor Sonnenaufgang, in seiner Villa überrascht werden. Er würde zu dem Zeitpunkt schlafend im Bett liegen. Er sollte bewusstlos geschlagen, zum Klippenrand geschleift und in den Abgrund gestoßen werden. Das würde Carlsberg nicht überleben. Maltas Behörden würden später, falls die Leiche überhaupt gefunden wurde, wählen können zwischen Unfall oder Selbstmord.

»Und was ist eine V1-Operation?«, fragte Violetta.

Miguel verzog den Mund, druckste rum, sagte schließlich: »V1 steht für Vollstreckung 1.«

Violetta machte eine fragende Geste.

»V1 bedeutet, dass die Vollstreckung sehr nah und unmittelbar an der Zielperson erfolgt. Auge in Auge gewissermaßen. Und die einzige Waffe, die bei V1 eingesetzt wird, sind die Hände. Die Zielperson wird erschlagen, erstickt, erwürgt oder in den Abgrund gestoßen.«

»Und die V1 von Carlsberg, wenn ich Ihr Telefonat richtig interpretiere, hätten Sie ... lieber ohne mich durchgeführt.«

»Definitiv. Schauen Sie, Morgenstern. Jemanden zu vergiften, ihm den Herzschrittmacher abzudrehen oder ihn mit dem Auto verunfallen zu lassen, ist das eine. Ein klassischer Totschlag aber, sorry, das ist brutal, das braucht starke Nerven. Selbst wenn Sie nur danebenstehen und zusehen, wie ich Carlsberg abmurkse.«

»Also, wenn ich keine starken ...«

»... spielt auch keine Rolle. Huber will, dass Sie dabei sind, also sind Sie dabei. Auch wenn ich keine logische Erklärung dafür finde. Vielleicht mag er Sie einfach besonders gern.« Der höhnische Unterton in Miguels letztem Satz war Violetta nicht entgangen.

Nachdem sie sich tagelang gelangweilt hatten und in Lethargie verfallen waren, brach jetzt Hektik aus. Es gab noch einige Dinge vorzubereiten.

Als Erstes fuhren sie nach Victoria und besorgten sich in einem der zahlreichen Geschäfte für Jäger ein gummiarmiertes, lichtstarkes Fernglas und ein digitales Nachtsichtgerät mit Binokularoptik. Miguel besah sich in der Glasvitrine einige Messer und entschied sich schließlich für ein taktisches Einhandmesser mit einer Titan-Nitrid-beschichteten Neunundachtzig-Millimeter-Stahlklinge. Violetta schaute ihn argwöhnisch an. Miguel meinte lapidar: »Aufs Beste hoffen, fürs Schlimmste planen.«

Anschließend besuchten sie den einzigen Baumarkt auf der Insel, wo sie einen kleinen Rucksack, graues reißfestes Gewebeklebeband, Kabelbinder, zwei LED-Stirnlampen und ein siebzehnteiliges Dietrich-Set erstanden. Mit Letzterem würde Miguel das Schloss der riesigen Glasschiebetür zu Carlsbergs Villa knacken. Ein Kinderspiel, wie er Violetta versicherte.

Am Nachmittag machten sie einen Spaziergang.

Zu den Sanap-Klippen.

Zu Fuß keine vierzig Minuten von Xlendi entfernt. Sie achteten darauf, Carlsbergs Grundstück nicht zu nahe zu kommen, sie wollten nicht gesehen werden. Der kleinste Fehler konnte jetzt ihren Plan zunichtemachen. Auf einer Anhöhe westlich der Villa, in gut zwei Kilometern Entfernung, legten sie sich bäuchlings auf den Boden und kundschafteten mit dem Fernglas das Anwesen aus.

Hubers Informationen zufolge lebte Carlsberg allein in dem Haus. Tagsüber sei eine Haushaltsangestellte, eine Witwe um die sechzig aus dem Ort Gharb, in der Villa tätig. Die Frau erscheine montag- bis freitagmorgens um neun und gehe abends um fünf wieder. Sie würde kein Problem darstellen.

Am späten Nachmittag waren sie zurück in ihrem Penthouse. Jeder ging seiner Wege. Miguel arbeitete am Küchentisch an seinem Notebook, Violetta las auf der Terrasse die letzten Kapitel ihres *Commissario Brunetti*.

Plötzlich stand Miguel neben ihr. »Ich habe nachgeforscht. Ihre SMS, die Drohung von heute Morgen: Ich habe herauszufinden versucht, woher sie stammt.« Sie nickte langsam, was er als Aufforderung zum Weiterreden deutete. »Die SMS wurde von einem Prepaidhandy gesendet, also anonym. Unmöglich herauszufinden, wem es gehört. Aber ... ich konnte immerhin lokalisieren, in welcher Region die Person sich befand, als sie die Nachricht verschickte.« Violetta zog eine Augenbraue hoch. »Mit meiner App hier kann ich ein Handy leider nur ungefähr lokalisieren, auf einen Radius von zehn Kilometern. Um es genauer einzugrenzen, müsste ich IT-Gerry um Hilfe bitten.«

»Was haben Sie herausgefunden?«, fragte Violetta.

»Die SMS wurde daheim im Stadtzentrum abgeschickt.«

Sie stöhnte auf.

»Was ist, Morgenstern?«

Sie schwieg, wog ab, ob sie Miguel in ihren Verdacht einweihen sollte. Schließlich entschied sie sich dafür. »Ich glaube, ich weiß jetzt, wer der anonyme Droher ist – Meier!«

Miguel war anzusehen, wie wenig er von ihrem Verdacht hielt. Trotzdem fragte er neutral: »Welche Beweise haben Sie?«

»Keine handfesten«, gab Violetta unumwunden zu. »Aber es spricht doch sehr viel für Meier als Täter. Es war Maurice, der mich heute Morgen auf die Idee brachte. Er sprach davon, dass ein Großteil von anonymen Drohungen oder versteckten Mobbingattacken von Bürokollegen stammt. Und plötzlich schien mir alles so schlüssig: Meier hatte mich von Beginn weg auf dem Kieker. Er mochte mich nicht, machte auch nie einen Hehl aus seiner Abneigung. Er war dagegen, mich bei Tell weitermachen zu lassen. Er piesackte mich, wo es nur ging, machte mich schlecht, versuchte mich aus dem Team zu drängen – doch Huber überstimmte ihn jedes Mal. Nach meiner Drohbriefbeichte war es Meier, der mich als Sicherheitsrisiko bezeichnete und mich kaltstellen wollte. Huber entschied aber für mich. Nach der Sache mit dem heißen Kaffee, den ich ihm über die Füße kippte, hasste mich Meier noch mehr. Erinnern Sie sich, Miguel, er wollte nicht, dass ›die Praktikantin‹, wie er mich abschätzig nannte, mit Ihnen nach Gozo reist. Ich glaube: Die drei anonymen Briefe und die SMS von heute Morgen hat Meier geschrieben. Sein Ziel war es, mich nervlich kaputt zu machen, mich zu zermürben, sodass ich schließlich aufgebe und Tell freiwillig verlasse.«

Miguel hörte sich alles an, sagte lange nichts. Nach einer Weile verzog er seinen Mund und meinte: »Sie sind sich schon im Klaren, was Sie da sagen. Das sind äußerst schwerwiegende Vorwürfe. Vor ein paar Tagen verdächtigen Sie Meier, er sei womöglich Doppelagent und ein Verräter. Und jetzt beschuldigen Sie ihn auch noch, er habe Ihnen die anonymen Drohbriefe geschrieben. Ich kann mir das alles beim besten Willen nicht vorstellen. Meier ist, zugegeben, ein eigener Typ, und ja, er mag Sie nicht, das hat jeder gemerkt. Aber Drohbriefschreiber … nein, das glaube ich nicht.«

Sie starrte vor sich hin.

»Hören Sie, Morgenstern, ich schlage Ihnen vor, dass wir diese Sache mit aller Kraft aufzuklären versuchen, sobald wir wieder daheim sind, einverstanden? Aber jetzt müssen wir uns auf unseren Job hier konzentrieren. Bitte!«

Violetta nickte und wollte nichts weiter dazu sagen. Miguel schien es ebenfalls recht, das Thema zu beenden.

Nach Sonnenuntergang gingen sie ins *Dwejra*. Er aß eine Pizza Prosciutto, sie eine Pizza Margherita. Diesmal keinen Wein, kein Dessertschnäpschen. Ihre Mägen rumorten auch so. Aufregung und Adrenalin entfalteten ihre Wirkung.

Sie versuchten zu schlafen, wohl wissend, dass dies nicht möglich sein würde. Sie dösten lediglich, nickten mehrmals kurz ein, schreckten wieder hoch. So erholsam wie Sekundenschlaf beim Autofahren.

34

Miguel hatte den Wecker seines Smartphones auf vier Uhr dreißig gestellt. Sie standen auf, duschten, kleideten sich an, tranken Kaffee, aßen ein Butterbrot. Keiner sprach, sie waren konzentriert und angespannt, fokussiert auf das, was kommen würde.

Um fünf Uhr marschierten sie los, darauf bedacht, keine Geräusche zu machen. Zuerst hinunter an die Xlendi-Bay, dann südostwärts, auf einem Trampelpfad der Küste entlang in Richtung Sanap-Klippen.

Um Viertel vor sechs erreichten sie jenen Ort, von wo aus sie am Tag zuvor Carlsbergs Anwesen ausspioniert hatten. Mit dem Nachtsichtgerät checkte Miguel die Lage. Er sagte nichts, woraus Violetta schloss, dass alles in Ordnung sein musste.

Sie schlichen los. Die LED-Stirnlampen ließen sie im Rucksack, der Dreiviertelmond spendete ausreichend Licht.

Um sechs Uhr zehn erreichten sie Carlsbergs Grundstück. Wieder zückte Miguel das Nachtsichtgerät und scannte das Haus. Er steckte es in den Rucksack zurück und nickte Violetta zu.

Dann betraten sie den Rasen. Pirschten in geduckter Haltung bis zur Veranda.

Mit der ausgestreckten Hand beschied Miguel Violetta, ein paar Schritte hinter ihm zu bleiben. Er kniete vor der Schiebetür aus Glas nieder, die beinahe die gesamte Südfront des Hauses bildete. Aus dem Rucksack zog er das Dietrich-Set und begutachtete den Zylinder des Schiebetürschlosses genauer.

»Es ist offen. Ich habe nicht abgeschlossen.«

Eine laute Männerstimme durchbrach die Stille. Miguel und Violetta zuckten zusammen und rissen ihren Kopf nach rechts herum, von wo die Stimme kam.

Im fahlen Dämmerlicht erkannten sie Carlsberg.

Der zielte mit einer Schrotflinte auf sie.

Er befahl ihnen, die Hände in die Höhe zu strecken. Die Flinte in Hüfthöhe im Anschlag schritt er in einem Halbkreis um sie herum, bis er sein Haus im Rücken hatte und das Einbrecherpaar vor sich.

Und freies Schussfeld in Richtung Meer.

»Willkommen bei mir daheim. Ich würde Ihnen nur zu gern die Oldtimer zeigen, die ich hier in meiner Garage habe, aber ich fürchte, dafür fehlt uns heute die Zeit.«

»Hören Sie, Carlsberg, wir sind nicht allein hier. Unsere Leute beobachten uns. Sie werden jede Sekunde hier sein. Sie haben keine Chance, geben Sie auf!«, sagte Miguel.

Carlsberg lächelte. »Das ist eine Lüge. Sie sind allein. Ich weiß das. Ich weiß vieles über Sie. Und jetzt drehen Sie sich beide um und gehen langsam über den Rasen in Richtung Abgrund. Ich brauche wohl nicht extra zu erklären, dass hektische Bewegungen unangebracht sind und tödlich enden.«

Sie taten, was er wollte.

Schritten langsam voran.

Bis zum Abgrund waren es zwanzig Meter.

Violetta fragte ihn: »Warum mussten so viele Menschen sterben? Alphons Ritter war doch Ihr Freund. Warum er?«

»Ach, Alphons ... Er war ein gutmütiger Idiot. Ein *Bünzli*, ein nützlicher Trottel. Etwas gar neugierig vielleicht, beinahe wäre er mir vor zwei Jahren auf die Schliche gekommen. Tja, das durfte ich natürlich nicht zulassen. Darum musste er weg. Aber darüber möchte ich jetzt nicht sprechen. Lassen wir die Toten ruhen. Beschäftigen wir uns doch mit den zukünftig Sterbenden.«

Violetta blieb abrupt stehen. Miguel auch. Beide drehten den Kopf langsam nach hinten.

Carlsberg hob die Schrotflinte höher.

»Na, na, keine Dummheiten, schön nach vorn gucken und weitergehen.«

Bis zum Abgrund waren es fünfzehn Meter.

»Eine Frage, Carlsberg. Warum ließen Sie Ihre ehemaligen Schwarzgeldkunden erst jetzt, mehr als zehn Jahre nach Ihrem Verschwinden, ermorden und plünderten deren Geheimkonten?«, wollte Miguel wissen.

Sie konnten hören, wie Carlsberg stehen blieb. Und taten es ihm gleich. Zeit gewinnen!

»Es geht Sie zwar nichts an, aber wenn Sie das so brennend interessiert, will ich Ihnen die Frage beantworten. Betrachten Sie das als Erfüllung Ihres letzten Wunsches auf Erden.« Carlsberg gluckste leise. Das morbide Amüsement eines Gentlemans.

»Als ich damals, nach dem Tsunami, verschwand, verfügte ich über mehr als genug Geldreserven. Doch leider investierte ich vor etwa zwei Jahren mein Geld leichtsinnigerweise in die falschen Leute mit den falschen Geschäften. Daraufhin schuldete ich ein paar üblen Gesellen mit schlechten Manieren sehr viel Geld. Geld, das ich nicht besaß. Aber ich wusste, wo welches in rauen Mengen zu holen war. Tja, und so leerte ich die Konten meiner ehemaligen Schwarzgeldkunden. Und um jegliches Risiko auszuschließen, ließ ich sie von einem Berufskiller liquidieren. Und weil er schon grad am Aufräumen war und sich dabei unglaublich talentiert zeigte, ließ ich ihn noch ein paar andere Subjekte beiseiteschaffen; nur kleine Fische zwar, die mir damals beim Untertauchen behilflich gewesen waren, aber sie hätten über mein neues, zweites Ich plaudern können. Aber bitte, meine Herrschaften, Sie halten mich auf. Gehen wir weiter. Los vorwärts!«

Bis zum Abgrund waren es zehn Meter.

»Man wird Sie erwischen. Diesmal kommen Sie nicht davon. Unsere Leute wissen alles über Sie.« Violetta versuchte, Zeit zu schinden.

»Sie meinen Ihre Tell Versicherungen. Eine äußerst spannende Truppe.«

»Woher ...?«, platzte es aus Violetta heraus.

»Woher ich von Ihrem kleinen Geheimverein weiß? Schauen Sie, jeder Mensch hat seinen Preis. Mit Geld kann man sich eben doch alles kaufen, sogar einen Freund in Ihrer Tell-Gruppe! Ich hatte vorgestern Nacht Besuch von einem netten Herrn, der mir viele spannende Dinge erzählt hat.«

In dem Augenblick erkannte Violetta die ganze, abscheuliche Wahrheit.

Miguel!

Sein mitternächtlicher Besuch vorgestern galt nicht etwa Veronika, seinem Serviertäubchen aus dem *Dwejra*.

Sondern Carlsberg.

Miguel war zu ihm gegangen und hatte ihm von den Tell-Plänen erzählt. Ziemlich sicher gegen ziemlich viel Geld.

Miguel war der Verräter.

Tränen schossen Violetta in die Augen. Der Boden unter ihr schien nachzugeben. Das glaube ich nicht! Das darf nicht wahr sein! Nicht er! In ihrem Hinterstübchen begannen eine Menge Schalter zu klicken. Und schließlich sah sie es deutlich vor sich, wie alles gelaufen sein musste: Miguel, der Carlsberg die Tell-Operation verrät, als Lohn dafür ein paar Millionen kassiert. Miguel, der Violetta hierherlockt, sie von Carlsberg erschießen lässt, ihm hilft, die tote Alte über die Klippen ins Meer zu werfen. Daheim wird man das Tell-Team irgendwann vermissen, es gibt Nachforschungen, sehr diskret, weil heikel im Ausland. Möglicherweise findet man Violettas Leiche, irgendwo an Land gespült, mit Schrotkugeln im Kopf, Miguels Leiche hingegen wird weiterhin vermisst, wird wohl nie gefunden werden, kommen Experten zum Schluss. Die Akten werden geschlossen, das Team abgeschrieben.

Verrecken beim Vollstrecken, so der tellinterne Kalauer für ein solch unschönes Ende eines Killerteams.

Und Miguel? Haut ab, taucht unter, kauft sich eine neue Identität mit seinen Judasmillionen, beginnt ein neues Leben.

Und zwar, wo auch sonst, in Südamerika!

Violetta atmete tief durch, ballte ihre Fäuste. Jetzt kam die Stinkwut. Auch auf sich selbst. Wie hatte sie sich derart täuschen lassen können? Ihr Herz krampfte sich zusammen und ihre Hände ballten sich zu Fäusten.

Miguel! Gottverdammter Macho-Latino-Scheißkerl!

Dann ging alles blitzschnell.

»Du dreckiger Verräter!« Violetta spuckte die Worte in den dämmernden Tag hinaus. Sie drehte sich pfeilschnell nach links zu Miguel und warf sich auf ihn. Mit der rechten Handkante traf sie seinen Kehlkopf, rammte ihm dann ihren linken Ellbogen gegen den Kiefer und hämmerte schließlich die rechte Faust dreimal mit aller Wucht auf seine linke Schulter. Genau auf den Punkt, den ihr ihre Mama, Elisabeth Morgenstern, vom Mossad ausgebildete Krav-Maga-Nahkämpferin, so oft gezeigt hatte. Das alles geschah in einer einzigen, fließenden Bewegung. Und dauerte keine drei Sekunden.

Schwer zu sagen, wer überraschter war, Carlsberg oder Miguel.

Letzterer sackte augenblicklich zu Boden, griff sich an die Kehle, röchelte, rang nach Luft und krümmte sich vor Schmerzen. Seine linke Schulter war ausgekugelt.

Carlsberg lachte laut los. »Mein Gott, jetzt schlagt ihr euch schon gegenseitig tot. Lasst mir doch auch noch etwas übrig.«

Bis zum Abgrund waren es fünf Meter.

»Los, weitergehen! Du da am Boden auch, Latino-Boy!«

Violetta stutzte. Warum behandelte Carlsberg seinen Verräterfreund noch immer wie einen Feind? ›Du da am Boden auch, Latino-Boy!‹ Jetzt, wo sie doch eh alles wusste?

Miguel stemmte sich einarmig vom Rasen hoch, er stöhnte und taumelte. Sein Gesicht schwoll im Bereich des Unterkiefers bereits an, sein linker Arm hing unnatürlich schlaff und verdreht herunter.

»Immer weitergehen, Herrschaften, weitergehen!«

Bis zum Abgrund waren es zwei Meter.

Dann krachte es.

Ein Schuss. Und gleich noch einer.

Miguel und Violetta zuckten zusammen, fuhren herum und schauten zu Carlsberg, der ebenso irritiert umherblickte.

Ein Vogeltotschießer. Irgendwo, ganz in der Nähe.

Guten Morgen, Gozo!

Miguel nutzte diese eine Sekunde, in der Carlsberg stutzte, und stürzte sich auf ihn. Schlug ihm den Gewehrlauf nach oben, ein Schuss ging los, verpuffte himmelwärts. Die beiden Männer umklammerten sich, kämpften stehend, würgten einander, schlugen, kickten. Miguel sichtlich gehandicapt mit seiner ausgekugelten Schulter. Noch ein Schuss aus Carlsbergs Flinte krachte, Rasen und Erde neben Violetta spritzten auf, prasselten ihr ins Gesicht. Sie hob die Hände schützend vor ihre Augen und sah in dem Moment, wie das kämpfende Knäuel auf den Abgrund zu stolperte.

Und fiel.

Sie waren einfach weg. Wie vom Tisch gewischte Brotkrümel.

Und in dem Moment wurde Violetta klar, dass sie Miguel Unrecht getan hatte. Er kämpfte gegen Carlsberg, weil er sich und Violetta retten wollte.

Miguel war nicht der Verräter.

Nein, Morgenstern, nein! Was hast du getan!

Ihr Magen verknotete sich. Eiseskälte krallte sich in ihre Brust. Sie hatte sich grauenhaft geirrt, sie lag mit ihrer Verdächtigung so dermaßen falsch. Scham, Entsetzen und Wut, Wut über sich selbst, stiegen in ihr hoch. Es kam ihr vor, als habe sie Miguel verraten, als habe sie mitgeholfen, ihn gar mit eigener Hand in den Tod gestoßen.

Sie rannte zur Felskante und schaut hinunter. Vierzig Meter Abgrund. Sie sah gerade noch, wie zwei Körper zwischen aus dem Wasser ragenden Klippen ins Meer klatschten. Und versanken.

Carlsberg, der Mörder.

Und Miguel, ihr Kollege.

Sie musste ihm helfen. Hinterherspringen. Aber sie stand nur da und starrte in den Abgrund. Hinunter aufs Meer. Und das viele Wasser. Wasser! Sie musste springen, wollte es wirklich, versuchte es. Aber sie konnte nicht. War wie gelähmt. Sie schaute zum Himmel, streckte die Arme hoch, stand da, ergeben und gebrochen zugleich, wie eine holzgeschnitzte Heiligenstatue auf einem Kirchenaltar.

Und tat dann einen verzweifelten Schrei. »Martina, hilf mir doch!«

35

Neun Jahre zuvor

Es würde ein heißer Tag werden. Der Wetterdienst prognostizierte Temperaturen bis fünfunddreißig Grad. Einen Moment lang hatte sich Violetta Morgenstern überlegt, die Schulreise abzusagen. Ihre Kinder würden leiden bei der Hitze. Andererseits war dieser Donnerstag Anfang Juli die letzte Chance vor den großen Sommerferien. Der nächstmögliche Termin wäre erst Mitte August. Violetta wollte aber keine Altlasten ins neue Schuljahr mitschleppen.

Also fand die Schulreise statt.

Sie hatte die Verantwortung für dreiundzwanzig Kinder. Dreiundzwanzig Elfjährige. Ihre Viertklässler. Violetta übernahm die Schülerinnen und Schüler jeweils in der dritten Klasse und führte sie hoch bis zur fünften, von wo aus die Kinder dann an die Oberstufe wechselten.

Seit siebenundzwanzig Jahren war Violetta Grundstufenlehrerin. Sie liebe ihren Beruf. Die Schüler verehrten sie, deren Eltern schätzten sie, die Berufskollegen fürchteten sie. Violetta sagte, was sie dachte. Und handelte konsequent danach. Was nicht bei allen im Kollegium gut ankam.

Morgens um acht Uhr fuhren Violetta und ihre Schulklasse mit der Bahn los in Richtung Zentralschweiz. Erster Halt war bei der Ortschaft Baar, wo sie, nach einem dreißigminütigen Fußmarsch, die Höllgrotten, einen Verbund von Tropfsteinhöhlen, besichtigten. Anschließend wanderten sie dem Flüsschen Lorze entlang, bis zu dem Ort, wo dieses in den mächtigen Fluss Reuss mündete. Hier wollten sie zu Mittag essen. Sie suchten dürres Holz und entfachten ein Feuer, brieten Cervelatwürste am Stecken.

Violetta hatte für die Mittagsrast einen schattigen Platz unter Laubbäumen direkt am Reussufer ausgewählt. Es war drückend heiß, die Kinder schwitzten, einige hatten einen so hochroten Kopf, dass Violetta ihnen Schattenruhe befahl.

Dann hatten die Kinder eine Idee.

»Siiiiiie, Frau Morgenstern, dürfen wir die Füße im Wasser baden? Bitteeeeeee!«

Es war kurz vor ein Uhr. Dreiunddreißig Grad heiß. Es gab keinen vernünftigen Grund, der gegen ein erfrischendes Fußbad sprach.

Violetta erlaubte der Klasse, bis zu den Knien – »Aber nicht weiter!« – im Wasser zu stehen. Es begann ein Kreischen und Johlen und Spritzen. Einer dieser Momente, in denen der berühmte Klassengeist gestärkt wurde. Violetta mochte solche Augenblicke.

Martina Konrad war eine spezielle Schülerin. Obwohl eine der körperlich Kleinsten und Zierlichsten der Klasse, war sie eine geborene Anführerin. Klug, wortgewaltig, witzig, fantasievoll. Und sehr intelligent; wenn sie so weiterlernte, und daran zweifelte Violetta nicht, würde Martina in einem Jahr den Schritt ins Gymnasium schaffen. Vor zwei Jahren war Martinas Mutter an Brustkrebs verstorben. Ein traumatisches Erlebnis für die Kleine. Seither kümmerte sich Violetta noch mehr um das Kind, versuchte ihr in der Schulstube so etwas wie ein zweites Zuhause zu schaffen. Nein, sie wollte nicht Ersatzmutter spielen, wie ihr im Lehrerzimmer vorgeworfen worden war, sie wollte einfach nur für Martina da sein. Martina war ein Einzelkind. Sie und ihr Vater, ein gutherziger, stiller Bauhandwerker und seit dem Tod seiner Frau ein gebrochener Mann, lebten in einer bescheidenen Wohnung im Ort.

»Siiiiiie, Frau Morgenstern. Schauen Sie mal, darf Martina das?«

Die Kinder deuteten hinaus auf die Reuss. Dort stand Martina, zehn Meter vom Ufer entfernt, bereits bis zu den Hüften im Wasser.

Martina war eine schlechte Schwimmerin.

Violetta kam nicht mehr dazu, dem Mädchen zuzurufen, es solle augenblicklich aus dem Wasser kommen. Martina watete noch einen Schritt mehr flusswärts, wurde plötzlich von einer starken Strömung erfasst, stemmte sich dagegen, pendelte mit dem Oberkörper, schrie, schrie laut, schrie gellend um Hilfe, kippte schließlich zur Seite, patschte ins Wasser und wurde von der Reuss mitgerissen.

Im Polizeiprotokoll wurde später notiert, die Lehrerin, Violetta Morgenstern, fünfzig Jahre alt, sei sofort ins Wasser gesprungen und dem Kind nachgeschwommen, habe alles Menschenmögliche versucht, habe das Mädchen aber nicht mehr erreicht.

Zwei Tage nach dem Unglück fischte man Martinas Leiche zwanzig Kilometer flussabwärts, beim Kraftwerk Bremgarten, aus dem Rechen.

Es gab eine Untersuchung, die Staatsanwaltschaft ermittelte, Violetta wurde ›fahrlässige Tötung durch Unterlassen‹ vorgeworfen. Sie kam vor Gericht und wurde schließlich ›von Schuld und Strafe und Sorgfaltspflichtverletzung‹ freigesprochen.

Drei Tage nach dem Unglück kündigte Violetta ihre Stelle. Sie wollte nie mehr Kinder unterrichten.

Die Beerdigung von Martina Konrad verließ sie frühzeitig, nachdem Martinas Vater sie am offenen Grab, vor versammelter Trauergemeinde, lauthals beschimpft, tätlich angegriffen und verflucht hatte, sie möge ›elendiglich verrecken und in der Hölle schmoren‹.

Wassermassen bereiteten Violetta fortan entsetzliche Angst. Sie ging nie wieder schwimmen.

36

Und dann – sprang sie doch.

Der Aufschlag.

Brutaler und schmerzvoller als alles, was Violetta je erlebt hatte. Als würde sie im Sprint gegen eine Betonmauer laufen. Ein greller Blitz, das Ende der Welt. Ihr ganzer Körper schrie auf, ein einziger, riesiger, schier unerträglicher Schmerz, der sie an den Rand der Besinnung schmetterte. Dann kam das große, brüllende Nass, das über ihr zusammenschlug, sie verschlang und in die Tiefe riss. Instinktiv ruderte Violetta mit Armen und Beinen, die Lunge wollte ihr aus dem Leib springen, das Herz platzen, der Kopf explodieren. Doch dann, auf einmal, wurde alles um sie herum ruhig. Sie dämmerte langsam weg, plötzlich war alles egal, belanglos, die Schmerzen verschwanden, das Brüllen wurde zu einem Summen, die Panik versank mit ihr zusammen im Meer. Frieden.

Dann tauchte Violetta wieder auf.

Ploppte an die Oberfläche wie ein Proseccokorken. Japste nach Luft, hustete, würgte, spie, kotzte. Das Salzwasser ätzte in Augen, Nase und Hals. Sie war wieder da, wieder hellwach, sie wollte weiterleben. Eine heranrollende Welle brach sich an ihr, drückte sie erneut unter Wasser. Sie wehrte sich. Wieder husten, spucken, kotzen. Sie begann mit Schwimmbewegungen. Die Arme, die Beine, der Rumpf, alles tat höllisch weh. Vierzig Meter freier Fall.

Sie versuchte den Kopf zu heben, um über die Wellenkämme schauen zu können. Dann entdeckte sie einen Körper im Wasser. Vielleicht zwanzig Meter vor ihr, meerwärts. Violetta schwamm darauf zu.

Miguel.

Er trieb auf dem Rücken. Er lebte, blutete im Gesicht, aber lebte. Er war benommen und schwach. Violetta nahm ihn in den Rettungsgriff, so wie sie es vor Jahrzehnten gelernt hatte, als sie ihr Brevet zur Schwimmlehrerin für Grundschulkinder machte. Er röchelte.

»Nicht sprechen, Miguel.«

Die Betonplattform schien kilometerweit weg. Sie ruderte mit aller Kraft, paddelte mit den vor Schmerz tauben Beinen, kraulte mit dem freien Arm, schleppte mit dem anderen Miguel hinter sich her.

Das ist zu weit weg, ich habe keine Kraft mehr, das schaffen wir nie!

»Wir schaffen das, Miguel.«

Sie dachte an ihre Mama, dachte an ihren Papa. Und schwamm.

Schließlich erreichten sie die Betonplattform. Miguel zog sich mit dem noch intakten Arm an der Badeleiter hinauf, Violetta half von unten stemmend nach und stieg anschließend hinterher. Minutenlang lagen sie beide auf der Plattform, atmeten schwer, husteten, versuchten wieder zu Kräften zu kommen. Schließlich hockte Violetta auf und kroch auf Knien zu Miguel hin.

»Geht's?« Sie klang, als habe sie eine schwere Halsentzündung.

Er nickte nur. Wollte etwas sagen, wurde aber von einem Hustenanfall gestoppt und kotzte sich noch einmal einen Eimer Mittelmeer aus dem Leib. Dann schaute er Violetta an. Und versuchte so etwas wie ein Grinsen. Schöpfte angestrengt Atem.

»Sie ... haben mir da vorhin ... ja ganz schön die Fresse poliert!«

Sie drückte ihn in eigenartig keuscher Manier so fest an sich, dass er aufschrie.

Irgendwie schafften sie es mit ihren geschundenen Körpern die Felstreppe hinauf. Violetta stützte Miguel. Tritt für Tritt, jede Bewegung eine Qual, alles dauerte eine Ewigkeit. Auf halbem Weg hielt er an und schaute aufs Meer hinaus. Als suche er etwas.

Jemanden.

»Was ist mit Carlsberg passiert?«, fragte Violetta.

Miguels Atem rasselte, er sprach stoßweise: »Ich habe ihn ... im Wasser treiben sehen. Der ... Aufprall muss ihm das Genick gebrochen haben. Er ... ist tot.«

»Ganz sicher?«

»Ich habe ... seinen Kopf noch ... eine Zeit lang unter Wasser gedrückt. Glauben Sie mir, der ... Scheißkerl ist tot.«

»Dann ist er jetzt, nach dem Tsunami, zum zweiten Mal im Meer gestorben.«

»Der Typ ... war ja schon immer ein Experte im Untertauchen.«

»Und seine Leiche?«

»Fischfutter.«

Sie stiegen weiter die Felstreppe hoch, erreichten schließlich den Rand der Klippe, tappten schwankend über den Rasen und betraten über die Veranda Carlsbergs Villa. Im Badezimmer fanden sie Frotteetücher, mit denen sie sich halbwegs trocken rubbelten. Violetta besah sich Miguels Gesicht. Die Wunden und Prellungen versorgte sie mit Material aus Carlsbergs Hausapotheke. Mit einem Badetuch faltete sie anschließend eine Art Schlinge für Miguels linken Arm, mit dem sie seine ausgekugelte Schulter ruhigstellen konnte. Während alldem sprach keiner von ihnen ein Wort.

Aber Violetta spürte, dass es an ihr lag, den Anfang zu machen. »Miguel ... Es tut mir entsetzlich leid.«

»Sie hielten mich tatsächlich für den Verräter?«

»Ich habe Sie doch gesehen! Als Sie sich vorletzte Nacht wegschlichen. Und als wir dann vor Carlsberg standen und er davon sprach, wie ein Tell-Mann ihm gegen Geld alles verraten habe, da schien es mir nur logisch, dass *Sie* vorletzte Nacht bei ihm gewesen waren.«

»Ich war bei Veronika.«

Violetta nickte nur, senkte den Kopf. Dann schaute sie Miguel wieder an. »Aber wer dann? Wer hat uns verraten?«

Miguel zuckte mit den Schultern und bereute die Geste sofort. Vor Schmerzen sog er die Luft zwischen den zusammengepressten Zähnen ein.

Violetta stemmte ihre Hände in die Hüften. »Meier. Ich habe es Ihnen doch gesagt, es muss Pornoschnauzer-Meier sein. Er war von Anfang an gegen diesen Einsatz hier. Er war dagegen, dass ich mit Ihnen nach Gozo reiste. Er versuchte alles zu verhindern. Er war schon immer ein Arschloch. Meier ist der Verräter!«

»Moment, Morgenstern, Moment. Sie schießen da mit wilden Behauptungen um sich. Noch vor einer Stunde hielten Sie mich für den Verräter und nun beschuldigen Sie wieder Meier?«

»Es scheint mir einfach logisch.«

»Das genügt nicht.«

Miguel überlegte lange. Dann sagte er: »Okay, folgendes Gedankenspiel: Nehmen wir mal an, Meier ist tatsächlich der Verräter. Dann müsste er mit Carlsberg in den letzten zweiundsiebzig Stunden in Kontakt getreten sein. Am wahrscheinlichsten per Telefon oder E-Mail. Dann, vorgestern wohl, flog Meier heimlich nach Gozo, traf Carlsberg hier in der Villa, erzählte ihm von unseren Ermittlungen, bot ihm Informationen an und verlangte Geld dafür. Als der Verrat besiegelt war, flog Meier zurück in die Schweiz. Wenn er alles geschickt geplant hat, war er gerade mal zwölf Stunden außerhalb der Schweiz. Und niemand hat von seinem Ausflug etwas mitbekommen.«

Violetta schaut ungläubig. »Ist denn das überhaupt möglich? Ich meine zeitlich.«

Miguel schnalzte mit der Zunge und schaute Violetta verschwörerisch an. »Tell verfügt über einen Privatjet, eine Gulfstream! Wenn das alles tatsächlich so gelaufen ist, Morgenstern, dann hat Meier Spuren hinterlassen. E-Mails, Anrufe oder das Flugprotokoll der Jet-Crew. Hätte Carlsberg uns getötet, wäre niemand auf die Idee gekommen, Meier zu überprüfen, es hätte keinen Grund gegeben, seine Reisedaten zu checken. Aber jetzt, wo wir unvorhergesehen noch am Leben sind … Ich rufe IT-Gerry an. Der kann das alles verifizieren. Gerry ist zwar nicht ganz dicht, wenn es um Computer geht, aber er ist diskret, integer und verschwiegen genug. Außerdem schuldet er mir noch einen Gefallen.« Miguel tastete mit dem gesunden Arm nach der Gesäßtasche seiner nassen Jeans und klaubte sein Smartphone hervor. Der Bildschirm war zersplittert. Das Teil war tot. »Dann halt Carlsbergs Festnetzanschluss.« Er schaute sich im Wohnzimmer um und schritt zu einem Sideboard, wo ein futuristisch aussehendes Telefon lag. Er tippte eine Nummer ein, klemmte sich den Hörer zwischen gesunde Schulter und Kinn, wartete und begann dann zu sprechen. »Hallo Gerry, hier ist Miguel. Du musst mir jetzt genau zuhören …«

Violetta schmerzte der Hals, das Salzwasser brannte im Rachen. Sie brauchte einen Schluck Wasser. Sie suchte die Küche und fand sie im rückwärtigen Teil der Villa. Im Kühlschrank stand ein Sechserkarton mit Drei-Deziliter-PET-Flaschen San-Michel-Mineralwasser. Violetta riss eine Flasche aus dem Karton, schraubte den Deckel auf und trank das Wasser in einem Zug. Dann rülpste sie laut, erschrak ob ihres eigenen Tuns und schielte schuldbewusst aus der Küche. Miguel schritt im Wohnzimmer nervös hin und her und sprach hektisch ins Telefon. Violetta drückte die leere Flasche flach zusammen und warf sie in den Mülleimer, der unter dem Spülbecken in einem Klappschrank stand.

Mitten in der Wegwerfbewegung hielt sie inne. Stutzte. Schaute genauer in den Mülleimer – und stieß einen für ihre Verhältnisse grauenhaften Fluch aus.

Sie eilte zurück ins Wohnzimmer. Miguel kam ihr im Sturmesschritt entgegen. Höchst erregt. »Morgenstern, Sie glauben ja nicht, was ich eben erfahren habe. IT-Gerry hat tatsächlich bestätigt, dass die Tell-Gulfstream benutzt worden ist. Aber nicht von …«

Violetta fuhr ihm ins Wort: »... nicht von Meier, ich weiß.«
Miguel machte große Augen. »Woher ...«
Sie packte ihn am gesunden Arm. »Kommen Sie und schauen Sie, was ich gefunden habe!«
Sie führte ihn in die Küche. »Unser Verräter war vorgestern hier in der Villa zu Besuch und hat eine Spur hinterlassen, die Carlsberg anschließend im Mülleimer entsorgt hat.« Mit einer theatralischen Geste öffnete sie den Klappschrank unter der Spüle und präsentierte Miguel den Mülleimer. Zuoberst auf dem Abfall lagen ein halbes Dutzend Papierservietten.
Jede war zu einem Flugzeug gefaltet.

37

Violetta schlief vierzehn Stunden an einem Stück. Als sie erwachte, war es bereits später Sonntagvormittag.

Daheim.

Es fühlte sich herrlich an, wieder im eigenen Bett zu liegen. Sie stand auf, schlurfte in ihrem Nachthemd in die Küche und machte sich einen Kaffee. Heiß. Stark. Göttlich. Wenngleich nicht so temperamentvoll wie ein maltesischer *Americano*.

Violetta und Miguel waren tags zuvor mit der Frühmaschine aus Malta zurückgekehrt. Ein Wagen von Tell hatte sie am Flughafen Zürich abgeholt und in die Zentrale gebracht. Sie waren einzeln in einen der schwarzen Vernehmungsräume gebracht und von Verhörspezialisten befragt worden.

Sieben Stunden lang. Bis die Tell-Verantwortlichen auf alle Fragen eine Antwort hatten. Bis Miguels und Violettas Rollen, Absichten, Recherchen und Vorgehensweisen im Fall Carlsberg auch im letzten Detail geklärt waren. Und unzweifelhaft feststand, dass sie beide absolut integer und nicht ebenfalls in den Verrat verwickelt waren.

Dass sie keine Komplizen von Huber waren.

Nach dem Verhör durften sie sich frisch machen, wurden anschließend zusammen in die Kantine gebracht, wo ihnen eine warme Mahlzeit serviert wurde. Und viel Kaffee. Sie sprachen wenig miteinander. Sie fühlten sich erschöpft und erschlagen, verstört auch.

Der Showdown mit Carlsberg schien ihnen eine Ewigkeit her, dabei waren seither weniger als achtundvierzig Stunden vergangen.

Nachdem sie in Carlsbergs Mülleimer Hubers gefaltete Papierflieger entdeckt hatten und Miguel von IT-Gerry erfuhr, dass es Huber gewesen war, der mit dem Privatjet nach Malta geflogen war, hatte Miguel die einzige Person angerufen, der er in dem Moment noch vertraute.

Meier. Ausgerechnet.

Dieser hatte umgehend den obersten Tell-Rat über die Geschehnisse informiert. Binnen zweier Stunden wurde eine Untersuchung angeordnet, in deren Verlauf Huber festgenommen und verhört wurde.

Er legte sofort ein Geständnis ab. Zumal die Beweise gegen ihn erdrückend waren.

Die Gründe für seinen Verrat waren so schandbar wie tragisch. Bei Hubers Ehefrau war vor eineinhalb Jahren Brustkrebs diagnostiziert worden. Zu weit fortgeschritten, zu viele Metastasen – und daher unheilbar. Sie würde bald sterben.

Damit nicht genug, entdeckten die Ärzte vor fünf Monaten an Hubers Nieren mehrere Tumore. Er hatte ebenfalls Krebs, eine sehr aggressive Art. Huber hatte bestenfalls noch zwölf bis fünfzehn Monate zu leben. Die Kosten für die medizinische Behandlung von Huber und seiner Frau waren immens und die einstmals gut gefüllte Kasse des Ehepaares bald leer.

Huber und seine Frau waren seit über vierzig Jahren ein Paar und liebten sich noch immer wie an ihrem ersten Tag.

Da beschloss Huber – beseelt von Frust, Wut und dem Scheißegalpragmatismus eines Todgeweihten –, die ihnen noch verbleibende Zeit, diese letzten gemeinsamen Monate, so intensiv wie nur möglich auszukosten. Sie wollten die Tage miteinander verbringen, schöne Dinge unternehmen, feine Sachen essen, köstliche Weine trinken, Museen, Opern und Theater besuchen. Und noch einmal Reisen unternehmen. Ausgefallene Reisen, luxuriöse Reisen, sehr teure Reisen. All diese letzten Wünsche würden Unmengen von Geld kosten.

Geld, das Huber nicht mehr besaß.

Der Krebs, die Onkologen und Spezialkliniken hatten sein Vermögen aufgezehrt.

Letztendlich für nichts.

Da reifte in ihm die Idee, sein Insiderwissen als Tell-Chef zu Geld zu machen. Er suchte nach einer Möglichkeit, einen schwerreichen ›Kunden‹, der auf der Eliminationsliste von Tell stand, gegen Geld zu warnen. Es gab immer mal wieder infrage kommende Kandidaten, doch keiner schien schließlich für Hubers Bedürfnisse geeignet.

Bis die Sache mit Carlsberg ins Rollen kam.

Als Miguel ihm dann vor ein paar Tagen aus Gozo berichtete, bei der observierten Person handle es sich definitiv um Carlsberg, schritt Huber zur Tat. Er kontaktierte Carlsberg, deutete einen Deal an, flog mit dem Tell-Jet nach Malta und verlangte für seinen Verrat eine Million Schweizer Franken.

Carlsberg willigte ein, die Summe auf ein Nummernkonto auf Gibraltar zu überweisen – sobald er Miguel und Violetta beseitigt hätte. Da Huber Miguel mehrfach eingebläut hatte, den Stand der laufenden Ermittlungen auf Gozo ausschließlich ihm mitzuteilen, würde niemand in der Zentrale erfahren, was aus dem Team Schlunegger und Morgenstern geworden war. Die beiden würden als vermisst gelten, gründliche Untersuchungen auf ausländischem Territorium kämen für Tell allerdings nicht infrage. Die Gefahr, vom Staat Malta dabei erwischt und enttarnt zu werden, war zu groß. Also würde man die Tell-Agenten still und leise als Verlust abbuchen.

Meier betrat die Kantine und setzte sich zu seinen beiden Gozo-Leuten an den Tisch. Der oberste Rat hatte ihn interimsweise zum neuen Leiter von Tell ernannt.

»Alles in Ordnung mit Ihnen beiden?«, fragte er.

Miguel und Violetta nickten. »Trinken Sie mit uns eine Tasse Kaffee«, bot ihm Miguel an.

Meier hob theatralisch die Hände. »Ist mir zu gefährlich, wenn Morgenstern mit am Tisch sitzt.« Er wieherte, Miguel lächelte teilnahmslos. Violetta schaut finster. »IT-Gerry und sein Team sind daran, die Festplatte aus Carlsbergs Computer, die Sie aus seiner Villa mitgebracht haben, auszuwerten. Nach einer ersten, oberflächlichen Sichtung können wir bereits jetzt sagen, dass wir auf eine Goldgrube gestoßen sind. Personen, Firmen, Banken, Regierungen, Netzwerke, geheime Konten … Da werden in nächster Zeit wohl noch ein paar andere Köpfe rollen. Im wahrsten Tell-Sinne natürlich.« Er war erneut der Einzige, der über seine Pointe lachte.

»Was geschieht denn nun mit Huber?«, wollte Miguel wissen.

Meier wurde schlagartig ernst. Er senkte den Kopf, atmete geräuschvoll ein und aus. »Das … hat sich bereits erledigt.« Er räusperte sich, presste die Faust auf seinen Mund, hielt eine halbe Ewigkeit inne, eher er weitersprach: »Wir haben Huber gestern Abend nach Hause gebracht und ihm die Chance gegeben, die Sache wie ein Ehrenmann zu regeln. Heute Morgen hat man das Ehepaar tot gefunden. Die Putzfrau hat die beiden eng umschlungen auf dem Ehebett liegend entdeckt. Huber hat zuerst seiner Frau und anschließend sich selbst je dreißig Gramm Natrium-Pentobarbital injiziert.«

Alle schwiegen minutenlang. Jedes Wort wäre jetzt falsch gewesen.

Irgendwann sagte Meier: »Ja dann … lasse ich Sie jetzt mal in Ruhe.« Er machte Anstalten aufzustehen.

»Eine Frage noch, Herr Meier.« Violetta setzte sich am Tisch kerzengerade auf. Ihre Unterlippe zitterte leicht; unter dem Tisch krallte sie ihre Hände in die Knie. »Wann hören Sie endlich auf, mir Morddrohbriefe und SMS zu schicken? Ich weiß jetzt, dass Sie das sind.«

Meier schaute erst verdattert wie ein Schulbub. Dann veränderte sich seine Miene. Sein Kinn zuckte, er nickte mechanisch und blickte Violetta eindringlich an. Blinzelte kein einziges Mal. Schließlich sagte er: »Sie sind sehr, sehr müde, Frau Morgenstern. Und sehr, sehr verwirrt. Gehen Sie jetzt nach Hause. Wir reden, wenn es Ihnen wieder besser geht.« Er nickte Miguel zu, drehte sich um und verließ die Kantine.

Violetta und Miguel wurden nach Hause chauffiert. Man hatte ihnen nahegelegt, ein paar Tage Pause einzulegen.

»Wenn Sie möchten, Miguel, dann besuchen Sie mich doch Sonntagnachmittag zu Kaffee und Kuchen«, hatte Violetta vorgeschlagen, als sie sich verabschiedeten.

»Mal schauen«, hatte Miguel gemeint. Freundlich, aber unverbindlich.

Zu Hause hatte Violetta erst den überquellenden Briefkasten geleert, ehe sie sich mit einer Tasse Tee vor den Fernseher setzte und eine herrlich belanglose Samstagabendunterhaltungsshow anzuschauen begann. Nach fünf Minuten war sie sitzend auf dem Sofa eingenickt.

38

Nach der zweiten Tasse Morgenkaffee trat Violetta, noch im Nachthemd und mit ihren Kuhfell-Zoccoli an den Füßen, ins Freie, schritt durch den Vorgarten und holte ihre vier Sonntagszeitungen aus dem Briefkasten. Es war empfindlich kalt geworden, in der Nacht hatte es geregnet, das letzte, tapfere Laub an den Bäumen schimmerte nass. Auf dem Steinplattenweg zwischen Quartierstraße und Hauseingang lagen kleine Pfützen. Wenn Miguel wirklich am Nachmittag zu Kaffee und Kuchen erscheinen sollte, musste Violetta sich sputen. Selbst schuld, sagte sie sich, wenn sie den halben Sonntag verschlief. Gegen Abend würde sie dann Maurice besuchen. Es gab ein paar Dinge, über die sie dringend reden mussten.

Bereits auf dem Rückweg zum Haus studierte Violetta die einzelnen Schlagzeilen, Titelbilder und Aufmacherstorys der Zeitungen. Sie betrat den Flur und zog die Haustür hinter sich zu. Da rutschte zwischen den Zeitungen ein Briefumschlag heraus und segelte zu Boden. Violetta bückte sich und klaubte ihn auf.

Format A4. Weiß. Mit Klebeetikette. Kein Absender.

Und als sie den Umschlag aufriss, roch sie den Leimduft. *Pelifix*-Klebestift.

Ausgeschnittene Buchstaben aus Zeitungen. Zwei Worte.

JETZT ENDLICH

Anders als bei den Drohbriefen in den Wochen zuvor und der SMS in Gozo reagierte Violetta diesmal weder mit Panik noch mit Herzrasen, kein Adrenalinschub, keine Übelkeit. Sie spürte lediglich Verärgerung. Und sie war genervt. Gelangweilt auch.

Nicht das schon wieder! Nicht er schon wieder!

Glaubte dieser Meier tatsächlich, solche kindischen Drohbriefe würde sie jetzt noch beeindrucken? War das hier, nachdem sie ihn gestern mit ihrem Verdacht konfrontiert hatte, sein letzter, verzweifelter Versuch, ihr noch einmal Angst einzujagen? In der Hoffnung, sie so zu vergeistern und zu zermürben, dass sie am Ende ihren Dienst bei Tell doch noch quittierte? Sie hatte Meier gestern in die Enge getrieben, ihn frontal angegriffen, vor Miguel bloßgestellt. War das jetzt seine Reaktion? Trotz, Wut und der läppische Versuch, sie irre zu machen? Der Typ gab wohl nie auf.

Mühsamer, dämlicher Wadenbeißer!

Violetta nahm sich vor, das Problem ein für alle Mal zu lösen. Gleich nächste Woche. Sie würde Miguel um Hilfe bitten, der oberste Tell-Rat musste von Meiers Methoden erfahren. Und seine Schlüsse daraus ziehen.

Sie setzte sich im Wohnzimmer aufs Sofa, zupfte ihr Nachthemd zurecht, schlug eine wollene Tagesdecke im Schweizer-Armee-Style über ihre nackten Beine und widmete sich der ersten ihrer vier Sonntagszeitungen.

Sie las vielleicht fünf Minuten lang. Dann hielt sie inne.

Da war etwas.

Violetta blickte von ihrer Lektüre auf und schaute irritiert im Raum herum. Irgendetwas im Haus war ... anders. Anders als sonst. Doch sie konnte beim besten Willen nicht sagen, was es war. Was sie störte. Alles schien wie immer: die Möbel, ihre Bücher, die Beleuchtung im Wohnzimmer, das Radio spielte gefällige Sonntagvormittagsklassik und aus der Küche vernahm sie das Knistern des Feuers im Holzherd. Und doch stimmte etwas nicht.

Dann nahm sie ihn wahr.

Diesen säuerlichen Geruch.

Ganz dezent nur, aber dennoch präsent. Und unangenehm, kein Gestank zwar, mehr ein Mief. Violetta legte die Zeitung beiseite und stand auf. Sie war seit gut einer Woche nicht zu Hause gewesen. Hatte die Räume nicht gelüftet, hatte nicht abgestaubt, die Holzböden nicht feucht gewischt. Aber das war es nicht. Der säuerliche Geruch stammte nicht vom Alltagsschmutz, er war irgendwie … lebendig. Etwas Organisches, das ungut roch. Violetta schnupperte, versuchte den Geruch zu orten, der Duftspur zu folgen. Gammelte da etwas in der Küche vor sich hin? Faulten Lebensmittel? In der Früchteschale auf dem Küchentisch lagen drei Äpfel, die zwar etwas schrumpelig aussahen, aber noch essbar waren und ansprechend dufteten. Violetta schaute in den Kühlschrank, ins Gemüsefach, ins Früchtefach, ins Fleischfach. Alles in Ordnung. Auch Milch, Käse und Butter hatten ihr Ablaufdatum noch längst nicht erreicht. Und doch … roch da etwas säuerlich.

Wie alter Schweiß!

Sie schritt zur Garderobe im Hausflur und schnüffelte an ihrer leichten Baumwolljacke, die sie in Gozo manchmal während windiger Abendstunden und im für ihre Bedürfnisse zu heftig klimatisierten Flugzeug getragen hatte. Roch sauber. Frisch. Nach Meeresbrise gar. Sie wollte ins Wohnzimmer zurückgehen, als ihr Blick auf den Holzboden im Flur fiel. Dort glitzerten kleine Wasserlachen. Sie kniete sich davor und besah sich die geldstückgroßen Tropfen: schmutziges Wasser, eng beieinanderliegend, in Linien und regelmäßig angeordnet, ein Muster bildend. Ein Profil.

Der nasse Abdruck eines Schuhs.

Violetta stand auf, schritt zur Haustür und hob ihre Kuhfell-Zoccoli aus der Plastikabtropfschale. Deren Gummisohlen waren noch feucht vom Gang zum Briefkasten, waren aber vollständig plan, hatten keinerlei Profil. Violetta hielt den Atem an. Der Abdruck im Flur stammte also nicht von ihr. Er zeigte das Profil eines schwereren Schuhs mit rutschhemmenden Noppen in Kreuz-, Raute- und Wellenform. Der Abdruck war ziemlich groß. Violetta hatte Schuhgröße achtunddreißig. Der hier war viel größer, zweiundvierzig, dreiundvierzig oder noch größer. Kein Frauenschuh.

Ein Mann war im Haus. Meier? Wagt der Kerl es tatsächlich …

Etwas tief in Violettas Kopf drin weigerte sich, Meier solch eine plumpe Handlung zuzutrauen.

Der noch nasse Schuhabdruck bedeutete, dass der Kerl vor wenigen Minuten erst ins Haus eingedrungen war. Zumal die Bodenheizung solche Wasserflecken binnen weniger Minuten austrocknete. Violetta überlegte kurz, wie er es geschafft hatte, ins Haus zu kommen. Sie stöhnte innerlich auf. Bei ihrem Gang zum Briefkasten hatte sie die Haustür offen stehen lassen.

Ich habe ihn praktisch eingeladen!

Die Gehrichtung des Schuhabdrucks zeigte weg von der Haustür in Richtung Küche. Violetta scannte den Flurboden und entdeckte prompt weitere Abdrücke, weniger nass, weniger ausgeprägt, aber eindeutig vom selben Schuhwerk stammend. Eine Spur. Hinein in die Küche. Dort, auf dem terrakottafarbenen Plattenboden, fand Violetta tatsächlich weitere drei Abdrücke, die jedoch mit jedem Schritt schwächer wurden. Die Spur trocknete aus. Und hier witterte Violetta auch wieder diesen säuerlichen Geruch.

Alter Schweiß! Die Ausdünstung eines Mannes, der andauernd stark schwitzte, weil er unter enormem Stress stand und hyperaktiv war. Weil er auf der Jagd war.

Nach mir!

Er war also hier. Machte seine Ankündigung wahr.

Jetzt endlich.

Der Drohbriefeschreiber setzte zum Finale an.

Violettas Autopilot übernahm das Handeln. Instinktiv packte sie den Feuerhaken, der neben dem Holzherd stand. Mit der rechten Hand zog sie die große Schublade auf, wo sie ihre Küchenmesser aufbewahrte, griff hinein, tastete nach irgendetwas, das ihr als Waffe dienen konnte, fühlte Metall, zog es heraus. Ein Sparschäler. Für den Bruchteil einer Sekunde grinste sie ob des Situationswitzes. Dann ließ ihr Autopilot sie eines der Steakmesser in der Schublade ergreifen. In der rechten Hand den Feuerhaken, in der linken das Messer. Sie war bereit, sie würde sich verteidigen.

Violettas ganzer Körper befand sich im Kampfmodus. Augen, Ohren und Nase würden jede Veränderung sofort registrieren, Muskeln und Sehnen waren gespannt, die Werkzeuge in ihren Händen geladene Waffen. Langsam und mit federnden, geräuschlosen Schritten bewegte sie sich vorwärts.

Er muss da irgendwo sein. Er versteckt sich. Will mich überfallen!

Sie schlich durch die Küche, beschrieb beim Vorwärtsgehen Halbkreise, jede Ecke im Blick, jeden schattigen Winkel unter Kontrolle. Sie zog mit der Schuhspitze Putz- und Vorratsschränke auf, ihre Waffen gezückt, bereit zuzuschlagen, zu stechen und zu schneiden.

Die Küche war sauber.

Sie pirschte ins Wohnzimmer. Gleiche Vorgehensweise: Sie bewegte sich systematisch vorwärts, checkte jede Ecke, jeden Schrank, jedes Möbelstück, das sich als Versteck anbot. Hielt inne, horchte, schnupperte. Immer bereit, einen Angriff blitzschnell zu parieren.

Das Wohnzimmer war sauber.

Als Nächstes ihr Büro. Täuschte sie sich oder fehlte hier drin der säuerliche Schweißgeruch? Sie kontrollierte Schränke, die von Nachtvorhängen verdeckten Zimmerecken, Stauräume hinter Stapeln von Büchern und Kartonschachteln.

Sauber.

Blieben noch Keller und das obere Stockwerk. Wieder hielt sie inne, lauschte, witterte. Dann stieg sie die Treppe hoch. Es ließ sich nicht vermeiden, dass einzelne der Holzstufen knarrten. Nur ganz leise zwar, aber der Eindringling musste das hören.

Sie durchkämmte Raum für Raum, ihr Schlafzimmer, das Badezimmer, das Abstellräumchen, zuletzt das Nähzimmer.

Nichts.

Was mache ich hier eigentlich? Warum renne ich nicht einfach davon und flüchte aus dem Haus? Stattdessen begebe ich mich in Gefahr!

Exakt am Ende ihres Gedankengangs, als steuerte ein unsichtbarer Filmregisseur die Handlung und achtete auf effekthaschendes Timing, brach die Hölle los. Das tierische Brüllen eines Mannes ertönte und gleichzeitig krachte das Bügelbrett, das hinter der Tür des Nähzimmers gestanden hatte, auf Violetta nieder und schmetterte sie zu Boden. Noch während des Fallens verfluchte sie sich selbst wegen ihres Anfängerfehlers.

Man schaut immer zuerst hinter der Tür nach!

Violetta fiel rücklings und prallte mit dem Hinterkopf auf. Steakmesser und Feuerhaken entglitten ihr und schlitterten über den Boden, ihr wurde schlagartig speiübel und flüssige Lava schoss in ihre Schläfen und den Hinterkopf. Für ein paar Sekunden verlor sie das Bewusstsein.

Noch bevor sie ihn sah, konnte sie ihn riechen. Wieder dieser alte Schweiß. Jetzt penetrant, den ganzen Raum ausfüllend. Ekelerregend. Und so nah.

Direkt über ihr.

Violettas Bewusstsein kehrte zurück, der Schleier vor ihren Augen verflüchtigte sich. Sie blinzelte, stöhnte, fühlte die hämmernden Kopfschmerzen. Und dann sah sie ihn.

Da stand ein Mann. Er war sehr groß, sehr mager, nahe am Kadaver. Er trug einen schwarzen zugeknöpften Mantel und sein Haar war wirr und widerborstig, als umkränze Stacheldraht den ausgemergelten Schädel. Und blond, beinahe schon gelb. Zinkgelb, dachte Violetta reflexartig, und ihr war klar, wie absurd dieser Lehrerinnengedanke in dem Moment war. Die Gestalt erinnerte sie an eine dieser holzgeschnitzten, ausgezehrten Märtyrerfiguren, wie sie Katholiken gern in ihre Kirchen stellten. In seiner rechten Hand hielt der Mann ein langes Messer. Eines, das Metzger zum Tranchieren von großen Fleischstücken verwenden. Violetta kniff die Augen zusammen, augenblicklich schien ihr Hinterkopf explodieren zu wollen. Sie fokussierte auf das Gesicht des Mannes.

Wer ist das?

Sie kannte ihn nicht. Sie schaute in das Antlitz eines alten, gebrochenen Mannes, unendlich müde, grau und erloschen. Doch seine Augen ... Er hatte den verstörtesten Blick, den Violetta je gesehen hatte. Ein irres Starren.

Von allen guten Geistern verlassen und von bösen Mächten getrieben.

Ein Geisteskranker.

»Wer ... sind Sie?« Sie erschrak, wie fremd ihre Stimme klang, sie krächzte vor Angst.

Statt zu antworten beugte sich der Mann zu ihr herunter und zielte mit der Spitze seines Messers auf ihren Kopf.

»Wer sind Sie? Was wollen Sie von mir? Bitte!« Das ›Bitte‹ war Violetta herausgerutscht. Vor lauter Panik. Sie wollte doch nicht bitten, nicht betteln. Noch nicht. Mit dem ›Bitte‹ machte sie sich vollends zu seinem Opfer.

»Erkennen Sie mich nicht, Frau Morgenstern?« Sein erster Satz. Er sprach mit tiefer, sonorer Stimme, langsam und roboterhaft wie ein von Medikamenten wattierter Butler.

Gespenstisch.

Violetta schüttelte leicht den Kopf, was sie sofort bereute. Ihr Hinterkopf schien sich mit Beton anzufüllen. Sie ächzte vor Schmerz.

»Schauen Sie mich genau an!« Er beugte sich noch weiter zu ihr herunter, starrte sie an, ohne dabei auch nur einmal zu blinzeln. Stierte, als wären seine Augen gefrorene Trauben. Die Messerspitze berührte jetzt ihr Kinn. Der Mann roch derart säuerlich, dass Violetta würgen musste. Dennoch zwang sie sich, ihn genau anzuschauen. Sie wollte endlich wissen, wer ihr all das antat.

Sie kannte ihn nicht. Sie kramte in ihren Erinnerungen,

versuchte diesem Männergesicht Episoden oder Begegnungen aus ihrem Leben zuzuordnen – aber da war nichts.

»Ich ... nein, ich weiß wirklich nicht, wer Sie sind.«

»Denken Sie nach. Denken Sie an Ihre größte Sünde!«

Oh, davon gibt es jede Menge!

Stattdessen blickte ihn Violetta resigniert an und versuchte so etwas wie ein Schulterzucken. Das schien ihn zu ärgern. Er wollte, dass sie wusste, wer er war. Das gehörte zum Spiel. War wichtig. Er verzog sein Gesicht zu einer hündischen Grimasse und drehte den Kopf zur Seite.

Violetta nutzte diesen kurzen Moment.

Rammte mit einer abrupten Aufwärtsbewegung ihr rechtes, nacktes Fußrist in seine Genitalien. Er stieß, von einem überrascht klingenden Laut begleitet, explosionsartig alle Luft aus und klappte nach vorn. Violetta rollte sich seitwärts weg, rappelte sich vom Boden auf und stolperte aus dem Zimmer, hinaus auf den Flur in Richtung Treppe.

Raus hier, einfach nur weg!

Die Kopfschmerzen waren infernalisch, ihr wurde schwarz vor Augen und kotzübel. Während sie sich am Ende des Treppengeländers festhielt, erbrach sie die beiden Morgenkaffees auf den Boden.

Reiß dich zusammen, renn weiter, raus hier!

Sie packte den Handlauf, zog sich daran abwärts, Stufe um Stufe, alles drehte sich, sie schwankte, strauchelte, erbrach erneut, würgte, nahm die nächste Stufe.

Als sie sich in der Mitte der Treppe befand, erhielt sie einen brutalen Stoß in den Rücken.

Er hat mich wieder!

Sie kippte vornüber, flog durch die Luft, die Hände ausgestreckt, als hechte sie vom Einmeterbrett, prallte kopfvoran auf die Stufen, hörte den Schädelknochen knacken, überschlug sich einmal, zweimal, schlitterte und blieb schließlich am Treppenende im Flur liegen.

Mehr tot als lebendig.

Sie spürte, wie etwas Warmes, Nasses ihr von der Stirn übers Gesicht und in die Augen rann. Die Schmerzen waren überall und furchtbar. In ihrem Mund hatte sie den Geschmack von Rost.

Dann stand er wieder da. Über ihr, drückte mit seinem rechten Schuh auf ihren Brustkasten, presste alle Luft aus ihren Lungen.

»Denken Sie nach, Frau Morgenstern, wir kennen uns doch! Von früher.« Er hielt den Kopf schräg, erst nach links, dann nach rechts, tat dies so ruckartig wie ein Vögelchen.

Dann hob er seinen Fuß von ihrer Brust, ließ sie wieder atmen. Violetta keuchte, wischte sich mit dem Handrücken über die Augen, um besser sehen zu können.

Überall Blut!

Er packte sie am Kragen ihres Nachthemdes und zog sie hoch in Sitzposition. Kauerte sich neben sie. Starrte sie an.

Er ist geistesgestört. Total verrückt!

»So glauben Sie mir doch, ich kenne Sie nicht! Ich erinnere mich nicht an Sie.« Ihre Stimme war ein jämmerlich heiseres Raunen.

Er streckte sein Gesicht so nahe an das ihre, dass sich ihre Nasenspitzen beinahe berührten. Sie konnte Kälte und Irrsinn, die von ihm ausgingen, förmlich spüren. Und roch seinen ätzenden Schweiß und den modrigen Atem.

Riecht so der Tod?

Dann – sagte er es.

Machte dem wochenlangen Terror ein Ende. Lüftete das Geheimnis. Endlich. »Aber, Frau Morgenstern, Sie erinnern sich doch bestimmt noch an meine Tochter?«

Martina!

Violettas Verstand wollte kollabieren. Es war, als saugte man jegliche Energie aus ihrem Körper und Geist. Als implodierte ihr ganzes Wesen. Das also war es. Martina! Die Erkenntnis war ein Schock. Sie erwachte aus einer wochenlangen Starre. Martina! Ihre Schülerin, die vor neun Jahren auf der Schulreise ertrunken war. Und der Mann, der heute hierhergekommen war – jetzt erkannte sie ihn –, war Martinas Vater.

»Herr Konrad. Was ... was ist denn passiert? Was wollen Sie von mir?«

Er glotzte sie weiter an, doch jetzt huschte so etwas wie ein Lächeln über sein versteinertes Antlitz. »Es ist gut, dass Sie jetzt wissen, wer ich bin. Dann können wir endlich Schluss machen.«

Thomas Konrad hatte zwei Tage nach der Beerdigung seiner Tochter versucht, sich das Leben zu nehmen. Es war ihm nicht gelungen. Daraufhin war er in stationäre psychiatrische Behandlung gekommen. Er litt unter Wahnvorstellungen, Halluzinationen und schweren Depressionen und wurde schließlich mit der Diagnose schizophrene Psychose in einer Nervenklinik verwahrt. Wahrscheinlich für immer, hatte es vor neun Jahren geheißen.

Thomas Konrad. Aus dem einstmals starken, behäbigen Mann, dem bodenständigen Bauarbeiter mit den großen Händen, dem gütigen rosafarbenen Gesicht und dem Gemüt eines *gwundrigen* Kindes, war ein ausgezehrtes Ungeheuer geworden.

Gram, Wahn und jahrelange Psychopharmaka hatten seinen Geist und sein Gesicht zu einer Fratze deformiert. Er hatte Gerechtigkeit gesucht und dabei den Verstand verloren.

»Herr Konrad, was ... was wollen Sie jetzt tun?« Violetta war mit einem Mal seltsam leicht zumute.

Die Seelenruhe einer überführten Sünderin vor dem Richter.

All die Last, das Ungewisse, die Briefe und Bedrohungen, die Paranoia der letzten Zeit waren weg. Sie verspürte ein absonderliches Freiheitsgefühl. Alles war jetzt klar. So einfach, so wahr. Und unfassbar furchtbar. Martina ...

Es war meine Schuld. Was nun passiert, ist nur gerecht. Jetzt bekomme ich endlich meine Strafe.

Als könnte Konrad ihre Gedanken lesen, sagte er: »Sie müssen büßen, das wissen Sie. Es geht nicht anders. Es muss sein. Ich muss das tun. Ich habe es Martina versprochen. Sie haben mein Kind umgebracht.«

Sie versuchte nicht, es ihm auszureden. Sie versuchte nicht, beruhigend auf ihn einzureden. Sie wusste, dass er recht hatte.

Die Strafe, die sein musste.

Er stellte sich hin vor die Frau Lehrerin, zog sie wie eine Puppe am Nachthemdkragen hoch, bis sie aufrecht vor ihm stand. Sagte dann nur: »Das ist für dich, Martina. Papa hat dich sehr lieb.«

Dann stach er zu. Nur einmal. Steckte das Tranchiermesser bis zum Handschutz in Violettas Bauch. Ließ es stecken. Thomas Konrad drehte sich seelenruhig um, öffnete die Haustür, trat ins Freie, schritt davon, ließ die Tür offen stehen.

Violetta kippte nach hinten, lehnte mit dem Rücken zur Wand, rutschte langsam in die Knie und sank zu Boden. Der Blutfleck auf ihrem Nachthemd wurde rasend schnell größer. Sie fühlte nicht einmal Schmerz, nur Trauer und unvorstellbar große Erschöpfung.

Dann verlor sie das Bewusstsein.

Miguel nahm sie in den Arm, rief ihren Namen, tätschelte ihre Wangen. Er kniete neben ihr im Hausflur, fühlte ihren schwachen Puls, alarmierte per Handy den Notarzt, nannte die Adresse, rief wieder und wieder ihren Namen. »Morgenstern, hören Sie mich, Morgenstern, kommen Sie, lassen Sie mich nicht allein.« Sie schlug die Augen auf und erkannte ihn. Sie hob ihre Hand, tastete, suchte die seine, fand sie endlich, drückte kraftlos zu. Er wiegte sie wie ein Kind, das nicht schlafen kann. »Nicht einschlafen, Morgenstern, hören Sie, bleiben Sie bei mir, nicht einschlafen!«

Sie versuchte, etwas zu sagen. Er hielt sein Ohr dicht vor ihren Mund. Blutiger Schaum quoll zwischen ihren Lippen hervor. Sie brachte nur mehr ein heiseres Flüstern hervor: »Miguel. Strafe ... muss sein!«

39

Seit Menschengedenken war noch nie so früh im Mittelland Schnee gefallen. Und in solchen Mengen. In diesen ersten Oktobertagen hatte eine Kaltfront einen halben Meter Neuschnee gebracht und den Herbst unter sich begraben.

Miguel Schlunegger schritt durch den Stadtpark, die Hände tief in den Taschen seiner Bergsteigerjacke vergraben. Er spürte beim Gehen den ungewohnt, federnden Boden, eine dicke Schicht Herbstblätter, darüber ein Deckel aus Pulverschnee. Es kam ihm vor, als wandelte er über Watte. Es war früher Dienstagnachmittag und im Stadtpark tummelten sich trotz der Kälte eine Menge Mütter und Väter mit ihren Kindern. Dick in Daunen gewickelt, bewegten sich die Kleinen so steif und zeitlupenartig wie Mini-Armstrongs auf dem Mond; und einmal hingefallen, schafften sie es ohne Hilfe ihrer Eltern nicht mehr hoch.

Miguel legte einen Zahn zu, ihm war kalt. Ihm war in letzter Zeit oft kalt. Unabhängig von Wetter und Temperatur. Er bog am südlichen Ende des Stadtparks links ab und kam an einem Waldstück vorbei, in dem sich der Hauptfriedhof befand. In den Ästen der Bäume zankten sich die Krähen. Am Haupttor stand er für einen Moment still und schaute hinein in das Areal, zu den vielen Reihen Grabsteine, die jetzt alle eine zu große, schiefe weiße Kappe trugen.

Letzte Woche hatte er genau hier zusammen mit Meier gestanden. Aus sicherer Distanz, man wollte selbst in solchen Momenten kein Risiko eingehen, hatten sie zugeschaut, wie die Urnen von Othmar Huber und seiner Ehefrau Jeannette in einem Doppelgrab beigesetzt worden waren. Erstaunlich wenige Angehörige und Freunde waren zugegen gewesen. Den Mitarbeitern von Tell war es nicht gestattet worden, an der Beisetzung teilzunehmen. Zu auffällig, zu unsicher, hatte es geheißen, das Worte ›Klumpenrisiko‹ war gefallen. Nur Meier und Miguel hatten vor Ort sein dürfen. Trauernd aus sicherer Distanz.

In den vergangenen zwei Wochen hatte Miguel nachts oft von Huber geträumt. Auch tagsüber kam ihm sein toter Chef mehr in den Sinn, als ihm lieb war. Huber. Was blieb von ihm zurück?

Ein guter Mensch. Ein schlechter Mensch. Ein Mensch halt.

Miguel fröstelte noch mehr, also schritt er noch schneller fort. Weg vom Waldfriedhof und von den vielen Gräbern. Letzten Sonntag hatte er sich dabei ertappt, wie er seine Toten gezählt hatte. In Gedanken eine Liste erstellt hatte. Irakkrieg, Tell-Vollstreckungen. Es waren ihm so viele Namen in den Sinn gekommen.

Ein Spaziergänger näherte sich. Ein Mann, mit Hut und Mantel, um die fünfzig. Er packte einen Schokoriegel aus, steckte ihn sich in den Mund, zerknüllte die Plastikverpackung und warf sie weg, einfach in den Schnee.

»*Tschuldigung*, da ist Ihnen etwas heruntergefallen«, wandte sich Miguel an den Mann, klaubte die Verpackung vom Boden auf, drückte sie ihm in die Hand und marschierte weiter.

Das hätte Violetta jetzt aber gefallen, dachte er und musste lächeln.

Die Fahndung nach Thomas Konrad lief. Er war diesen Frühsommer, nach neun Jahren stationärer, psychiatrischer Behandlung, entlassen worden. An seinem neuen Wohnort, einer Eineinhalbzimmerwohnung in einer sozialen Einrichtung für betreutes Wohnen, war er seit seiner Attacke auf Violetta Morgenstern nicht mehr aufgetaucht. Die Spurensicherung hatte Konrads DNA mit derjenigen auf den Drohbriefen verglichen. Es gab keinen Zweifel: Er war der Verfasser.

Von Thomas Konrad fehlte derzeit jede Spur.

Miguel erreichte die Hauptstraße, überquerte den Gesslerplatz und stand schließlich vor dem Krankenhaus. Er trat ein, nahm den Fahrstuhl, stieg im zwölften Stock aus, schwenkte nach links, den Gang hinunter. Bis vor Zimmer 1233. Davor saß ein Wachmann auf einem Stuhl. Miguel nickte ihm zu. Man kannte sich.

Er klopfte und trat ein.

Sie schien zu schlafen. Ihre Augen waren geschlossen, ihre Atmung ging regelmäßig. Vorgestern hatten die Ärzte sie von der künstlichen Beatmung abgehängt. Es hingen auch so noch genug Schläuche an ihr, fand Miguel. Aber – die Ärzte hatten versichert, sie werde wieder ganz gesund.

Er kniete neben ihrem Bett. Nahm ihre Hand, drückte sie sachte. Da öffnete sie die Augen.

»Morgenstern, ich bin's.«

Er war sich nicht sicher, ob das ein Lächeln war auf ihrem wächsernen Gesicht. Sie öffnete den Mund, nur ganz wenig, es war mehr ein Geräusch denn ein Wort. »Miguel.«

»Morgenstern!«

Sie versuchte, etwas zu sagen. Er hielt sein Ohr nahe an ihre Lippen, spürte den Hauch auf seiner Wange, als sie flüsterte: »Miguel, ich glaube, es ist an der Zeit, dass wir uns *Du* sagen.«

Sie drückte seine Hand. »Ich heiße Violetta.«

Dank

Mein herzlicher Dank geht an Verleger Hejo Emons und Lektorin Aletta Wieczorek vom Grafit Verlag in Köln, Lektorin Christine Derrer in Hamburg, meine Münchner Agentin Lianne Kolf und in der Agentur speziell Simone Hasselmann.

Lust auf weitere Lektüre?

Sunil Mann

Fangschuss

ISBN 978-3-89425-369-1
Auch als E-Book erhältlich

Ausgezeichnet mit dem ›Zürcher Krimipreis‹!

Vijay Kumar ist dreißig Jahre alt, Schweizer indischer Abstammung, frischgebackener Privatdetektiv – und schon desillusioniert: Seine erste Auftraggeberin ist eine anstrengende Frau, die ihre Katze vermisst. Indischer Whisky und eine gehörige Portion Selbstironie helfen ihm, aufkommende Zweifel an der Berufswahl zu verdrängen. Doch auch der zweite Auftrag ist weder lukrativ noch Ruhm versprechend: Die junge Ness macht sich Sorgen um ihren Freund, einen Drogendealer. Lustlos hört sich Vijay in der Szene um und merkt erst, als er über eine Leiche stolpert, dass er längst selbst in Gefahr schwebt.

»Sunil Mann schafft in seinem ersten Kriminalroman ganz viel Zürcher Langstrassen-Atmosphäre und ein originelles Handlungspersonal, vor allem den nur mit der Zunge sehr schlagfertigen indisch-schweizerischen Detektiv.«
20 Minuten (CH)

»Neben den hellwachen sozialen Beobachtungen ist es dieser liebevoll-ironische Tonfall, der Sunil Manns ersten Krimi so sympathisch macht.«
Sven Boedecker, SonntagsZeitung

Machtkämpfe und ideologischer Wahn

Jutta Blume
Die Aktivistin
ISBN 978-3-89425-595-4
Auch als E-Book erhältlich

Politisch brisant, fundiert recherchiert

Aktivistin Yessica López, die sich für die Rechte der indigenen Garífuna einsetzt, ist verschwunden und niemand in Triunfo will darüber reden. Entwicklungshelfer Ulrich, der seine ehemalige Geliebte überraschen wollte, kann kaum glauben, wie sehr sich die Region verändert hat. Die honduranische Regierung hat das Gebiet zu einer Sonderentwicklungszone erklärt, verwaltet von einem internationalen Expertenkomitee, das die Einheimischen zum Verkauf ihrer Grundstücke zwingt. Die Interessen des Komitees sind undurchsichtig, seine Macht absolut. Als in der Nachbarstadt eine Bombe explodiert, wird das Tropenparadies zu einem Albtraum.

|g|r|a|f|i|t|